Unverkäufliches Leseexemplar
Gebunden ca. € 19,90
Erstverkaufstag: 21.8.2002
Wir bitten Sie, Rezensionen nicht vor dem
Erstverkaufstag zu veröffentlichen.
Wir danken Ihnen für Ihr Verständnis.

David R. MacDonald

Die Straße nach Cape Breton

Roman

Aus dem Englischen von
Heidi Zerning

S. Fischer

Der Autor möchte folgenden Personen
für ihre direkte oder indirekte Hilfe danken:
Richard J. Schrader, Mike Mullery, Jack MacDonald,
Jessie MacDonald, Russell Leblanc, Dr. Mahmoud und Rae Naqui,
Reverend Randolph MacLean,
June Bonner Arnold, Gerrit Schuurkamp und,
ganz besonders natürlich, Sheila.

Die amerikanische Ori[redacted]e erschien 2000
unter dem [redacted]ei Harcourt, Inc.,
New York, San Diego, [redacted]

Satz: Fotosatz Otto Gutfreund GmbH, [redacted]armstadt
Druck und Einband: Clausen & Bosse, Leck
Printed in Germany 2002
ISBN 3-10-015329-4

Für Emma in Liebe und Hoffnung

An cuir tobar a mach as an aon shùil
uisge milis is searbh?

Wird eine Quelle aus demselben Mund
bitteres und süßes Wasser zugleich verströmen?

Gälisches Sprichwort

I

Die Überlandleitung durchschnitt den bewaldeten Kamm wie eine Feuerschneise, und Innis fand ihn jetzt ohne weiteres, seinen geheimen Weg, konnte sich über die Grenze seines Onkels weit hinauswagen und hier im Oberland anderer Leute Wälder ungesehen durchqueren, auch nach unten abschweifen, wenn ihm etwas ins Auge fiel. Der Nachmittag wurde unter dem gemächlich fallenden Schnee immer kälter, und Innis fing sich auf der Zunge eine Daunenflocke mit ihrem kühlen Geschmack. In der einen Hand trug er lässig eine Spannsäge, in der anderen hielt er seinen Wanderstock, der Wechten von Zweigen schlug, ihm tiefen Schnee zeigte, dünnes Eis, Wasser, das nur zu hören, aber nicht zu sehen war, und wenn er merkte, dass der Stock weg war, ging er gebückt zurück, bis er entdeckte, wo er ihn vergessen hatte – abgelenkt von etwas, das er untersuchen wollte, Spuren, ein Dickicht, ein Loch im Schnee, das ihm sagte, hier haust ein Tier. Drüben im Wald seines Onkels hatte er junge Fichten gerodet und eine Lichtung angelegt, oberhalb der Stromleitung, eine Stelle, die er sich im Herbst für seine eigenen Sämlinge ausgesucht hatte. Starr ging sowieso nie mehr in den Wald hoch, würde gar nicht merken, was da lief. Die Sommersonne auf der Lichtung reichte bestimmt für das, was Innis vorhatte. Und das brachte ihn dann im Herbst endlich von hier weg, obwohl es im Moment schwer fiel, sich vorzustellen, wie die Marias in der Sonne wogten.

Seine Fußstapfen füllten sich so rasch, dass er kaum erkennen konnte, wie er sich an der Schneise entlanggeschlängelt hatte. Er mochte es, wenn seine Stapfen sich hinunter zu den Bäumen verloren, dann wieder auftauchten, eine Schlangenlinie, der vielleicht jemand folgte, um herauszubekommen, was für ein Geschöpf am Ende solcher Spuren sein mochte. Über ihm schwangen sich zwei weit auseinander hängende Stromkabel in einer eleganten Kurve zu einem hölzernen Mast auf der nächsten Anhöhe und verschwanden dann in der schneegrauen Luft. Wenn er der Überlandleitung in dieser Richtung folgte, ungefähr eine Stunde lang nach Osten, konnte er es zum Trans-Canada-Highway schaffen und ein Auto oder einen Sattelschlepper anhalten wie im vergangenen Oktober. In diesem Teil der Welt fuhren die Leute noch per Anhalter, sogar Frauen. Aber er war noch nicht so weit. Zwar war er kein Gefängnisinsasse, außer in seinen eigenen Augen, aber er wusste jetzt, die Fahrt nach draußen dauerte lange, immer in Richtung Westen. Er hatte noch nicht den Mumm, sich in diesem Land ganz allein auf den Weg zu machen, obwohl er das Starr gegenüber nie zugeben würde, nicht eine Sekunde lang. Wenn er sich früher nach etwas gesehnt hatte, dann danach, wieder in den Straßen von Watertown zu sein, oder besser noch in denen von Boston, aber diese Stadt, das ganze Land da unten war ihm jetzt verschlossen, verboten – ein Schmerz, von dem er an manchen Tagen aufwachte wie von einer Quetschung in der Brust. Mit etwas Kohle in der Tasche, sagte er sich immer wieder, würde er sich vielleicht nach Montreal oder Toronto durchfinden, sogar bis nach Vancouver, Städte, die groß genug waren, um dort von vorn anzufangen. Aber gestern Abend, als er sich eine Karte in Starrs altem Atlas angesehen hatte, war er von Kanadas ungeheurer Größe entmutigt worden, verloren in den unendlichen Weiten, ohne Halt und ohne Freunde, ein Niemand.

Jetzt wirbelte dichter Schnee herab, nahm ihm die Sicht im grauen Licht, und er hatte diese beinharte Jahreszeit gründlich satt. Ein Hass auf North St. Aubin packte ihn so stark, dass er fast auf die Knie fiel. Ringsherum nichts als Fichten, wohin man auch sah, ansonsten ein einziger kleiner Laden mit einer Zapfsäule. Der März in Watertown konnte scheußlich sein, sicher, aber der Winter biss sich nicht so fest wie hier. In diesen Wäldern sollten Marihuanapflanzen gedeihen? Hirnverbrannt. In der breiten Waldmauer unterhalb sah er ein paar andere Nadelbäume, stattlicher, dichter, und als er nach einem Zweig griff, den Schnee herunterschüttelte und die langen Nadeln in die Hand nahm, die sich anfühlten wie raues Fell, wusste er, das war eine Kiefer, und zwar eine Föhre. Ein sanfter Windstoß rauschte durch ihre Zweige, ein Geräusch, das er in den anderen Nadelbäumen nie gehört hatte. Auf all seinen Wanderungen war er nur auf eine einzige Kiefer gestoßen, eine inmitten von Fichten versteckte Weymouthskiefer, so alt, dass ihre Krone nicht zu sehen war. Weihnachtsgeschenke hatten diesen Geruch an sich gehabt, als er noch klein war und seine Mutter ihn drängte, sie aufzureißen, wo er sich doch solche Mühe gab, das schöne Papier zu bewahren, ach, weg damit, kommt nicht drauf an, sagte sie dann, aber er mochte die Figuren auf dem Einwickelpapier, die Muster. Sie hatten Weihnachten nicht gefeiert, er und sein Onkel, Starr sagte, das wäre Gefühlsduselei, der ganze sentimentale Kram, und verbrachte Weihnachten Tag und Nacht in Sydney mit einer Frau, kümmerte sich gar nicht um seinen bei ihm einquartierten Neffen. Innis' Mutter hatte zu Weihnachten immer eine Föhre haben wollen. Wie wär's mit diesem Fünf-Meter-Baum, Mom? Ich schick ihn dir, du kannst ihn dir fürs nächste Jahr aufheben, ich werd nicht da sein, um ihn die Treppe raufzuschleppen, aber das kann ja dein Freund übernehmen. Er kroch unter die Zweige der Föhre, Schnee tröpfelte ihm in den Nacken, als die Säge sich in die Rinde fraß, ihre Zähne rochen stark nach Harz, Sägemehl rieselte in den wolligen Schnee wie Maismehl, und als der Baum zischend fiel, trat er zurück und sog den Terpentingeruch ein. Harz. Mann, das machte ihn high, wie das andere Harz, das er so gern rauchte. Er stand keuchend da, Schnee auf den Wimpern, im Haar. Seine Rückenmuskeln brannten, Wasser rann erst kühl, dann warm die Wirbelsäule hinunter, über den kalten Schweiß. Die Föhre lag besiegt im Schnee. Aber sein zorniger Überschwang verging mit jedem rauchigen Atemzug, die Befriedigung brannte sich so rasch in ihm aus, dass er gar nicht mehr wusste, wieso er das getan hatte, die Föhre einfach so zu fällen. Als er das leise Quietschen von Schritten hinter sich hörte, dachte er im ersten Moment, es wird kälter, der Schnee knarrt, dann überlegte er sich fieberhaft eine Lüge.

»Herrgott, wenn mein Vater nicht fast neunzig wäre, er würde dich umbringen.« Der Mann stand da wie ein stämmiges Kind, das angezogen und in den Schnee hinausgeschickt worden war, die großen Hände in Fäustlingen an den Seiten. Sein Gesicht unter dem Rand einer grünen Pudelmütze war rot angelaufen. »Er wird dir die Mounties auf den Hals schicken, Junge, und das ist noch das wenigste.«

Innis hob die Spannsäge auf, die er hingeworfen hatte: Starrs Name war in den Griff eingeritzt, und Starr würde platzen, wenn plötzlich Mounties an die Tür klopften.

Ich hab's ja gewusst, dass du sie früher oder später herholen würdest, du hast eben mit der Polizei ein Ding zu laufen, hä?

»Sind das Ihre Bäume?« Innis hasste das jungenhafte Flehen in seiner Stimme, die Oktave, um die sie höher wurde, wenn er erwischt worden war. »Ich hab keine Schilder oder was gesehen. Ich dachte, die gehören niemandem.«

Der Mann wuchtete sein Gewicht langsam herum, als hätte er Schneeschuhe an den Füßen und nicht schwere Gummistiefel. »Bäume gehören immer jemandem«, sagte er. »Du kannst nicht mit einer Säge in der Hand in unseren Wald kommen. Du hast einfach nicht das Recht.«

Bau hier nicht solchen Mist wie in Boston, hatte Starr zu ihm gesagt, gleich als er ankam. Zum einen ist hier keine Gelegenheit. Und zum andren sperren sie dich so schnell weg, dass du meinen wirst, du wärst nie hier gewesen.

»Ich hab doch bloß den einen gefällt«, sagte Innis.

»Weshalb?« Der Mann hob die Föhre am Wipfel hoch wie ein totes Tier.

»Hören Sie, ich bezahl sie Ihnen, egal, wie viel Sie dafür haben wollen.«

Der Mann schien ihn nicht zu hören. »Der einzige Föhrenbestand auf der ganzen gottverlassenen Insel«, sagte er. Er berührte den schwitzenden Baumstumpf, roch dann an seinem Handschuh. »Wo kommst du her? Jedenfalls bist du nicht von hier, so wie du redest. Das hör ich doch.«

Innis wollte ihm sagen, aber ich bin von hier, bin als kleines Kind von hier weg, und meine ganze Familie ist von hier, bis zurück zu meinen Urgroßeltern. Aber er empfand das nicht als die Wahrheit, es war nur etwas, was ihm erzählt worden war, und wenn man auf frischer Tat ertappt wurde, war das nicht der Moment, um den Ahnenschrank aufzumachen, damit der Mann darin stöbern konnte. Ob's dir gefällt oder nicht, du bist ein Corbett, hatte Starr zu ihm gesagt. Du musst keinen Wert drauf legen, ich kann dich nicht dazu zwingen. Aber ich lege Wert drauf. Dein Urgroßvater hat dieses Haus erbaut. Mach ihm keine Schande.

»Aus Sydney«, sagte er. Er war mit Starr zweimal in Sydney gewesen, der Großstadt mit Einkaufszentren und allem.

»Zu welcher Familie gehörst du? In Sydney kenn ich viele Leute.«

»Meine würden Sie nicht kennen.«

»Aber wie heißt du, dein Familienname?«

»MacAskill.« Innis wusste, dass es in North St. Aubin keine MacAskills gab.

»Von den MacAskills aus Englishtown? North River?«

»Nein. Wir sind noch nicht lange hier.«

»Komischer Ort, einen Baum zu fällen, wenn du vierzig Meilen weit weg wohnst. Was sollte das eigentlich?«

»Woher wussten Sie überhaupt, dass ich hier oben bin?«

»Mein Vater«, sagte der Mann. »›Finlay‹, hat er zu mir gesagt, ›jemand ist an den Bäumen.‹ Er weiß immer, wenn jemand im Wald ist, der da nicht hingehört.«

»Er hat mich gesehen?« Innis schaute in die dunklen Bäume ringsum, jetzt fast schwarz im Licht des späten Nachmittags. Kein Haus stand in der Nähe, das wusste er genau. »Ach, Quatsch.«

»Er hat dich gesehen, auf seine Weise. Mein Vater sieht Dinge, die wir andren nicht sehen. Was für ein MacAskill bist du? Doch nicht aus der Familie von Jimmy Angus? Nein.« Schnee hatte die Mütze des Mannes weiß gefärbt, sich wie ein Schal auf seine dicke Holzfällerjoppe gelegt. Innis war auf dem Sprung, um wegzurennen, das langsame Schneegestöber schloss sich dichter um ihn, sein Herz klopfte immer heftiger. Der Typ konnte bestimmt nicht mit ihm Schritt halten, so ein Fettwanst, und selbst wenn er ihm die Mounties auf den Hals hetzte, konnten die frühestens in einer Stunde da sein, so weit, wie die verteilt waren, und außerdem würden die nach einem Auto Ausschau halten, einem Auto, das er gar nicht hatte, nicht nach einem Burschen zu Fuß, und wo wollten sie ihn in den Wäldern suchen? Würden die überhaupt ausrücken, wegen einer Föhre? Aber er rannte nicht weg.

»Ich will, dass du mitkommst«, sagte der Mann so ruhig, als käme gar nichts anderes in Frage.

»Ich werd hier nicht rumhängen und auf die Mounties warten, falls Sie das denken. Ich bin nicht so jung, wie ich aussehe.«

»Du kommst mit, ich will dir meinen Vater vorstellen. Ich will dir Dan Rory vorstellen. Das ist ein Mann, den du kennen solltest, und du hast gerade einen Baum gefällt, den er sehr mag.«

Innis wich ein paar Schritte zurück.

»Ich kann verdammt schnell verschwinden. Ich kenne die Wälder hier.«

»Merkwürdig für einen Jungen aus Sydney. Jagst du hier oben? Ach, du verschwindest schon nicht, ist nämlich gar nicht so einfach, oder? Lauf los, wenn du willst. Hau ab.« Er drehte sich langsam um und ging zurück. »Wir wissen, wer du bist, mein Vater und ich«, sagte er über die Schulter.

Innis hob seinen Wanderstock auf und sah ihm nach. »Was wollen Sie überhaupt?«, schrie er. »Ich hab Sie noch nie gesehen, und Ihren Vater auch nicht!« Der Mann ging weiter, ohne Eile, folgte seinen Spuren den

Hügel hinunter, bis er unter den dunklen Bäumen verschwand.

Innis zog in seinem Parka die Schultern hoch, fröstelnd, mit abgestorbenen Zehen, und ließ sich den Schnee aufs Haar rieseln. Er wollte hier keinen Ärger kriegen, und bisher hatte er das geschafft. Ärger sparte man sich auf wie Gutscheine, und er wollte sie nicht hierfür in Zahlung geben. Eine Flasche Aftershave unter dem Mantel in einem Drugstore in The Mines, ja gut, und einen Zehner eines Nachmittags aus Starrs verbeulter Geldkassette, aber nichts, wofür die Mounties ihn rankriegen würden, keine kurzgeschlossenen Zündungen, keine Fahrten in geklauten Autos. Nicht, dass ein Deportierter viel anzustellen brauchte, die Mounties hatten wahrscheinlich eine Akte über ihn. Eine Föhre, ein schöner, kräftiger, guter Baum? Vielleicht, aber, ach Scheiße, er würde doch nicht dem Kerl hinterherdackeln, er war kein Kind mehr, und wütend wandte er sich zur Schneise um. Er hatte noch einen langen Weg vor sich, er war weiter gelaufen als sonst. Die Küche würde warm sein, falls Starr schon aus The Mines zurück war, sie würden sich ein Stück Fleisch und ein paar Kartoffeln braten wie zwei Junggesellen auf dem Lande, das ging schon in Ordnung. Sein Onkel hatte es lieber, dass Innis die Küche in Schuss hielt, wenn er konnte, im Winter gibt's nichts Schlimmeres, als in ein kaltes, leeres Haus heimzukommen, sagte er, kein Feuer, kein Essen in Sicht, mein alter Vater nannte dieses Gefühl immer *fuar-larach*. Meistens kamen sie ganz gut miteinander aus, bis auf das Frauenproblem, dass nämlich Starr welche hatte und Innis nicht. Hör zu, hatte Starr mal gesagt, im Scherz, aber nicht so ganz, ich war auch mal so alt wie du, da ist man ein Ständer auf Beinen, aber vorläufig hast du genug Ärger gemacht, außerdem bist du blank, und nichts langweilt eine Frau schneller als ein Mann, der blank ist.

Hirschfährten, die sich mit Flocken füllten, kreuzten Innis' Weg, führten hoch zu einer Quelle, einer dunklen Wunde in einem weißen Hang. Die Hirsche waren jetzt im Bast, ihnen wuchs das neue Geweih. In der schneeeigen Stille gab es nichts Besseres als aus den Augenwinkeln ein Tier zu erhaschen, ein bisschen Leben in der kalten Luft. Er sehnte sich nach einem Joint, aber den musste er erst mühsam herausholen und anzünden, außerdem konnte er jetzt keinen Horrorflash gebrauchen wie den am ersten Tag an Starrs Küchentisch, als er sich gefühlt hatte, als wäre er gerade im Yukon gelandet, total übermüdet, ausgepowert, kalter Regen peitschte an die Fenster, sein Onkel musterte ihn argwöhnisch über einen Kaffeebecher hinweg: Was hat dich bloß dazu gebracht, Autos zu stehlen und dir die Ausweisung einzuhandeln? Selbst wenn er nicht so benommen gewesen wäre, hätte er keine Antwort darauf gehabt. Innis verfolgte die Spuren bis zu der Stelle, wo die Hirsche in wilder Flucht davongestürzt waren und den Schnee aufgewühlt hatten. Irgendwas hatte sie von ihrer Tränke verscheucht, hoch hinauf in den oberen Wald. Die Quelle hatte in der Schneewehe eine kleine Höhle gebildet. Tief in ihrem Dunkel gluckerte Wasser. Innis kniete sich hin und streckte die Hand in die kältere Luft der Höhlung. Da sah er die Spuren neben sich: ein Tier hatte hier getrunken, eben erst. Keine Hufe, sondern Pfoten, breit im weichen Schnee. Im Kopf hörte er das schnalzende Geräusch, mit dem es Wasser leckte, er spürte etwas Elektrisierendes in den stillen Bäumen und erstarrte, als es ihn durchfuhr. Er wusste, dass niemand da war, nichts so Greifbares wie ein Mensch. War das die Wasserquelle einer Familie gewesen, hatte hier oben mal ein Haus gestanden? Der Wald darüber stieg steil an. Er war schon öfter auf solche Stellen gestoßen, zugewuchert, Steine und eingestürzte Dachbalken dick mit Moos bewachsen. Er hatte so einen Ort in seinem Skizzenblock gezeichnet, aber jetzt waren seine Finger zu klamm, um einen Bleistift zu halten. In der Stadt wurde ein verfallenes Haus von vielen gesehen, die daran vorbeigingen, es gab Fotos davon, Bauzeichnungen irgendwo, Unterlagen. Durstig kniete er sich in die kalte Kammer der Quelle und schlürfte Wasser, bis ihm der Mund wehtat. Die nahende Dunkelheit schwebte über dem Schnee, und nachts erforderte der Wald Dinge, die er nicht hatte. Die Knie seiner Jeans waren durchgeweicht. Nein, er wollte keinen Ärger. Nicht für einen Baum, nicht, wo doch seine eigenen Sämlinge auf ihren künstlichen Frühling warteten.

Der Weg, den der Mann genommen hatte, war schmal, wenig begangen, und ohne die schwachen Abdrücke seiner Stiefel hätte Innis ihn rasch verloren. Ein Kaninchen schoss aus einem Dickicht, ein Schimmer aus Fell und Schnee, und er verfluchte es, wo zum Donner war denn nun das Haus? Als die Bäume sich lichteten, tauchte schließlich eine alte Scheune auf, viel älter als die von Starr, windschief unter einem Pultdach, grau wie Treibholz, und dahinter hob sich das Haus ab, mit Schindeln in verwaschenem Himmelblau. Er roch den Rauch aus dem Schornstein, der sich dünn unter den fallenden Schnee mischte. In den hinteren Fenstern war Licht. Was konnte er sagen? Er hatte keine Knete, nur ein paar Dollar von Gelegenheitsjobs. Aber wenn mit seinen Samen und seinen Pflanzen alles gut ging, würde er im Herbst an Geld rankommen, doch er konnte schlecht sagen, wartet bis September, Herrschaften, dann kann ich mein Gras verkaufen und bin bei Kasse, kann ich euch den Kies solange schuldig bleiben? Manchmal kam ihm sein Plan idiotisch vor, dann wieder ließ er sich davon aufmuntern.

Zu welcher Familie gehörst du?, hatte der Mann gefragt.

Die Hintertreppe war notdürftig freigeschaufelt. Er hörte eine Fiedel einsetzen und abbrechen, das Geräusch übertönte sein Klopfen, und er klopfte noch einmal an. In der offenen Tür sah der Mann anders aus, massig in einem roten Pullover, das graue Haar von der Mütze verwuschelt. »Ja, ja, komm rein, Daddy, es ist der Holzfäller!«, rief er ins Haus, und die Fiedel schwieg. Innis trat sich den Schnee von den Stiefeln ab. Vielleicht war's ein Fehler, aber er hatte im letzten Jahr schon so viele gemacht, dass er das durchstehen würde. Etwas schmurgelte auf dem riesigen Herd, der verziert war wie ein altes Auto, mit Schnörkeln aus graviertem Nickel und schwarzem Schmiedeeisen. Die Küche war stickig von Gerüchen, nach Essen, trocknender Wolle, Linoleum, Holz, Pökellake. Der Mann führte ihn ins nächste Zimmer, wo dessen Vater in einem hochlehnigen Schaukelstuhl am Fenster saß, seine großen Hände umschlossen die Armstützen, deren dunkler Firnis abgegriffen war. Er hatte alles zur Hand, was er brauchte – Pfeife und Tabaksbeutel auf einem kleinen Tisch, Zeitschriften, einen Feldstecher. Ein starkes Fernglas, wenn er damit bis zur Schneise der Überlandleitung durch den Wald sehen konnte. Seine dunklen Augen, streng, aber nicht unfreundlich, musterten Innis scharf. Ein dicker weißer Schnurrbart verbarg den Ausdruck seines Mundes.

»Du siehst wie ein Corbett aus, überhaupt nicht wie ein MacAskill. Nicht verwandt mit dem Riesen Angus, deinem Aussehen nach, obwohl du größer bist als viele von uns.«

»In der Familie meiner Mutter waren alle groß, hat sie

mir erzählt. Der Mann da sagt, Sie wissen sowieso, wer ich bin.«

»Starr Corbetts Familie. Nicht sein Junge, denn wir wissen, Starr hat Weiber, aber keine Frau. Alec im Laden sagt, seit dem Herbst wohnt ein junger Mann bei Starr.«

»Starr ist mein Onkel.«

»Sicher. Du musst Munros Junge sein, ich seh ihn in deinem Gesicht. Aber mit den roten Haaren, das war deine Mutter, nicht?«

»Die sind inzwischen ziemlich grau.«

»Hast du für das Grau gesorgt?«

»Teils. Aber das geht nur meine Mutter und mich was an.«

»Sally Ann. Sally Ann Lamont, aus Middle River. Selber ein großes Mädchen, aber ihr Vater war ja auch groß, nicht, Finlay?«

»Kann man wohl sagen, Daddy.«

»Sie kennen alle hier in der Gegend?«, fragte Innis.

»Alles, was ist und war«, sagte Finlay hinter ihm.

»Dein Vater und deine Mutter sind mehr als einmal in dieses Haus gekommen, bevor sie nach Boston weggegangen sind. Dann bist du also aus Boston.«

»Aus Watertown westlich davon. Aber Boston, ja.«

»Dein Großvater und ich, wir waren gut befreundet. Er war der bessere Farmer, Gott, ja, ich hatte nie was im Sinn mit Landwirtschaft, aber ich musste sie machen. Und hier sind wir nun, Finlay und ich, die Letzten von uns neun. Wir pflanzen nur noch Kartoffeln und Bäume an. Die Fichten, die setzt der Teufel, aber die Föhren, die setzen wir. Also die Föhre, die du gefällt hast. Was hat dich dazu gebracht?«

»Ich weiß nicht, schwer zu erklären. Ist einfach passiert. Eh ich wusste, was los war, lag sie schon da. Ich bezahl sie Ihnen.«

»Rechne sie nicht in Geld um. Geschieht schon zu oft. Schwer zu erklären also. Na. Wirst du in North St. Aubin bleiben, was arbeiten?«

»Nicht lange. Ich werde nach Westen gehen, spätestens im Herbst.« Es tat gut, ihnen das zu verkünden: eine sichere Sache. Nichts konnte was daran ändern, selbst wenn er im September immer noch blank war. Was wusste der Alte sonst noch von ihm? Starr hatte gesagt: Ich werde niemandem sagen, dass die Männer von der Einwanderungsbehörde dich ins Flugzeug gesetzt haben, wir behalten das für uns, so ist es dir lieber, und so ist es mir lieber. »Gibt ja nicht viel Arbeit hier.«

»Schwer zu kriegen. Aber man muss sich da Arbeit suchen, wo welche ist. Die Leute hier von der Insel sind schon zu Zeiten meines Vaters weggegangen. Er auch, hat sich als Zimmermann durchgeschlagen bis nach Montana. Ich selber bin nach dem Krieg in Alberta Mähdrescher gefahren. Aber er ist zurückgekommen und ich auch. Also wirst du wohl auch zurückkommen. Arbeit, die Geld bringt, war hier schon immer knapp. Aber zu tun gibt's genug. Och, haufenweise. Also die Föhre, das war ein besonderer Baum. Einer meiner Söhne ist umgekommen, und ich habe sie da oben gepflanzt.«

»Das wusste ich nicht. Ich meine, schließlich war keine Gedenktafel dran.«

»Er braucht Gedenktafeln, Finlay. Du gehst besser rauf und nagelst für diesen Burschen ein paar an.«

»Woher wussten Sie überhaupt, dass ich da oben war?«, fragte Innis. Er konnte immer noch nicht glauben, dass er einfach so ertappt worden war, überrumpelt in einem Revier, das er als seins betrachtete.

Der alte Mann nahm seine Pfeife und stopfte sie bedächtig. »Du warst auch an der Quelle. Der Bruder meines Vaters, John Allan, hat sich da oben ein kleines Steinhaus gebaut. Lebte da ganz allein, so um 1860. Ging dann runter in die Staaten, und wir haben ihn aus den Augen verloren. Nach North Carolina, irgendwo, wo sie Gälisch sprachen.« Er rieb ein Streichholz am Stuhl an und sog die Flamme in die Pfeife.

Finlay sagte: »Er hat das *taibhsearachd*, verstehst du, das zweite Gesicht. Er hat dich schon früher gesehen. Aber davon brauchst du jetzt nichts zu wissen.«

»Wieso nicht?« Innis fühlte sich benommen, ihm wurde heiß. Ein süßer Tabakgeruch, wie nach Bratäpfeln, schien aus der dunklen Holztäfelung zu strömen. Er machte den Reißverschluss seiner Jacke auf. Plötzlich war er unsicher, ob das, was er in der Dachkammer vorhatte, funktionieren konnte, dabei hatte es ihm noch vor kurzem total eingeleuchtet. »Mein Onkel muss bald nach Hause kommen, zum Abendbrot. Er erwartet mich.«

»Och, du isst mit uns zu Abend«, sagte der alte Mann bestimmend. »Wir haben dich zwar nicht erwartet, aber wir unterhalten uns ein bisschen. Stell einen Teller für den jungen Mann hin, Finlay.« Er griff nach seinem Gehstock, sammelte seine Kraft und erhob sich aus dem Schaukelstuhl. Trotz seines krummen Rückens war er größer als Innis. »Dan Rory ist mein Name. Komm mit, Innis, ich möchte dir was zeigen. Nicht die Fiedel da, die habe ich früher gespielt, aber meine Hände sind langsam geworden, sie wollen meinem Kopf nicht mehr folgen. Nur ein schlechter Dudelsackpfeifer ist noch schlimmer als ein schlechter Fiedler.«

Er führte ihn in eine kleine, kramige Stube, die vom Wohnzimmer abging. Den meisten Platz darin nahm ein Feldbett ein, dessen Einbuchtung auf den langen Körper des alten Mannes deutete. Ein Rouleau verdeckte halb das Fenster, hinter dem leichter Schnee vorbeiflatterte. Vielleicht war seine Mutter aus einem Haus wie diesem geflohen, vor diesem Licht im Winter, wo sie sich gefühlt hatte wie Innis jetzt, träge und schläfrig, eingesperrt in ein Leben, wie diese Männer es führten, hier oben ganz allein mit weißen Hängen und Wäldern und bleichem Sonnenlicht in den Vorhängen. Dan Rory zog eine Khaki-Uniform aus dem voll gestopften Kleiderschrank und legte sie sorgfältig auf dem Feldbett aus, als wäre sie lebendig. Auf den stumpfen Messingschildchen der Epauletten stand »Canada«, und an den Ärmeln waren Sergeant-Streifen.

»Der Große Krieg«, sagte der alte Mann. »Ich habe den Tod kennen gelernt. Kennst du den Tod?«

»So nicht. Nicht aus dem Krieg.«

»Wie dann?«

»Mein Vater ist von einem Auto überfahren worden. Und ich bin schon auf Beerdigungen gewesen. So wie ihn eben die meisten Leute kennen.«

»Ein guter Junge, dein Vater. Traurig, noch so jung.« Der alte Mann lächelte. »Ich seh ihn noch drüben in der Küche vor mir, nackt wie am Tag seiner Geburt, er hält sich die Hände vor sein *clachan* und führt vor dem Herd ein Tänzchen auf, und die Frauen, die trocknen ihn ab und ziehen ihn mächtig auf. Er ist durchs Eis in unsern alten Teich gefallen, muss sechs oder sieben gewesen sein.«

»Was hat er denn auf dem Eis gemacht?«, fragte Innis, bemüht, diese Erinnerung an seinen Vater einzufangen.

»Ausschau gehalten nach Fischen.«

»Fischen?«

Dan Rory stocherte mit seinem Gehstock an dem Waffenrock herum, brachte den Kilt zum Vorschein und hob den Saum. Durch ein kleines Mottenloch im dunklen Tartan fiel Licht. »Blut und Schlamm sind inzwischen rausgewaschen. Als die Highland-Brigade aufgestellt wurde, die 185., da habe ich gesagt, halt stopp, ich bin bereit, das ist die richtige für mich. Ich werde den Kilt tragen und prächtig drin aussehen. Dabei war ich gar nicht mehr so jung. Hätte klüger sein müssen.«

Beide starrten die Uniform an. »Sie sind verwundet worden?«, fragte Innis.

»Zweimal. Am schlimmsten ist Gas. Entsetzlich. Senfgas geht da hin, wo man schwitzt. Wir mussten den Kilt an der Front aufgeben.« Er wies mit dem Stock auf das Koppelschloss aus s-förmigen Messingstücken.

»Das ist ein Schlangenschloss. Wir mochten die. *Mheall an nathair Eubh.* Kannst du Gälisch?«

»Kein Wort.«

»Dann sollte Starr es dir beibringen. Im Gälischen kann man einen Mann in die tiefste Tiefe hinunterreden oder in die höchste Höhe hochloben. Die Sprache des Gartens.«

»Welcher Garten?«

Dan Rory zog die Augenbrauen hoch. »Eden natürlich. Eden. Dein Onkel hätte dir das sagen müssen.«

»Er gibt Bröckchen von sich, aber nicht so, dass ich's lerne. Er behält sich's vor für Sachen, die ich nicht wissen soll. Was soll ich auch damit anfangen?«

»Auf Gälisch lassen sich Dinge sagen, die man gar nicht anders sagen oder anders hören kann. Aber nein, für dich wär das nicht wichtig, nicht in Boston. Ich sehe, du hast keinen Gürtel an deiner Hose.« Der alte Mann zog den Ledergürtel aus dem Waffenrock. »Hier, zieh ihn dir durch die Schlaufen.«

»Das kann ich nicht annehmen.«

»Och, damals war ich so mager wie du. Schnall ihn zu. Wie alt bist du?«

»Ich werd zwanzig. Der gehört doch zu Ihrer alten Uniform.«

»Man wird mich nicht darin begraben. Du musst zusehen, dass du die Hose oben behältst. Starr hat so seine Schwierigkeiten damit, schon immer gehabt.«

Finlay rief sie in die Küche, und sie setzten sich feierlich an den Holztisch, während Dan Rory den Segen sprach. »Herr, wir danken dir für dieses reichliche Essen und dafür, dass du diesen jungen Mann Innis an unseren Tisch gebracht hast, möge ihm Gott der Herr mit seinem Segen und seiner Nahrung so viel Gutes spenden, wie er mir gespendet hat, Amen.« Sie reichten stumm die Teller mit Fischsuppe und das Brot herum, und auf Innis machte das Ritual mehr Eindruck als die Mahlzeit, trotzdem aß er hungrig, strich sich dick die Butter aufs Brot und ließ sich den weißen Fisch schmecken.

»Jetzt zu der Föhre«, sagte Dan Rory nach ein paar Schlucken Tee, der auf dem Herd gezogen hatte, bis er schwarz war. »Wir nehmen Arbeit, kein Geld. Hier gibt's Arbeit, die getan werden muss.«

»Bäume, die gefällt werden müssen«, sagte Finlay und legte seinen Löffel hin. »Im unteren Wald sind Fichten vom Spanner befallen und bis in die Wurzeln tot. Und ein Haufen Windbruch. Wir hätten gern durch dieses Gestrüpp einen Weg zur Straße frei geräumt, und ich bin zu alt dafür.«

»Der alte Weg zum Bach«, sagte Dan Rory. »Ich möchte zum Wasser gehen, ohne mir den Hals zu brechen.«

»Keine Kettensäge«, sagte Finlay. »Den Lärm mögen wir nicht. Wir haben eine Doppelaxt, scharf wie ein Rasiermesser, und eine gute Quersäge, die aus einem Baum Kleinholz machen kann, was? Keine leichte Arbeit, aber wenn du fertig bist, sind wir quitt.«

Innis trank seinen kalten Tee aus, in den Finlay ohne zu fragen einen Strahl Dosenmilch geschüttet hatte, und stellte die Tasse sorgfältig auf die Untertasse. »Ich will nicht, dass mein Onkel was erfährt. Geht das klar? Und das andre ist, ich verdiene mir ein bisschen Geld mit Gelegenheitsjobs hier und da, also hab ich nicht andauernd dafür Zeit. Ich schulde Starr sowieso noch Kostgeld.«

»Mach's außerhalb deiner anderen Pflichten. Es eilt nicht sehr«, sagte Finlay. »Der Wald läuft nicht weg.«

»Was ist mit dem Priester und seinem alten Häuschen?«, fragte Dan Rory. »Alec sagt, er sucht jemanden, der es ihm anstreicht.«

»Vater Lesperance, unten am Fährenkai. Das wäre ein Job für dich, Innis, sein Sommerhäuschen. Er ist nicht reich, aber das würde dir ein paar Dollar bringen.«

»Wir sind nicht katholisch«, sagte Dan Rory, »und du bist's auch nicht, und deinen Onkel habe ich nicht mehr in der Kirche gesehen, seit ich denken kann.«

»Nein. Er geht nicht hin.« Starr hatte ihm erzählt: Als ich von der Navy nach Hause kam, hab ich zu meinem Vater gesagt, ich geh nicht mehr in die Kirche, heute nicht, morgen nicht, nie mehr. Er hat mich fast rausgeekelt, als er gemerkt hat, ich mein's ernst. Er konnte völlig versteinern, mein Vater. Tagelang stumm wie eine geschlossene Tür. Er hasste es, dass er nicht reden konnte, dass er's nicht über sich bringen konnte, sich hinzusetzen und zu sagen, hör mal zu, das und das geht mir im Kopf rum. Ach du lieber Gott, nein. Lieber den Mund zu. Und wir waren alle so, wenn ich's bedenke, die ganze verdammte Sippe.

»Der Priester ist ein anständiger Kerl. Hab ich Recht, Finlay?«

»Das ist er. Hat das Häuschen schon seit einigen Jahren, und er ist nicht so einer, der dich bekehren will.«

»Da gibt's nichts zu bekehren«, sagte Innis. »Hauptsache, er hat Arbeit.«

Die Angelegenheit schien geregelt zu sein, und sie entspannten sich bei einem Apfelkuchen, den Finlay gebacken hatte, mit knuspriger Decke und allem. Warum zum Teufel hatte er diese Föhre umgesägt? Zwei oder drei Minuten der Wut, nur um sie fallen zu sehen, und jetzt hatte er die beiden am Hals. Er fühlte sich ertappt, stärker durchschaut, als ihm lieb war: hier sahen die Leute einen nicht nur an, sie sahen in einen hinein, sie fragten, und wenn man Verwandtschaft hatte, dann erwarteten sie schon bei der ersten Begegnung wenn nicht den ganzen Stammbaum, so doch zumindest einen kräftigen Ast davon. Die kastanienbraune Teekanne war mit Blattgold verziert, ähnlich wie die von seiner Mutter, eine von ihren »alten Sachen«, die sie nach Watertown mitgenommen hatte. Sie hatte gewusst, wie es war, von der Familie behütet zu werden, von Fremden bemuttert zu werden, weil sie wussten, wer ihr Großvater war, ihre Mutter, ihr Onkel, ihre Tante. Aber die Familie konnte einen auch ersticken, und danach hatte sich seine Mutter in Boston nie zurückgesehnt: nach dem Tod ihres Mannes konnte sie am Abend mit einem anderen Mann verschwinden, ohne dass jemand wusste oder danach fragte, wessen Tochter oder Schwester oder Nichte sie war, zu welcher Familie sie gehörte oder seit wann die schon hier ansässig war.

»Hat Starr dir schon Vettern vorgestellt?«, fragte Dan Rory. »Hier in St. Aubin gibt's keine Corbetts mehr, aber anderswo sind noch MacKinnons und Campbells.«

»Wir sind nicht viel rumgekommen.« Das stimmte nahezu, obwohl Starr ihn zu zwei ältlichen Schwestern mitgenommen hatte, die sich in Sydney ein Häuschen teilten, Campbells, Netta hieß die eine, den Namen der anderen, mager wie ein Kranich, wusste Innis nicht mehr. Sie hatten über Innis geredet, als sei er ein schicklicher

Gesprächsgegenstand, brauchte aber eigentlich gar nicht da zu sein, und bald hatten sie sich andere Leute vorgenommen, solche mit interessanten Operationen, schweren Zahnbehandlungen, einem schrecklichen Tod oder einer Verfallskurve, die sogar Starr fesselnd fand. Und Alec, der den Laden in North St. Aubin betrieb, war auch ein Vetter, freundlich, aber zurückhaltend, schweigsam, kein Ausfrager oder Klatschmaul, und Innis schätzte das an ihm, zumal er nicht mehr Privates von einem zu erwarten schien, als er selbst zu geben bereit war, und das war sehr wenig. Und Starr hatte Vettern drüben in Southside St. Aubin und oben an der Ostküste von Cape Breton Island erwähnt, aber er schien nicht erpicht, sie mit seinem Neffen bekannt zu machen, was Innis nur recht war, denn je weniger er von der Verwandtschaft sah, desto größer war die Chance, dass man ihm fraglos glaubte, desto weniger brauchte er sich in Lügen zu verstricken, und desto geringer waren die Spannungen zwischen ihm und seinem Onkel, der gar nichts von solchen Lügen hielt. Wir sollten die Wahrheit über dich auspacken, sagte Starr, das ist die richtige Art, von vorn anzufangen, und nicht so. Aber ich fange doch hier nicht von vorn an, sagte Innis, hier doch nicht. Kannst du das nicht verstehen? Ich gehe nach Westen, wenn ich so weit bin, aber ich bin noch nicht so weit. Nein, sagte Starr, so weit bist du noch nicht.

Dan Rory steckte seine Pfeife an, Finlay zündete sich eine Zigarette an und blies gedankenverloren den Rauch aus. »Habe deinen Onkel Starr gestern mit einer neuen Freundin gesehen«, sagte er. »In Sydney.« Wenn man von den Falten um seine Augen absah, hatte er das Gesicht eines alten Kindes, unschuldig, aber aufgeweckt.

»So neu ist sie gar nicht«, sagte Innis. »Ich selber hab sie noch nicht gesehen.«

»Sehr hübsch war sie, doch. Arm in Arm auf der Charlotte Street. Er sah mächtig stolz aus.«

»War immer ein guter Tänzer, der Starr Corbett«, sagte Dan Rory.

»Hat sich auch gern mal richtig schön geprügelt, auf dem Tanzboden.« Finlay zog an der Zigarette. »Na, wir waren alle nicht besser. Jetzt gibt's das nicht mehr so, auch nicht unter den Jungens.«

Starr hatte nie was vom Tanzen oder von Prügeleien erzählt, aber manchmal, wenn er gute Laune oder einen in der Krone hatte, legte er auf dem Küchenfußboden einen kleinen Stepptanz hin, während Innis belustigt zusah.

»Ich fahr dich nach Hause«, sagte Finlay. »Ist weit zu laufen von hier.«

Innis holte seine Jacke aus der Diele. An der Wand hing ein gerahmtes Foto von Dan Rory in der Kilt-Uniform, jung, knochige Knie, mit einer Feder am Schildchen seines Käppis. Um den Waffenrock trug er den Schlangengürtel.

»Welche Farbe hatte die Feder?«, fragte Innis und zeigte auf das Foto.

»Grün«, sagte Dan Rory. »Es war eine grüne Feder. Die Feder ist das Erste, was draufgeht.«

2

Innis trat in die Dachkammer am Ende des Flurs, in den Schock der Märzluft und den staubigen Geruch trocknen Holzes. Er machte sorgfältig die Tür zu: es konnte passieren, dass er hier oben war und sein Onkel ins Haus kam, also musste er jede knarrende Diele kennen, musste wissen, wo er hintreten konnte, ohne gehört zu werden, wie leise sich die Tür öffnen ließ. Durch die Türritzen drang Licht in die rußschwarze Dunkelheit. Der Strahl seiner Taschenlampe wanderte über das Deckengebälk, die Kisten und Kasten und Möbelstücke. Ein großer hölzerner Webstuhl stand noch so da, wie seine Großmutter ihn vor Jahren zurückgelassen hatte, ein Stück grober grauer Stoff steckte noch darin. Ihr Mann hatte ihn für sie gebaut, in der Dachkammer zusammengesetzt, direkt über der Küche, und da hatte sie immer den Winter über gewebt, bis die Arthritis sie lähmte. Innis hatte sich vorzustellen versucht, wie das aussah, wenn sie mit Händen und Füßen am Webstuhl arbeitete, aber es war ihm nicht gelungen, er wusste darüber noch nicht genug. Er hockte sich neben die Geräte, die er in das Gerüst des Webstuhls eingebaut hatte, die Sockel alter Schaufensterbeleuchtungen, für die er zwei neue Leuchtröhren für Zimmerpflanzen gekauft hatte, einen einfachen Zeitschalter, eine Warmhalteplatte. Auf sechs Uhr abends einstellen und mal sehen, ob's klappt. Er hatte Töpfe herangeschafft, Blumenerde, eine kleine Gießkanne, einen großen Wasserkrug, Alufolie, um das Licht der Leuchtröhren auf die Sämlinge zu richten. Die Webstube war ideal, um darin die Leuchtröhren aufzuhängen: er konnte mit zwei Decken ein Zelt daraus machen, das kein Licht nach außen dringen ließ und die Wärme einfing. Selbst wenn Starr den Kopf zur Tür hereinsteckte, würde er kaum was sehen. Gut, wenn er herumstöberte, war das Spiel aus, aber das musste Innis eben riskieren. Er hatte eine Diele gelockert und an die Drähte in der Küchendecke eine Steckdosenleiste angeschlossen. Er war stolz auf seine Vorrichtung, direkt über Starrs Esstisch. Sie hatte gar nicht viel gekostet, das meiste aus einem Gebrauchtwarenladen in The Mines, und er wollte sie endlich in Gang setzen. Sogar noch im Juni konnte es mörderischen Nachtfrost geben, sagte Starr, und Innis' Sämlinge brauchten diese Starthilfe, wenn sie kräftig wachsen und Geld bringen sollten: ein Dutzend Pflanzen, selbst wenn sie nur halb so groß wurden wie die im Marihuana-Buch, gesunde *sinsemilla* mit guten Blüten, konnten ihm einen Riesen pro Stück bringen, noch dazu ohne Zwischenhändler. Er musste nur den richtigen Trucker finden und ihm eine Kostprobe anzünden, dann war's kein Problem, den Stoff abzusetzen. Und dann konnte Innis North St. Aubin verlassen und seinen eigenen Weg gehen.

Die Leuchtröhren flackerten und stockten und summten dann mit stetigem rötlichem Licht. Er fasste die Warmhalteplatte an: nicht zu heiß, gerade warm genug, damit sie sich wohl fühlten. Er würde die Samen in einem nassen Tuch keimen lassen und heute Abend anfangen. Gestern Abend hatte er sie auf einem Blatt Papier ausgebreitet, und wie ein Juwelier hatte er mit ausgestrecktem Finger bedächtig jedes Samenkorn ausgesucht, für das er dieses Risiko eingehen würde. Vielleicht lag hier und da eins, das nur darauf wartete, an einem Ort wie Cape Breton zu sprießen, das sich nach einer neuen Gegend sehnte, hoch im Norden, das unbedingt auf kühlem Mergel wachsen wollte wie der Teufel, aus reinem Trotz. Er hängte die Decken über den Webstuhl: der sah aus wie eine alte Schafhirtenhütte draußen auf einem dunklen Moor, das gefiel Innis. Er machte die Taschenlampe aus und stand fröstelnd da, wartete trotzig, ob etwas nach ihm griff, im Dunkeln konnte er es manchmal spüren, wenn er ein paar Züge inhaliert hatte. Als er sich zum ersten Mal hier eingeschlossen hatte, schienen viele Wesen aus dem Holz herauszustürzen, aber inzwischen machten sie ihm keine Angst mehr. Er vermochte nicht zu sagen, was sie waren, Geister vielleicht, aber wenn schon, wahrscheinlich war er mit ihnen verwandt, es waren ja keine Fremden. Teile aus der Geschichte des Hauses waren hier in der Dachkammer abgestellt worden. In der Dunkelheit spürte er ganz stark, was für ein Haus das einmal gewesen war. Mottenlöcher blitzten in den Decken auf, seine Großmutter hatte sie gewebt, sie waren alt. Er hatte sie nur gesehen, als sie zu Besuch nach Boston kam, er war damals noch klein gewesen, aber er war überzeugt, es wäre ihr nicht recht, dass ihre Webstube einen solchen Garten beherbergte.

Innis ging im Haus herum, als hätte sich nichts verändert, als wäre da jetzt in der Dachkammer nicht das verhängte Licht, das kleine Beet, das er bestellt hatte. Aber er war unruhig, stand ein wenig unter Spannung. Starr würde erst spät nach Hause kommen, die neue Frau beanspruchte viel Zeit. In der Diele fegte Innis verschüttete Blumenerde auf, suchte im Haus nach anderen Spuren seiner heimlichen Unternehmungen. Da er keine fand, schlug er unter seiner Schlafzimmerlampe einen Zeichenblock auf, konnte sich aber auf nichts einlassen und kritzelte nur grob ein hübsches Frauengesicht hin, die Haare dunkle Bleistiftkringel. Morgen würde er wieder in den Wald hochgehen, wo er weit oben diese Stelle gefunden hatte, eine schön versteckte Lichtung für seine Pflanzen. Da gab's noch einige Arbeit. Seine Pflanzen würden gutes Licht brauchen, ohne gleich von äsenden Hirschen oder neugierigen Menschen entdeckt zu werden. Abgesehen von Finlay, der ihm an jenem Nachmittag weiter unten bei der Schneise einen Heidenschreck eingejagt hatte, war ihm auf all seinen Wanderungen dort oben nie eine Menschenseele begegnet, nur drei Jäger, vor denen er sich im Herbst versteckt hatte, als die Wälder ihm noch so neu und fremd waren wie alles andere.

Du bist ein Bostoner Junge, hatte Starr zu ihm gesagt, du wirst dich da oben verirren, und wir werden die Mounties auf die Suche schicken müssen. Aber jetzt kannte er die Wälder, sie waren sein Revier.

Als er zum ersten Mal mit Starr nach The Mines gefahren war, um ihm in der Fernsehreparaturwerkstatt zur Hand zu gehen, und sie in all ihrer trostlosen Unordnung gesehen hatte, wäre er beinahe noch am selben Tag abgehauen. Aber er hatte nichts, um vom Fleck zu kommen, kein Geld, keine Freunde oder Anlaufstellen, er fing in einem neuen Land bei null an, es nutzte nichts, dass er hier geboren war, und The Mines selbst, mit seinen verfallenden Läden und seiner Atmosphäre kommerziellen Niedergangs, hatte nichts zu bieten. Starr bestand darauf, dass Innis lernte, Fernseher zu reparieren, und eine Weile lang sein billiger Lehrling war. Das war ein Gewerbe, mit dem man sich über Wasser halten konnte, sagte Starr, ganz egal wo, weil noch der letzte Lackel einen Fernseher hat. Fahr in die entlegensten Ecken der Welt, und sie haben noch auf dem Klo einen Fernseher, sogar in der hintersten Mongolei, und früher oder später haben sie statt ihrer Lieblingssendung mit dem Yak nur noch Schnee auf dem Bildschirm, und dann gibt es keinen Mann zwischen Himmel und Erde, den sie lieber vor ihrer Hütte stehen sehen als dich mit deinen Geräten, denn es gibt kein Gebet, das ein Fernsehbild zurückbringt, kein Gott gibt sich damit ab. Aber Starrs Werkstatt, mit den leeren, staubigen Bildschirmen, die in jede Richtung glotzten, den überall verstreuten Einzelteilen und Prüfgeräten und Drähten, erinnerte Innis an eine Besserungsanstalt, und Starr, der gebeugt unter einer Arbeitslampe saß, war der Ausbilder, der es nie zu was bringen würde, ein Mann, so kam es Innis vor, der sich damit abgefunden hatte, so wenig Ehrgeiz wie möglich zu entwickeln. Ein paar Vorfälle mit Funken und Rauch und Flüchen, und Innis hatte erreicht, was ihm lieber war – in North St. Aubin zu bleiben, Gelegenheitsjobs bei Leuten zu übernehmen, die Starr kannte, Höfe aufräumen, etwas anstreichen, Holz sägen, einfache Tischlerarbeiten wie aus dem Werkunterricht in der Mittelstufe. Manchmal stellte er sich reichlich ungeschickt an, aber er lernte rasch aus seinen Schnitzern, und noch rascher lernte er, sie zu vertuschen. Mir ist das egal, hatte Starr gesagt, wenn das dein Traum ist, jedenfalls kannst du mit Stromkreisen nicht umgehen, du behandelst die Fernseher wie Mülltonnen. Trag was zu deinem Unterhalt bei, mehr verlange ich vorläufig nicht, und hier draußen in North St. Aubin gibt's keine Versuchungen, zumindest sind mir nicht viel aufgefallen. Du kannst dich eingewöhnen und sauber bleiben. Mach deiner Mutter ja nicht noch mehr Kummer. Herrgott nochmal, Starr, wer hat denn den Kummer am Hals? Wenn sie mich eingebürgert hätte, wäre ich nicht hier. Starr sagte, nein, du hast den Schlitten vors Pferd gespannt, hat sie vielleicht die Autos geklaut?

Er kniete neben der Badewanne und prüfte das Badewasser, als er den Lada in die Auffahrt biegen und quietschend anhalten hörte. Das Gelächter seines Onkels, eine Tür, die zuknallte, dann Starr, der die Treppe heraufstürzte. Was zum Teufel suchte er so früh zu Hause? Innis drehte um des Lärms willen die Hähne voll auf und fuhr mit der Hand durch das Wasser, das jetzt schön heiß war. Es war zwar unwahrscheinlich, dass sein Onkel in die Dachkammer tappte, aber Innis schlüpfte rasch in seine Jeans, und er hatte sich kaum das Hemd zugeknöpft, da klopfte Starr an die Badezimmertür.

»He, lass mir was von dem heißen Wasser übrig! Vielleicht brauch ich's später.«

Als sein Puls sich beruhigt hatte, ging Innis zur Tür von Starrs Schlafzimmer. Seine Beine fühlten sich zu schwach unter ihm an, als er zusah, wie sein Onkel in einer unteren Schublade der Kommode wühlte und Hemden herausriss.

»Du bist früh zurück«, sagte Innis.

»Ich bin nicht zurück, ich tanke nur auf. Und was hast du schon wieder vor?«

»Komm schon, Starr, was soll ich schon vorhaben? Ein heißes Bad. Wüst, was?«

»Als ich so alt war wie du, habe ich am Samstagabend in einer Zinkwanne mitten in der Küche gebadet.«

»Okay, ich bin dir wirklich dankbar für das fließend warme Wasser.«

»Wenn du's auf einem Kohleherd heiß machen müsstest, wärst du verdammt dankbar.«

Starr steckte ein paar Geldscheine in seine Brieftasche, stieß die Schublade mit dem Fuß zu und beugte sich zum Kommodenspiegel herunter. Er beklopfte mit beiden Händen sein Gesicht, ein hartes Gesicht, dunkler als das von Innis, kantig und fest, wie bei den Männern auf den alten Fotos unten. Eine tiefe Spalte im Kinn – wie ein Strich von Innis' weichem Bleistift – gab seinem Gesicht etwas Humorvolles, selbst wenn er die Zähne zusammenbiss. Das hatte sie gerettet, wenn sie sich in die Haare gerieten, wenn die Belastung, dass Innis hier wohnte, für beide zu groß wurde, die Befreiung durch Gelächter. Starr fuhr sich mit einer Bürste sorgfältig durch die dichten Wellen seiner stahlgrauen Haare, schürzte vor seinem Spiegelbild die Lippen. »Ich muss pinkeln und wieder los. Eine Frau wartet unten, sie gehört nicht zu denen, die lange warten.«

Vom Flurfenster sah Innis zum Lada hinunter, der im Dunkeln stotterte. In seinen Scheinwerfern tanzten

Schneeflocken wie Motten. Das Küchenlicht reichte gerade bis zur offenen Autotür, bis zum Bein einer Frau in Jeans, ihr schwarzer, pelzbesetzter Stiefel ruhte auf dem Trittbrett. Ihr Fuß wippte zu Radiomusik. Eine Hand erschien graziös, mit dem Handteller nach oben, fing ein paar Schneeflocken auf und zog sich dann zurück. Innis konnte die Krempe eines breitrandigen Hutes ausmachen, aber nicht das Gesicht darunter. Verdammt, sein Onkel brachte nie eine Frau ins Haus, jedenfalls nicht, seit Innis da war. Du wirst dich nicht ans Steuer setzen, hatte er zu Innis am ersten Tag gesagt, ich brauche dir nicht zu sagen, dass du kein Auto anrühren wirst, solange du in diesem Haus bist. Ich kremple mein Leben nicht um, um für dich Platz zu machen, aber bis du wieder auf der rechten Bahn bist, wird es schon gehen.

Starr kam aus dem Badezimmer und zog den Reißverschluss seiner Hose hoch. »Jetzt weißt du, wo mein Geld ist«, sagte er. An seinem Onkel wirkte Alkohol immer wie Eau de Cologne, deutlich zu merken, aber nicht gefährlich. Er sah Innis mit gespielter Strenge in die Augen, aber er meinte es ernst. »Und ich weiß, dass es immer da sein wird. Klar?«

»Du meinst, ich kann nichts abzweigen?«

»Sonst zieh ich dir das Fell über die Ohren.«

»Wieder ein Freitag, und ich sitze hier fest, Starr. Keine Karre, nirgends was los, nichts.«

»In Boston hattest du Karren, aber die gehörten dir nicht, oder? Sie haben dich hierher zurückgeschickt, und du entsprichst nicht gerade unserer Vorstellung von einem hochwillkommenen Einwanderer. Wegen Straffälligkeit deportiert, so einer hat erst mal nicht viel Anspruch. Der ist auf Bewährung.«

»In deinen Augen vielleicht. Aber damit war an der

Grenze Schluss, das hab ich in den Staaten abgemacht. Hier hab ich eine reine Weste.«

»Und die soll auch so bleiben.«

»Seit sieben Monaten bin ich hier völlig sauber. Ich wette, ich bin weiter in den Wäldern rumgekommen als du in deinem ganzen Leben.«

»Das denkst du dir so. Aber bloß, weil du mich nicht siehst, heißt das noch nicht, dass ich nie da oben bin.«

Ein höfliches Hupsignal kam von der Auffahrt.

»Sie hat Hummeln im Hintern, ich muss los. Verbrauch nicht so viel Wasser. Heizöl ist nicht billig.«

»Warum hast du sie nicht reingebeten?«

Starr sah ihn schief von oben bis unten an. »Mit einem gefährlichen Mann wie dir hier?«

Er lachte und ging singend die Treppe hinunter, dann blieb er stehen und sah zu Innis hoch. »Wir wollen keine Probleme. Ist besser so, für mich und für dich, oder?«

»Wie du meinst, Onkel Starr.«

»Und nenn mich nicht Onkel. Klingt ja, als wär ich ein Greis.«

Als er weg war, warf Innis wieder einen Blick in die dunkle Dachkammer. Beruhigt schloss er die Tür ab. Woher wollte Starr wissen, was besser war? Wofür hielt er Innis eigentlich, für drogenabhängig?

Also, keine Frauen, ein kalter Freitagabend, aber wenigstens hatte er das Haus für sich. In dem es zog wie Hechtsuppe. Scheiß auf das Bad. Lass es für Starr, kann der seine Eier drin abkühlen, wenn er nach Hause kommt. Innis drehte die Ölheizung im Keller hoch und legte Kohlen nach in dem großen eisernen Herd, mit dem sein Onkel die Küche heizte und auf dem er auch manchmal kochte, so wie früher Töpfe darauf herumschob, während er davon erzählte, wie geschickt Oma gewesen war, hier hatte sie Wasser zum Kochen gebracht, da hinten Fisch gegart und gleichzeitig im Backofen den schönsten Hafermehlkuchen gebacken. Der Wasserhahn am Spülbecken tropfte auf die schwarze Bratpfanne mit dem kalten Fettrand. Nachdem er sich über dem Herd die Hände gewärmt hatte, fischte er oben sein hölzernes Schatzkästchen heraus, das in einem Stiefel in seinem Schlafzimmerschrank versteckt war. Er wickelte sehr behutsam eine Kugel aus Alufolie auf: seine wunderschönen Samen, die, die er nicht benutzt hatte. Er rollte sie mit dem Finger auf dem Handteller umher wie Diamanten. Die Party in Boston in der Wohnung von Mohneys Bruder, wo der Hippie ihm die Samen in die Hand gedrückt hatte, als besäßen sie Zauberkraft: Tu sie in die Erde, Mann, sie werden dir Freude bringen. Super! Verheißungsvolle Kugelform und Farbe, so stand es in dem Buch, das Innis unter seiner Matratze aufbewahrte. Samen waren kleine Wunder. Er drückte sie in der Faust. Sommer. Wärme. Grüne Blätter, die sich wie Hände spreizten, Blütenstände dicht wie Binsen. Herrgott nochmal, wann ließ dieser Winter endlich los?

Er drehte sich einen dünnen Joint, hielt dann sein Säckchen mit Gras gegen das Licht: Er musste sparsam damit umgehen. Wahrscheinlich war in der Stadt welches in Umlauf, in The Mines, in Sydney bestimmt, aber er konnte es sich nicht leisten, aufzufliegen, er musste vorsichtig sein. Ned Mohney, dieser Irre, hatte ihm dieses Heu aus Boston rotzfrech mit der Post geschickt, zwei gereinigte und fest zusammengepresste Unzen vom letzten Kilo, das sie drüben in Cambridge ergattert hatten, und es war durch den Zoll gelangt und hier angekommen, trotz der falschen Hausnummer, verpackt in eine große Tüte M&Ms, mit einem Zettel drin: Was für den kleinen Hunger, Kumpel. Halt die Ohren steif. Ist sonst noch was steif? Aber sicher, Ned, ich hab noch nie so viele Frauen gesehen. Er hatte seitdem von Ned nichts mehr gehört. Warum auch? Innis war verbannt, aus den Gesprächen der wenigen Freunde, die er in Watertown gehabt hatte, verschwunden. Eine Weile lang war er das Thema gewesen, hast du gehört, was sie mit Innis machen, sie deportieren ihn nach Kanada, kannst du das glauben? Weswegen, wegen Dope? Nein, wegen des Porsche, den er geklaut hat. Seine Mutter hatte zu Weihnachten angerufen, nur Geplauder, sie schien nervös, und die Verbindung war schlecht. Was konnte man auch schon Privates reden an dem hölzernen Kurbeltelefon an der Küchenwand mit einem Dutzend Leute die Straße rauf und runter, die mithörten? Alexander Graham Bell hat nur wenige Meilen von hier gelebt, sagte Starr, oben in Red Point, und wir benutzen immer noch das Telefon, das er erfunden hat, ein Telefon mit Wählscheibe kriegen wir erst nächstes Jahr, aber das ist keine Entschuldigung, dass du deine Mutter nicht anrufst. Wir haben alles gesagt, was wir uns zu sagen haben, hatte Innis ihm geantwortet.

Vielleicht kam Starr heute Abend nach Hause, vielleicht auch nicht. Er war immer noch nicht sicher, ob sein Onkel den Geruch von Gras kannte, also zündete er sich den Joint an und trat hinaus vor die Hintertür, drückte sich an den Türpfosten. Er inhalierte tief und hielt die Luft an, bis ihm die Augen tränten und der Rauch sich mit seinem Atem vermischte. Starr entging nicht viel, und er behielt viele Dinge für sich. Im Radio hatten sie eines Abends von einer Hasch-Razzia drüben auf dem Festland gehört, und Starr sagte, Marihuana, früher haben sie das für Stricke angepflanzt, heute dreht man ihnen einen Strick draus. Landärzte haben Medizin draus gebraut, für die Nerven und zur Appetitanregung, nicht nur auf Essen, auch auf Sex, hä? Wenn du meinst, die Leute auf dem Lande wüssten nicht viel, dann irrst du dich. Deine Großmutter kannte alle Wildpflanzen und -kräuter, sie war eine Heilerin, eine Hebamme, so manches Mal wurde sie mitten in der Nacht bei scheußlichem Wetter rausgeholt.

Das Telefon klingelte, und Innis zählte automatisch mit, dreimal lang, dreimal kurz, nicht für uns, eine zittrige Hand an der Kurbel, so hörte sich's an. Die Leute hatten ihre Eigenheiten beim Kurbeln – manche klingelten dreist, dringlich, laut, andere zögerlich, stotternd. Ihn rief sowieso keiner an, und er hatte genug Anrufe für Starr entgegengenommen, sogar von Frauen, besonders von einer, die sich zu ärgern schien, weil er in letzter Zeit nie zu erreichen war, aber als er dann mal da war, hatte er sie mit leiser Stimme umgarnt, so charmant, wie das verschlüsselt ging, an einem Gemeinschaftsanschluss. Aber diese neue Frau mit dem Hut und dem Schnee auf der Hand, die hielt Starr so auf Trab, dass er manchmal gar nicht in die Werkstatt ging und abends oft weg war. Innis selbst fühlte sich inzwischen älter, außerdem, die jüngeren Mädchen, was er so mitbekommen hatte, wenn er mal in The Mines war, die konnten gar nicht verstehen, was ihm zugestoßen war oder warum. Wie sollten sie auch? Und was hatte er den älteren zu bieten, so, wie er in der Luft hing? Starr hatte zu ihm gesagt: Hör mal, du hast keinen Führerschein mehr, und ich werde dich bestimmt nicht irgendwohin kutschieren, damit du Mädchen aufgabeln kannst. Besser, du bleibst eine Weile lang hier draußen, in der Stadt hast du genug Probleme gehabt, du brauchst keine Frauen, trink lieber was. Er hatte die Rumflasche über den Tisch geschoben, *Dìreach boinneag*, aber Innis sagte, nein, das Zeug ist Gift für mich, das fass ich nicht mehr an.

In Watertown hatte er mit Ned zusammen gern Bier getrunken, nicht nur in Bars, sondern zu Hause, weil sie vom Kiff Durst bekamen und auf einem oder zwei Sechserpacks schön segeln konnten. Aber später, als Innis kurz vor seiner letzten Anhörung in der Einwanderungsbehörde stand, dachten sie, vielleicht war Schnaps der richtige Kraftstoff, mehr Kilometer pro Liter, sagte Ned, und in einer lauten Bar ließen sie sich mit Bourbon voll laufen, und irgendwann war Innis so weit, dass das Zeug runterglitt wie Wasser. Er fing an, mit ungeschälten Erdnüssen nach den Leuten zu werfen, die an seinem Tisch vorbeikamen, erst im Spaß, aber dann mit Wut im Bauch, voll Hohn auf jeden, den sein verschwommener Blick erfasste. Um ihn vor einer Tracht Prügel zu bewahren, schaffte Ned ihn raus und fuhr ihn nach Hause, schlaf deinen Rausch aus, Mann, geh ins Bett. Aber als Innis, stolpernd und fluchend, seine Mutter mit finsterem Gesicht oben auf der Treppe stehen sah, da brannte ihm die Sicherung durch, beinahe hätte er auf sie eingedroschen, irgendwie war sie daran schuld, dass alles in seinem Leben so hoffnungslos schwierig geworden war. Nachdem er im Badezimmer gekotzt hatte, zertrümmerte er den Spiegel, das Klo. Es war das Klo, bei dem sie ausrastete, als sie sah, wie er den Deckel abriss und den Spülkasten zerbrach, brüllend und schliddernd, und schließlich inmitten von spritzendem Wasser auf den nassen Fliesen hinfiel, so rasend in seiner Betrunkenheit, dass sich keiner an ihn herantraute, und wenn er nicht schon so tief in der Klemme gewesen wäre, hätte sie die Polizei geholt, so angewidert war sie. Kein Alkohol mehr seitdem, nicht mal ein Bier. Er fehlte ihm nicht: er entfachte Feuer in seinen Nerven, machte seinen Verstand schwer und dumm. Gras dagegen war klar, gedankenvoll, mild, jedenfalls meistens. Hin und wieder, wenn auch nicht oft genug, um ihn davon abzubringen, stieg Verbitterung in ihm hoch, wenn er rauchte, seine Verletzungen lebten auf, er schmeckte sie, spürte ihren Stachel. Aber er ließ sie in seinem Kopf drin, diskutierte sie mit sich selber aus, fand die Worte, die ihm geholfen hätten, wenn er damals draufgekommen wäre. Manchmal, wenn er bekifft und allein im Haus war, wurde ihm bewusst, dass er laut vor sich hin redete, mit geballten Fäusten seine Wut mitteilte, als wäre noch jemand im Zimmer. Aber wenn der Trip nachließ, beruhigte er sich. Vielleicht war es gar nicht so schlecht, auf diese Art allein damit fertig zu werden. Außerdem befeuerte Gras seine Tagträume, und das war besser als nichts. Im Herbst würde er reichlich Pot haben, nicht nur für sich selbst, sondern auch für die richtigen Leute, die Geld dafür übrig hatten.

Der einzige Anruf für ihn war vor ein paar Wochen von seiner Mutter gekommen, zu Hause war sie manchmal streng gewesen und hatte ihm mit ihrem Zorn Angst gemacht, jetzt fiel ihm auf, wie fern sie klang, die Stimme dünn, fast flehentlich. Als er noch bei ihr wohnte, wusste sie ziemlich viel über sein Leben, wenn auch nicht so viel, wie sie gern gewusst hätte, aber jetzt hatte sie keine Ahnung, was er trieb, und das schien sie zu verunsichern. Mach dir keine Sorgen, Ma, sagte Innis zu ihr, bevor er auflegte, denn er wusste, die Verbindung war nicht nur schlecht, es hörten auch viele mit, Onkel Starr ist mein Leitstern. Sie hatte nicht gelacht.

Er blickte hinüber zu den dunklen Umrissen der Scheune mit dem Stall drüben an der alten Viehweide. Schwer vorstellbar, dass er einmal voller Leben gewesen war, voll rumpelnder Pferde und Kühe mit ihren dampfenden Ausdünstungen, warm selbst in einer Nacht wie dieser. Starr hatte die Landwirtschaft gehasst, nach Opas Tod sofort damit aufgehört, die Geräte wurden nicht mehr angerührt, sogar der alte Pick-up hinter dem Schuppen war bis an die Achsen eingesunken, mit verrottenden Reifen und einer Fuhre Schnee auf der Ladefläche. Ich habe so viel Schnee geschaufelt, dass ich zur Navy abgehauen bin, sagte Starr, und ich pflanze hier nichts mehr an, auch wenn Gott es mir umsonst gibt, keinen einzigen Grashalm. Na gut, Starr, dann pflanze ich eben was an. Zum Beispiel Gras.

Der Trucker, der Innis damals im Herbst außerhalb von New Glasgow mitgenommen hatte, sagte: Hör mal, so guten Stoff kannst du leicht absetzen, kein Problem hier in der Gegend, und gib mir keinen Zug mehr, sonst fahre ich uns in den Graben. Eine Schande, dass wir's hier nicht anpflanzen, schau dir dieses weite Land an, und dabei wies er auf die fichtenbestandenen Hügel und die brachliegenden Felder, an denen sie vorbeikamen. Aber das kann man, erzählte Innis ihm und erklärte, er hätte gelesen, wie man eine Sorte für das eigene Klima entwickeln konnte, in den Staaten wurde es überall angepflanzt, unten im Süden ersetzte es schwarzgebrannten Schnaps, hatte er gehört. Also hier in Cape Breton hab ich noch nie davon gehört, sagte der Trucker, aber wenn einer das schafft, kann er damit Kasse machen, mit gutem Pot wie deinem. Da steckt echt Geld drin. Wie wollen wir's nennen? Cape-Breton-Gold? Roter Canso? Er lachte. Er war ein stämmiger Mann mit gepflegtem blonden Bart und dunklerem Pferdeschwanz, er fuhr Fässer mit Herbiziden zu einer schwedischen Papierfabrik drüben in Port Hawkesbury, und Innis beneidete ihn, jeden Tag raus, immer auf Achse. Wenn Typen wie der Gras wollten, konnte Innis es vielleicht, mit etwas Glück und gutem Wetter, im September anbieten. Und das ohne Zwischenhändler.

Aber ohne Geld, ohne Auto war man aufgeschmissen, hilflos wie ein Kind. Als der Einwanderungsbeamte zu ihm sagte: Junge, du bist lebenslang ausgewiesen, und das ist wortwörtlich gemeint, da warf ihn das um, er kam sich vor wie ein Penner. Er durfte nicht mehr in dem Land leben, in dem er aufgewachsen war, durfte nicht mal mehr dort in den Knast, sie wollten ihn nicht in den Vereinigten Staaten, Punkt. Er hatte zu seiner Mutter gesagt, verdammt nochmal, Ma, nicht mal Schwerverbrecher werden hier rausgeschmissen, Typen, die hundertmal schlimmer sind als ich, laufen jeden Tag frei herum, Mörder, Vergewaltiger, der übelste Abschaum. Sie sitzen ihre Strafe ab, und danach dürfen sie wieder nach Hause. Aber seine Mutter sagte: du *bist* ein Verbrecher, Innis, so nennen sie dich hier, wenn du immer wieder Autos klaust, und sie schicken dich nach Hause, dahin, wo du geboren bist, oben im Osten. Du kannst bei Onkel Starr wohnen, bis du wieder auf die Beine kommst. Auf die Beine? Und was wurde mit dem Rest?

Er hatte gedacht, Cape Breton, das ist bloß ein Name. Er kam in seinen frühesten Erinnerungen vor, flatterte durch die Gespräche zwischen seiner Mutter und seinem Vater, immer mit einer ganz besonderen Wärme, ob sie im Zorn oder voll Heimweh davon sprachen. Er hatte ihn am Telefon gehört, wenn sie mit Freunden redeten, am Küchentisch seiner Eltern, wenn sie mit Leuten zusammensaßen, die offenbar von dorther kamen, denn sie erzählten viele Geschichten davon, lachend oder voll Bewunderung oder auch Zuneigung, die Küche blau von Zigarettenqualm, Bierflaschen oder Rum oder kanadischer Whisky auf dem Tisch, Namen flogen hin und her, erinnert ihr euch an Johnny MacPhail, Johnnie Kuhkaff nannten wir ihn immer? Der mit seiner Maschine die kleinsten Nester anflog, bis er nicht mehr stehen konnte. Und der alte Archie Bain, der zu meinem Vater gesagt hat: Wenn du gute Weiden haben willst, muss du dich Schafe holen. Aber das waren nur Namen, die er aufschnappte, Innis hätte sich nie träumen lassen, dass er dort landen würde, in der »alten Heimat«, die zu seinen Eltern gehörte, in ihre Zeit und in ihre Vergangenheit, nicht zu ihm, und Starr war auch nur so ein Name, den er aufgeschnappt hatte. Die Straße nach Cape Breton, so hatte er sich das als Kind vorgestellt, es gab eine Straße dorthin und wieder zurück nach Boston, und all die Leute, die sich in der Küche einfanden oder anriefen, waren auf dieser Straße unterwegs gewesen, manche erst gestern, aufgeladen mit Neuigkeiten und Geschichten, andere schon vor langer Zeit, aber auch sie hatten Erinnerungen, von denen sie reden wollten, und alle, so kam es ihm vor, wollten auf dieser Straße wieder zurück, auch die, die es nicht mehr packen würden. Innis hatte sich eine schrecklich lange Straße vorgestellt, auf der sie alle gekommen waren und auf der sie alle wieder gehen würden, und sogar die, die behaupteten, sie wären froh, endlich weg zu sein, hörten sich an, als könnten auch sie die Straße nicht vergessen, und wenn Innis es schaffte, die Straße zu erreichen, wenn jemand ihn im Auto mitnahm und dorthin fuhr, würde er verstehen, wovon sie redeten, und das, was sie bewegte, wäre ihm nicht mehr fremd. Aber als er älter wurde, war das nicht mehr der Weg, den er einschlagen wollte, er hörte in der Küche nicht mehr zu, das war nicht seine Straße, das war ihre.

Innis zog nochmal an seinem Joint, drückte den Stummel aus und steckte ihn in die Tasche. Ein paar Wochen nach seiner Ankunft hier hatte er versucht abzuhauen, war aber schon kurz nach New Glasgow umgekehrt, denn ihm wurde bewusst, dass er kein Geld hatte und keine Ahnung, wohin er wollte, außer weg aus North St. Aubin, dabei hatte er fast den ganzen Tag gebraucht, nur um von Cape Breton Island herunterzugelangen, und Kanada kam ihm vor wie eine ins Unendliche reichende

Weite, kalt und leer. Bei Einbruch der Dunkelheit war er wieder auf der Insel, nicht weit weg vom Canso Causeway. Zweimal wurde er ein kurzes Stück mitgenommen, dann hielt er wieder den Daumen hoch, um zur Ferry Road zu trampen, zu Starr Corbetts Haus. Er musste lachen. Verdreckt, bekifft, schwankend wie ein loses Verkehrsschild stand er da, während die Autos an ihm vorbeirauschten und seine langen Haare aufwirbelten. Ein neuer Pontiac mit zwei jungen Frauen drin bremste ein wenig ab, sodass sie ihn mustern konnten, und fuhr dann weiter. Was machte ihnen Angst? Ein Kiffer? Ein Axtmörder? Ein Deportierter? Zum ersten Mal kam er sich hässlich vor, war sich bewusst, dass er auch völlig anders gesehen werden konnte, als er sich selbst sah. Jenseits der Straße wuchsen kleine Bäume auf einem gerodeten Hang wie Reihen junger Mais. Schößlinge für Faserholz, hatte er gedacht, Fichten. Horden von Mi'kmaq-Indianern hatten sie hektarweise ausgerissen, sagte Starr, damit ein großes Faserholzunternehmen nicht aus der Luft sprühen konnte, um das Hartholz abzutöten, das eignet sich nicht zur Papierherstellung. Das Sprühen vergiftete ihre Quellen, behaupteten die Indianer. Die Bäche, das Wild, der Wald sind nicht eure Farm, eure Plantage, sie haben Leben, das ihr sehen könnt, und Leben, das ihr nicht sehen könnt. Es war trotzdem gesprüht worden, der Sprühnebel senkte sich aus Hubschraubern auf die neuen Wälder und wurde über die Ziele hinausgetrieben, weil der Wind sich entgegen der amtlichen Voraussage drehte, wovor aber jeder Einheimische hätte warnen können. Er war zwar noch keinem Indianer begegnet, hatte nur vom Highway aus welche gesehen, aber hier war etwas für die Mi'kmaqs. Er stürzte den Hang hoch und riss die kleinen Bäume aus, warf sie wie Kadaver beiseite, bis ihm die weichen Nadeln in der

Hand auffielen: verdammt, das waren Föhren, Hunderte von Föhren, für Christbaumkugeln und Rauschgoldengel bestimmt. Im Straßengraben fand er eine Plastikmülltüte, und er begann, die Wurzeln vorsichtig herauszuholen, statt sie auszureißen, und steckte jedes Bäumchen in die Tüte. Er hatte nicht vor, Weihnachtsbäume aus ihnen zu machen: er würde sie im Hochwald anpflanzen, als Schutz für seinen eigenen Anbau, als Ausrede seinem Onkel gegenüber, dass er dort hinaufging, falls Starr je fragen sollte. Interessierte es seinen Onkel überhaupt, was Innis da oben trieb? Das Mondlicht machte alles hart und still, die Schatten der kleinen Föhren auf dem Hang hinter ihm wurden immer kleiner. Ein Laster nahm ihn schließlich mit, und der Fahrer, dessen Gesicht im Licht des Armaturenbretts müde aussah, hänselte Innis wegen der Mülltüte, die die Kabine mit dem Geruch von Harz und nasser Erde füllte. Sie redeten über die Indianer und die Landbesitzer, die gegen die Herbizide kämpften, und der Fahrer sagte: Wenn wir auf diese Baumpaten hören, sind wir bald alle arbeitslos. Wir sind sowieso arbeitslos, so Burschen wie ich, sagte Innis und gab sich Mühe, wie ein Einheimischer zu klingen. Und was für ein Bursche bist du?, fragte der Mann. Gibt immer Arbeit für die, die welche wollen. Innis lächelte nur. Er hatte jetzt einen Plan, etwas Eigenes. Er lehnte sich zurück und sah den dunklen Strom der Bäume vorbeistürzen, die Straße, die wie ein dunkles Meer die Wälder teilte, die Wälder, in denen er sich langsam zurechtfand.

Schnee wirbelte pudrig vom Dach des Werkstattschuppens. Die Entfernungen zwischen den Häusern vergrößerten sich in den Wintermonaten, immer weniger Leute wohnten das ganze Jahr über hier, manche Häuser standen bis zum Sommer leer. Er legte wärmend die

Arme um sich. Neben der hinteren Wiese verlief der dunkle Bachgraben, dessen Bäume kahl waren und schwarz wie Eisen. Er hatte immer noch Angst vor dem Wald bei Nacht, Angst, tief hineinzugehen, er konnte sie nicht abschütteln: Wenn der Wald dunkel wurde, bekam er etwas Übermächtiges, das er in der Stadt nie gekannt hatte. Es war keine Bedrohung, wie er sie in Teilen von Boston allein schon bei der Durchfahrt gespürt hatte, wo es Viertel gab, in die er sich nie zu Fuß gewagt hätte, weil sich leicht vorstellen ließ, was einem da zustoßen konnte – von der Anmache über Prügel bis hin zum Raub. Aber im Wald spürte er Dinge, die er nicht verstand: nichts, wovor er sich in der gewohnten Art fürchten musste, aber etwas, das seinen Sinn für die Wirklichkeit verwirrte. Inzwischen sehnte er sich nach dem Frühling, warmem Wind, Farbe. Der Bachlauf dort unten war hart wie Stein. Der vergangene Herbst schien Jahre her, dieses Spiel von Licht und Schatten, wo die Laubwaldbaldachine sich über ihm schlossen und er froh war, sich darunter zu verlieren. Wenn du einen Winter lang hier gelebt hast, weißt du was über diese Gegend, sagte Starr, im Sommer kann jeder hier leben. Den Wald im Winter kannte Innis jetzt, die geheimnisvollen Spuren, das trockene Knarren von Holz im Wind – anfangs hatte ihm das in seiner Einsamkeit wohl getan, ihn beschützt, die schwarzen Bäume in der Dämmerung waren wie eine Gardine vor einem Fenster, er konnte sich dahinter verbergen, niemand wollte wissen, wer er war, woher er kam, warum er hier war. Er hatte sich gefühlt wie der Sträfling in Sibirien in dem Film, ein Mann war aus dem Gefängnis ausgebrochen und wankte durch Nadelwälder und Schneefelder, eine wüste Einöde, die sich wie im Traum immer weiter erstreckte, endlos. (Das ist doch Wahnsinn, dich aus dem Land zu jagen, hatte Mohney gesagt, du bist so gut Amerikaner wie ich, du bist von hier, und Innis hatte gesagt, nein, ich bin da oben geboren, und ich muss dahin zurück, für immer.) Was ihn auch aus den Bäumen beobachtet hatte, ein Mensch war es nicht. Hirsche, klar, aus sicherer Entfernung, immer auf dem Sprung, aber die waren nicht hinter ihm her. Vögel, für die er noch keine Namen hatte, Schriftbänder ihrer Wege zart im frischen Schnee, ihre Flügel scharf wie Scheren, wenn sie flogen. Kaninchen, die aus dem Unterholz stoben, Peitschen aus Fell und Pfoten. Aber wenn es dunkel wurde, war er lieber dicht bei der Straße, wo vielleicht eine Laterne durch die Bäume schien, nicht tief im Wald.

Er ging zurück in die Diele, in den Geruch des großen eingesalzenen Kabeljaus, den ein Freund von Starr gebracht und am Schwanz hochgehalten hatte wie ein Tierfell. Er hing an einem Nagel im Windfang und verströmte einen deftigen Geruch, wie salziger Käse, und hing Wochen später noch unberührt da, bis Innis sich fragte, ob das vielleicht eine Trophäe war und gar nicht zum Verzehr bestimmt. Starr strich jedes Mal, wenn er vorbeiging, über die harte Haut, verdammt, man findet kaum noch welche dieser Größe, früher musste man sie mühsam an Bord hieven und brauchte zwei Arme, um sie zu tragen. Schließlich begann er Stücke abzubrechen und über Nacht einzuweichen, und sie aßen gekochten Stockfisch und Kartoffeln, und Innis kam auf den Geschmack. Er riss ein Streifchen ab und kaute es, um seinen Heißhunger zu stillen, dann stopfte er sich in der warmen Küche mit Crackers und Käse voll. Eine Welle von Optimismus durchflutete ihn, sodass er die Küchenlampe anlächelte, direkt da oben in der Dachkammer war etwas in Betrieb, endlich bewegte sich was. Draußen schwebten Flocken träge am Fenster vorbei, inzwischen spürte er den Schnee, auch wenn er den Fenstern den

Rücken kehrte, sogar, bevor er morgens die Augen aufschlug, der Schnee gab der Luft einen bestimmten Klang.

Im Flur betrachtete er die alten gerahmten Fotos, die dort drunter und drüber an der Wand hingen, Oma hat sie hingehängt, sagte Starr, ich hab sie einfach so gelassen, wie sie waren. Innis kroch gerne in sie hinein, um sie zu riechen, zu fühlen. Bei einigen war das Glas rauchgeschwärzt, in den Ecken saß Staub. Das sind die Leute, von denen du abstammst, erzählte ihm Starr, einige davon. Für Innis blieben sie fern, weit fort, gefangen in Sepiatönen und den unscharfen Rändern von Schnappschüssen mit einer billigen Kamera. Nichts Freimütiges in ihren Posen, nichts Lustiges. Als Oma Corbett sie damals in Watertown besucht hatte, war sie grau und schwerfällig und uralt, humpelte stöhnend auf wehen Füßen umher, redete leise mit Vater in einer Sprache, die weder Innis noch seine Mutter verstanden, sagte Dinge, die sie nicht hören sollten, und seine Mutter wurde wütend und knallte mit den Türen. Oma schickte ihm zu Weihnachten gestrickte Socken, die kratzten, und Fäustlinge aus brauner Wolle, die er auszog, sobald er außer Sichtweite war, denn er wollte Lederhandschuhe. Aber sie kam nie wieder, und hier saß sie in einem Sessel auf einer Veranda, das Haar dunkler, die großen, kräftigen Hände im Schoß gefaltet, eine Frau, die er nicht kannte, in einem Sommer ihres Lebens, wo Rosen an einem Spalier rankten, und da war Starrs Bruder Munro, Innis' Vater, auf einem Heuwagen, den ein großes dunkles Pferd zog, das Pferd bewegte sich gerade, als der Auslöser klickte, sodass sein Kopf verschwommen war, Innis' Vater blinzelte in eine grelle Sonne, ernsthaft, unsicher. Wie alt war er da? Jünger als Innis? Ein Cape-Breton-Bauernjunge, der wie so viele andere nach Boston oder noch weiter fort gehen würde und der ein paar Jahre später in der Nähe vom Scollay Square von einem Auto angefahren werden würde. Die schlimmsten Autofahrer weltweit, sagte sein Vater immer, die sind regelrecht irre, ich will in Boston kein Auto haben, selbst wenn ich das Geld hätte, um mir eins anzuschaffen. Ich auch nicht, hatte Innis gesagt, aber dann wurden es neun, und keins davon hatte ihm gehört. Sein Vater kam wie immer am Freitag aus der Bar und wollte nach Hause, er ging zu schnell auf den Damm, und ein Auto erfasste ihn und schleuderte ihn erstaunlich hoch und weit, zumindest hatte Innis es sich so vorgestellt, als er hörte, wie seine Mutter mit Cape Breton telefonierte. Später erzählte sie Freunden, dass Passanten einen dumpfen Aufprall gehört hatten, als wäre ein Hirsch vor ein Auto gerannt, und ihn dann durch die Luft fliegen sahen, steif wie eine Schaufensterpuppe. Innis klammerte sich an dieses Bild von ihm, nahm es mit ins Bett und träumte es, malte es langsam und sorgfältig mit Buntstiften, sein Vater hoch über einer Straße erstarrt, eine rätselhafte Kleiderpuppe in der Luft, gut gekleidet in dem hellgrauen Anzug, in dem er begraben wurde, seine Augen dunkle Kreise der Verwunderung. Er hatte in einer Werkzeugfabrik gearbeitet, in der Innis nie würde arbeiten wollen, in Nachtschichten, die ihn tagsüber zu einem Buckel im Bett machten, mürrisch beim Abendessen, sodass seine Frau vergaß, warum sie ihn geliebt hatte, und abends mit Freundinnen herumzog, anfangs nur für ein oder zwei Stunden. Sie war schwanger, als sie heiratete, sagte Starr, erlitt eine Fehlgeburt, hier im Haus, und vielleicht noch eine in Watertown, wenn ich mich nicht irre, bevor du zur Welt kamst. Sie wollte hier raus. Ist, soweit ich weiß, auch nie zurückgekommen. Ich könnte dir einiges über deine Mutter erzählen, sagte er zu Innis, aber das mach ich nicht, sie hat ihre Schwächen, und ich hab meine. Munro hat sie geliebt, und er war selbst kein einfacher Mensch. Ich weiß, es war für beide lange Zeit schwer in Boston, für sie und auch für deinen Vater, also werde ich kein Wort sagen. Aber was hätte er Innis erzählen können, was der nicht schon wusste? Schließlich war er mit ihr aufgewachsen, hatte im Zimmer neben ihr geschlafen.

In seinem Zimmer tanzte Innis auf dem Linoleum, das kalt genug war, um darauf Schlittschuh zu laufen, während er in seiner Kommode Wollsocken suchte. Ein bitterkalter Luftzug blies ihm vom Fenster her um die Füße. Als Kind hatte er vor dem Zubettgehen das Fenster einen Spalt weit aufgeschoben, vor dem rauschenden Wind, und die frische Schneeluft eingesogen, bevor er ins Bett krabbelte und sich unter der großen Patchworkdecke wärmte, die seine Oma genäht und geschickt hatte.

Er goss Wasser aus dem angestoßenen Krug in die mit gelben Rosen gemusterte Waschschüssel und machte sich das Gesicht nass. Er war hundemüde, fertig davon, seine Samen einzupflanzen und zu verstecken, die ganze Zeit nervös und angespannt, ob nicht sein Onkel auftauchte. Aber der Gedanke an Schlaf deprimierte ihn, sich an einem weiteren Freitagabend dem Schlaf zu überlassen, abgeschnitten von allem in diesem alten Haus, während Starr mit der geheimnisvollen Frau aus war. Nach ihrer Heirat waren Innis' Eltern in dieses Zimmer gezogen und hatten darin gewohnt, bis sie etwas Eigenes fanden. An dem Tag, an dem er Boston verlassen musste, hatte seine Mutter ihn bei der Hand genommen und geflüstert: Innis, mein Schatz, wenn du angekommen bist, schau doch bitte nach, ob die Waschkommode noch in dem Schlafzimmer steht, ja? Starr hat jetzt ein Badezimmer, aber wir haben uns in der Waschschüssel gewaschen, sommers wie winters mit kaltem Wasser aus dem Krug, und ich hab's damals gehasst. Verdammt nochmal, ihm so was zu erzählen, keine zwei Stunden bevor sein Flugzeug ging und er für immer das Land verließ! Hatte sie denn keine Ahnung, wie er sich an dem Tag fühlte? Aller Übermut futsch, als hätte ihn jemand ins Herz getroffen? Was willst du eigentlich, hatte sie ihn angeschrien, nachdem er das Klo zertrümmert hatte, bist du wahnsinnig oder was? Der Typ, mit dem sie damals ging, ein Mann, den sie wirklich mochte, griff sich seinen Mantel und verschwand noch am selben Abend, sagte, nein danke, der Bengel ist bekloppt. Innis lag am nächsten Morgen im Bett und hörte die beiden Klempner im Badezimmer murmeln, er fühlte sich beschissen, in seinem Kopf nur grauer Schlamm. Was wollte er eigentlich? Nur eins: bleiben, wo er lebte, wo er bisher gelebt hatte. Falls die Behörden sich Tag und Nacht den Kopf zerbrochen hatten, was für ihn die schlimmste Strafe war, die eine Strafe, die ihn fertig machen würde, dann hatten sie sie gefunden.

In diesem Zimmer hatte er jetzt Dinge gesammelt, die seine Mutter und wahrscheinlich auch sein Vater verachtet oder verabscheut hätten. Der Kalksteinbrocken, vom Wasser des Bachs geformt, aus dem er ihn gezogen hatte, ein Kunstwerk. Sein Wanderstock, eine dünne Fichte, die er zurechtgeschnitzt und entrindet hatte, inzwischen von seinen Händen eingeölt, anfangs im Wald eine Krücke für ihn, als er oft hingefallen war, genarrt von der dichten Decke aus Adlerfarn, von verborgenen Löchern, Wasserläufen und umgestürzten Baumstämmen. Der Hirschschädel mit Geweih, den er in einer Astgabel gefunden und in Bleichlauge gesteckt hatte, bis er weiß war: anfangs schauderte ihn ein bisschen, wenn er ihn in nächtlichen Schatten oder gleich nach dem Aufwachen an der Wand sah (Es ist üblich, das Fell dranzulassen, sagte Starr, wenn man sie so aufhängt, mit hübschen Glasaugen, nicht mit hässlichen Augenhöhlen, hol dir nie eine Frau hier rein, die erschreckt sich zu Tode), aber Innis wollte diesen Stromstoß des Erschauerns, wenn er im Dunkeln die Augen aufmachte, er fand es notwendig, so die Großstadt aus sich zu vertreiben. Ein Büschel Federn – Rabe, Adler, Möwe, Schneehuhn. Drei Taschenbücher, eins über Pflanzen und Blumen, eins über Vögel, beide schon zerfleddert, als er sie in dem Gebrauchtwarenladen in The Mines kaufte, und dann das Buch über den Anbau von Marihuana, das er in letzter Minute in seinem Koffer versteckt hatte, in einem Schutzumschlag von einem der Schundromane seiner Mutter, *Die Romanze auf Burg Red Rock*, ein hübscher Bursche in einem Kilt bedrängte eine ängstliche Frau in trägerlosem Abendkleid. Eine Schlangenhaut, die er unter dem Geräteschuppen gefunden hatte und deren trockene Durchsichtigkeit mit dem schwachen Muster ihn fasziniert hatte. Als Starr sie sah, sagte er, heb sie gut auf, dann brennt das Haus nicht ab, hätte Oma gesagt. Anfangs war Innis Schlangen gegenüber misstrauisch, hatte einen Satz gemacht, als ihm die erste über den Weg lief, aber Starr sagte, keine Angst, hier gibt's keine Giftschlangen, weder auf dieser Insel noch auf Cape Breton Island, auch keinen Giftsumach. Er hatte ein paar von seinen Zeichnungen an die Tapete gepinnt, Skizzen vom Wald, von der alten Scheune. Andere versteckte er unter seiner Matratze, solche, die seiner Phantasie entsprungen waren. Einmal hatte er Starr gezeichnet, wie er am Küchentisch saß, Starr hatte gemurrt, aber lange genug für eine Bleistiftskizze stillgehalten. Innis gab sie ihm, als sie fertig war, und Starr betrachtete sie stirnrunzelnd, nickte, na ja, irgendwas von mir hast du eingefangen, aber ich weiß nicht genau, was, und gab sie ihm zurück.

Innis kroch unter die Patchworkdecke, mit dem Zeichenblock auf den Knien. Er zeichnete viel, nicht, weil er mit dem Bleistift und dem Kugelschreiber so geschickt war, was auch seine Lehrer ihm immer bestätigten, sondern weil es schon seit seiner Kindheit etwas war, das er einfach tun musste. Alles, was ihn beeindruckte, Gutes oder Schlechtes, das hielt er später, wenn er allein war, in einer Zeichnung fest. Als er älter und bekifft war, wurde das, was er zeichnete, merkwürdiger, interessanter, eine Art, die Dinge zu sehen, zu der er sonst nicht fand.

Er begann mit ihrem Hut, der weichen, breiten Krempe, ließ aber ihr Gesicht im Dunkeln. Er hob den Pelzbesatz ihrer Stiefel hervor und gab ihr einen Pelzkragen, hoch um den Hals, anmutig wie ihre Beine, das eine angezogen und von eleganten Händen umklammert, das andere ausgestreckt. Um nicht so allein zu sein, um ein vertrautes Geräusch um sich zu haben, stellte er das Transistorradio neben seinem Bett an und suchte den CBC-Sender, der Rockmusik brachte. Manchmal hörte er eine Band, die zu Hause populär gewesen war, die er vielleicht zusammen mit einem Mädchen gehört hatte, wenn sie in einem seiner geborgten Autos fuhren, die Mädchen wussten nie, dass sie geklaut waren. Hintergrundmusik, manchmal brauchte man sie im Leben. Aber er hörte mit der Sendersuche auf, als eine Frauenstimme erklang. Französisch. Sexy, auf ihre Art auch Musik. Er verstand Französisch ebenso wenig wie das Gälisch seiner Großmutter, aber die Frau schien eine Geschichte zu erzählen, er konnte deren Rhythmus hören. Worum es darin ging, war nicht wichtig, denn er stellte sich die Frau selbst vor: rasch zeichnete er ihr Gesicht unter dem Hut, so, wie er sich eine Französin vorstellte, schmal und erotisch, reif, der Mund formte sich zu einem

Wort wie zu einem Kuss, in den Händen hielt sie das Buch. Auf einem anderen Blatt konnte er sie ausziehen, wenn er wollte, sie nackt zeichnen, mit allen Einzelheiten, er beherrschte das. Früher hatten sich Klassenkameraden immer wieder um ihn geschart, ihn gedrängt, eine nackte Frau zu zeichnen. Anfangs waren sie mit der schlichtesten Karikatur zufrieden, mit üppigen Rundungen und einem dunklen Fleck für die Scham, sie sogen das auf, so verboten war es, Mannomann, Innis, was ist, wenn der Lehrer das sieht, sie kreischten, stöhnten, verstummten vor Scheu. Und als seine Fertigkeiten zunahmen, wollten sie Einzelheiten, Haare, Spalten, Öffnungen, eine Nahaufnahme zwischen die Schenkel, sie wollten Anatomie, Paarungen, Schweinereien. Also zeichnete er Männer dazu, Erektionsakrobaten, Vereinigungen in den wenigen Stellungen, die für seine Freunde denkbar waren, denn ihre Vorstellungskraft reichte noch nicht für das Kamasutra. Seine komplizierten Zeichnungen begannen sie zu langweilen, sie machten sich davon, flüsterten nicht mehr: Los, Innis, mal uns was Scharfes, sie sahen sich nach Haut um. Danach zeichnete Innis nur noch für sich. Seine Mutter hatte seine Zeichnungen aufgehoben, bis sie unanständig wurden. Sollen meine Freundinnen die etwa sehen?, hatte sie ihn gefragt, nackte Frauen aus jedem Winkel, den man sich vorstellen kann? Du hättest nicht rumschnüffeln dürfen, Ma. Das ist kein Rumschnüffeln, nicht solange du unter meinem Dach wohnst.

Frauen hier, falls er welche kennen lernte, bei denen er landen wollte, würden nur Fragen stellen, sobald er den Mund aufmachte, wo kommst *du* denn her?, und dann musste er lügen, und er war es leid, sich so zu erfinden, dass niemand nachhaken würde. In Watertown war das letzte Mädchen, mit dem er ging, eine Italienerin, die er nicht nach Hause mitbringen durfte, weil sie katholisch war. Also stahl er ein Auto, um mit ihr eine große Tanzparty zu besuchen, ein Cadillac-Kabrio, violett mit weißem Verdeck, schön und absurd, und sie verließen die Tanzparty bald wieder, um herumzufahren und Kassetten abzuspielen. Er erzählte ihr, er hätte sich den Wagen von einem Onkel geliehen, und sie parkten eine Weile lang unten beim Charles River, dann fuhren sie in ein Wäldchen außerhalb von Boston und schliefen miteinander auf den üppigen Ledersitzen, die sich wunderbar an der nackten Haut anfühlten, eingehüllt in Musik. Nachdem er sie nach Hause gebracht hatte, fuhr Innis den Rest der Nacht über herum, weil das Auto so toll war, dass er es nicht aufgeben konnte, und gleich nach Sonnenaufgang, als er es in einer Seitenstraße abstellen wollte und mit heruntergelassenem Verdeck herumfuhr, schnappte ihn die Polizei. In seinem hellblauen Sakko, mit der Sonne auf dem Gesicht, fand er, das weiße Lenkrad gehörte in seine Hände, aber offenbar sah er nicht danach aus, sonst hätten sie ihn nicht so schnell gefasst. Nachdem seine Mutter ihn gegen Kaution aus der U-Haft geholt hatte, rief er das Mädchen an, aber die wollte nicht ans Telefon kommen. Du bist ein Strolch, schrie ihre Mutter ihn an und hängte auf. Das war die letzte Tour, bis ihn dann seine Mutter in dem Lincoln sah. Da war er schon auf Bewährung. Sie wurde rasend, hielt neben ihm an der Ampel und hupte wie wild, er musste voll aufs Gas gehen und durch Nebenstraßen rasen, um sie abzuschütteln. Als er nach Mitternacht nach Hause kam, war sie immer noch auf. Ich habe das Kennzeichen von dem Auto, das du gestohlen hast, wahrscheinlich fahndet die Polizei immer noch danach. Du suchst dir wohl nicht die billigen aus? Was war das, ein Lincoln Continental? Den hab ich überführt, Ma, für einen Freund. Hör auf, mich anzulügen, Innis. Wenn sie dich wieder erwischen, dann bist du weg, dann verfrachten sie dich nach Hause. Nach Hause?, fragte er, ich *bin* zu Hause. Sie sagte, mach dir nichts vor, sie werden dir zeigen, wo du zu Hause bist. Blödsinn, Ma. Ich lebe hier seit wann, seit meinem dritten Lebensjahr? Ich bin Amerikaner so gut wie alle anderen. Sie sagte, manchmal denke ich, du hast sie nicht alle. Wenn die rauskriegen, dass du nicht die amerikanische Staatsangehörigkeit besitzt, dann weisen sie dich aus, dann schieben sie dich nach Kanada ab. Jetzt hör mal zu, ich will, dass du dich nach Cape Breton verfügst und einige Monate lang bei deinem Onkel Starr bleibst, sofort, noch morgen. Du bist nicht mehr da gewesen, seit du aus den Windeln raus bist, aber das macht nichts. Wenn du das nicht tust, wenn du nicht von hier verschwindest, bei Gott, dann zeige ich dich selber an. Von der Hälfte deiner Autodiebstähle wissen die noch gar nichts. Die kommen dir bald auf die Spur, sollte mich wundern, wenn die nicht morgen früh vor der Tür stehen, gegen dich liegt genug vor. Er sagte, ich gehe nicht dahin zurück, und du kannst mich nicht zwingen. Die haben nichts gegen mich in der Hand. Fahr ich etwa jetzt mit dem Auto? Steht's draußen vor der Tür oder was? Ich hab Handschuhe angehabt. Keine Fingerabdrücke, nichts. Seine Mutter trat dicht vor ihn und sah ihm in die Augen: Mein Gott, was bist du doch blöde!

Das war noch vor dem Porsche, den er für jemand anders klaute. Dafür kriegten sie ihn ran: er war über achtzehn.

Durstig vom Gras drehte Innis den Hahn über der Spüle auf, das Wasser wurde sofort kalt. Er holte ein Glas aus dem Küchenschrank: am Rand war der Abdruck eines Frauenmundes, durchscheinend, rosa. Wann hatte Starr denn eine Freundin hier gehabt, der Mistkerl?

Hätte wenigstens das Glas abwaschen können. Innis ließ es voll laufen. Er schmeckte den Lippenstift, das schwache Parfüm, und dann das Wasser, süß und kalt. Hoch droben im Wald, unter einem baufälligen Verschlag, rieselte die alte Quelle aus dem Gestein, sommers wie winters.

3

Der Schnee war unter der grellen Sonne nass geworden, und Innis hörte mit dem Holzhacken auf, um einen Schneeball zu formen. Er knetete ihn, bis er hart war, und warf ihn wie einen Baseball an den Holzschuppen, mit befriedigendem Knall. Er pfefferte noch ein paar, dann ließ er es. Abends in Watertown hatte er mit Ned Mohney zusammen immer vorbeifahrende Autos beworfen, und wenn die Bremslichter aufleuchteten, waren sie weggerannt. Kinderkram. Harmloser Quatsch. Er hörte nichts mehr von Mohney, nur der Zettel in den M&Ms. Der Mistkerl, wo war der jetzt gerade? Soff im Danny's? Karriolte rum? Innis warf einen Schneeball weit auf die hintere Wiese, zwei Raben flogen schwerfällig auf, ihr vorwurfsvolles Krächzen verhallte im unteren Wald. Die Sonne tat gut, aber der kalte Ostwind blies immer noch über das Treibeis. Da das Meer so nah war, konnte das Wetter rasch umschlagen. In der Meerenge hinter dem Wald sah er Eisschollen, darüber die lange Bergkette, die noch voll Winter war, mit den grauen Spinnweben der Laubbäume und den dunklen, schneebesetzten Nadelbäumen. Manchmal hatte er überhaupt nicht das Gefühl, auf einer Insel zu sein, vom Haus her sah die Meerenge eher wie ein breiter Fluss aus, mit vielen Farbtönen und Stimmungen, spiegelte den Himmel, die dunklen Berge.

Jetzt war sie jenseits der Bäume nachmittags-blau, glitzernde Eisstückchen schwappten im Wasser. Er müsste Vater Lesperance anrufen, aber ihm war heute nicht danach. Vielleicht würde er mal ans Ufer runterschauen, er war nicht oft im unteren Wald gewesen, der endete am Strand, und man musste sich schon ziemlich dämlich anstellen, um sich darin zu verlaufen, denn man brauchte nichts weiter zu tun, als hinauf- oder hinunterzugehen, und man war aus allem raus.

Innis sah zum schneebedeckten Dach hoch. Seine Samen waren immer noch nicht aufgegangen, und langsam machte er sich Sorgen, aber was konnte er tun? Er spaltete noch ein paar Scheite, hieb die Axt in den Hackklotz und ging über die hintere Wiese, vorbei an dem, woran die Raben gepickt hatten, Klumpen aus Kaninchenfell und Blut, und als er bei den Bäumen ankam, hörte er das Dieseltuckern vom Lada, blickte sich um und sah ihn die lange Auffahrt durch die vordere Wiese herunterrollen. Er versteckte sich hinter einer Fichte. Starr würde die kalte Küche gar nicht gefallen, aber sein Pech, was wollte er so früh zu Hause? Der schien sich in letzter Zeit an keine Arbeitszeit mehr zu halten, fuhr ins Geschäft, ganz wie er Lust hatte, und machte es manchmal schon am Nachmittag zu. Innis hatte gesehen, wie er am Küchentisch ein Pappschild zurechtmachte: *Wenn senkrecht nichts läuft, mach's waagerecht. Bis morgen geschlossen*. Er hatte jemanden bei sich, hinter der Windschutzscheibe war noch ein Gesicht. An der Hintertür stieg sein Onkel aus, ließ den Motor laufen, ging hinein und kam gleich wieder zurück, schüttelte den Kopf, bestimmt wegen seines Neffen, und machte die Beifahrertür auf. Stieg eine Frau aus? Der Hut mit der breiten Krempe, sie hielt ihn mit der Hand fest, während sie sich langsam umdrehte und alles betrachtete. Zu weit weg, um sie deutlich zu erkennen, schwarze Haare, dunkler Mantel mit buntem Gürtel. Starr küsste sie, sie umarmten sich und redeten. Innis sah zu, bekam einen Zorn auf Starr, der ihn so überrumpelte, er hatte keine Ahnung, wer die Frau war, aber ihre Nähe spürte er bis in sein Versteck, ihren warmen Atem im kalten Wind, ihr Parfüm. Er hatte keinen Bock, jetzt ins Haus zu gehen, sollten sie doch selber Feuer machen, auch oben, wenn sie wollten. Macht's waagerecht, mir ist das alles senkrecht.

Auf dem alten Küstenweg tastete Innis seine Taschen nach dem Stummel ab, den er sich für später aufgehoben hatte, aber jetzt brauchte. Er suchte unter Erlen Schutz, um ihn anzuzünden, verärgert, dass er mit seinem Stoff so sparsam umgehen musste. Als er da so allein kauerte, flirtete er bald mit dem Selbstmitleid, mit Schuldzuweisungen, aber nein, er wollte sich nicht hineinsteigern, nicht auf seine Mutter schimpfen. Nein, das hatte er sich selbst angetan. Die Herbsttage tauchten wieder vor ihm auf, als er durch den oberen Wald gestromert war, weiter und weiter jenseits der Überlandleitung bis dahin, wo das Land eben wurde, und sich nicht darum geschert hatte, ob er sich verirrte oder nicht. Bis es passierte. Er hatte das Wort immer wieder geflüstert, *verirrt, verirrt,* wie eine Mutprobe. Dann, an einem bewölkten Novembernachmittag, verlief er sich in den Wäldern, die er inzwischen wie ein Stadtviertel zu kennen meinte, und war so hilflos, wie ein Junge aus der Stadt es nur sein konnte. Du bist zu leichtsinnig, hatte Starr noch am Tag vorher zu ihm gesagt, im Oberwald so rumzustreunen, du kennst die Gegend nicht, da oben gibt's keine Taxis, Teufel auch, keine Straßenschilder, das ist nicht Watertown und schon gar nicht Boston. Und Innis hatte ihn angefahren: Dafür muss man kein Genie sein, ich bin hundertmal da oben gewesen und zurückgekommen. Es stimmte zwar, als er nach Cape Breton gekommen war, hatte er keine Ahnung vom Wald gehabt, nicht mal gewusst, wie die Bäume hießen oder wie man sicher unter ihnen seinen Weg fand. Aber sie halfen ihm, sich zu verstecken, gleichgültig nahmen sie ihn auf. Langsam hatte er erkannt, dass die Eigenarten der Blätter etwas zu bedeuten hatten, dass Rinde nicht nur ein alltägliches Wort war, sondern ein Kennzeichen, hier glatt und grau, da rissig und dunkelbraun, dass Stamm und Zweige in verschiedenen Umrissen wuchsen und dass Insektenfraß, Braunfäule und Blitzschlag, Lichtmangel und Windbruch unverkennbare Merkmale hinterließen, Merkmale, aus denen man ein unsichtbares Seil drehen konnte, das einen dahin zurückführte, woher man gekommen war. Er hatte sich weiter und weiter vorgewagt, probierte aus, was er gelernt und beobachtet hatte. Er hatte das Gefühl gehabt, dass tief im Innern des Waldes etwas lag, wenn er nur immer weiter ging. Anfangs hatte er in seinem kleinen Block nur Skizzen gemacht, wenn ihm eine bestimmte Form auffiel. Er fragte Starr äußerst ungern etwas über den Wald, er wollte alles allein lernen, aber er hatte ihn hin und wieder nach dem Namen eines Baums gefragt, und nachdem er sich das Taschenbuch über Bäume gekauft hatte, merkte er, dass sein Onkel sich manchmal irrte (Du hast das einen Silberahorn genannt, aber das ist überhaupt kein Ahorn, schau dir die Blätter an, das ist eine Pappel, eine Silberpappel, und Starr sagte: So haben wir den immer genannt, und deshalb nenne ich den so, oder lebt der Bursche, der das Buch geschrieben hat, etwa hier?), und als Innis die Bäume kannte, zwischen denen er ging, sie sorgfältig mit dem Bleistift gezeichnet hatte, gab ihm das ein Gefühl, den Wald auf seine Art kartiert zu haben, sodass er nicht mehr verwirrend und weglos war, sondern begehbar, seinem Verstand unterworfen, nicht wie die Straßen in Boston, aber eine Zufluchtsstätte für ihn ganz allein. Trotzdem hatte er sich verirrt. Die Sonne, die er immer links von sich gehabt hatte, war verschwunden, versunken in einem milchigen Himmel, und der Wind, der ihm von Osten her ins Gesicht geweht hatte, war irgendwie umgesprungen, fuhr ihn aus verschiedenen Richtungen an und überschüttete ihn mit welkem Laub. Kleine Lichtungen in dichten Fichten und Tannen und kahlen Laubbäumen, auf die er zustürzte, führten ihn an der Nase herum. Die umgestürzten Bäume, an denen er sich orientiert hatte, indem er sich die Fallwinkel merkte, die besondere Art, in der sie auf dem Weg nach unten abgebrochen waren, schienen in den vagen, sonnenlosen Schatten verschwunden zu sein. Die stachlige grüne Monotonie der Fichten würde die Nacht schnell und gründlich herbeibringen, und das machte ihm Angst – alles, was er gelernt hatte, würde sich in Dunkelheit auflösen. Er versuchte mit seiner Willenskraft den Wald, der ihn umgab, in ein Muster zu zwingen, das er wiedererkannte, in ein lesbares Arrangement aus Laubwerk und Zweigen und Licht. Aber die toten und halb toten Bäume, die in die Äste der lebenden gefallen waren, knarrten und sägten im Wind, ein Gespräch aus Geräuschen, dem er nachts nicht lauschen mochte. Wo war der mannshohe Baumstumpf, der nicht zu übersehen war, der einen regelrecht anschrie, aus seinem zerfetzten Hals mit dem blutroten Mark, vom Sturm vor zwei Wochen geköpft? Wo war der ameisenbraune Baumstamm der alten Birke? Ohne die Sonne mit ihren schrägen Strahlen sah jede Hirschspur überzeugend aus, lockte ihn ein paar Schritte weit, bis eine neue erschien und ihn verleitete, plötzlich spürte er mit einem raschen Atemzug der Panik, wie gründlich falsch alle seine Schritte waren, der Wald wurde immer tiefer und zog sich vor ihm zurück, wurde zu dem dunklen abstrakten Bild, das er früher davon gehabt hatte. Ein Großstadtjunge ohne Großstadt. Er ging wuchtiger, als würde die schiere Schwere seiner Schritte ihn hinausführen, stampfte durch das verrottende Laub. Er fluchte, er biss sich auf die Lippen, er wollte sich nicht wie ein Kind fühlen, das gesucht werden musste, er war neunzehn, aber das Gefühl ergriff von ihm Besitz. Starr war sicher schon von der Arbeit zurück, kochte vielleicht was zum Abendessen und brummelte, wo zum Teufel ist Innis. Ich bin hier, verdammt nochmal, in irgendjemandes Wald, der die halbe Welt bedeckt und menschenleer ist. Er ruhte sich auf einem Baumstamm aus, der schon so lange am Boden lag, dass glänzende Pilzfächer aus seinen moosigen Flanken wuchsen. Wie lange würde es dauern, bis der Alarm ausgegeben wurde? Bestimmt nicht, bevor es ganz dunkel war, Starr würde ein oder zwei Anrufe machen und dann die Ferry Road entlangfahren und durch die Windschutzscheibe Ausschau halten. Oder er würde denken, sein Neffe sei wieder abgehauen, vielleicht sogar in jemandes Auto, wie der Autodieb, der er mal gewesen war, ich habe sowieso nicht erwartet, dass Innis in Cape Breton bleibt, das ist hier nicht Boston, es genügt ihm nicht, dass er hier geboren wurde, das ist nicht sein Ort. Innis hatte Angst, so zu enden wie die Frau ein paar Höfe weiter, ein Stadtmensch wie er selbst, sie war zu Besuch bei ihrem Bruder und ging in den Wald oberhalb seines Hauses, um Pilze zu suchen, und sie verirrte sich so gründlich, als wäre sie in Südamerika. Innis wusste jetzt, wie es passierte, sie musste einen prächtigen Pilz abseits vom Weg gesehen haben, ein verlockendes gelbes Büschel, schöner als Blumen, und sie war ein Stückchen hierhin gegangen und ein Stückchen dorthin, und dann hatte sie sich plötzlich aufgerichtet und sich so gefühlt, wie Innis sich jetzt fühlte – klein und in die Irre geführt. Die Mounties kamen und ließen keinen Ortsansässigen auf die Suche gehen, denn ein Spürhund war angefordert worden, und sie wollten nicht, dass die Witterung von Suchern zerstört wurde, und bevor der Hund eintraf, kam in der Dämmerung extra ein Hubschrauber aus Shubenacadie, flog eine Weile lang vergeblich über den Bäumen herum und landete dann unverrichteter Dinge auf einem Hof. Der Spürhund schaffte es, ein deutscher Schäferhund, der emsig die spiralförmige Spur der verängstigten Frau umkreiste und aufzeigte, wie sich Minute um Minute die Panik in ihr verhakt hatte, bis sie schließlich ziellos durch dichtes Gestrüpp stolperte und auf ihr Glück hoffte. Der Hund fand sie gegen Mitternacht am Rande eines Moors; inmitten von Beeren, die sie vor lauter Angst nicht gegessen hatte, stand sie zerkratzt und von Bremsen und Mücken zerstochen im grellen Schein der Taschenlampen. Aber Innis wollte die Mounties nicht auf sich aufmerksam machen oder hier von einem Hund und freundlichen Rettern herausgeführt werden, er hatte keine Lust, das hämische Grinsen seines Onkels zu sehen, er wollte nicht in den Zeitungen stehen oder in den Nachrichten genannt werden, denn dann würden alle erfahren, weshalb er wieder hier war. Mit geschlossenen Augen atmete er tief durch. Das war ein schlimmer Rückschritt, ein Gebietsverlust. Nur seine Ohren blieben wachsam. Im Rauschen und Knarren der Bäume war für einen Moment ein Geräusch zu hören, das ihm Schauder über den Rücken jagte – leise Pfoten auf weichem Laub. Rasch stand er auf und ahnte mehr, als dass er es sah, wie etwas Pelziges hinter einem Stapel grauer Fichtenstämme verschwand. In gemächlicher Flucht. Kein Hirsch, etwas, das sich leiser und auf kürzeren Beinen bewegte. Das Herz schlug ihm bis zum Hals, dann beruhigte er sich. Mein Gott, wie oft hatte er irgendein Tier aufgeschreckt, einen Vogel, ein Kaninchen? Warum jetzt davor Angst haben? Er stapfte wieder los, machte sich keine Gedanken über die Richtung oder den Wind. Er gelangte an einen kleinen Wasserlauf, der sich irgendwann zur Straße hinunterschlängeln musste, das wusste er. Er folgte ihm, bis das Rinnsal im Boden verschwand und nur glitschiges Laub hinterließ. Er blieb stehen: der Himmel nahm für einen Augenblick eine seltsame Helligkeit an, und die Bäume schienen sich zu verkehren, wie diese Trickpostkarten, deren Bilder sich veränderten, wenn das Licht in bestimmtem Winkel darauf fiel, und er erspähte eine hohe, gerade Föhre, die ihm so vertraut war wie ein Haus, und als er um sie herumging, fand er das Brandmal, das er vor einem Monat in ihrem dunklen Stamm hinterlassen hatte, zwar verschmutzt von ausgeflossenem Harz, doch es war, als stünde dort sein Name geschrieben.

Innis hörte die Hupe vom Lada, dieses gereizte Tuten; was für eine lahme Karre, keine Frau, die etwas auf sich hielt, würde sich darin sehen lassen. Starr musste entdeckt haben, dass seine Fußspuren vom Holzstoß wegführten. Er hastete den Rest des Weges durch den unteren Wald und wäre einmal fast hingefallen, hoppla, der Stummel hatte es in sich gehabt. Er sprang von der Uferböschung auf den Strand und stapfte durch die Mischung aus Schnee und Eis, spürte den Biss des Windes. Der Berg jenseits der Meerenge kam ihm höher vor als die bewaldeten Hügel von St. Aubin hinter ihm. Im Januar war alles immer noch schieres Eis gewesen, bis hinüber auf die andere Seite. Aber jetzt regte sich das dunkle kalte Wasser, Wellen leckten die Eisschollen, die sich an Uferfelsen und Treibholz verfangen hatten. Die Stürme hatten einen riesigen Baumstamm hereingetrieben, seine amputierten Wurzeln waren schon vom Meer benagt und mit Eiskrallen besetzt. Er zog an einem gelben Seil, das sich durch den Schnee schlängelte, und zog eine Hummerboje heraus, in fröhlichem Rot und Weiß, und er wirbelte sie herum und schleuderte sie hinaus ins Wasser. Die Wellen würden sie wieder anspülen, oder würde die Strömung sie erfassen und mit der Ebbe hinaustragen, unter der großen Brücke durch ins offene Meer? Ein dickes Hanftau lag im Wirrwarr des Strandguts wie eine verwitterte Python. Starr hatte hier als Kind gespielt, war hier geschwommen. Schwer vorstellbar, dass es je warm genug war. Ein Baumstumpf, so oft durchnässt und ausgetrocknet, dass er sich geöffnet hatte wie ein Buch, lange Lamellen hölzerner Seiten.

Für eine Insel, hatte Starr ihm erzählt, als er ankam, ist St. Aubin ebenso gut Land wie Wasser, das Land ist auf drei Seiten nah, wir sind ein langer Brotlaib von einer Insel, in Cape Breton Island verstaut, und das Wasser im Westen und Süden ist unser Herz, der große See, Salzwasser, die Gezeiten kommen zwar bis in die Meerenge drüben beim Berg, aber im Nordosten haben wir den Atlantik, du kannst ihn von hier aus nicht sehen, nur, wenn du weiter oben bist, das Meer ist nicht weit, es ist da draußen, hell und groß. Du könntest also an schlimmeren Orten sein, das ist hier nicht wie auf St. Kilda. Innis hatte erwidert, ihm wäre eine abgelegene Insel am liebsten, wo man nichts als das Meer sah, aber das war in den ersten Tagen nach seiner Ankunft, als ihm ziemlich egal war, was mit ihm passierte. Es half ihm nicht gerade, als Starr zu ihm sagte: Ich habe lange Zeit allein gelebt, und wenn ich die Wahl hätte, würde ich eine Frau hier einquartieren, nicht einen Neffen, der sein Leben verpfuscht hat. Sicher, Onkel. Wer kann dir das verübeln?

Obwohl die Gezeiten sich unter der dunklen Oberfläche hindurchwanden, war die Meerenge bis hinüber zum Bergufer über einen Monat lang zugefroren gewesen, und er war einmal mit Starr aufs Eis hinausgegangen, der ihn gewarnt hatte, man musste das Eis lesen können, sonst konnte es einen rasch in ein schwarzes Loch holen, dann zog einen die Strömung hinunter und riss einen fort. In der Zeit vor gepflasterten Straßen hatten die Leute sich über das Eis fortbewegt, denn wenn es fest war, gab es einen guten Verkehrsweg ab, man konnte darauf überall hingelangen. Jetzt trieben nur Eisschollen auf das offene Meer zu.

Er stöberte am Ufer entlang, trat nach Eisstücken, seine Augen schmerzten im Wind. Wenn er high war, waren alle Gegenstände wesentlich interessanter als sonst, sogar eine Rumflasche, deren buntes Jamaica-Etikett halb abgerissen war. Die Sonne von Jamaika, klasse. Und *ganja*. Seine Hände waren schon kalt, trotzdem streifte er den Schnee von dem großen Baumstamm und setzte sich hin. Er holte seinen Block heraus, zeichnete aber nicht das Ufer – das war ihm zu neu, und er wusste noch nicht genau, wie es ihm damit ging; so nah am Wasser, auf gleicher Ebene damit, fühlte er sich nicht ganz wohl –, sondern die Quelle oben im Wald, wo ein Tier getrunken hatte und gleich danach er, es musste eine Katze gewesen sein, ganz verstohlene Scheu, reglos am Rand der Quelle kauernd, nur die vor- und zurückschnellende Zunge bewegend, der Wind zauste ihre Fellspitzen, die letzten spärlichen Schneeflocken tanzten. Innis benutzte einen schwarzen Kugelschreiber, um ein Gefühl für den Wald zu bekommen, die federigen, trudelnden Schneeflocken, die Stille in schlichten Linien, schwarz auf weiß, und der dunkle Mund der Quelle, diese kleine, murmelnde Höhle, die schwachen Pfotenabdrücke. Mit der

Katze, oder was es auch war, würde er warten müssen, bis sie sich zeigte, aber er konnte sie auch erfinden, er stellte sich gern einen Schneeleoparden vor. Wer wollte ihn daran hindern? Er konnte zeichnen, wozu er Lust hatte. Der Kugelschreiber begann auszusetzen, er steckte den Skizzenblock in die Tasche und stromerte weiter, in die kleine Bucht, wo er einen langen Buckel jenseits der Hochwasserlinie untersuchte, eine blaue Persenning, deren Ecken mit Steinen beschwert waren, bedeckte ihn. Er klopfte daran. Holz. Jemand zu Hause? Er kniete sich hin und hob die Persenning wie einen Rock hoch: ein Boot, stumpfe weiße Farbe. Ein Ruderblatt war zu sehen. Er stand auf und sah auf das Wasser hinaus, wo die Wellen mit ihren weißen Kämmen in der Sonne sprangen. Wer würde es wagen, da hinauszurudern? Das erregte ihn, die Vorstellung ebenso wie die Tatsache, dass er auf sicherem Boden stand. Vielleicht brauchte man gar nicht zu rudern, vielleicht trug einen die Strömung bis hin zur Brücke und weiter, während einem kalte Gischt ins Gesicht sprühte. An einem warmem Frühlingsmorgen in Boston hatte er mal am Charles River im Gras gelegen, total bekifft, froh, allein zu sein, der Verkehr ein fernes Geräusch, plötzlich hörte er das synchrone Stöhnen von Ruderern in einem Achter, Harvard-Studenten in ihren scharlachroten T-Shirts, und er richtete sich auf, um zu beobachten, wie ihr Boot vorbeiglitt, die Ruder so kraftvoll wie Flügel, die Ruderer blind für alles außerhalb ihrer Aufgabe, und er sehnte sich danach, mit ebenso hämmerndem Herzen dazusitzen wie sie, ihre Erschöpfung zu teilen, ihre Kameradschaft, ihr Wissen, das er nie erwerben würde. Starr sagte, deine Großmutter hat dort drüben auf der anderen Seite gewohnt, und mein Vater ist rübergerudert, um sie zu sehen, selbst bei scheußlichem Wetter, so groß war seine Sehnsucht.

Innis schirmte die Augen ab, aber die Bäume auf dem Berg erstreckten sich vom Grat bis ans Ufer, verbargen alles Leben, was dort noch war. Er erspähte ein oder zwei Häuser, die in die Bäume eingebettet waren wie weiße Holzsplitter, aber er konnte nicht erkennen, ob sie alt genug waren, um seine Großmutter beherbergt zu haben. Ihm war jetzt kalt, vom Gras wurde ihm immer kalt, und eine deutliche Erinnerung tauchte auf, er war vier Jahre alt, und seine Mutter nahm ihn mit in die Abteilung für Damenkonfektion eines Warenhauses, und er ließ ihre Hand los, um sich durch die voll hängenden Kleiderstangen zu zwängen, begierig auf den Geruch, das Gefühl von Frauenkleidern an seinem Gesicht, fasziniert von einer schlanken Schaufensterpuppe hatte er sich hingekniet, um ihr unter den Rock zu schauen, und über ihm lachten die Frauen, auch seine Mutter, er hörte ihr Gelächter immer noch. Man wusste nie, was Kiff wachrufen würde, welche Erinnerung.

4

»Claire, das ist Innis. Der Hinterwäldler aus Boston.«

»Genau«, sagte Innis und machte das Friedenszeichen. »Hallo.« Die Küche vertrieb den Rest vom Kiff aus seinem Kopf, es blieb gerade noch genug, dass er auf die Stimmung seines Onkels eingehen konnte. Er schwitzte und war vom langen Weg herauf ein bisschen benommen, und es gab bestimmt einen besseren Zeitpunkt, um die Frau kennen zu lernen, die am Tisch saß, die Haut über den hohen Wangenknochen rot von der Winterluft, die Augen dunkel, blank von der Kälte. Sie sah ihn mit ruhiger Offenheit an, erfasste ihn, dann lächelte sie.

»Hallo, Innis.«

»Tut mir leid, dass die Küche kalt war. Ich bin vom Weg abgekommen.«

»Innis verbringt viel Zeit auf Abwegen«, sagte Starr und nahm mit dem Heber einen Herdring hoch. Innis musste ein wenig lächeln: das stimmte zwar, aber ihm gefiel nicht, wie sein Onkel es sagte. Starr stocherte mit dem Haken im Herd herum, bis Flammen aufloderten. Er knallte den Herdring wieder an seinen Platz. »Hör zu, Claire bleibt eine Weile hier.«

»Eine kleine Weile«, warf Claire ein. Sie schien zu befürchten, dass Innis nicht begeistert sein würde. Sie hatte Recht: noch jemand, der hier reinplatzte, noch jemand, der aus einer Laune heraus die Tür zur Dachkammer aufmachen konnte.

»Geht klar«, sagte Innis. »Super. Ich bin hier auch nur zu Gast.«

»Sie hat Ärger gehabt«, sagte Starr, »mit einem Exfreund, einem Expartner. Wie auch immer, jedenfalls hat der Scheißkerl sie geschlagen. Schau mal.« Sanft hob er ihr Kinn an, damit die Deckenlampe auf eine dunkle Strieme am Rand des einen Auges schien.

»Nichts Ernstes«, sagte sie und schob die Hand ebenso sanft fort. »Es tut ihm schon leid. Es war auch das erste Mal.«

»Und das letzte Mal, das schwöre ich dir«, sagte Starr und nahm einen grünen Wollschal vom Haken an der Wand. Er wickelte ihn um den Hals und steckte die Enden unters Revers seines schwarzen Wollsakkos, das schon etwas abgetragen war, aber Innis hatte es noch nie tagsüber an ihm gesehen, und der Schal war eine neue Note, ein bisschen verwegen für Starr, der blendend weiße Hemden bevorzugte, die er samstags in Bleichlauge steckte und mit größter Sorgfalt bügelte, fluchend seine versengten Finger leckend. Er war auch beim Friseur gewesen, sein welliges graues Haar war sorgfältig gebürstet und glänzte von Pomade. Vielleicht brachte ihn diese Claire vorteilhaft zur Geltung, jedenfalls sah er auf raue, kantige Art gut aus, und Innis, immer noch vom Kiff befeuert, hätte es ihm beinahe gesagt, aber er hatte gelernt, seine Zunge in solchen Momenten im Zaum zu halten, wenn ihn Überschwänglichkeit oder peinliche Zuneigung packte: meistens bedauerte er es, wenn die Wirkung vom Gras verflogen war. Trotzdem hatten Starr und Claire etwas an sich, als wären sie durchgebrannt, als hätte Starr eine Braut heimgebracht, um von Innis die Zustimmung, den Segen zu erhalten, hier auf der anderen Seite der Schwelle, denn Innis gehörte jetzt zum Haus. Aber nein: das war bekifftes Denken, also sag nichts Überflüssiges.

Starr beugte sich zu ihr und redete leise. »Also, ich fahr jetzt zurück und hol deine Sachen. Gib mir lieber deine Schlüssel. Du sagst, deine Koffer sind schon gepackt?«

»Zwei, in der Diele. Er hat einen mit dem Fuß aufgetreten und die Sachen verstreut. Du brauchst dich nicht drum zu kümmern. Aber Starr, wenn Russ zu Hause ist? Vergiss es einfach, ja?«

»Hat er eine Waffe?«

»Ich glaube nicht. Er hat nie was davon gesagt. Aber bitte ...«

»Bitte? Ja, das werde ich zu ihm sagen, wenn er da ist. Du prügelst gern Frauen? Versuch's mal zur Abwechslung mit mir. Bitte, tu mir den Gefallen.«

»Starr Corbett, der Retter in der Not«, sagte Innis.

»Du musst's ja wissen, Tiny Tim.«

Innis spürte, wie ihm die Röte ins Gesicht stieg. »Hör doch auf, Starr«, sagte er und fasste sich in die Haare. »Sie sind kürzer als bei meiner Ankunft.«

Was hatte Starr ihr über ihn erzählt? Einen Teil der Wahrheit? Wenn ja, bestand keine Aussicht auf Harmonie. »Er hält mich für einen Hippie. Er ist natürlich noch nie einem begegnet.«

»Von wegen.« Starr zog Lederhandschuhe an und klatschte erst die rechte Faust in die linke Handfläche, dann umgekehrt. »Wir hatten ein ganzes Haus voll, weiter unten an der Straße, der alte Hof der MacLeans. Die haben das Haus besetzt und sich da eingenistet. Der Vietnamkrieg hat sie hier raufgescheucht wie eine Schar Hühner. Erst haben wir uns nicht drum gekümmert, aber dann fährt Alec Grant eines Nachmittags in seinem Wagen, und einer von denen läuft direkt vor ihm über die Straße, sieht völlig verträumt aus und ist nackt wie ein gepelltes Ei. Wär's eine Frau gewesen, hätt's Alec nichts ausgemacht. Aber ein langhaariger Hippie mit wildem Bart und nacktem Arsch, nein danke. Ein paar von uns sind hingegangen und haben denen bei der Abreise geholfen.«

»Hippies prügeln sich nicht«, sagte Innis. »Das dürfte nicht schwer gewesen sein.«

»Hast Recht, war's auch nicht. Aber so friedlich waren die gar nicht, das kann ich dir flüstern. Sag mal, hast du nichts zu tun, oder drückst du dich einfach? Ich weiß schon gar nicht mehr, wie dein Geld aussieht.«

»Ich hab noch welches zu kriegen, und da ist ein Priester mit einem Sommerhäuschen, das gestrichen werden muss, unten am alten Fährenkai.«

»Ein Priester? Das bringt bestimmt einen Batzen. Claire, Schatz, im Küchenschrank steht Rum. Innis, zeig ihn ihr. Du brauchst einen Drink, Mädchen. Ich muss los.« Er machte die Hintertür auf, blieb aber stehen, als wäre ihm noch etwas eingefallen. Er warf Innis einen Blick zu. »Für dich aber keinen. Du trinkst nicht.«

»Genau, Onkel. So was rühre ich nicht an. Sind das deine Lada-Rennfahrerhandschuhe?«

»Werd ja nicht frech. Und nenn mich nicht Onkel.« Er winkte Claire zu und schloss die Tür. Innis seufzte, blieb aber reglos, während der Lada immer wieder aufheulte und dann die Auffahrt hochknatterte. Danach setzte er sich an den Tisch und machte seinen Parka auf. »Heiß«, sagte er. Er lächelte Claire zu, die sich eine Zigarette anzündete. Sie blies den Rauch an die Decke und zeigte einen hübschen Hals, elegant und muskulös.

»Er hat's mit den Haaren, wie?«, sagte sie. »Mein Gott, als ich in deinem Alter war, hätte ich viel für lange glatte Haare gegeben.«

»Wieso?«, sagte Innis. »Ihre Haare sind doch schön.« Sie erinnerten ihn an das Schwarz von Krähen, wenn das Licht sich auf den Flügeln fing.

Sie lächelte. »Hör zu, ich ziehe hier nicht ein. Ich will nur ein oder zwei Wochen untertauchen.«

»Ich bin hier auch bald wieder weg, so im September. Spätestens.«

»Gefällt's dir hier nicht?«

Sie hatte die dreißig schon eine Weile hinter sich, auch andere Männer als Starr und andere Gegenden als Cape Breton, riet Innis. Sie sah anders aus als die Frauen, die er hier gesehen hatte, ob von nahem oder auf der Straße, ob in The Mines oder in Sydney. Sie wusste, dass sie attraktiv war, das merkte er, aber sie machte nichts davon her.

»Was mir hier gefällt, kann ich nicht erklären«, sagte Innis. »Jedenfalls ist es nicht genug.«

»Ein junger Mann wie du, der will natürlich weg. Ich bin mit meinem Freund aus Ontario hergekommen, der, dem Starr hoffentlich nicht begegnet. Er hat vierzig Hektar Land gekauft, um Traber zu züchten.«

»Wo?«

»Hier auf St. Aubin, unten bei Black Rock.«

»Da war ich noch nie.«

»Das Gelände endet an der Steilküste, direkt am Meer. Fast hätte ich gesagt, unser Gelände. Es war sein Vorhaben, aber es hat viel von meinem Geld gekostet.«

»Pferde können viel Geld bringen.«

»Ihm nicht, nicht Russ. Davon hat er immer geträumt.«

»Ist das schlimm?«

»Nicht, wenn du mit beiden Beinen auf dem Boden bleibst. Sein Geld ist futsch, zusammen mit einigen anderen Sachen.«

»Ein Reinfall.«

»Er kommt damit nicht gut zurecht. Was ist eigentlich mit dem Rum?«

»Au, tut mir leid.« Er holte rasch den Rum heraus und ein Glas, das er gegen das Licht hielt, um zu sehen, ob er es abgewaschen hatte. »Mit was drin?«

»Nur Wasser und Eis. Ist es anständiger Rum?«

»Captain Morgan.«

»Ach du je.«

»Starr ist nicht wählerisch. Solange er davon blau wird ... «

»Ich bringe ihm guten Geschmack bei. Jetzt legt er schon mal Wert auf eine gute Flasche Wein.«

»Das muss doch hier für Sie absolut öde sein, verglichen mit Ontario. Aus Toronto?«

»So in etwa. Ich war Stewardess. Aber nein, Cape Breton ist schön. Man ist immer wieder überrascht, was man hier alles findet, wenn auch nicht unbedingt guten Wein. Sydney ist natürlich nicht Boston.«

»Nach dem, was ich davon gesehen habe, nicht, aber ich kenne es kaum. Ich komme nicht viel rum.«

»Wieso nicht?«

»Kein Auto.«

»Das ist natürlich blöde, wenn man hier draußen wohnt. Kann Starr dir nicht seins leihen?«

»Die Klapperkiste? Lieber fahre ich per Anhalter. Heiß hier drin, nicht?« Innis zog seinen Parka aus und sah nach der Herdklappe. »Hat Starr Ihnen was von mir erzählt?«, fragte er mit dem Rücken zu ihr.

»Ein bisschen. Dass du sein Neffe bist. Aber ich weiß nicht, warum du aus Boston hergekommen bist. Du kannst mir was von dir erzählen. Ich höre zu.«

»Mein Leben war bisher total langweilig. Das richtige Leben liegt noch vor mir, so sehe ich das. Kommen Sie, ich zeige Ihnen das Haus.«

Sie war größer, als er gedacht hatte, bestimmt so groß wie Starr, um ihren langen schwarzen Pullover trug sie einen breiten lavendelblauen Gürtel. Innis führte sie in die Diele und knipste das Licht an, um ihr die alten Fotos zu zeigen, erfand Namen, wenn er sich nicht erinnern konnte, was Starr ihm erzählt hatte. »Das ist der Vater meiner Mutter mit einem seiner Freunde, hat sich wohl stadtfein gemacht, sehen Sie den Bowler, den er in der Hand hält? Er war Maurer, hat im Stahlwerk in Sydney gearbeitet, hat die Hochöfen gemauert.« »Er sieht gut aus«, sagte Claire, und Innis hätte ihr gern erzählt: Die Leute meinen, ich sehe ihm ähnlich. »Das ist die gute Stube«, sagte er, »die Möbel sind uralt, die meisten davon. Ich glaube, mein Großonkel hat die Tische gemacht, die Betten und die Kommoden oben, ein guter Tischler, wie mein Großvater. Die Schaukelstühle und der Schrank sind von ihm. Die Leute hier haben vieles ins Feuer geschmissen, sagt Starr, sie fanden die Sachen scheußlich, sie wollten neue Möbel, besonders nach dem Krieg. Aber hier im Haus hat man daran festgehalten.

Und sie sind ja auch scheußlich, mit dem uralten dunklen Firnis.« »Eigentlich nicht«, sagte sie, »jetzt sind es Antiquitäten. Sie haben eben die Atmosphäre einer anderen Zeit. Manchmal zählt nur die Atmosphäre.« Sie fuhr mit dem Finger über den Kaminsims und hielt ihm den Finger lächelnd entgegen. »Ja, ja«, sagte er, »mit dem Staubwischen sind wir in Rückstand. Der Kamin bleibt immer kalt, Starr benutzt ihn nicht. Der Fernseher ist doch ein Ding, was? Ich glaube, den hat mein Großvater gezimmert.«

Innis ließ sie auf der Treppe vorgehen und beobachtete, wie ihre Hüften sich unter dem Wollrock bewegten, ihre teuren Lederstiefel ließen kaum etwas von ihren Beinen sehen. Wenig Hoffnung, dass sein Onkel aufgehalten werden würde und er diese Frau bis in den Abend hinein unterhalten musste. Vielleicht hatte sich Starr mit diesem Russ mehr eingehandelt, als er gedacht hatte, eine richtige Schlägerei, die Mounties würden gerufen werden ... Er ging an ihr vorbei und knipste das Licht an. Er zeigte ihr zuerst das Badezimmer. »Das war mal ein kleines Schlafzimmer, bis die Toilette und alles eingebaut wurde. Starr kann viele Geschichten vom Außenklo erzählen. Das war ziemlich krass, der Kackeimer und so, Nachttöpfe, kaltes Wasser.« Sie schüttelte sich. »Es ist kalt hier oben. Dicke Decken, hoffe ich.« »Ganze Truhen voll. Hier ist das Gästeschlafzimmer. Ich mache Ihnen das Bett zurecht, ich weiß, wo die Bettwäsche ist. Es sei denn, ich meine ...« Er war wortlos an Starrs Schlafzimmer vorbeigegangen, obwohl die Tür weit offen stand und das Bett ordentlich gemacht war. Er mochte nicht einmal daran denken, dass sie es mit Starr teilen könnte, trotzdem fühlte er sich wie ein Jugendherbergsvater oder ein Familienvater, als er sie zu dem sicheren Schlafzimmer neben seinem eigenen führte. Aber sie berührte seinen Arm, um ihn zu beruhigen. »Dieses Zimmer ist doch wunderbar. Ein großer Baum vor dem Fenster. Und Tapete!« »Grauenhaft«, sagte er, »aber nicht so schlimm wie die bei mir.« Er zeigte ihr das Zimmer nebenan. »Da, sehen Sie.«

»Ach«, sagte sie. »Du zeichnest.«

Innis blieb in der Tür stehen, während Claire von Zeichnung zu Zeichnung ging, sie von nahem betrachtete und sich dann zurücklehnte. »Hübsch, du bist sehr gut. Das Gesicht von dem alten Mann, phantastisch. Wer ist das?«

»Ein Alter am Ende der Straße. Er hat ungefähr hundert Jahre auf dem Buckel. Ich habe ihm die Militärmütze mit der Feder aufgesetzt, aber so hat er mir nicht gesessen, ich hab's aus der Erinnerung gezeichnet. Dan Rory MacRitchie.« Er sah, wie ihre langen, schlanken Finger geistesabwesend über den Glasschirm seiner Lampe strichen, über sein Radio, über die Federn in einer gesprungenen Vase. Eine Frau in seinem Zimmer. Einfach zu viel. »Irgendwann werde ich Sie zeichnen, wo Sie schon mal hier sind.«

»Von mir aus gern. Aber du musst mir schmeicheln, wenn du kannst.«

»Kinderspiel.«

»Mein Gott, bist du Jäger?« Sie berührte den Hirschschädel. »Der ist ja grausig.«

»Der ist inzwischen wie ein Freund, ich kann nicht ohne den einschlafen. Ich gehe nicht auf die Jagd. Ich habe ihn im Wald gefunden.«

Auf dem Treppenabsatz blieb sie vor einer geschlossenen Tür stehen. »Noch ein Schlafzimmer?«

»Ach i wo. Die Dachkammer, voller Gerümpel. Bis zu den Dachsparren. Wenn man nur die Tür aufmacht, wird man schon dreckig.«

Sie starrte die Tür an, bis Innis spürte, wie sein Herz sich erholte. Ein paar Augenblicke lang hatte er den Drang, ihr alles zu sagen, die Tür aufzumachen und ihr zu zeigen, dass dadrin etwas war, was nur ihm gehörte. Stattdessen rüttelte er am Türknopf. »Sehen Sie? Abgeschlossen. He, Sie haben noch gar nicht den kleinen Eckkeller gesehen, in dem früher die Vorräte aufbewahrt wurden.«

»Vielleicht lassen wir den für diesmal aus, Innis.«

»Wenn Sie übrigens Knarren und Stöhnen hören, das kommt nicht von mir, das sind die Grundmauern, ohne Mörtel gefügte Steine.«

»Ich sollte meine alte Nummer anrufen. Ich weiß nicht, was da drüben vorgeht.«

»Plaudern Sie keine Geheimnisse aus. Ungefähr sechs Dutzend Leute hören immer mit.«

Sie lachte. »In Black Rock ist es genauso. Ich bin daran gewöhnt.«

Niemand nahm in ihrem alten Zuhause den Hörer ab, aber Starr kam gleich nach Einbruch der Dunkelheit zurück, polterte mit zwei Koffern durch die Hintertür, mit rotem Kopf, außer Atem, hochzufrieden mit sich und gesprächig. Wenn jemand anruft, sagte er zu Innis, wir sind nicht zu Hause. Er holte Tüten mit Lebensmitteln herein und setzte sich an den Küchentisch, rauchte Zigaretten und trank Rum, während Claire ihnen dicke Steaks und Kartoffeln und Erbsen zubereitete, und zwar auf dem großen alten Herd, nicht auf dem kleineren Propangasherd, wobei Starr ihr belustigt Ratschläge gab: Du musst ein Stück weit ein Heizer sein, Schatz, damit das Ding funktioniert. Russ, der Ex, war gar nicht zu Hause gewesen, sein Auto war nicht da, und Starr hatte die Koffer eingesammelt, einer lag offen im Hof, ihre Unterwäsche bunte Spreu. Innis hielt sich aus dem Gespräch heraus, zufrieden mit seinem Essen, hörte zu, warf Claire verstohlene Blicke zu. Er hatte gedacht, ihre Augen wären dunkelbraun, aber in Wirklichkeit waren sie tintenblau.

»Mein Vater war ein hervorragender Farmer, weißt du, Claire«, sagte Starr. »Vielleicht können wir den Hof wieder in Gang bringen, du und ich.«

»Was ist mit Innis?«, fragte sie.

»Innis ist nur auf der Durchreise. Der hat Wichtigeres vor, falls er's auf die Reihe kriegt.«

»Jau, bin immer auf Achse.« Innis versuchte, schnodderig zu klingen, aber er war verletzt. Die Pläne seines Onkels waren sowieso Hirngespinste, also ein Grund mehr, ihn mit einzuschließen. »Ich brauche die Stadt. Die Großstadt.«

»Klar«, sagte Starr. »Eine ohne Autos drin.«

Innis warf Starr einen Blick zu, aber der hatte das schon vergessen, fuchtelte mit den Händen und wurde mit jedem Glas Rum ausführlicher, schwatzte mit Claire, als wären sie frisch verheiratet. Er konnte die alte Farm verkaufen und nach British Columbia gehen, da gab's gut bezahlte Arbeit, oder er konnte wieder zur Marine gehen, bei der gab's jetzt so gute Pensionen, dass er noch zehn Jahre abdienen und dann das Leben genießen konnte. Oder er konnte das Kapitänspatent für die Großen Seen erwerben, die Frachtschiffe brauchten Leute wie ihn mit Ingenieursausbildung. Gutes Geld, aber vielleicht sollte er nicht immer so lange von zu Hause weg sein. Nein, er wollte hier bleiben, er war überzeugt, dass sie aus dem Land wieder was machen konnten. Verdammt nochmal, zumindest konnte er auf seinem Waldgelände Forstwirtschaft betreiben, die Regierung würde das Geld dafür vorschießen, und dann warf das jedes Jahr Gewinne ab, so sicher wie die Bank von England. Am Schluss war er wieder bei der Farm, sogar bereit, Innis zu beteiligen.

»Mein Vater hat das alles fast ganz allein bewirtschaftet. Er und sein Bruder, Onkel Malcolm, die konnten alles herstellen, was sie brauchten, ob aus Holz oder Eisen, Teufel auch, die hatten sogar ihre eigene Schmiede. Wir können das wieder in Schwung bringen, kein Problem, wir bringen den alten Obstgarten in Ordnung, wir pflügen ein paar Morgen, holen uns ein paar Kühe, Schweine, Legehennen, wir haben hier bestes Wasser. Von Schafen halte ich nichts, obwohl ich Leute kenne, die andrer Meinung sind. Wir könnten was draus machen, du und ich. Was, Innis? Zwei kräftige Burschen wie wir? Mit Claire im Rücken?« Ihre Blicke begegneten sich, für einen Moment wollte Innis ihm glauben, an eine Vorstellung von Arbeit, Familie, braune Furchen, die sich hinter ihm erstreckten, das Klappern von Geräten, Korn, das durch die Finger rann, die hungrigen Gespräche mittags am Küchentisch, Stockrosen unter dem Fenster, wie er sie auf einem Foto im Flur gesehen hatte, jemand, der sie hereinrief, eine Frau wie Claire im Haus. »Was würden wir anbauen?«, fragte Innis, und Starrs Grinsen brachte ihn auf den Boden zurück. »Du willst natürlich Schlafmohn für Opium oder so was in der Richtung anbauen, hä?«, und Innis, plötzlich mit trockenem Mund, feixte blöde. Waren seine kostbaren Samen aufgewacht, direkt über ihren Köpfen?

»Wie wär's mit Kartoffeln?«, sagte er mit abgewandtem Gesicht.

Innis wusch langsam das Geschirr ab. Er mochte Claire nicht seinem Onkel ausliefern, sie sah abgekämpft aus, das Kinn in der Hand, hin und wieder ein Lächeln als Antwort, während Starrs hochfliegende Pläne wieder in die Grenzen seines Landbesitzes zurückkehrten.

»B.C.? Da wimmelt's von Hippies. Ich hab kein Quäntchen von einem Farmer in mir, und Innis auch nicht. Von hier abhauen? Mein Gott, ich habe mich zur Marine gemeldet, um von hier wegzukommen. Dann kehre ich nach Hause zurück, und plötzlich, bevor ich mir irgendwas überlegt habe, stirbt mein Vater.« Er lachte und riss ein Streichholz an, um sich noch eine Export anzuzünden. »Herrgott nochmal, Claire, kannst du mich da draußen bei der Heuernte sehen? Und du bringst mir einen Becher Quellwasser, gesüßt mit Hafermehl?«

»Vielleicht«, sagte sie. »Das weiß ich erst, wenn ich's probiert habe.«

Da sie sich seit Wochen mit ihm traf, musste sie inzwischen wissen, wie Starr sich in etwas hineinsteigern konnte, wenn er Rum getrunken hatte, und natürlich schürte ihre Anwesenheit seine Schwäche noch zusätzlich: selbst an den Werktagen seines Lebens war dicht unter der Oberfläche immer ein Drang zu feiern, möglichst in Gesellschaft einer Frau. Innis hatte das schon erlebt: ein Anruf, ein verschlüsseltes Gespräch, um den Lauschern und auch Innis ein Schnippchen zu schlagen, und wenig später war er fein gemacht und auf und davon. Aber jetzt war die Frau hier, in seinem eigenen Haus.

»Was ist mit der Forstwirtschaft, die du erwähnt hast, Starr?«, sagte sie ruhig. »All diese Hektar voller Bäume, und Innis, der dir helfen kann.«

»Ich produziere kein Holz für diese gottverdammte Regierung, die immer mit ihren Chemikalien ankommt. Man soll die Bäume so lassen, wie sie sind. Sie brauchen keine Gifte. Stimmt's, Innis? Er ist eine Waldratte. Er kennt sich aus. Bist du in letzter Zeit oben gewesen? Sieh doch mal das *fuaran* nach, wenn du oben bist, das Wasser fließt etwas spärlich.«

Innis hätte sagen können: Kein Wunder, dass von der Quelle nicht viel kommt, so oft, wie du in letzter Zeit gebadet hast, aber er tat es nicht, denn er wollte Claire das Gefühl geben, dass sie ein Bad nehmen konnte, wann immer sie wollte.

»Ich sehe morgen mal nach, Starr. Das Bett für Claire ist gemacht. Zwei Decken und noch eine in Reserve, falls sie sie braucht.«

»Du hast ja alles im Griff«, sagte Starr. »Wir klingeln, wenn wir dich brauchen.«

»Vielen Dank, Innis«, sagte Claire. »Das Bett werde ich sehr bald brauchen.«

Er überließ sie ihrer Unterhaltung und ging ins Freie. Der Wind war feucht geworden, er schmeckte Nebel in der Luft. Durch das beschlagene Fenster sah er, wie sein Onkel sich über den Tisch beugte und Claires Hand nahm. Sie sagte etwas zu ihm, lächelte und stand auf. Dann streckte sie sich, dehnte langsam den Rücken, und Innis gab es einen Stich, als sie sich zu Starr neigte und ihn küsste.

Im Werkstattschuppen, unter der von seinen schmutzigen Händen verschmierten Glühbirne, kramte Innis im Werkzeug, nahm dies und das in die Hand und ließ es mit lautem Geräusch fallen. Er wetzte die große Axt mit dem Schleifstein, bis die Schneide blank war. Es roch nach altem Schmierfett und Metall und Rost. Er hatte im verdammten Wald von Dan Rory und Finlay angefangen, riss sich den Arsch auf für nichts, keinen einzigen Penny. Er band seinen Gürtel ab und polierte die Messingschlange mit Stahlwolle, rieb das Leder mit einem ölgetränkten Tuch ein. Ein Windstoß drückte die Tür auf, und er sah hinüber zum Haus: Licht in Starrs Zimmer und im Badezimmer. Sie gingen zu Bett. Er würde warten, bis das Licht aus war.

Die kalte Luft in der Dachkammer überraschte ihn, und er bekam Angst um seine Samen. Bestimmt bekamen sie etwas Wärme von der Küchendecke, das war Omas Webstube gewesen, es konnte nicht zu kalt für sie gewesen sein. Er hatte ungefähr drei Tage lang nicht unter den Webstuhl geschaut, und seine Samen müssten längst gekeimt haben. Langsam hob er den Vorhang aus Alufolie ein wenig an, darauf vorbereitet, seine Vision von fünffingrigen Blättern, die sich in einem warmen Luftstrom wiegten, zu vergessen. Aber o Wunder, da waren sie, allesamt, Keime ringelten sich in seltsamen Verrenkungen aus dem Boden, stemmten ihre aufgeplatzten Samenhüllen hoch, die jetzt stumpfer aussahen als neulich auf seinem Handteller. Er nahm sie einen nach dem anderen und pustete trockene Erdkrümel fort. Sie streckten schon weiße Würzelchen aus den kleinen Torftöpfen, bald musste er sie in größere Töpfe umpflanzen. Er tunkte jeden in den Wasserkrug, damit der Torf sich voll sog, und setzte sie wieder in ihr Kiesbett, das sich warm anfühlte. Gut. Er musste lächeln, konnte gar nicht aufhören, hätte sich am liebsten hingehockt und zugesehen, wie sie die Köpfchen zum Licht reckten, wäre am liebsten dabei gewesen, wenn sie die ersten Blätter bildeten. Aber er zitterte schon, woran seine Nerven ebenso schuld waren wie die kalte Luft Anfang April. Er hatte sich an das Buch gehalten wie an den Katechismus. Der Autor, ein rundlicher junger Mann mit buschigem schwarzem Bart und einem T-Shirt, auf dem FLOWER POWER stand, schrieb in einem kameradschaftlichen Plauderton, der Innis sofort gefallen hatte: beide hatten sie sich gegen die autoritären Gewalten verschworen, die ihnen das gute Kiff verbieten wollten. Ein Unternehmen, das hochriskant war und viel Liebe erforderte. Das Buch war eher wie eine Stimme, so hatte vielleicht Innis' Großvater Starr in die Landwirtschaft eingewiesen, praktisch und zugleich mitfühlend, auch wenn die Saaten natürlich ganz andere waren, und Starr schwelgte inzwischen gern in Erinnerungen an die harte Arbeit, die er schon lange nicht mehr tat, während für Innis die Mühe und die Freuden gerade erst begonnen hatten. Fruchtbarer Boden?, riet der Autor. Einfach Dreck, Kumpel, und wenn's kein guter Dreck ist, kriegst du auch kein gutes Gras. Innis hatte die Karikaturen von Marihuanapflanzen betrachtet: Überdüngt, mit angstgerundeten Mündern; zu wenig gegossen, verwelkt ließen sie die Köpfe hängen. Chemiedünger ist Gift, Kumpel, wenn du ihn nicht richtig anwendest, also Vorsicht. Aber Wasser ist Leben. Innis wusste, dass die über drei Meter hohe Marihuanastaude, neben der der Mann auf der letzten Seite des Buches stand, überall, nur nicht in Nova Scotia und schon gar nicht auf Cape Breton gewachsen war. Der Bursche hatte keine Ahnung von den Bedingungen auf dieser Insel, den kurzen Sommern und dem mörderischen Nachtfrost im Juni. Also musste Innis das Buch allein fortsetzen. Mach sie so glücklich, wie du nur kannst, schrieb der Autor, sie müssen glücklich sein, wenn sie gedeihen sollen. Das leuchtete ein. Innis vermochte nicht zu sagen, ob er selbst glücklich war, aber zumindest war er abgehärtet und klüger als früher, immerhin etwas. Er ließ die mottenlöchrigen Decken über dem Webstuhl herunter, schützte seinen Winkel Frühsommer.

5

Innis' Axt hallte scharf durch den Wald, als er auf eine hohe Fichte einhackte, die von der Wurzel bis zu dem im Nebel verschwindenden Wipfel tot war und nur darauf wartete, im nächsten Sturm umzustürzen. Ein feiner trockener Regen aus Nadeln rieselte in seine Haare. Er hatte sich in Schweiß gearbeitet, war früh am Morgen hergekommen nach unruhigem Schlaf, meinte durch die Wand gehört zu haben, wie Claire nebenan im Schlaf murmelte. Aber vielleicht hatte er das auch nur geträumt, denn als er aufwachte, erinnerte er sich nur an Gefühle, an ein zärtliches, unbestimmtes Verlangen, das mit ihr zu tun hatte. Sicher, er hatte einen Ständer, aber den hatte er jeden Morgen: ob Sex oder Tod, der zeigte Flagge. Er trieb die Axt so tief ins Holz, dass er sich ausruhen musste, bevor er sie heraushebelte. Mann, wie oft hatte er an seiner Schlafzimmerwand gelauscht, bis seiner Mutter klar wurde, dass er auf der anderen Seite heranwuchs. Bislang war er immer ihr kleiner Junge gewesen, der bestimmt anderes im Kopf hatte, als das Ohr an den Putz zu legen. Sie ahnte nicht, wie er entzifferte, was er hörte, wie seine Vorstellungskraft durch Deftigkeit wettmachte, was ihr an Genauigkeit fehlte. Aber Claire, ja. Claire.

Er rieb sich die harten, wunden Schwielen an den Händen, nahm die Spannsäge und biss sich mit aller Kraft durch den Stamm des Baumes, sog die feuchte Morgenluft tief in die Lunge. Wusste Dan Rory überhaupt, dass er hier unten war und schuftete? Müsste er eigentlich, mit seinem Röntgenblick oder was das nun war. Gegen Mittag war er mit dem Priester verabredet.

Innis und ein Pater. Im Zölibat leben. Gut, rein. Das brauchte er. Die unreinen Gedanken ersticken. Er trat zurück, als der Baumstamm einen Knacks von sich gab, sich ein wenig über dem Sägeblatt verlagerte und dann mit zunehmender Wucht umstürzte und wie eine gewaltige Peitsche auf das Unterholz schlug. Innis stand keuchend da, umgeben von zitternden trockenen Zweigen, dem Staub toter Nadeln und abgestorbener Rinde. Um ihn herum lagen schon vorher umgestürzte Bäume, Windwürfe, abgesplitterte Stämme, ein nahezu undurchdringliches Gewirr aus abgebrochenen Zweigen, in dem sich grüne Fichtenspeere hochkämpften. Durch dieses Dickicht sollte er einen Weg frei machen, bis zum Bach und noch weiter? Prost Mahlzeit.

Als der Lärm erstarb, hörte er es wieder, wie immer in einiger Entfernung unter den Bäumen, das Knacken eines toten Zweigs, dann Stille, dann das langsame Eindrücken von totem Laub, toten Nadeln, verharschtem Schnee, das seidige Zischen eines zurückschnellenden Nadelzweigs. Hirsche, hatte er anfangs gedacht. Oder später die große Katze, die ihre Spuren oben bei der Quelle hinterlassen hatte und sich nie sehen lassen wollte. Starr sagte: Klar, du hörst da oben einen Bock, der dir aus dem Weg geht und dich beobachtet, und eines Nachmittags war eine Damhirschkuh aus einer Dickung gebrochen und hatte ihn so erschreckt, dass er erstarrt war, bis der Rumpf mit dem weißen Schwänzchen in überstürzter Flucht verschwunden war. Aber das Geräusch, das er hin und wieder hörte, kam ihm anders vor, schwerer, seltsam vorsichtig, sogar listig. Er wusste inzwischen eine Menge über die Geräusche, die der Wald machen konnte. Und wenn er einen Joint geraucht hatte, war sein Gehör so fein, dass er die Käfer atmen hörte, das Schwingen eines vom Sonnenlicht getroffenen

Spinnennetzes, Habichtfedern, die durch die Luft glitten. Nichts entging seinen Ohren, wenn er Kiff im Blut hatte, und dieses Geräusch erinnerte ihn an Schritte, die weder näher kamen noch sich entfernten, sondern einfach da waren. Er spitzte die Ohren, aber er hörte nichts mehr. Nur noch der Nebel war da, in den die Bäume zurücksanken und der langsam näher rückte, als stiege er aus Bodenspalten. Innis hackte Zweige ab und zersägte den Baum in Abschnitte, die er wegschieben konnte. Buschiges, sprödes Laubwerk ragte kreuz und quer, und er hätte gern bessere Sicht gehabt, um zu sehen, ob er Fortschritte machte. Er häufte die Abfälle zum Verbrennen auf, trank ein paar Schluck Wasser und machte sich dann auf den Weg zu Vater Lesperance.

Wo die Ferry Road sich zum verlassenen Kai senkte, kam das Sommerhäuschen des Priesters in Sicht, klein und quadratisch, früher, als die Fähre noch verkehrte, ein Laden. Die schmutzigen weißen Schindeln konnten durchaus einen Anstrich vertragen. Ein mit Schneematsch bespritzter Chevrolet parkte am Rinnstein. Das einzige andere Gebäude an diesem kurzen Stück Straße war das Haus eines pensionierten Kapitäns gleich gegenüber, auch alt, aber mit neuen Schindeln aus roter Zeder, mit neuem Dachfenster, das auf die Meerenge und den Berg blickte, auf die zerbröckelnden Betonpiers des Hafens. Der Kapitän verbrachte den größten Teil des Jahres in Florida – Starr nannte ihn einen Zugvogel, kommt zurückgeflogen, wenn's warm ist. Die angebaute Garage sah trotz der neuen Schindeln ein bisschen baufällig aus. Was für ein Auto fuhr wohl ein Kapitän?

Innis erwartete einen Herrn in Schwarz, mit Stehkragen und allem, aber ein großer Mann in einem langen graubraunen Mantel und einer roten Mütze mit Ohrenklappen kam vom Kai her mit schweren Schritten die abschüssige Straße herauf. Lange bevor er Innis erreicht hatte, streckte er die Hand aus.

»Ich glaube, ich weiß, wer du bist.« Er atmete schwer, seine blauen Augen tränten. »Innis, nicht wahr?« Er ergriff Innis' Hand und zeigte zum Sommerhaus. »Kommen Sie herein, junger Mann. Ich war unten am Wasser. Es ist heute ruhig und dunkel, kein bisschen Wind. Aber manchmal geht eine böse Strömung, wie? Ich bin Henri. Ich habe den Schlüssel zur Vordertür verlegt, Innis, wir gehen hinten rein.«

»Vater Lesperance, richtig?«

»Hast Recht. Aber Henri genügt.«

Der Priester gab sich nicht mit dem Schloss ab, sondern drückte die Hintertür mit der Schulter auf und stieß einen Laut aus, als er den Zustand der Küche sah. Schmutziges Geschirr und eine Bratpfanne stapelten sich im Ausguss, in der Luft hing der Geruch von kaltem Bratfett.

»Sind wieder hier gewesen, die kleinen Ratten.« Er klang nicht verärgert. Er öffnete den Kühlschrank. »Wenigstens haben sie nicht alles aufgegessen, Innis«, sagte er herzlich, »haben uns Mortadella und Brot gelassen. Ein Sandwich?«

»Gern. Danke.«

Er machte den Imbiss zurecht und erklärte dabei, dass das Schloss schon mehrmals von den Jungs aufgebrochen worden war, den »Problemkindern«, die er im Sommer aus den Industriestädten hierher holte. »Eine Dosis Landluft«, sagte er. Aber ein paar waren nachts auf eigene Faust zurückgekommen und hatten die wenigen Wertsachen mitgehen lassen, die er besaß – seinen Fernseher, alte Golfschläger, einen Wasserkocher, das Fernglas, mit dem er gern vorbeifahrende Schiffe beobachtete. Er gab zu, dass es ihn verletzt hatte, aber er tat es ab. »Es war sowieso nicht viel hier, und jetzt ist noch weniger für sie da, also werden sie sich vielleicht dazu bequemen müssen, anständig zu werden. Außerdem bist du ja nicht hergekommen, um fernzusehen, oder?«, sagte er und gab Innis ein dickes Sandwich.

»Da läuft nicht viel, was sich lohnt. Ich bin hergekommen, um zu arbeiten.«

»Aber fühl dich hier wie zu Hause, wenn du arbeitest, Innis, alles, was im Kühlschrank ist.«

Innis merkte, dass der Priester angetrunken war, die Augen verquollen, als hätte er nicht geschlafen, das Gesicht hochrot, und das kam nicht von dem Spaziergang in der kalten Luft. Aber er war guter Dinge und zeigte Innis die beiden anderen Zimmer, eins zum Wohnen, sagte er, eins zum Schlafen. Er wies auf ein sonderbares Möbelstück. »Ein Betpult. Eine Frau hat es mir geschenkt, als ich noch eine Gemeinde hatte, und falls du niederknien und beten möchtest, bitte, jederzeit. Das ist so ziemlich das Einzige, was sie nicht gestohlen haben. Wahrscheinlich schwer zu versetzen. Nicht viel Bedarf dafür in Sydney.«

»Was für Probleme hatten die Jungs, Vater, wenn ich fragen darf?«

»Hauptsächlich Einbrüche. Das Cape-Breton-Laster. Schlägereien und Suff, das geht Hand in Hand. Inzwischen auch Drogen. Marihuana, sogar die kleineren hängen schon dran.«

»Das ist etwas, was sie bestimmt nicht brauchen.« Verdammt, er hörte sich an wie ein Schleimscheißer, ein Chorknabe. Er hatte es gebraucht, brauchte es jetzt. Innis kaute den letzten Bissen von seinem Mortadellasandwich, mit genug Senf drauf, dass ihm die Augen tränten. Ned Mohney hatte ihm den ersten Trip verschafft, kein erstklassiges Gras, sondern was sie so kriegen konnten, sie hatten den Tabak aus zwei Zigaretten herausgepolkt und dann mit einem Bleistift das Pot reingestopft. Sie hatten Neds Bruder welches rauchen sehen, also nahmen sie tiefe Züge und hielten die Luft an, bis sie husten mussten und bald danach kicherten und sich herumwälzten und Übelkeit verspürten. An diesem Tag wusste Innis plötzlich, dass er kein Kind mehr war: etwas Verrücktes und Buntes, aber auch Scharfes war in seinen Kopf eingedrungen und ließ ihn nicht mehr der kleine Junge sein, der er gewesen war, ganz gleich, wie alle anderen ihn sahen, seine Mutter, seine wenigen Freunde. Keiner konnte ihm mehr was vormachen, davon war er überzeugt, nicht, solange er high war, nicht, wenn's drauf ankam, obwohl es Zeiten gab, wo er sich selber was vormachte. Ein paar Jahre später fuhr er mit Mohney zusammen immer rüber nach Cambridge, um am Harvard Square ein bisschen zu dealen, nicht das dicke Geschäft, meistens College-Studenten, nur genug, um flüssig zu bleiben.

Der Priester zog die Vorhänge im Wohnzimmer auf und knipste die einsame Tischlampe an. Der Kerosinofen stieß Rauchwolken aus, aber als der Qualm verflog, wurde das Zimmer wärmer, wie die Röhren in dem alten braunen Radio, an dem der Priester drehte, bis ein französischer Sender zu hören war. »Meine Stereoanlage«, sagte er. »Sie haben sogar meinen Kassettenrecorder geklaut. Kannst du Französisch?«

»Nein, Vater.«

»*Tant pis*, aber damit stehst du nicht alleine da, mein Freund, jedenfalls nicht in Cape Breton. Es gibt jedoch Gegenden, da ist Französisch Trumpf, o ja.«

Der Priester hielt ein Ohr ans Radio, das Französisch hatte die Dringlichkeit wichtiger Nachrichten, aber selbst in den englischen CBS-Nachrichten kam wenig über die USA: sie spielten hier keine große Rolle, waren nicht der Mittelpunkt des Universums, und Innis wollte ohnehin nichts mehr darüber hören, er konnte sowieso nicht dahin zurück. Starr drehte die französischen Sender immer schnell weg, als ärgerte es ihn, diese Sprache zu hören.

»Ja, Innis, wie wollen wir denn die Wände streichen? In einer hellen Farbe?«

»Wie wär's mit Gelb? Nichts Knalliges, eher Blassgelb.«

Der Priester fuhr sich langsam mit der Hand über die Glatze, besah sich die Decke, die Wände. »Entscheide du.« Er zog eine Karte mit Farbproben aus dem Mantel und legte sie auf den Stuhl. »Such den Farbton aus, den du am besten findest. Ich komme dann in ein paar Tagen mit der Farbe zurück. Die Wände müssen sowieso erst abgewaschen werden, meinst du nicht? Und das Holz ein bisschen abscheuern?«

»Ich werde alles erst mal reinigen, Vater.«

»Schön.« Der Priester klatschte in die Hände. »Wir bringen den Sommer in dieses Haus. Für den Sommer ist es schließlich da. Ich habe es mal für einen Pappenstiel gekauft. Allerdings war kaum Land dabei, aber dafür habe ich den Kai und den Strand da unten, kann das Wasser und den Berg genießen. Ich hoffe, du wirst das auch genießen, mein Freund. Lass nur nichts Wertvolles hier liegen.«

»Ich habe nichts Wertvolles.«

»Das glaube ich dir nicht.«

Der Priester zeigte ihm, wo er die Reinigungsgeräte aufbewahrte und wo man das Wasser unter dem Haus an- und abstellte: es würde noch Frost kommen, und die Leitungen mussten geschützt werden. In dem kleinen

Badezimmer hatte er eine Schale mit 15-Ampere-Sicherungen für den Sicherungskasten. Wenn die alte Wasserpumpe angestellt wurde und zu viele Lampen brannten, flog die Sicherung raus.

»Das ist jetzt dein Reich, Innis.« Er setzte die Mütze auf, schüttelte Innis die Hand und fuhr mit klappernder Stoßstange davon.

Innis war froh, allein zu sein, erleichtert, dass der Priester ihn nicht ausgefragt hatte, sondern ihn einfach so nahm, wie er war. Ein Stapel Zeitschriften, *National Geographic* und alte Ausgaben von *MacLean's*, lag da zum Durchblättern, und auf der durchgesessenen blauen Couch konnte er ein Nickerchen machen, sobald das Zimmer schön warm war. Rücken und Schultern taten ihm weh. Hacken und sägen. Was für eine Zukunft. Knochenarbeit. Innis betastete seine Brusttasche, fischte einen winzigen Stummel heraus. Er würde sich die Lippen daran versengen, aber besser als nichts. Er nahm ein paar Züge und starrte durchs Küchenfenster zum Ufer hinunter, das Wasser bleifarben, bei Ebbe träge unter dem langsam dahintreibenden Nebel. Ein kalter, gefrorener Strand. Es gelang ihm nicht, sich warmen Sand und darauf Mädchen im Badeanzug vorzustellen, aber allein der Gedanke an sie schmerzte stärker als seine Muskeln.

Er schlenderte in das Schlafzimmer des Priesters, es war karg wie eine Gefängniszelle. Die jugendlichen Einbrecher hatten eine gute Lampe vom Nachttisch mitgenommen, sagte der Priester, und die graue Wolldecke, die er als Überwurf benutzt hatte. Aber das Kruzifix an der Wand hatten sie dagelassen. Brave katholische Jungen. Wie Ned Mohney, der sich vor oder nach ein bisschen Sünde immer bekreuzigte, wenn er in Watertown an seiner Kirche St. Patrick oder an einer anderen katholischen Kirche vorbeikam, sogar vor St. Teresa vom Jesuskinde, ein Name, der Innis Lust gemacht hatte, die Kirche von innen zu betrachten, aber er hatte es nie getan. Der verrückte Kerl, ihm Dope mit der Post zu schicken, aber das Päckchen war durchgekommen, und niemand war erschienen, um ihn zu verhaften. Ob er ohne Innis allein weiterdealte, die Briefchen, die eher etwas weniger wogen als behauptet, an die Collegekids verscherbelte? Mohney war kein Briefschreiber, und was hatten sie jetzt noch miteinander zu schaffen? Für Briefe musste man eine Zukunft haben. Innis war weg, eine Sackgasse. Schick ihm ein bisschen Gras und vergiss ihn. Aber Innis hatte Ned um seine religiösen Rituale beneidet, zu denen er immer Zuflucht nehmen konnte und die er auch nie in Frage stellte, ganz egal, wie tief er in Schwierigkeiten steckte. Wenn er sich bekreuzigte, wurde sein hartes, spöttisches Gesicht immer für einen Augenblick demütig und friedlich. Innis hatte sich manchmal nach diesem Gefühl gesehnt. Er wollte diese Namen anrufen, diese Formeln murmeln, den Rosenkranz aus der Tasche ziehen und die Perlen durch die Finger gleiten lassen. Ned hatte ihm ein Medaillon mit dem heiligen Christophorus geschenkt und dazu gesagt, Innis solle es eine Weile lang tragen, vielleicht werde er dann irgendwann katholisch. Aber seine Mutter hatte es ihm vom Hals gerissen, als wäre es ein Voodoo-Amulett, und aus dem Küchenfenster geworfen. Manchmal, wenn Innis high war, spürte er immer noch die dünne Kette am Hals, das Metall auf dem Brustbein.

Als er klein war, hatte seine Mutter ihn an dem Osterfest nach dem Tod seines Vaters in die presbyterianische Kirche mitgenommen, ihm eine neue Wolljacke angezogen, deren Gewebe er jetzt noch an den Fingerspitzen spürte. Die Kirche war bis auf den letzten Platz voll. Blassgelbe und weiße Farbe an den Wänden. Blumen und Menschen. Blumen auf dem Altar, überall, die vielen Einmal-im-Jahr-Frommen saßen dicht gedrängt im besten Sonntagsstaat. Strohhüte und weiße Hüte und helle Kleider, die kleinen Mädchen in weißen Schuhen, kleine Jungen wie er gingen steif in Anzügen oder Sakkos mit einer Blume im Knopfloch. Das einzige Mal, das seine Mutter ihn mitgenommen hatte oder selbst hingegangen war. Zu Hause bekam ich genug Kirche fürs ganze Leben, hatte sie ihm einmal erzählt, mein Vater gehörte zur Gospel Hall, und ich bin bei der erstbesten Gelegenheit schreiend weggerannt. Streng? Das ist gar kein Ausdruck! Diese Menschen haben nicht getanzt, bei denen gab's kein Make-up, kein Kino, keine Musik im Haus außer Kirchenliedern, nichts Stärkeres zu trinken als Tee. Die Katholen dürfen wenigstens ihren Spaß haben, das muss man ihnen lassen.

Innis legte sich aufs Bett. Die Matratze gab ihre feuchte Kühle an seinen Rücken und seine Beine ab. Von unten sah das Kruzifix etwas mitgenommen aus. Vielleicht machte die feuchte Salzluft es stumpf. Zu Hause hatte Vater Lesperance bestimmt ein besseres. Die Predigt an jenem Ostermorgen war über eine Orchidee, über zwei Mädchen, denen ihre schwer arbeitende Mutter leid tat und die ihre kärglichen Münzen aufsparten, bis sie ihr zum Geburtstag diese Orchidee kaufen konnten. Aber anstatt sich darüber zu freuen, schimpfte die Mutter mit den Mädchen, denn sie waren arm und die Blume war lediglich schön, eine Verschwendung, während sie doch etwas zum Essen und zum Anziehen brauchten. Aber die Orchidee, so sah es der Geistliche, war in Wirklichkeit Liebe, und er billigte sie, stellte sich auf die Seite der Mädchen. Manchmal brauchen wir eine Orchidee, sagte er. Inzwischen war die Kirche voller Geraschel, als regten sich die Blumen, aber es waren die Sonntagskleider, der viele neue Stoff. Er erinnerte sich, wie süß die Luft roch, wie er sie einsog, bis ihm schwindlig wurde.

Marihuana. Wenn er es langsam flüsterte, klang es wie die Worte, die Ned immer gemurmelt hatte. Lieber nicht, mit einem Kruzifix über dem Kopf.

Musste toll sein, eine Frau herzubringen, mit ihr auf dem Bett des Paters zu liegen. Ein zusätzlicher Reiz, aber gefährlich. Dieses Bett war bestimmt an das Kruzifix angeschlossen, stand unter Strom. Zisch bum.

Claire hatte sich heute Morgen todschick angezogen, um mit Starr auszugehen, sie sah klasse aus. Ihr Kleid, ihr Lächeln, das ganze Haus wirkte heller. Sie und Starr wollten sich einfach ein paar Tage lang amüsieren, zu zweit wegfahren, runter von der Insel, irgendwohin, und St. Aubin hinter sich lassen. Innis holte den Block aus seinem Rucksack und zeichnete sie in dem Licht, das durch die Vorhänge fiel, mit raschen Strichen, nicht sie, eher nur einen Eindruck von ihr, wirbelnd, beim Tanzen. Am Morgen, als er wach lag wie so oft, hatte er sie gehört, sie war als Erste auf und ging auf bloßen Füßen ins Badezimmer. Die Hähne über der Badewanne wurden weit aufgedreht, Claires Hände fuhren rauschend durchs Wasser, immer wieder, mischten heißes und kaltes. Sie drehte die Hähne zu, den kalten und den quietschenden heißen. Wasser tropfte, ping, ping, laut in der dampfigen Luft. Er hörte ihren Morgenmantel zu Boden gleiten. Er schloss die Augen. Sie sagte autsch, und der kalte Hahn wurde kurz aufgedreht. Dann stieg sie in die Wanne, ihre Haut quietschte am Emaille, als sie sich niederließ. Innis schwang die bloßen Füße aus dem Bett, sie berührten den Fußboden wie Federn. Er kannte jede Diele zwischen seiner Tür und dem Badezimmer, welche knarrte, welche nicht, und mit einer einzigen Bewegung schlich er hinüber und kniete sich hin, ein Auge am Schlüsselloch. Er hatte den Freundinnen seiner Mutter nachspioniert, auch noch, als er dafür eigentlich schon zu alt war. Eine Frau zu beobachten, ohne dass sie es wusste, geil! Welche Erregung, so ein Stückchen Fleisch: alles, was er brauchte, war ein Höschen, das heruntcrglitt, Haut, die unter einem braunen Streifen plötzlich blass wurde, eine feuchte Ritze, Haare. Unaufhörlich stellte er sich vor, er und Claire, Körper an Körper in einer kalten Nacht wie der gestrigen mit ihrem eisigen Mond, der Geschmack ihrer Haut auf seiner Zunge, und dann war da eine süße Mitte, nach der er sich verzehrte, die ihn marterte. Aber er stand auf, lauschte nur, wie sie im Wasser plantschte, es sich über den Körper goss. Ihre Haut würde heiß sein, wenn sie aus der Wanne stieg. Hatte sie ihn gehört? Sein Herz schlug laut genug: sie war plötzlich still im Wasser, minutenlang, so kam es Innis vor, dann hörte er Starr aufstehen und schlich wieder in sein Zimmer.

Er musste eingenickt sein, wachte mit Herzklopfen in einem dunkelnden Zimmer auf, das ihn deprimierte, auch nachdem er sich klar gemacht hatte, wo er war. Er blieb liegen, alles tat ihm weh, lastete auf ihm, lähmte ihn. Was hatte er hier eigentlich zu suchen? Er fühlte sich, als wäre ihm ein Teil seines Lebens amputiert worden, gestohlen worden. Er konnte nie mehr in ein Flugzeug nach Boston steigen oder per Anhalter dorthin fahren oder auch nur über die Grenze gehen. Er hätte Watertown vielleicht sowieso verlassen, aber es war ganz etwas anderes, nicht mehr dahin zurückzudürfen, nie mehr. Die Wände erdrückten ihn plötzlich, mit einem Ruck stand er auf und betrachtete sich im Spiegel des winzigen Badezimmers. Sein Gesicht war dünner geworden, die Knochen traten stärker hervor, das lange Kinn mit den roten Stoppeln. Die Schatten unter den Augen waren neu, seine grünen Augen wirkten dadurch älter. Er schnitt ein Stück von einem seiner Schnürsenkel ab und band seine langen Haare zu einem Pferdeschwanz. Er grinste sich welterfahren an: ein Mann, mit dem man rechnen musste.

Im nebeltrüben Nachmittagslicht ging er über die Straße zum Haus des Kapitäns und linste durch eine Ritze der Garagentür. Blitzte da eine Chromleiste? Stand da ein Auto? Wahrscheinlich ein Schrotthaufen. Er versetzte der Tür einen Fußtritt und stiefelte zur Landstraße, damit ihn vielleicht jemand mitnahm. Wenn nicht, hatte er noch weit zu laufen.

6

Innis erwartete einen Frühling mit warmem Regen, Boston im April, aber der Frühling kam mit Schnee und einem starken Wind aus Nordost, der das Treibeis in die Meerenge und in den See dahinter drückte. Im ruhigen Wasser des Morgens, vom Bergschatten grün wie altes Kupfer, glitten mit der Ebbe in weißen Flecken Eisschollen langsam aufs Meer hinaus, dampften ein wenig in der Sonne. Der Frühling, sagte Starr, ist hier nur ein Anhängsel vom Winter, also mach dir keine Hoffnungen. Für kurze Zeit wich der Schnee tatsächlich dem Regen, aber einem kalten Regen, obwohl die Temperatur merklich anstieg, als Innis vormittags in Dan Rorys Wald arbeitete, wo ein Weg langsam Gestalt annahm, durch die umgestürzten Bäume und das zähe Gestrüpp darunter, kreuz und quer wie Mikadostäbe gefallener Windbruch, mit stahlharten Aststümpfen ineinander verkeilt. Finlay erschien eines Tages, sagte, dass alles schon besser aussähe, und steckte ihm zwei Zehn-Dollar-Scheine zu. Hier, sagte er, ein Mann in deinem Alter braucht was in der Tasche. Das ist nicht alles, was ich brauche, sagte Innis, und Finlay sagte: Das gilt nicht nur für dich, sondern auch für mich, falls du mir das glaubst, und dann war er wieder zwischen den Bäumen verschwunden. Jetzt schämte sich Innis, wenn er sich an seine rasende Wut inmitten der Winterföhren erinnerte: musste am Harz gelegen haben, ein schlechter Trip. Er trat von den Reisigfeuern zurück, sein Gesicht heiß von ihrer prasselnden, krachenden Glut, war dankbar für die Pause, den hellen Lärm, den Wind, der ihr rotes Mark anfachte und sie in Asche verwandelte, die in der erhitzten Luft umhertanzte. Innis war kräftiger geworden, er fühlte es in dieser tosenden Hitze, er setzte jetzt den ganzen Körper ein, konnte die Säge ohne Unterbrechung durch einen mächtigen Stamm treiben, gedankenlos, fast benommen vom Rhythmus, nichts im Kopf als Bewegung. Wenn er aufhörte, waren seine langen Arme nicht mehr schlaff und zittrig, er spuckte nicht mehr auf geplatzte Blasen, und er konnte die Axt wieder und wieder tief ins Holz treiben, um die Kerbe zu erweitern, die Schneide spuckte rasch und weit Späne aus. Er sah gerne zu, wie die Haufen aus Ästen und Zweigen langsam in sich zusammensackten, wie die Kloben zerbarsten und einfielen, bis sie eisgrau und schwärzlich in fedriger Asche verglommen.

An diesem Morgen ging er näher an die Glutasche heran, damit der Schweiß in seinen Sachen trocknete. In der ersten Woche hatten seine Muskeln, sogar seine Beine, so wehgetan, dass er aufstöhnte, wenn er sich zum Essen setzte, und eines Nachmittags legte Claire die Gabel hin, kam um den Tisch und massierte seine Schultern, seinen Nacken, drang mit den Fingern tief und tiefer in die Muskeln ein, so kam es ihm vor, und es tat so gut, dass er rot wurde und die Augen schloss, und als er sie wieder aufschlug, starrte Starr ihn über eine Tasse Kaffee hinweg aus zusammengekniffenen Augen an. Das reicht jetzt, sagte Starr, das ist hier kein Massagesalon, aber Claire machte lange genug weiter, um ihm zu zeigen, dass ihr seine Bemerkung nicht passte, dann setzte sie sich hin und aß weiter. Claire hatte wieder zu arbeiten begonnen, in Sydney nahm sie Buchungen für die Fluglinie an. Starr hatte zu ihr gesagt: Mach dir keine Gedanken über das Geld, du hast hier eine Bleibe, und ich sorge für den Rest, aber sie hatte nein gesagt, sie war immer für sich selbst aufgekommen, ihr war es lieber so; sogar bei Russ, ihrem früheren Freund, hatte sie ihre Hälfte beigetragen und zugesehen, wie ihre Ersparnisse für Pferdefutter und Stallungen und Tierarztrechnungen draufgingen. Starr begleitete sie, um ihr Auto aus Black Rock zu holen, obwohl Russ sich inzwischen so weit beruhigt hatte, dass sie an der Haustür mit ihm reden konnte. Aber als er Starr hinter ihr sah, geriet er wieder in Wut, bis Claire Starr dazu überredete, sich zurückzuziehen, beide Männer warfen sich Beschimpfungen an den Kopf, Dinge, sagte sie später, die Männer nicht vergessen.

Der Vorfall schien Starr Claire gegenüber noch besitzergreifender zu machen, froh, dass sie im Haus selten mit Innis allein war. Sein Onkel konnte kaum seine Verärgerung verbergen, wenn er sie im Wohnzimmer oder in der Küche beim Gespräch antraf, als dürften Claire und Innis sich nichts zu sagen haben, wenn er nicht dabei war. Innis hingegen fand es behämmert, dass er seinen Onkel eifersüchtig machen konnte, dass der Mann ihn als Bedrohung empfand, nur weil er mit Claire allein in einem Zimmer war. Sie taten sowieso nichts weiter als plaudern und scherzen. Zugegeben, sie war eine Klassefrau, aber was konnte Innis dafür? Wenn Starr im Obergeschoss war, redete Innis absichtlich leise, genauso wie Starr es machte, wenn er nicht wollte, dass Innis etwas mit anhörte. Aber er hatte eines Abends etwas mit angehört, als er in der Dachkammer hockte, um nach seinen Pflanzen zu sehen, und kaum noch zu atmen wagte, als sie beide unter ihm in die Küche kamen. Du solltest hier nicht mit ihm allein sein, sagte Starr, das ist keine gute Idee, und sie sagte: Starr, würdest du mir bitte erklären, was du damit meinst? Aber Starr versuchte das gar nicht erst, fing brummelnd ein anderes Thema an, und bald waren sie zur Tür hinaus. Abends waren sie nicht oft zu Hause, Claire und sein Onkel. Hin und wieder kamen sie überhaupt nicht heim, pennten irgendwo in Sydney, vermutete Innis, Claire hatte dort Freundinnen, da waren sie wahrscheinlich eher für sich als hier im Haus, unter seinen Augen und Ohren, die seit Claires Ankunft, das musste er zugeben, unendlich wachsam geworden waren. Starr hatte eine Pritsche im Hinterzimmer seines Ladens, aber auf so was stand Claire nicht, war Innis überzeugt. Andererseits wusste man nie, worauf Frauen standen, sie steckten voller Überraschungen, er hatte sie lange genug erlebt, um das zu wissen.

Als von den Feuern nur noch träge Rauchkringel aufstiegen, machte Innis sich auf den Weg zum Priester. Er stellte die Heizung in dem Häuschen an, ging mit einem Becher Kaffee umher, bis die Zimmer nicht mehr klamm waren. Heute würde er etwas Licht hereinholen. Nachdem er gegessen hatte, verschnitt er im Schlafzimmer von Vater Lesperance die Kanten, freute sich über die gelb leuchtenden Ränder. Er nahm das Kruzifix von der Wand und legte es auf den vom Sturm angespülten Hummerkasten, den der Priester ganz stolz vom Strand angeschleppt hatte (Sieh mal, Innis, hatte er gesagt, ein maßgefertigter Tisch!) und in dessen Spalten noch Sand klebte. Innis rollte einen Streifen Farbe von der Decke bis zum Boden aus, über die vom Kruzifix hell gebliebene Stelle hinweg, verstrich dann die Farbe zu einem breiteren Streifen und immer so fort, bis er fertig war. Er steckte die Rolle in einen Wassereimer und setzte sich auf die Kante des schmalen Betts, dellte die Abdeckfolie ein, die er darüber gelegt hatte. Es war ein bisschen früh für einen Joint, er musste haushalten, aber er zündete sich den kleineren von zwei Stummeln aus seiner Hemdtasche an. Er beobachtete, wie Rauch aus seinen zusammengepressten Lippen entwich, verfolgte ihn zum Fenster, da sah er draußen Vater Lesperance vorfahren. Hastig griff er nach seinem Mantel und wirbelte die Luft in die Küche, zu einem offenen Fenster, dann rannte er hinaus, um den Priester aufzuhalten, der ein flaches Paket vom Rücksitz holte.

»Ah, Innis, mein Guter!«

»Vater.«

»Ich schaue nur mal vorbei, Innis, bin auf dem Weg nach Baddeck. Das habe ich auf dem Trödel entdeckt. Wir werden es aufhängen, im Wohnzimmer, ja?« Er riss das braune Papier ab und hielt ein Ölbild hoch, mehrere Männer in schwarzen Soutanen blickten zu einem überirdischen Himmel empor, unter ihnen waren kleinere Gestalten in einer Waldszene, Indianer, ein Lagerfeuer, ein See.

»Gute Farben«, sagte Innis. »Sind das Engel in den Wolken?«

»Jawohl, Innis, wenn auch ein bisschen niedlich.« Er sah zum Bergkamm hinüber, auf dem rußschwarze Wolken ritten, die vom Nordostwind zerzaust wurden. »Keine Engel da oben. Ich würde sagen, da kommt ein Unwetter, diesmal vielleicht mit Regen.«

»Den Schnee habe ich satt, Vater. Ich muss auch langsam nach Hause.«

»Hast du gemalert?« Er zeigte auf die Spritzer auf Innis' Denimhemd.

»Ich habe das Schlafzimmer gemacht. Es braucht noch einen Anstrich.«

»Wunderbar, lass mal sehen.«

Bevor Innis ihn bremsen konnte, lief der Priester ins Haus, blieb im Wohnzimmer stehen und schnupperte. »Riecht komisch, die Farbe.« Aber er sah Innis dabei nicht einmal an. »Viel schöner, das Zimmer, nicht? Ach, das ist ein hübsches Gelb, das ist der Sommer, Innis.«

»Scheint noch lange hin, Vater.«

»Keine Sorge. Wenn er kommt, ist er herrlich. Ich fahre dich nach Hause, ja?«

Sie schlossen alle Fenster und gingen zum Auto. Der Priester warf seinen Filzhut auf den Rücksitz, es hatte zu nieseln begonnen, und er beugte sich zur Windschutzscheibe vor. »Keine katholische Familie auf diesem Teil der Insel, soweit ich weiß.«

»Kennen Sie Dan Rory und Finlay? Die MacRitchies?«

»O ja. Gute Männer.«

»Sie können mich irgendwo absetzen, Vater«, sagte Innis, denn er wollte einen klaren Kopf haben, bevor er nach Hause kam.

»Nein, nein. Sag mir nur, wo es ist.«

Vater Lesperance war kein Bummelant am Steuer, er fuhr schneller, als er redete, das Auto schoss ruckend auf seinen schlechten Stoßdämpfern um die Kurven. Sie blieben bei Starrs Briefkasten stehen, und der Priester nestelte seine Brieftasche unter dem dicken Mantel hervor. Der Regen war nicht stärker geworden, aber jetzt trieben ihn Windstöße an die Scheiben.

»Hat keine Eile mit der Bezahlung«, sagte Innis. »Wenn ich fertig bin, ist rechtzeitig genug.«

»Hier ist schon mal eine Anzahlung. Ist das dein Onkel da unten?«

Beide schauten die abschüssige Auffahrt hinunter, wo Starr die Motorhaube vom Lada aufgeklappt hatte. Er kroch gerade unter dem Motor hervor und versetzte der vorderen Stoßstange einen heftigen Fußtritt. Claires Auto stand bei der Hintertür direkt vor Starrs Lada.

»Die Kommunistenkarre lässt ihn manchmal im Stich«, sagte Innis.

»Ja, das sehe ich. Ein Mann der Leidenschaften. Ein Frauenheld, wie ich höre.«

»Wo haben Sie denn so was gehört?«

»Er hält es ja nicht gerade geheim, oder?« Der Priester lächelte und stopfte Innis Geldscheine in die Hemdtasche. »Hier sind fünfzig.«

»Zu viel, Vater.« Innis zupfte sie heraus, aber der Priester schüttelte nur den großen, kahlen Kopf.

»Keineswegs. Es ist noch viel Arbeit übrig, mein Freund.«

Als Innis durch den verharschten Schnee die Auffahrt hinunterging, hörte er Starr unaufhörlich fluchen.

»Ich würde dir für den Wagen keine fünf Cent geben«, sagte er, aber er konnte das Auto sowieso nicht ausstehen, den kalkigen blauen Lack, die rostigen Beulen.

Starr kam mit ölverschmierter Stirn unter der Haube hervor. »Hast du überhaupt fünf Cent für ein Auto? Dieser Job beim Padre bringt wenig Geld und kostet viel Zeit, Teufel auch. Was hat der eigentlich da unten, ein Sommerhaus oder eine Kathedrale?«

Innis zerrte die Geldscheine aus der Tasche. »Da. Nimm.«

»Na, das ist ja nicht viel.«

»Bin ja auch noch nicht fertig. Ist Claire da?«

»Ihr geht's nicht gut, sie ist früher nach Hause gekommen und hat mich angerufen. Sie hat Fieber. Aber ich muss nach Sydney und eine verdammte Lieferung Ersatzteile abholen. Wenn ich diesen Scheißhaufen dazu bringen kann, anzuspringen.« Er trat wieder gegen die Stoßstange. »Inzwischen könnte ich schon zurück sein. Kommunisten haben das Ding zusammengebaut, wusstest du das? Ein Auto für kaltes Klima, ha! Kanada macht Kleinholz aus so was. Hilf mir mal, das Scheißding zu schaukeln, ich glaube, der Anlasser ist blockiert.«

Innis schaukelte das Auto, während Starr den Zündschlüssel drehte, aber nichts regte sich. Starr hieb den Kopf auf das Lenkrad.

»Bist du sicher, dass es der Anlasser ist?«, fragte Innis. Jetzt hätte er gern genug Ahnung von Motoren gehabt, um seinem Onkel genau sagen zu können, woran es lag.

»Hör mal, Innis, du klaust Autos, du reparierst sie nicht. Schon vergessen? Lass mich mal in Ruhe nachdenken. Ist das schon wieder das verdammte Telefon? Die sind wie Kinder – sowie der Fernseher nicht geht, wissen sie nichts mit sich anzufangen.«

»Ich glaube, das ist nicht unser Klingelzeichen. Hörte sich an wie vier und eins.«

»Vier und Arschloch, es wird Claire aufwecken.« Starr sah zur Hintertür. »Hoffentlich ist es nichts Ernstes. Sie war verdammt froh, hier bleiben zu können. Erschien eines Tages in meinem Laden mit ihrer kaputten Stereoanlage. Können Sie die reparieren? Klar, sagte ich, für Sie repariere ich alles, ob mit Leim oder Nägeln. Mann, sie sah verdammt gut aus. Frauen wie sie kommen nicht oft in meinen vergammelten Laden, das kann ich dir sagen. Dann habe ich sie in der North Sydney Mall gesehen, sie fiel einfach auf, und ich denke, ach was, ich sag ihr guten

Tag. Wir haben geredet, uns gut unterhalten. Also habe ich gesagt, ich würde Sie gern zum Essen ausführen. Falls Sie gerne tanzen gehen, machen wir das auch noch. Sie hat gelacht, mich durchdringend angesehen. Ich habe eine feste Beziehung, hat sie gesagt. Ich habe gesagt, so fest kann sie gar nicht sein, dass Sie nicht mit mir essen gehen können. Und ich hatte Recht, ich hab's gewusst, ich habe gewusst, dass zwischen ihr und ihrem Freund was nicht stimmt. Das sind so Dinge, Innis, die würden dir überhaupt nicht auffallen, du würdest so was gar nicht merken. Jetzt weiß sie, wie ich bin, und ich weiß, wie sie ist.«

»Wie ist sie denn?«

Starr sah ihn aus zusammengekniffenen Augen an. »Geht dich nichts an.«

»Willst du sie heiraten?«

»Du bist neugierig wie eine Katze. Das Thema kannst du vergessen.«

»Jedenfalls ist das Essen besser geworden«, sagte Innis.

»Das Essen! Das ist alles, was ein kleiner Bengel im Kopf hat.«

»Ich bin kein kleiner Bengel mehr«, sagte Innis ernst. »Wird Zeit, dass du das kapierst.«

»Ich kapiere mehr, als du denkst, glaub mir. Und jetzt halt den Mund und schieb.«

Innis stemmte die Schulter gegen den Lada, er würde diese Karre bis nach The Mines schieben, um seinen Onkel aus dem Weg zu haben. Starr sprang aus dem Auto, aha, das Batteriekabel war lose! Er drückte es wütend fest und warf den Schraubenschlüssel weg. Der Motor stöhnte auf, hustete, und Starr ließ ihn aufheulen, verklammerte im Triumph die Hände über dem Kopf. Er lehnte sich aus dem Fenster und schaute mit regennassem Gesicht zum immer dunkler werdenden Himmel hoch.

»Verdammt, ich werde mitten in das Unwetter reingeraten. Du wirst was zu essen machen müssen, Claire schafft das nicht. Kann spät werden.« Er kurbelte das Fenster hoch, dann wieder ein Stück herunter. »Aber nicht sehr spät.«

Innis sah ihm nach, ob er nicht etwa den Motor abwürgte und zurückgerollt kam. Immerhin blieben ihm die zwanzig Dollar von Finlay.

Er rieb sich über dem Küchenherd die Hände. Claire hatte am Vortag Brötchen gebacken, er schnitt eins auf, schmierte es mit Butter und aß es langsam. Er hätte Claire gern gefragt, he, wo hast du kochen gelernt, ich dachte immer, Stewardessen teilen nur schlechte Fertigmahlzeiten aus. Aber sie war nicht unten, und oben war ihre Tür zu. Verdammt. Er mochte nicht anklopfen, seine Mutter hatte ihm eingebläut, wenn eine Frau ihre Zimmertür zumacht, dann lass sie in Ruhe.

Innis schlich sich in die Dachkammer, wo es kalt war wie in der Scheune, zog die Decken zurück, die Folie, und da waren die Sämlinge, gesund und munter, gut zehn Zentimeter groß, ihre Blätter hatten schon die unverkennbare Form, die ihn immer noch in vielen Teilen der Welt ins Gefängnis bringen konnte, auch hier. Das kümmerte ihn weniger, schlimmer war schon, dass es noch so lange dauern würde, bis sie etwas wert waren, bis sie den Stoff produzierten, von dem man abhob. Bis dahin musste er sie verteidigen und beschützen, dabei waren sie noch nicht mal oben im Wald, wo ihre Wurzeln sich eingraben konnten. Er hängte die Lampen etwas höher, dann nahm er jede Pflanze heraus und strich mit den Fingerspitzen über ihre Blätter: das Buch riet, das zu tun. Der Mann glaubte, dass sie auf Berührungen reagierten, ebenso wie wir, dass sie es genossen, wenn eine sanfte Hand sie streichelte. Das war leicht einzusehen. Er hätte Claire gern gezeigt, was er hier oben geschaffen hatte, einen gärtnerischen Betrieb direkt unter der Nase seines Onkels. Zu riskant, sie war mit Starr zusammen, und ihr konnte was rausrutschen. Sie wirkte aufgeschlossen, aber man konnte nie sicher sein, wie jemand über Kiff dachte, bis man einige Hinweise hatte. Ihm fiel wieder der Spitzname ein, den Starr ihm einmal an den Kopf geworfen hatte: Bertie Bibbel. Bertie Bibbel, sang er, geriet mit seinem Zappelzippel in den Noppelnippel. Was zum Teufel ist das?, fragte Innis, und Starr sagte, oben in der Dachkammer findest du einen, beim alten Webstuhl. Komm, wir gehen rauf in die Dachkammer, da sind eine Menge Sachen drin, die dich vielleicht interessieren. Aber Innis sagte nein, er hätte keine Lust, dann ging er hinaus in den Werkstattschuppen, seine Knie waren so weich, dass er sich auf den Hocker setzen musste, und er hatte Angst, Starr würde allein hinauftorkeln. Aber er tat es nicht. Er hatte ihn auch schon wegen der Stromrechnung befragt. Lässt du immer das Licht an, Innis? Die Rechnung ist viel zu hoch, und Innis sagte: Wir sind jetzt zu dritt, Claire hat einen Föhn und so, und Starr sagte: Ach ja.

Innis stellte die Pflänzchen um, sodass reihum jedes einen guten Platz unter den Lampen bekam. Er hängte die Hundert-Watt-Birne tiefer, damit sie mehr Wärme abkriegten. Das Thermometer in der Webstube zeigte vierzehn Grad: Hätte schlimmer sein können, jedenfalls wuchsen sie, obwohl sie Gott weiß was denken mussten, wo sie wohl waren. Dichter, peitschender Regen trommelte aufs Dach. Doch, Starr hatte Recht, nicht warm, kein Frühling. Im Wald waren nirgendwo Knospen zu sehen, keine Spur vom Laub. Außer hier, unter seiner lavendelfarbenen künstlichen Sonne.

Der Flur, das ganze Haus wirkte düster nach der eng begrenzten Fröhlichkeit seines Gärtchens. Er lag auf dem Bett und horchte, aber durch den Regen konnte er nichts von Claire auf der anderen Seite der Wand hören. Hatte sie ihn umhergehen hören? Musste toll sein, sich neben ihr auszustrecken, einfach bei ihr zu liegen, während sie schlief.

Sein Exil drückte ihn plötzlich wieder wie eine körperliche Last. Trotz der Dinge, die er eingebracht hatte, schien das Zimmer ihn in einer unbestimmten Vergangenheit festzuhalten, in der nur die Alten am Leben waren. Der Krug und die Schüssel, in der seine Mutter und sein Vater und viele vor ihnen sich gewaschen hatten, das uralte Blumenmuster an den Wänden, graue Rosen, die einmal rosa gewesen waren, die Petroleumlampen, das gedrechselte Bettgestell, das sein Großvater auf einer Drehbank angefertigt hatte. Seine Mutter hatte als junge Braut Wasser in diese Schüssel gegossen, und sein Vater hatte sich damit das Gesicht nass gemacht, und sie hatten mit einem Streichholz die Messinglampe angezündet und sie zur Schlafenszeit ausgepustet. Aber Innis war in einem Krankenhaus in North Sydney zur Welt gekommen, und sie waren schließlich nach Boston gezogen, nach Watertown. Seine Mutter hatte genug von Feldern und Wäldern und Scheunen. Ich hab's nicht mehr ausgehalten, dass die Leute von allem wussten, was ich tat, hatte sie Innis erzählt, alle kennen dich und wissen alles von dir. Wo hatte ihr Bedürfnis nach Männern angefangen, als einer nicht mehr reichte? Schon hier? Oder erst dort?

Er hörte Claire an seiner Tür vorbeigehen, die Treppe hinunter. Der Wasserhahn in der Küche lief. Innis mochte sich nicht mit ihr unterhalten. Der Empfang in seinem kleinen Transistorradio war schlecht, es rauschte und knackte, aber er ließ es leise laufen, fing einen

Rocksong ein, der ihn nach Watertown versetzte, in Mohneys Keller, wo sie auf dem Boden gelegen und Pot geraucht und darüber gequatscht hatten, zu den Marines zu gehen, dann hatten sie sich ausgeschüttet vor Lachen, sie würden es nie im Leben schaffen, so früh aus dem Bett zu kommen. Vielleicht lieber zur See fahren, auf einem Trampdampfer. Aber dann begann die Spirale der Verhaftungen und Verurteilungen, die Innis weder erklären noch beenden konnte, und schließlich hatte das Gericht sie für ihn beendet. Verdammte Hacke, hatte Mohney gesagt, sie weisen dich einfach aus, und du darfst nie mehr zurück? Regen prasselte gegen das dunkle Fenster. Wieso kein Schnee? Kalt genug war es, die Temperatur war gesunken. Um ihn herum keine Straßen, keine Häuser, keine Gebäude, nur Wälder und Felder und Hügel, und das Wasser in der Meerenge war jetzt bestimmt ein Albtraum, er würde sich nicht in die Nähe trauen, tosender Sturm, Wellen, die sich unter Schaumkronen aufbäumten. Seine Demütigung schien in der Landschaft, in den dunklen Wäldern zu verhallen wie ein lang gezogener Seufzer. Er stand auf und goss aus dem Krug Wasser in die Schüssel: aufwachen, waschen.

Vom Treppenabsatz aus sah er Licht im Wohnzimmer. »Claire?«

Sie war aufs Sofa gesunken, die langen Beine ausgestreckt. Ihre Augen glänzten glasig.

»Innis, mir ist hundeelend. Ich wäre beinahe ohnmächtig geworden. Fieber. Fühl mal.«

Er hielt die Hand auf ihre Stirn, wie seine Mutter es immer gemacht hatte, als wollte sie ihm weissagen. »Mein Gott, du glühst ja. Du musst wieder ins Bett. Ich bringe dir alles, was du brauchst.«

»Das ist wieder die Grippe. Die hatte ich schon letztes Jahr. Die wirft mich einfach um.«

Er legte den Arm um sie, drückte sie an sich und half ihr die Treppe hinauf. »Bloß keine Umstände«, sagte sie. Sie war hinuntergegangen, um etwas zu essen, hatte aber keinen Appetit, nur Durst. »Aber du, du musst halb verhungert sein, Innis. Tut mir leid, dass nichts fertig ist.«

»Was meinst du, wie wir vor dir zurechtgekommen sind? Ich koche saumäßig.«

Innis knipste die Lampe über der Frisierkommode an, während sie sich aufs Bett fallen ließ. »Heiß«, flüsterte sie und zog an ihrer Kleidung.

»He, deck dich zu. Du darfst nicht frieren, so viel weiß ich.«

Als er mit einem Glas Wasser zurückkam, bat sie ihn, ihr beim Ausziehen zu helfen. »Was? Ich?« Er lachte, ein bisschen zu laut, und streckte in gespieltem Entsetzen die Hände hoch. »Starr würde einen Anfall kriegen.«

»Innis, ich kann nicht mehr, mir ist alles egal.« Auf ihren Wangen waren feuerrote Flecken. »Ich kann kaum die Augen offen halten.«

Sie hatte schon die Lider geschlossen, als er ihr den Pullover über den Kopf zog, dessen Wolle feuchte Wärme ausatmete. Ihre Brüste waren nackt, die Brustwarzen klein und dunkel. Mein Gott. Wie konnte sie die Wolle an der Haut ertragen? Er zog vorsichtig ihre Jeans herunter, versuchte sich zu beeilen, ohne dass daraus ein Strip wurde. Wenn Starr hereinplatzte, das wäre was! Nein, so schnell nicht, nicht in diesem Wetter, und außerdem, sie war krank und er kümmerte sich um sie. Und wie konnte er umhin, sie anzusehen, ihr blassblaues Höschen, ihre glatten Beine? War er deswegen ein Spanner? Er deckte sie sorgfältig zu.

Innis schwitzte ebenfalls, ihm wurde schwindlig. Wurde er jetzt auch krank? Draußen krümmte sich der große Ahorn, seine Zweige glitzerten im schwachen Licht der

Straßenlaterne. Claire schlief schon, schnarchte leise mit offenem Mund. Innis inspizierte ihre Habseligkeiten, die auf der Frisierkommode verstreut lagen. Etwas Make-up. Sie trug kaum welches, brauchte kaum welches. Ein bisschen Mascara, ein Lippenstift, der hell genug war, um ihre bräunliche Haut zur Geltung zu bringen. Ein sommerlich gelbes Stirnband, das er noch nie an ihr gesehen hatte. Eine Haarbürste mit langem Griff, zwischen deren Borsten sich Haare von ihr ringelten. Er fuhr sich mit der Bürste durchs eigene Haar, vielleicht waren nun ein paar rote mit den schwarzen verflochten. Er zog leise eine Schublade auf. Die Farben ihrer Unterwäsche erschreckten ihn, scharlachrot und gelb und fliederfarben, ein Farbton, der ihm gefiel. Er fuhr mit der Hand durch die seidige Glätte, nahm ein Höschen heraus und stopfte es in die Hosentasche, wie ein Ladendieb. Claire hatte die Bettdecke abgestreift, lag fröstelnd da, zusammengerollt wie ein Kind, Innis deckte sie rasch zu und legte ihr noch ein Quilt aus der Truhe am Fuß des Betts über. Ihre Augenlider waren dunkler als die Haut darum herum. War das immer so? Er müsste Starr anrufen und ihn fragen, ob er einen Arzt holen oder sie zu einem hinfahren wollte.

Aber als er die Treppe hinunterging, wurde das Haus schwarz, so tiefschwarz, dass er sich am Geländer festhielt und erstarrte, ohne Orientierung, bis er den Regen über das Haus peitschen hörte. Er tastete sich zurück in sein Zimmer, zu der alten Petroleumlampe, die er nie benutzt hatte. Er zündete mehrere Streichhölzer an, seine Hände zitterten, er wusste nicht warum, er hatte keine Angst, er brauchte nur rasch Licht. Der Docht blakte und stank nach altem Petroleum, aber schließlich brannte er gleichmäßig, und Innis stülpte den verrußten Zylinder darüber. Das Zimmer schrumpfte im Schein der Lampe:

das war das Licht, bei dem sie gelebt hatten, bei dem sie gestorben waren. Er trug die Lampe an Claires Bett und hielt sie über ihr Gesicht, das von Schweiß glänzte. Besorgt holte er die Schüssel und einen Waschlappen aus seinem Zimmer, machte ihn feucht und tupfte ihr Gesicht, Hals und Arme ab. Er tauchte den Lappen wieder ins kalte Wasser und wrang ihn aus. Er würde sie allein pflegen, selbst wenn ihm das Angst machte. Die Hände seiner Mutter hatten ihn, wenn er krank im Bett lag, manchmal mit einer Art Beredsamkeit umhegt, und wenn sie ihm gute Nacht sagte, berührte sie sein Gesicht wie eine Blinde. Er zog die Bettdecke weiter herunter und wischte ihr Kehle und Brust ab. Ihre Brustwarzen richteten sich unter dem kalten Lappen auf, und er zuckte zurück, als hätte er sie verbrannt. Sie sah ruhiger aus, atmete mit tiefem Wispern. In welchen Fieberträumen irrte sie umher? Er betrachtete sie, beugte sich dann herunter und drückte die Lippen auf das weiche Fleisch ihres Bauchs, auf dessen salzige Hitze. Als er sich wieder aufrichtete, schlug sie flatternd die Augen auf, sah ihn verwirrt an und sank wieder in Schlaf. Hatte sie den Kuss gespürt? Sie konnte ihn unmöglich gesehen haben, nicht in diesem schummrigen Licht, aber sein Herz trommelte, als er sie bis ans Kinn zudeckte. Er faltete den feuchten Lappen zusammen und legte ihn ihr auf die Stirn. Das machten sie immer in den alten Filmen, wenn jemand Fieber hatte. Wenn es sein musste, würde er die ganze Nacht aufbleiben. Ihr ein Aspirin geben, wenn sie wach wurde. Hausmittel, mehr hatten sie hier früher nicht gehabt. Hausmittel und Gebete. Deine Großmutter war Gesundbeterin und Hebamme, sagte Starr. Vielleicht lag das Innis im Blut, dieser Instinkt.

Seine Beine zitterten, als er aufstand. Er würde Claire die Lampe lassen, damit es nicht pechfinster war, wenn sie wach wurde. Der Regen war nicht mehr zu hören. Er ging die Treppe hinunter, hatte mit der Dunkelheit keine Schwierigkeiten mehr, und fand in einer Küchenschublade eine funzlige Taschenlampe. Seine Pflänzchen, ihre Energiezufuhr war unterbrochen, in der kalten Dunkelheit konnten sie verkümmern, eingehen. Das Telefon hatte schon lange nicht mehr geklingelt: der Hörer an seinem Ohr war tot. Leitungen unterbrochen. Er stocherte im Küchenherd, bis die Glut knackte und zischte. Er hatte Durst, und Claire würde auch Wasser brauchen. Aber als er am Ausguss stand und Wasser in einen Krug laufen ließ, erscholl von der unteren Wiese ein lauter, dumpfer Knall, zu laut für ein Gewehr. Er griff sich seine Jacke und trat aus der Hintertür in eine Stille, die ihm den Atem nahm. Eis, überall Eis, alles, was er sah, war über und über von Eis umhüllt. Und die Stille, als wäre alles in unendlicher Tiefe auf Grund gesunken. Der verschrottete Pick-up glitzerte wie ein riesiges Schmuckstück, der Holzschuppen war ein Eisblock. Alles war so rasch erstarrt, als wäre die Zeit stehen geblieben: nirgendwo ein Rieseln, ein Tropfen. Der Regen war erstarrt wie Lötzinn, angeschweißt an alle Gegenstände, windgepeitscht erkaltet. Er ragte in schrägen Eiszapfen wie windzerzaustes und jetzt starres Haar aus der Regenrinne über ihm. Silberschmelze hieß das hier. Innis hatte von solchem Blitzeis gehört, aber jetzt, unter einem kalt leuchtenden Mond, den die Wolken freigegeben hatten, beugten sich die Bäume wie durchsichtige Skulpturen, unter einer schimmernden Last, die manche nicht tragen konnten, ihre Wipfel neigten sich, ihre Stämme krümmten sich, spannten. Innis trat hinaus, totes Gras knirschte unter seinen Schuhen, jede Furche und Vertiefung gab nach wie Fensterglas, jeder kahle Strauch und Zweig war in Kristall verwandelt. Wie wohl die

Föhren oben bei Finlay und Dan Rory jetzt aussahen? Wie hatte der Regen ihre schweren Zweige vereist? Ein leichter Wind strich über die Wiesen, leise, spröde Musik, und eine Wolke verschlang den Mond. Wenn Claire das sehen könnte, würde allein davon ihr Fieber verschwinden. Der Priester hatte Unrecht: nicht der Sommer, das hier war herrlich. Er würde es für sie zeichnen, mit Bleistift, all dieses nickende, hängende, blitzende Glas. Als er sich fröstelnd zum Haus umwandte, brach irgendwo in der Dunkelheit ein Baum, knallte wie eine Flinte.

7

In eine Wolldecke gewickelt saß Innis bei Claire und beobachtete ihren tiefen Schlaf. Sie wälzte sich nicht mehr herum, riss nicht mehr das Bettzeug herunter. Gut. Bald würde es ihr besser gehen. Er döste auf dem Stuhl ein, bis die Morgensonne ihn weckte. Claire war schon auf, hatte einen Bademantel an und richtete die Decken, die er ihr übergelegt hatte. Dann setzte sie sich aufs Bett und presste die Hände vors Gesicht, sagte, wenn sie so aussah, wie sie sich fühlte, musste sie aussehen wie ein Gespenst, sie fühlte sich so schwach, dass sie nur schlafen wollte.

»Claire«, sagte Innis am Fenster, »sieh doch nur das Eis in der Sonne. Schau mal.«

Blass und mit verquollenen Augen stand sie neben ihm, und er stützte sie mit dem Arm. »Es ist wunderschön«, flüsterte sie. »Wie geblasenes Glas überall.«

Beide hatten den Lada nicht kommen hören, und als Schritte sie aufstörten, stand Starr bereits an der Schlafzimmertür.

»Was ist das denn?« Er war unrasiert, sah abgezehrt und älter aus. »Ist das Haus so kalt, dass ihr euch gegenseitig wärmen müsst?«

»Ich habe Grippe, Starr«, sagte Claire, setzte sich aufs Bett und zog sich den Bademantel über die Knie. Er berührte ihre Stirn. »Das sehe ich. Aber was hat er für eine Ausrede?« Er riss Innis die Decke weg, Innis riss sie wieder an sich. »Lümmelt hier in Unterhosen rum.«

»Ich hab nach ihr geschaut, weiter nichts, ich bin auf dem Stuhl eingeschlafen.«

»Er war mir eine große Hilfe, Starr, wirklich. Ich hatte hohes Fieber, war fast bewusstlos. Lass ihn in Ruhe.«

»Ich glaube, der hat auch Fieber. Willst du ihm dabei ebenfalls eine Hilfe sein?«

»Ach, Starr, bitte sei still.«

Innis ging hinaus, aber sein Onkel holte ihn auf dem Flur ein und riss ihn an der Schulter herum. Innis hielt die Decke fest um sich, er würde Starr schlagen, wenn er ihn noch einmal anfasste.

»Bleib aus ihrem Zimmer raus. Zu jeder Zeit, ob Tag oder Nacht.«

»Sie hat geglüht, Starr. Sie sah elend aus, du warst nicht da, das Telefon ging nicht. Komm hier nicht reingerast, als hätte ich was Fürchterliches gemacht.«

»Zieh dir was an, verdammt nochmal.«

»Willst du, dass ich ausziehe?«

Starr knurrte verächtlich und musterte ihn abschätzig. »Ich habe deiner Mutter versprochen, dir ein Jahr lang zu helfen.«

»Du brauchst mir überhaupt nicht zu helfen.«

Sie standen kurz davor, sich zu prügeln, wurde Innis plötzlich klar, und er wich zurück, denn sein Onkel blickte giftig. Sie waren beide müde, überreizt. Und er mochte nicht ausziehen, nicht jetzt. »Scheiße«, sagte Innis. »Dann kümmre du dich doch um Claire. Du bist der Arzt.«

Als er sich anzog, belauschte er Starr im Zimmer nebenan, der Claire erzählte, dass er in The Mines festgesessen hatte, die Silberschmelze hatte die Straßen mörderisch gemacht, also hatte er im Laden gearbeitet und ein bisschen geschlafen, bis auf den Straßen Salz gestreut war, wollte sie frühstücken?

Innis trank hastig eine Tasse Kaffee und machte sich aus der warmen Küche auf in den Oberwald, er war empört und fühlte sich jämmerlich. Das gleißende Sonnenlicht auf dem tauenden Eis tat weh. Ein Apfelbaum begann zu tropfen, seine Zweige flimmerten im Wind. Überall Schmelzwasser, die schwer beladenen Bäume entledigten sich langsam ihrer Last. Gestrüpp und totes Gras wurden nass, das Ende des Winters war wieder nah. Wenn das so weiterging, würde bald alles im Schlamm versinken. Seine Pflanzen mussten warten. Er würde nach ihnen sehen, sobald sich eine Gelegenheit bot, aber im Augenblick gab es für ihn nur eins: raus aus dem Haus.

Der Boden war eisglatt, und er fiel flach auf den Rücken, lag in der Auffahrt und schnappte nach Luft. Seine Hüfte tat weh, als er weiterhumpelte, am Lada vorbei, den Starr am Straßenrand stehen gelassen hatte. Kein Wunder, dass sie ihn nicht hatten kommen hören. Oben an der Vorfahrtstraße zur Überlandleitung war es schon glitschig, der Lehm war noch hart, aber wo der Eisfilm verschwunden war, hinterließen seine Stiefel bereits schwache Abdrücke. Er ging an einer Birke vorbei, die Äste verloren hatte, ebenso wie andere, sogar Ahornbäume, sie standen schief, ihrer Glieder beraubt. Der Kristallzauber war vorbei. Den biegsameren Föhren und Fichten war es besser ergangen, Eis glitzerte noch zwischen ihren Nadeln. Er streifte Eisklümpchen von einem buschigen Zweig und ließ sie auf der Hand schmelzen. Er hätte sie anfassen können, wo er wollte. Er hätte das Schlimmste von dem, was Starr dachte, tun können, aber er hatte es nicht getan. Das Blut stieg ihm ins Gesicht, wie konnte er nicht an sie denken, als sie dalag, halb bewusstlos, aber in sein Verlangen mischte sich noch etwas, worüber er und Ned Mohney nie gesprochen hatten, von dem sie keine Ahnung gehabt hatten.

Wie lange würde man brauchen, um mit einem Auto von der Insel herunterzukommen, nicht nur von St. Aubin, sondern auch von Cape Breton Island, mit einem guten Wagen, nicht mit einem schwerfälligen Laster?

Innis überquerte die Schneise, um nach der Quelle zu sehen. Starr hatte sich vorige Woche über das trübe Wasser beklagt und ging nicht mehr gern hier hinauf, der Anstieg war ihm zu lang, sagte er. Innis war selbst außer Atem, als er sich in die feuchte Luft des kleinen Schuppens beugte, der das Wasser schützte. Eine fast unsichtbare Eisschicht bedeckte die Oberfläche, und als er die Finger hindurchstieß, versetzte ihm das Wasser beinahe einen elektrischen Schlag, so kalt war es. Er rührte darin herum. Nein, nichts da, kein Schlick, nichts zu sehen. Starr hielt immer ein Glas voll Wasser gegen das Licht, wie ein Chemiker. Das beste Wasser auf der Welt, war sein Spruch. Aber alles Mögliche konnte hier herein, in das Wasser, das unten aus ihren Hähnen floss. In ein paar Stunden, wenn es ihr besser ging, nahm Claire vielleicht ein Bad darin, es konnte in ein Glas laufen, das sie unter den Hahn hielt. Innis tauchte die Zunge hinein, zog sie taub zurück. Er verriegelte die Tür. Im Lehm davor sah er den gefrorenen Abdruck einer Tatze, denselben wie im Schnee an der anderen Quelle weiter oben. Die große Katze? Aber sie hatte hier nicht getrunken, jedenfalls nicht mehr, seit die Tür verriegelt war.

Er war völlig erledigt. Er würde wieder runter zur Straße schlittern und per Anhalter zum alten Fährenkai fahren oder auch laufen, wenn es sein musste. Das Häuschen von Vater Lesperance kam ihm sehr einladend vor, friedlich, fast, als gehörte es ihm. Starr hatte eine Grenze überschritten, so wütend war er noch nie gewesen. Aber die Sonne stand am Himmel und schien Innis warm ins Gesicht, wenn der Wind nachließ. Überall um ihn herum wurden die Hüllen aus Eis dünner, durchsichtig, rieselten fort.

Er schob das Fenster des vorderen Zimmers hoch, lehnte sich hinaus und sog die Luft ein. Er hatte auf der Couch ein Nickerchen gemacht und musterte jetzt das Haus des Kapitäns auf der anderen Straßenseite. Kapitän John MacQueen. In North St. Aubin aufgewachsen. Lebte in Florida, bis der Sommer da war, kehrte dann für drei Monate zurück in dieses Haus. Zugvogel. Wer kümmerte sich um das Haus, während er weg war? Niemand war zu sehen, nicht mal an einem so klaren Tag wie heute nach dem Unwetter.

Nein, es würde kein Einbruch sein. Er würde nichts zerbrechen.

Innis lugte unter das Haus, das etwas erhöht über dem Erdboden stand: Platz genug zum Kriechen. Kalte Rohre. Die grauen Schleier alter Spinnennetze. Gestapeltes Brennholz in einer Ecke verriet ihm, dass dort eine Luke sein musste, und tatsächlich, da war sie, nicht weit von der Wasserpumpe. Er stieß sie auf, schob einen Vorleger beiseite und landete im Schlafzimmer. Er verharrte regungslos: die Angst, die Anspannung in einem fremden Haus. Jemand da? Die Möbel waren mit Plastikfolien und alten Laken abgedeckt, alles war unbenutzt, aber er wagte kaum zu atmen, als er durch die fünf Räume schlich. Er nahm den Hörer von einem hölzernen Wandtelefon, erschrak, als er eine Stimme hörte: das Telefon war noch angeschlossen. Aus Furcht, sein Atmen könnte ihn verraten, wollte er vorsichtig aufhängen, bekam aber noch mit, wie eine Frau mit sanfter, gedehnter Sprechweise sagte: »... nein, sie lebt mit ihm und dem jungen Burschen zusammen, doch, na, du weißt ja, wie er ist«, und die Frau am anderen Ende erwiderte lachend: »Und ob ich das weiß!« Er hätte gern noch mehr gehört, hatte aber Angst, mit dem Hörer in der Hand überrascht zu werden.

Er war noch nie auf den Gedanken gekommen, dass sie in der ganzen Gegend ein Gesprächsthema waren, Starr und Claire und er selbst. Hier sprach sich alles rasch herum, ob es nun stimmte oder nicht. Hatte Starr geglaubt, den Leuten vormachen zu können, sie sei nur eine Untermieterin? Es war Starr immer ziemlich egal gewesen, was die Leute in Bezug auf ihn und Frauen dachten, aber Innis wollte plötzlich nicht, dass Claire für ein Flittchen gehalten wurde, für Starrs Verhältnis oder was auch immer. Bei einer anderen Frau hätte es ihn vielleicht nicht gekümmert. Aber jetzt waren sie ins Gerede gekommen, die beiden und er, »der junge Bursche«. Wenigstens wussten sie nichts über ihn, wie er in Watertown aufgewachsen war, unter den Sturmböen feuchtfröhlicher Gelage, die durch die Wohnung seiner Mutter getobt waren, wenn sie ihn am Samstagabend aus dem Bett holten und neckten und mit Sachen aus braunen Tüten fütterten, die die Männer und ihre Freundinnen mitgebracht hatten. Manchmal hörte sich der Lärm gar nicht lustig an, eher wütend, fast rasend, alles schien durcheinander zu gehen, plumpe dreckige Witze, brüllendes Gelächter, dann später in der Nacht das Scheppern von Glas – Flaschen, die zusammenstießen, Gläser, die zu Bruch gingen, das Zischen von Kronenkorken, Eiswürfel, die aus der Eisschale gebrochen wurden. Und manchmal rumste etwas krachend an die Wand, hinter der er lag. Dann gedämpftere Geräusche, es wurde aufgeräumt. Jemand, vielleicht seine Mutter, hatte sich daran erinnert, dass er im Nebenzimmer war. Soll er etwa mitkriegen, dass die Polizei kommt? Und einmal waren dann wirklich Polizisten gekommen. Ihre dunklen Uniformen, in denen sie riesig wirkten, veränderten alles, und Innis hatte Angst, sie wären seinetwegen gekommen. Er konnte das Summen der Neonröhre über der Spüle hören, niemand redete mehr, nur noch die Polizisten, manchmal höflich, manchmal befehlshaberisch, aber immer beängstigend; wenn sie kamen, hatte das stets etwas Schlimmes zu bedeuten, schon als er klein war, und später auch. Innis sah sie öfter und öfter, nicht wegen einer lautstarken Küchenorgie, sondern weil sie fragten, ob hier Innis Corbett wohnte und ob er zu Hause war, sie hätten mit ihm zu reden, und er lag im selben Bett wie als Kind, gleich neben der Küche, hinter geschlossener Tür, und wartete ab, ob seine Mutter log oder nicht, je nachdem, welche Laune sie hatte oder wie sie an dem Tag auf ihn zu sprechen war, ob sie die Bullen wegschickte oder den Weg freigab.

Im verrußten Kamin flüsterte der Schornstein, wie Schornsteine es immer tun. Er meinte, etwas tropfen zu hören, aber es war eine Quarzuhr in Gestalt eines Rahseglers. An der Wand hing ein Barometer aus Messing. Er tippte ans Glas, wie er es Starr hatte tun sehen. Der Zeiger ruckte ein wenig hoch, zu »Veränderlich«. Gut. Nein, er würde es nicht mitnehmen. Er würde in diesem Haus nichts stehlen.

Er öffnete eine Tür nach der anderen, suchte nach Hinweisen auf den Kapitän. Offenbar ein Junggeselle. Alles seemännisch ordentlich verstaut, in Kartons, in

Plastikfolie, fachgemäß verschnürt. In einem Schrank im Flur hingen zwei marineblaue Uniformen, sogar durch die grauen Kleidersäcke waren die goldenen Litzen zu sehen. Innis nahm eine Jacke heraus und probierte sie vor dem Türspiegel an, der Mann musste kleiner und stämmiger sein als er, aber in diesem Aufzug sah jeder gut aus, imponierend, mit dem Ding an konnte alles ein Befehl sein, eine Forderung, eine Standpauke. Innis knöpfte die Jacke zu. An der Wand hing ein gerahmter Druck von einem Nova-Scotia-Schoner mit windgeblähten Segeln und einem Fluss oder einem See über der Leereling. Darunter zwei weitere gerahmte Schiffe, Frachter der Großen Seen, würdevoll in schwarzem und weißem Eisen, der stumpfe Bug pflügte zuverlässig voran, eine graue Rauchfahne folgte ihnen. Vettern von Innis hatten auf solchen Frachtern gearbeitet; im Frühling, wenn die Frachter wieder verkehrten, waren sie durch Watertown gekommen, und dann wieder im Spätherbst, wenn die Schiffe stillgelegt wurden, sie waren auf dieser Straße nach Cape Breton gekommen und ein, zwei Nächte geblieben, Teil der Küchenrunde. Viele aus Cape Breton arbeiten auf dem Meer, sagte Starr, guter Platz für dich, gute Bezahlung, wenn du mit den Kanadiern auskommst, die amerikanischen Reedereien können dich natürlich jetzt nicht mehr nehmen.

Der Wasserhahn in der Küche stieß einen Seufzer aus, als er ihn aufdrehte. Trocken. Er sah wieder das Gesicht seines Onkels vor sich, in seinen Augen war etwas aufgeblitzt, was Innis noch nicht gesehen hatte.

Noch eine Tür. Sie ging ins Dunkel auf, aber er roch es: ein Lehmboden, der nach altem Öl stank. Hier und da glänzte poliertes Metall, und er stieg fast ehrfürchtig in die Garage hinunter. Im spärlichen Winterlicht blitzten die Kanten geschlossener Türen auf, und als seine

Augen sich an das Halbdunkel gewöhnten, erkannte er langsam das Auto. Er fuhr mit der Hand über die kalten, glatten Rundungen. Himmel, das war ein Cadillac, nahezu nagelneu und bestens gepflegt, musste schwarz sein, wenn der Chrom so hervorsprang. Der Mann hatte ihn gewachst, bevor er ihn abstellte. Innis sprang auf die Stoßstange: ja, diese Federung, weich und schwer, ein Traum. Er steckte die Nase in das einen Spalt weit geöffnete Fenster, roch das kalte Leder darin, die Auslegeware, die sogar die Atemgeräusche schluckte. Wer hätte geahnt, dass in diesem alten, stinkenden Schuppen, der sich eher für einen klapprigen Pick-up oder einen Traktor eignete, ein richtiger Caddy steckte? Im Dämmerlicht leuchteten die Weißwandreifen, und Innis hörte geradezu den Kies knirschen, wenn die großen Räder sich in Bewegung setzten, zurückrollten, anhielten, dann das Aufbrausen des Motors, tief und voll, wenn du anfuhrst. Und schon warst du weg.

Er blies auf seine kalten Finger, betastete die Kotflügel und Verkleidungen. Nein. Ein Bursche wie der alte MacQueen ließ nicht den Schlüssel hier. Innis konnte nicht aufhören, das Auto anzufassen: er wollte so gern das Lenkrad in den Händen halten, sich einfach hineinsetzen, den Motor anlassen und sich von dem Wagen irgendwohin fahren lassen, das Radio leise an. In zehn Minuten würde dieser Caddy warm wie ein Bett sein. Es machte ihn verrückt, daran zu denken. Er hatte es satt, wie ein kleiner Junge im Haus festzusitzen, er würde den Schlüssel suchen, er würde wiederkommen.

Er hängte die Uniformjacke wieder in den Schrank, legte den Vorleger ordentlich über die Luke, wie es MacQueen getan hätte, ein Mann, der dieselben Autos schätzte wie er, dann schlüpfte er zur Hintertür hinaus und machte das Schloss hinter sich zu. Kinderspiel.

Ein Bergarbeiter, der an seinem freien Tag mit seiner Familie eine Spritztour um St. Aubin Island gemacht hatte, nahm ihn auf seiner Rückfahrt mit nach The Mines. Das Eis war schön, sagte eins der beiden Mädchen auf dem Rücksitz, sprang auf und flüsterte dem Vater ins Ohr: »Nicht wahr, Daddy?« »Das ist es«, sagte der zu Innis, »wegen der Silberschmelze sind wir rausgefahren, aber es taut verdammt schnell.« Die nackten, weißen Unterarme des Bergarbeiters schienen zu groß für ihn zu sein, er lenkte mit verkrampften Bewegungen, als wäre dichter Nebel und nicht dieses feuchte, kalte Glitzern überall. Seine Frau herrschte die beiden kleinen Mädchen an, mit denen Innis den Rücksitz teilte, aber Innis sagte: »Die stören mich nicht, ich mag Kinder«, was gelogen war, alle Kinder waren Nervensägen, nichts als ein Klotz am Bein, sie nagelten einen fest, wie er es mit seiner Mutter getan hatte. Am Briefkasten riefen ihm die Mädchen ein Dutzend Mal auf Wiedersehen zu.

8

Innis hielt sich so selten wie möglich im Haus auf. Starr fuhr nicht zur Arbeit, solange Claire Hilfe brauchte, pflegte sie, bis sie gereizt wurde, mit ihrer Krankheit die Geduld verlor. Starr gewöhnte sich an, mit brennender Zigarette in der Hand aus dem Fenster zu starren. Innis war es lieber, wenn sein Onkel redete, dann wusste er, woran er war. Jetzt Schweigen, höchstens ein paar Worte, die Starr aber nie zu einem Gespräch ausweitete, und Innis dachte, von mir aus, nicht meine Sache, die Konversation in Gang zu halten. Starr hatte das Sagen, es war sein Haus. Wieder einmal ein Freitag, ein Tag, den Innis hasste: er warf einen ins Wochenende. Auch in der Küche gab es nichts mehr zu lachen, nur Spannungen zwischen Claire und seinem Onkel.

Innis kam aus dem Wald zurück und überquerte die graubraune Wiese, die hart wie Stein war, unter der sinkenden Sonne kehrte die Kälte zurück. Er wollte rauchen, also ging er auf die Scheune mit dem Viehstall zu. Der Wassergraben trug eine Eisschicht, die das fahle Nachmittagslicht spiegelte. Am Tag hatte die Sonne, die jetzt nur noch ein Glimmen über dem Berggrat war, die toten Gräser aufgeweicht, die glitzernden Häufchen aus altem Heu. Innis griff im Vorbeigehen nach spröden Stauden und ließ sie zurückschnellen. Der Schnee, der sich an die schattigen Waldränder zurückzog, sah aus wie gestrandete Gischt. Er zog einen Zweig einer Würgekirsche herunter: noch keine Knospen. Die Wintersaat auf den Feldern nur winzige Nadelspitzen. Ein niedriger Strauch wie aus grauer Spitze: im Sommer ließ sich erkennen, wie der hieß. Falls er dann noch da war, statt vorher seine Siebensachen zu packen und sich zu verdünnisieren, in eine Großstadt auf dem Festland abzuhauen. Methoden, sich zu verdünnisieren. Wenn das so weiterging, war er darin bald Experte. Wie wär's mit Halifax? Oder St. John in New Brunswick? Er musste was darüber rauskriegen.

Aber es war eine Frau im Haus.

Die alte Scheune, kein Weg, keine Spuren führten mehr hin, nichts verband sie mehr mit dem Haus oder dem alten Schweinekoben, in dem Holz und alter Krempel lagerten, oder dem Milchhaus, wo Starr Brennholz stapelte, oder dem Werkstattschuppen. Innis hatte durch eines der niedrigen kleinen Fenster ins Halbdunkel gelugt, war aber nie hineingegangen, da nichts darin war, was sie brauchten. Die Scheune stand noch so, wie er sie im Herbst gezeichnet hatte, grau vor dem Unterwald, wartete darauf, von Gehölz überwuchert zu werden wie die Viehweide dahinter. Einer der Torflügel zur Tenne stand angelehnt, hing schief in den Angeln. Innis schob die Schlaufe, mit der er verriegelt war, zurück und zerrte ihn gerade weit genug auf, um hineinzukönnen. Staubiges Licht fiel auf die Boxen. Der Tiergestank hatte sich schon lange zu den trockenen Gerüchen abgeschwächt, die Innis auf der Zunge schmecken konnte. Auf dem Heuboden lag zerzaustes Heu von der Farbe der Winterwiesen. Etwas raschelte. Mäuse, vielleicht eine Ratte. Keine Katze. Starr hatte die letzten, die er hier fand, ertränkt, sagte er. Fies, so was zu tun, sie mit Steinen in einen Sack zu stecken und in einen Bach zu werfen. Das war die Art der Farmer, kein Raum für Gefühlsduseleien. Aber wenn Starr in der entsprechenden Stimmung war, dann triefte er nur so von Gefühlsduseleien.

Innis kletterte auf den Heuboden und ließ sich in einer Grotte aufgeplatzter Ballen nieder, machte sich einen Sitz aus einem, dessen Verschnürung noch hielt. Feiner, modriger Staub hing wie Frosthauch in der Luft. Hier und da, wo es durchregnete, schimmelte das Heu. Im CBC hatte er einiges über Heu gelernt, seine verschiedenen Gräser, die Gefahr, dass nasse Heuballen sich selbst entzündeten. Hin und wieder schnappte er was im Radio auf, und was ihn interessierte, das merkte er sich, wie früher in der Schule. Eine Sendung mit dem Titel *Quirks and Quarks* schreckte ihn erst ab, mit verrückten Fragen wie: Gibt es den Yeti wirklich, und wenn ja, sollen wir ihn erschießen?, oder: Wie schmecken eigentlich Dinosaurier?, oder: Kann es auf dem Mond Wasser geben? Innis' erste Reaktion war: Wen kümmert das? Aber einiges war hängen geblieben, wie sich Vögel über weite Entfernungen orientierten, oder die Intelligenz von Viren oder die Paarungsrufe von Fröschen, von brasilianischen Baumfröschen und argentinischen Wüstenfröschen und kanadischen Graufröschen. Er holte einen dünnen Joint hervor, er rollte sie jetzt dünner, und zündete ihn an. Das Giebelfenster war zerbrochen und voller Vogelkot. Das Metalldach, grau und wie von Mistgabeln durchlöchert, erbebte im Wind, und die ganze Scheune reagierte, die Tragbalken verzogen sich wie Schiffsspanten. Aus einer Öffnung, die er nicht sehen konnte, kam ein kalter Luftzug, und er kuschelte sich tiefer ins Heu. Ob das Zeug brennen würde? Verdammt, all dieses alte trockene Holz. Er hielt sich ein Streichholz vor die Augen: Ich bin also ein geiler Typ, Starr? In Unterhosen gefährlich?

Aber nach zwei tiefen Zügen lehnte er sich zurück, und jeder Wunsch nach feuriger Zerstörung, nach Rache verging. Freitagabend. Am besten durch Selbstentzündung verschwinden. Früher war angesagt: mit Ned zusammen kiffen und dann die Kampfzone abgrasen, die Energie all der sexuellen Anmache spüren, sich mit falschen Persos in eine Oben-ohne-Bar schmuggeln, Ned ging sowieso immer für einundzwanzig durch, aber Innis war der Harvard Square lieber, mit den Straßenmusikern und den Mädchen in den schrägen Klamotten und den Hare Krishnas mit den Bimmelglöckchen und den kahl geschorenen Köpfen, die eher wie Strafgefangene aussahen und nicht wie fromme Sendboten ... Aber Mohney war siebenhundert Meilen weit weg, zog bestimmt um die Häuser, war vielleicht im Groggery, wo live gespielte Rockmusik einem den Schädel spaltete und wo es immer proppevoll war. Ob er jetzt mit einem neuen Partner dealte? Doch Innis hing nur Erinnerungen nach, er sehnte sich nicht nach der Zeit zurück, sie war vorbei, verbraucht, er passte nicht mehr hinein, es hatte etwas Kindisches an sich, andauernd Spaß haben zu wollen, Tag und Nacht. Was seine Mutter jetzt wohl machte? Eine Weile lang hatte sie ihren Sohn vielleicht vermisst, aber sie hatte auch die Nase voll von ihm. Ich liebe dich, Innis, hatte sie als Letztes zu ihm gesagt. Ob sie immer noch mit diesem Quatschkopf zusammen war, in den sie sich verknallt hatte, diesen hohlen Labersack? Komisch, aber er sah die Situation seiner Mutter jetzt klarer. Allein, der Mann tot, ein kleines Kind am Hals. Sie hatte ausgehen und sich amüsieren wollen, aber da war er. Was sollte sie mit ihm anfangen? Wenigstens hatte sie ihn nicht überallhin mitgeschleppt, das musste man ihr lassen. Innis kannte jetzt den faden Geschmack eingesperrter Abende, wenn man zu Hause bleiben musste. Allein die Worte »zu Hause bleiben« deprimierten. Das konnte er bezeugen. Und seine Mutter hatte sie auch erlebt, diese Abende, wenn die einzige Welt, die zu deinem Überschwang, deiner Lebenslust passt, draußen auf den Straßen, im Lichterglanz ist. Natürlich konnte er hier auch raus, aber er gelangte nirgendwohin, nicht abends und nachts. Fünfzehn Meilen bis zu The Mines, der nächsten Stadt, und erst auf der Hauptstraße kam öfter ein Auto vorbei. Die Warterei konnte verdammt lange dauern, und man war nie sicher, ob man die ganze Strecke mitgenommen oder vielleicht bei Little Bras d'Eau rausgelassen wurde, dann hing man wieder an der Straße rum, und die Laune ging in den Keller. Außerdem, was war in The Mines schon groß los? Er kannte nur eine Bar, eine Säuferspelunke, wo er wahrscheinlich nicht willkommen war, sobald er den Mund aufmachte, und wo es an jedem Wochenende Schlägereien gab, sagte Starr. Er konnte nicht einfach auf der Commercial Street rumlaufen, bis er von einem Mädchen eingeladen wurde. Also weiter trampen, nach North Sydney und noch weiter nach Sydney, da war der Bär los, das war eine richtige Stadt. Seine Mutter wenigstens hatte es nicht so weit, wenn sie was erleben wollte.

Vergammeltes Heu, tolle Umgebung für einen Freitagabend. Der Modergeruch würde bald in seinen Jeans hängen. Wind rüttelte an den Wänden. Innis trampelte auf dem verklumpten Heu herum, wirbelte müden Staub auf. Der Fußboden bestand aus dünnen Fichtenstämmen, deren trockene Rinde sich lockerte. Eine Leiter aus schmalen Brettern, die an die Wandpfosten genagelt waren, führte zur Giebelluke hoch. Er hielt sich an den ungehobelten Sprossen fest und kletterte mit der Bedachtsamkeit hinauf, die Gras ihm immer verlieh, einer mikroskopischen Aufmerksamkeit, der nichts entging. Ein Lichtspalt umrahmte die Luke, durch die sie früher mit den Heugabeln die Heuballen geworfen hatten, die Zugwinde baumelte noch, als wäre sie gerade erst von jemand losgelassen worden. Innis schob den rostigen Riegel zurück, die kleine Tür schwang nach außen auf, und plötzlich packte ihn die Höhe, weit unter ihm lag die Wiese, und er klammerte sich an die Sprosse. Cape Breton aus der Luft, wie damals aus dem Flugzeug: das dichte, genoppte Grün der Wälder, winzige bewohnte Flecken hier und dort, wie mit dem Rasiermesser ausrasiert. Und das Wasser, immer irgendwo Wasser, Flüsse, Buchten, Seen, die wie Spiegel aufblitzten, und das Meer nie weit weg, und die Häuser Stäubchen in dem weiten Grün, so wenige, dass ihm ihre Abgeschiedenheit Angst machte. Schotterstraßen lagen wie weggeworfene Taue. Und jetzt wohnte er an einer dieser Straßen, die er vielleicht aus der Luft gesehen hatte, presste das Gesicht auf eine hölzerne Sprosse in einer alten Scheune. Der Schwächeanfall ging vorüber, aber er war immer noch außer Atem und zitterte. Langsam schlug er die Augen in dem vergehenden Licht auf: da stand das Haus, in dem er jetzt wohnte, unendlich fern von allem, wonach er sich sehnte. Jemand war an der Hintertür, ein Farbfleck. Es war Claire, sie kam heraus und stand auf der Treppe, zog sich einen gelben Schal vom Kopf. Einer Blume glich sie.

Vorsichtig ging sie am Rand der Wiese entlang. Angst vor Kuhfladen? Schlangen? Aufblitzender Groll trieb ihm Tränen in die Augen: sie hatte die schlichte Struktur seines Lebens zerbrochen, wonach er mit seinem Onkel auskommen und sich langsam und vorsichtig und ohne großen Ärger bis zum September durchschlagen musste, dennoch elektrisierte es ihn, sie in dieser Landschaft zu sehen. Im Westen lag das Wasser der Meerenge glatt wie Metall. Er meinte, das Salz riechen zu können, ebenso wie das Harz der dichten Nadelbäume zwischen den grauen kahlen Laubbäumen auf dem Berg. Ins Exil, du gehst ins Exil, Mann, hatte Ned zu ihm gesagt, als er davon erfuhr, kostete das Wort aus, als wäre es aus einem Film oder nur ein Witz. Ned hatte keine Ahnung, dass es war, als würde man mitten in der Nacht aus dem eigenen Haus rausgeschmissen, als zerrten sie einem im Januar die Decken weg und kommandierten einen raus in den Schnee. Sprosse um Sprosse stieg er hinunter, dachte an den tiefen Sturz, den das alte Heu kaum abfangen würde.

Er atmete kaum, als sie unter ihm in die Tenne kam, sah ihr aber zu, als sie umherging und sich eingebildete Spinnweben vom Gesicht wischte. Das Licht war schwach, aber ihr Haar, so schwarz wie die Krähen, die Innis im Schnee mit Brot fütterte, schimmerte manchmal. Er beobachtete, wie sie auf das harte Leder eines Kummets klopfte, aus Geschirrketten, die an Nägeln hingen, ein stumpfes Klirren schüttelte. Sie ging durch ein Museum. Innis war überzeugt, dass sie gleich ihm Geheimnisse hatte. Es erregte ihn, dass sie nicht wusste, dass er hier war, über ihr. Er könnte ihr einen Schreck einjagen, aber er hörte sie über etwas an der Wand leise lachen.

»Was ist denn so komisch?«, fragte Innis.

Sie schrak zusammen, als wäre eine Tür zugeschlagen, aber sie schrie nicht auf. Ruhig schaute sie zu ihm hoch. Er sah das langsame Leuchten eines Lächelns.

»Ein Foto von der königlichen Familie, hier an die Wand genagelt. Die Queen und ihre Schwester sind noch kleine Mädchen.«

»Das stammt bestimmt noch von meiner Großmutter. Sie liebte die Royals, sagt Starr, aber ihn können sie mal am Hintern lecken, es gehört in die Scheune. Was hat dich hergetrieben?«

»Ich mag Scheunen.«

»Sie sind still.«

»Das Haus ist auch nicht gerade laut.«

»Könnte ein bisschen Lärm vertragen, was? Öfter mal lachen.«

»Ich war eine Weile lang nicht auf dem Damm. Tut mir leid. Ich muss wieder zur Arbeit.«

»Macht doch nichts. Was ist mit Starr los?«

»Er dachte, zwischen dir und mir läuft was, ich weiß nicht was. Ich habe das klargestellt. Starr redet gerne, aber er sagt kaum was über sich, was in ihm vorgeht.«

»Wird ihm nicht gefallen, dass wir beide hier drin sind, ganz allein.«

»Ach, der sitzt in der Badewanne. Will mit mir nach Sydney essen fahren. Mach dir deswegen keine Sorgen, ich tu's jedenfalls nicht.«

»Vielleicht ziehe ich in die Scheune, wenn's so weitergeht. He, du hast keinen Mantel an. Du warst krank.«

»Ja. Ich habe sechs Pfund abgenommen. Das reicht.«

»Du brauchst doch kein Gramm abzunehmen. Warum kommst du nicht rauf? Hier ist es wärmer.«

»Ja?« Sie neigte den Kopf, betrachtete ihn. »Dann hilf mir rauf.«

Er nahm ihre warme Hand und zog sie auf den Heuboden. Sie trug einen violetten Rollkragenpullover und schwarze Jeans mit Schlag.

»Schöner hier oben«, sagte sie und trat auf die Ballen. »Wie als Kind im Heu. Lange her, seit ich auf einer Farm war.«

»Das hier ist eine tote Farm.«

»Da steckt noch Leben drin.«

»Mir hättest du was vormachen können, ich bin auch neu hier.«

»Ja, die Sprechweise hast du dir nicht auf St. Aubin geholt.«

»Ich hab überhaupt nicht viel von St. Aubin.«

»Du bist doch aber hier geboren? Deine Familie reicht weit zurück, sagt Starr.«

»Das nutzt mir jetzt nicht viel. Ich komme nicht vorwärts, darum geht's.«

Sie ließ sich in das Nest fallen, das er gemacht hatte. »Ich erinnere mich an die Farm meines Onkels, als ich noch klein war. Wunderbar, das warme, frische Heu.«

»Dieses Heu ist nicht frisch.« Innis nahm eine Hand voll. »Liegt seit Jahren hier. Starrs Vater hat es vor seinem Tod eingefahren.«

»Dein Großvater?«

»Ich hab ihn nie gekannt. Meine Mutter mochte ihn nicht. Zu fromm. Wollte sich am heiligen Sonntag nicht fotografieren lassen. Er wurde im Alter sehr sauertöpfisch, sagt sie. Sonntags saß er stundenlang da wie aus Holz geschnitzt.«

»Starr hat aber nichts davon, oder?«

»Untendrunter schon. Wenn du tief genug kratzt.«

Sie biss auf einen Halm. »Also taugt das Heu nicht mal für Pferde. Aber für uns ist es gut.« Ihre Stimme war warm und gelöst, und er redete sich ein, sie hätten es planen können, sich hier zu treffen, an dieser Stelle, so nah beieinander, dass sie flüstern konnten. Wenn sie den Kopf drehte, blitzten ihre Ohrringe silbern im Giebellicht.

»Schau mal«, sagte Innis und hauchte in die kalte Luft. »Wir haben noch Winter.«

»Ach, für einen Sommertag, nur einen einzigen, würde ich einen Mord begehen. Ich möchte irgendwo in der Sonne braten. Es soll heiß sein und klebrig und all das, was wir im Juli nicht ertragen können. Das ist eine wunderbare Kur.«

»Wogegen?«

»Den Winter. Wir müssen auftauen.« Sie stand auf, unsicher auf dem weichen Untergrund. »Der Winter hier macht mich fertig. Er hat auch den Mann fertig gemacht, mit dem ich zusammengelebt habe.«

»Du hast Heu überall auf dem Rücken«, sagte Innis.

»Ich seh's nicht.«

»Soll ich's abmachen oder was?«

»Wenn ich schmutzig bin.«

»Starr wird sich wundern, wo du gewesen bist.«

»Soll er doch.«

Innis klaubte ihr das Heu ab, so sanft er konnte, so hoch, wie er reichte, ohne aufzustehen. Er hatte weiche Knie. Vom Gras und von den Kurven ihrer Jeans. »Ich hab's auch eilig mit dem Sommer«, sagte er fast im Flüsterton.

»Ach ja?« Sie sah belustigt zu ihm herunter. »Na, du bist jung. Der Sommer, das ist deine Zeit.«

»Eher der Herbst.«

Innis richtete sich langsam auf, hielt sich an einem Pfosten fest. Er wollte es ihr sagen, sie mit hineinziehen.

»Ich muss Pflanzen in den Boden bringen«, sagte er. »Aber ich muss wahrscheinlich damit warten, bis im Juni der letzte Frost verschwunden ist.«

»Ich wusste gar nicht, dass du dich mit Pflanzen abgibst, Innis. Starr hat nie was davon gesagt.«

»Je weniger Starr sagt, desto besser, so weit's mich angeht.« Innis öffnete die Faust, faltete die Alufolie auf und zeigte ihr die Samenkörner, die er aufgespart hatte. Claire hielt seine zitternde Hand fest. Sie roch an den Körnern, zog die Augenbrauen hoch. Er sah das Wort lautlos von ihren Lippen kommen: Marihuana?

»Und das willst du anpflanzen? Mein Gott, Innis. Nicht in diesem Land.«

»Warum nicht?« Er sah ihr ins Gesicht.

»Na also ...« Sie lachte. »Zum einen würden dich die Mounties rankriegen. Das würden wir gar nicht gerne sehen. Zum anderen ist das, glaube ich, keine Pflanze, die hier gedeiht.«

»In den Staaten wachsen sie in jedem Winkel, Claire. Sie werden sich auch hier gut machen. Es gibt Methoden, um sie anzuspornen, wenn man weiß, wie man's machen muss.«

»Ich würde sie anspornen, wo ich nur kann, wenn das alles ist.«

»Das ist nicht alles.« Er rollte die Alufolie zu einer Kugel und stopfte die Samen in die Tasche. »Ich hab darüber nachgelesen. Das wächst jetzt überall. Sogar in Alaska. Ich mache keine Witze. Ende August, Anfang September werde ich gute Knospen haben, und die verkaufe ich dann.«

»Das kann dich in Schwierigkeiten bringen, Innis. Ins Gefängnis.«

»Die sind gut versteckt. Keiner kommt da je hin, ganz weit oben. Ich kenn einen Trucker, der mir die abnimmt, alle auf einmal. Sobald ich das Geld habe, haue ich ab. Lass mich irgendwo im Westen nieder.« Als er ihr Gesicht, ihr skeptisches Lächeln sah, wollte er sie auf den Mund küssen, so richtig.

»Weiß Starr davon?«

»Himmelarsch, Claire, der raucht das Zeug nicht mal. Er weiß, dass die Erde nicht flach ist, aber von Gras hat er keine Ahnung. Ein Ding, was?«

»Das ist nichts für jeden.«

»Du wirst es ihm also sagen?« In der Scheune war es dunkel geworden, durch die kleinen Löcher im Dach fiel kein Licht. Sie standen im unebenen Heu, als wären sie in einen Teich gewatet.

»Was würde das irgendeinem von uns bringen?«, fragte sie. »Natürlich werde ich ihm nichts sagen.«

Innis nahm ihre Hand und führte sie an die Lippen wie einen Schluck Wasser. »Versprochen. Du, ich hab hier noch einen halben Joint.«

»Immer langsam.«

Aber Innis hatte ihn schon angezündet und pfeifend inhaliert.

»Nur einen Zug, Innis«, sagte sie. »Ich bin noch nicht fest auf den Beinen.« Sie nahm den Joint mit spitzen Fingern, hielt ihn kurz an den Mund und gab ihn zurück.

»Du und mein Onkel, ihr seid wohl jetzt richtig zusammen.«

Sie lachte. »Komm, wir gehen lieber. Sieh mal, wie dunkel es geworden ist.«

Frauen in der Küche seiner Mutter, Stimmen, die sich mit der seiner Mutter mischten, sie übertönten. Männer, das Thema Männer brachte sie dazu, in ganz bestimmter Weise zu reden. Aber keine der Stimmen hatte geklungen wie die von Claire.

»Geh schon vor, ich komme später«, sagte er. »Warte, ich helf dir runter.« Er hielt ihre Hand fest, nachdem sie unten war, zwang sie, zu ihm hochzuschauen. »Sei vorsichtig«, sagte er. »Tschüs.«

Er ließ sich in die Heuballen fallen. Claire im Sommer. Sie musste toll gewesen sein. Klar, inzwischen war sie älter. Aber ihm gefiel, dass sie schon länger auf der Welt war als er. Beim Aufflammen des Streichholzes hatte er winzige Falten um ihre Augen und ihren Mund gesehen. Er bedauerte, dass er die Silberschmelze nicht gezeichnet hatte, ihr die Zeichnung nicht geschenkt hatte.

Er kniff die Augen zusammen. Die Löcher im Dach wurden zu Sternen. Sommer, Sommer. Sobald der Frost vorbei war, würde er loslegen. Er brauchte keine Scheune, keine Geräte, er packte das ganz allein. Lächelnd lag er, wo sie gesessen hatte, ließ sich von der Dröhnung treiben, bis ihm die Kälte in die Glieder kroch.

9

Anfang Mai war der Schnee auf Flecken im Schatten des Waldes zusammengeschrumpft. Der letzte Firn war vom Dach der Scheune gerutscht, dessen Metall nass glänzte, und die letzten Eiszapfen an den Dachrinnen hatten sich vertröpfelt. Manchmal wurde ein sonniger Nachmittag plötzlich kalt, Ostwind hatte die Kälte vom Treibeis aufgenommen, das immer noch auf dem Atlantik trieb, außer Sichtweite. Dann spross das Maigras, grüne Spitzen in den stoppeligen Wiesen, die gemäht wurden, und auf Starrs Wiesen, seit Jahren ungemäht, fand es seinen Weg durch die Büschel toter Gräser, die der Winter geknickt hatte, und verdickte die Matte der Grasnarbe um ein weiteres Jahr der Brache. Die Bäume waren immer noch ohne Laub, als der Weg, den Innis frei geräumt hatte, sich dem kleinen Steg über den Bach der MacRitchies näherte. In Rinnsalen vermehrten sich die Kriebelmücken, winzige Teufel, die einen blutig stechen konnten, aber bald war er mit diesem Job fertig, er arbeitete jetzt schnell, warf Scheite, Äste und Zweige auf einen Haufen für ein letztes Feuer, bevor der Wald dafür zu trocken wurde. Neue Vögel erschienen, sie waren in den kahlen Bäumen und Sträuchern gut zu erkennen, er nahm sich vor, sie nachzuschlagen, wenn er wieder in seinem Zimmer war, jeden Tag schien er einen neuen Vogel zu entdecken. Ein kleiner brauner mit dünnem, gebogenem Schnabel kletterte am Stamm eines Ahorns hoch und suchte nach Insekten, nicht weiter als eine Armeslänge fort. Er schien sich gar nicht an ihm oder dem Lärm seiner Axt und seiner Säge zu stören. Innis hatte einen Specht gehört, der hoch oben in einer kahlen Birke hämmerte. Er machte eine Pause, um den hübschen kleinen Burschen zu beobachten, schwarz und orange mit ein wenig Weiß. Es war, als sähe er nach Monaten der Trostlosigkeit eine Blume erblühen. Der Bach, dem er sich näherte, toste durch den Berghang und führte wesentlich mehr Wasser als im Herbst.

Sein Geheimnis mit Claire zu teilen, hatte in seinen Augen seinem Plan einen ganz anderen Rang verliehen: ein Geheimnis nur zwischen ihm und ihr, Starr hatte nichts damit zu tun. Oder der unerlaubte Kuss neulich, an manchen Tagen hoffte er, sie erinnerte sich nicht daran, dann wieder wünschte er, sie täte es doch. Er beobachtete sie sorgfältig auf irgendwelche Anzeichen hin, erlaubte sich manchmal den Gedanken, dass sie sich sehr wohl erinnerte, aber genau wie er auf den richtigen Zeitpunkt wartete, um darüber zu sprechen, oder dass er ihr vielleicht sogar gefallen hatte. Aber was war das für ein dürftiger Strohhalm, um sich daran festzuhalten – er vermochte dem nicht viele Träumereien abzugewinnen, obwohl er es immer wieder versuchte. Er sah sie selten, blieb auf seinem Zimmer, wenn er zu Hause war, ging nur zu den Mahlzeiten hinunter, außerdem arbeitete sie manchmal länger in Sydney, und Starr kam vor ihr nach Hause. Innis vermisste die fröhliche Laune ihrer ersten Wochen im Haus, ihr Gelächter, die Art, wie ihre blauen, fast schwarzen Augen nach einem Glas Wein glühten, wie sie ihn spontan in den Arm genommen, mit ihm herumgealbert hatte, ein helles Stirnband in den blauschwarzen Haaren, eine enge silberne Halskette auf der bräunlichen Haut, lange Ohrringe, die herumwirbelten, wenn sie lachte oder beim Sprechen rasch den Kopf umwandte. Das war nach ihrer Krankheit weggefallen, seitdem Starr ihn mit Eis überschüttete. Wenn er bekifft war, malte er sich aus, was er sagen, was er tun würde, wenn er mit ihr allein im Haus wäre, aber das war dummes Zeug, Kintopp, und am Ende musste er über sich lachen. Dann schwang er sich aus dem Bett und überprüfte im alten Kommodenspiegel, der sich wie Wasser wellte, seine Muskeln, warf sich in die Schultern, die jetzt breiter und praller waren. Er hatte das träge Fett um die Taille verloren, den kleinen Reifen vom Herumbummeln in Mohneys Keller, wo sie gekifft und sich mit Knabberzeug voll gestopft hatten, sie konnten erstaunliche Mengen von Chips und Dips und Salzstangen verdrücken. Er vermisste nicht mal das Fernsehen, die langweiligen Filme, die blöden Nachmittags-Shows, lahm und deprimierend, etwas, um die Zeit totzuschlagen, darüber herzuziehen und schließlich dabei einzuschlafen. Jetzt spannte sich eine dünne Muskelschicht auf seinen Rippen, und er konnte sich mit der Faust auf den Bauch schlagen, ohne mit der Wimper zu zucken. Der Pferdeschwanz brachte sein langes, schmales Gesicht zur Geltung, strenger und ernster als früher, seine Hakennase, für die er sich geschämt hatte, die er aber jetzt als Erbstück betrachtete, von seinem Großvater, dem Vater seiner Mutter. Wenn er sich nicht mehr wie ein Teenager fühlte, warum sollte er wie einer aussehen, mit Haaren, die ihm über die Augen fielen? Gut in Form, gefestigt, so sah er sich gern: seine Arme, seine Hände waren nützlich, steckten nicht mehr in den Hosentaschen, während er eine Straße entlanglatschte, in Watertown, Mass.

Wenn Claire und sein Onkel nicht da waren, brütete er über seinen Pflanzen, als düngte er sie, indem er sie beobachtete. Er hatte Claire nicht gesagt, wo sie sich befanden, aus Angst, sie könnte sich verplappern, aber auch, weil er etwas haben wollte, von dem nur er wusste. Die Sämlinge stießen unter einer elektrischen Sonne und mit einem Blumentopf voll Erde an ihre Grenzen. Die Blätter sahen tapfer, aber misstrauisch aus. In ihrem vorigen Leben hatten sie sich unter einer allumspannenden, heißen Sonne entfaltet, in Südamerika oder in Kalifornien – Gegenden, in die Claire in ihrer Zeit als Stewardess geflogen war und die sie gerne wieder einmal sehen wollte –, aber was konnten sie hier erwarten, wo noch im Mai Eisschollen im Meer trieben und den Wind tiefkühlten? Keine sonnenwarmen Brisen, nur das fahle Licht einer Neonröhre und dahinter kalte Dunkelheit. Innis massierte sanft ihre Stängel, die jetzt fester wurden; sollten sie holzig werden, würde er die Fröste Anfang Juni riskieren müssen. Immerhin war Marihuana mit Hanf verwandt, aus dem Seile gemacht wurden, also musste es ja zäh sein. Er rieb die Blätter zwischen

Daumen und Zeigefinger, um ihren Kreislauf anzuregen. Es war, als befingerte er Geld, Wert, der von Tag zu Tag wuchs. Bald musste er seine Pflanzen zu der Lichtung im Oberwald hochtragen, ihrem neuen Zuhause. Sie waren schon mehr als dreißig Zentimeter hoch und bedrängten sich, und es wäre geradezu tragisch, wenn Starr sie jetzt entdeckte, denn selbst er würde ihre illegalen Blätter erkennen.

Eines Nachts wurde Innis von einem sanften rhythmischen Klopfen wach, wie Regen auf einem Dach. Gerade laut genug, um ihn aus dem Schlaf zu holen, durchschnitt es ihm das Herz, als ihm klar wurde, das Geräusch kam von Claires Bett, dessen Kopfende an die Wand stieß. Zuerst dachte er, sie wäre allein und bewegte sich unter ihren eigenen Fingern, er wurde rot und rückte näher an die Wand. Aber dann hörte er die gedämpften Stimmen. Zwei Stimmen. Verdammt nochmal, hielten sie ihn für taub? Er schwang sich aus dem Bett, stampfte mit dem Fuß auf und hielt sich die Hände über die Ohren, kam sich sehr blöde und an den Rand gedrängt vor.

Beim Frühstück war Starr, in einem frischen weißen Hemd, das am Tag zuvor noch auf der Wäscheleine gehangen hatte, ungewöhnlich großsprecherisch für die frühe Stunde, Claire dagegen stand kühl und schweigsam am Herd und briet Rühreier. Innis trank im Stehen seinen Kaffee und sah zum Fenster hinaus, beobachtete, wie ein Rabe mit einer Scheibe Brot im Schnabel zwei Hüpfer machte, bevor er sich in die Luft schwang, verfolgt von drei kreischenden Eichelhähern. Innis hatte kaum geschlafen, war aber hellwach. Ein breiter Streifen dichten weißen Nebels lag auf dem Wasser. Innis konnte darüber klar den Berg erkennen und die Landschaft bis in weite Ferne. Aber was nutzte es ihm, am Morgen so weit zu sehen?

Starr hatte im Radio die CBC-Nachrichten eingestellt und amüsierte sich über die Eskapaden einer Terroristengruppe namens Die bewaffneten proletarischen Atomkerne. »Na, das ist eine Truppe. Lieben die großen Worte. Habt ihr gehört? Atomkerne? Hohlköpfe.«

»Sie kämpfen für uns, Starr«, sagte Claire, »für arbeitende Menschen wie du und ich. Habe ich jedenfalls gehört.«

»Der kleine Fliegenschwarm? Die haben doch keinen blassen Schimmer von Arbeit. Was, Innis?« Er sah von Innis' Rücken zu dem von Claire. »Ihr seid ja ziemlich frostig, ihr beide«, sagte er und machte sich über sein Rührei her.

»Dir könnte ein bisschen Frost auch nicht schaden«, sagte Claire. Innis spürte, dass sie ihn beobachtete, er beachtete sie aber nicht.

»Nein, nein, Schatz«, sagte sein Onkel, »die Säfte steigen, es ist Frühling, ohne ein bisschen Hilfe von mir hättest du das gar nicht gemerkt.«

Innis griff sich seine Jacke und stürzte zur Tür hinaus und rannte die Auffahrt hoch. Claire rief ihm nach, warte doch, ich will mit dir reden, aber er blieb erst stehen, als er fast an der Überlandleitung war, mit keuchendem Atem. Starr war gestern Nacht absichtlich zu ihr ins Bett gestiegen, das wusste er jetzt, falls er noch Zweifel gehabt hatte, falls er sie noch nie in Starrs Schlafzimmer vögeln gehört hatte, und das hatte er auch nicht, er lauschte nie, das war ihm zuwider. Und sie hatte Starr mitten in der Nacht zu sich gelassen, dabei wusste sie doch!

Im Lauf des Vormittags versank er in der Langeweile des Fliesenlegens, Finlay stand in der Tür vom Badezimmer und gab Ratschläge, Dan Rory saß in seinem Schaukelstuhl im Wohnzimmer und hörte sich auf einem alten Plattenspieler verkratzte Fiedelmusik an. Das Badezimmer war dämpfig von jemandes Morgendusche, und Innis hasste diese fisselige Arbeit, das genaue Anpassen an Ecken und Kanten, aber sie bezahlten ihn dafür, und er brauchte das Geld.

»Das ist eine sehr schöne Frau da in eurem Haus«, sagte Finlay nach längerem Schweigen. Innis hörte Dan Rory im Takt mit seinem Gehstock aufstampfen. Mit der Konzentration eines Mosaiklegers passte er eine Fliese ein.

»Sie ist bloß eine Untermieterin«, sagte er. Er mochte nicht von ihr reden, ihr Name schmerzte ihn.

»Soso«, sagte Finlay und zog an seiner Zigarette. »Er hatte noch nie eine Untermieterin, aber bei Gott, er weiß, wie man sich eine aussucht.«

»Nur vorübergehend, bis sie wieder auf die Beine kommt«, sagte Innis.

»Soso. Auf die Beine.« Finlay beugte sich über ihn und warf die Zigarette in die Toilette. »Ihr gefällt's hier auf dem Land?«

»Ganz gut.«

Stimmte das? Eins gefiel ihr jedenfalls, das wusste er. Was die Frauen am Telefon wohl jetzt über sie sagten, über ihn, über Starr?

Als er Mittagspause machte, erzählte ihm Dan Rory, das wäre ein guter Tag für Musik. »Sieh mal den Nebel, der da reinkommt«, zeigte er mit seinem Stock. »Aber wir haben nichts zu tun, was? Keine Aussaat vorzubereiten, nichts zu pflügen, keine Kühe, keine Pferde im Stall. Nur unser Kartoffelacker. Magst du unsere Geigenmusik, Innis?«

»Hab sie nicht oft gehört.« Sein Vater hatte sie sich zu Hause im Radio angehört, und seine Mutter ging immer noch samstags zu den Volkstanzabenden im Watertown

Canadian-American Club, aber sie war Innis nie unter die Haut gegangen. Sie hörte sich immer gleich an, altmodisch, fremd, hundert Jahre weit fort.

»Sommer ist die richtige Zeit. Nicht mehr die großen Volksfeste wie früher, aber es gibt hier immer noch Musik, o ja, gute Musik. Du wirst sie hören. Was macht der Wald? Mücken schlimm?«

»Ich hab Quaddeln an Stellen, die Sie nicht für möglich halten würden. Der Weg ist jetzt ziemlich frei, jedenfalls bis zum Bach runter. Die Straße ist dann nicht mehr weit.«

»Ich werde Finlay hinschicken, dass er mal nachsieht. Übrigens, da ist aus Versehen ein Brief bei uns gelandet, an dich adressiert, aber mit der falschen Hausnummer. Finlay, hol doch mal den Brief für Innis.«

»Für mich? Ich kriege keine Briefe.« Die seiner Mutter zählten nicht, sie waren kurz und bestanden meistens aus Fragen (Isst du auch richtig? Bist du mir immer noch böse? Wehe, wenn ja), als wäre es für sie mühsam, sich sein Leben hier vorzustellen, und er hatte ihr nicht geantwortet.

»Jetzt hast du einen gekriegt«, sagte Finlay und holte ihn vom Fensterbrett.

Innis versuchte, ihn sich für später aufzuheben, wie Nachspeise, aber sobald er wieder im Badezimmer war, zog er ihn aus der Tasche und las ihn auf Knien. *Ey du!* schrieb Mohney in Schönschrift mit Bleistift auf liniertem Schreibpapier, *war gestern Abend mal wieder in der Kampfzone, hab mir 'ne tolle Massage verpassen lassen, stark! Du warst nie scharf drauf, dafür zu löhnen, aber ich sag dir, die Torten haben was drauf. Nicht wie die Schulmädchen. Hast du da schon gute Marie aufgetrieben? (Hoffentlich liest das keiner von euren Dorfbriefträgern, ey?) Hast du mein Päckchen bekommen? Das »Konfekt«? Kalifornischer Sonnenschein erster*

Güte, haut voll rein. Dachte, könntest du da oben brauchen. Muss doch in der Gegend viel Platz geben, »Kakao« anzubauen, wenn's nicht schneit. Aber echt riskant. Hoffentlich ist die Anschrift so okay. Deborah, also die Debbie, weißt du noch, hat sich erkundigt, wie dir der große weiße Norden gefällt, und ich hab gesagt, fahr doch hin und schau nach, der ist bestimmt scharf auf dich. Keiner kann sich erklären, wie das gekommen ist, wieso du nicht zurückkannst. Scheißanwälte, sagen sie alle. Du hattest einen beschissenen Anwalt, aber ich hab zu allen gesagt, der Anwalt spielte überhaupt keine Geige. Du im Knast? Ist doch ein Witz. Heiß hier heute, gutes Wetter für Gras. Der Große Orden vom Heiligen Blatt? Millionen Mitglieder. Hoffe, du hast da oben was gefunden. Der Mai ist ein irrer Monat, man will andauernd vögeln. Du weißt ja. Aber Scheiße, die hauen mich in den Sack. Weißt du noch Tony, der Angeberarsch und sein blöder Bruder? Die haben mich ausgenommen, ein halbes Kilo. Wenn du da wärst, könnt ich vielleicht was machen, aber ich bin allein. Denen würd ich gern die Kante geben, kannst du glauben, ich bin total abgebrannt. Das Pflaster hier wird zu heiß, schwer für kleine Fische wie mich, man wird rausgedrängt. Also was treibst du so? Hab gehört, da oben gibt's bloß Bäume. Ich weiß nicht, was ich dir erzählen soll, wenn ich dich nicht sehen kann, Mann. Hab nicht die Asche, um dich zu besuchen, in diesem St. Aubin, hört sich an wie 'ne Kirche. Mohneys Stimme, aus weiter Ferne. Wenn man an einen Ort nicht zurückkonnte, nie mehr, dann bedeutete die Entfernung, soundso viel Meilen, überhaupt nichts, der Ort war irgendwo im Weltraum. Die Erinnerung an Watertown war nicht mehr so lebhaft, Bäume und Felder und Wasser hatten sie aufgesogen, verdünnt, aber wenn Ned jetzt draußen vor dem Badezimmerfenster auftauchen und rufen würde: Innis, komm, wir kaufen uns die Scheißkerle!, das wäre eine Freude. Sie würden einen Weg finden, um es Tony und seinem blöden Bruder heimzuzahlen, die beiden waren zwar beinhart, aber nicht helle. Innis hätte Mohney gern etwas Nützliches geschickt, einen Ballermann, ein gutes Messer, etwas Praktisches, um Rache zu nehmen. Worte waren wertlos, aber trotzdem freute er sich über die von Mohney. Er starrte auf das Blatt: nachdem Mohney die letzte Zeile hingekrakelt hatte, war er wahrscheinlich in seinen Mustang mit den Doppelscheinwerfern gestiegen und zu Izzy's gefahren, um Poolbillard zu spielen, oder vielleicht machte er das nicht mehr, sondern was Neues. An dem Tag, an dem Innis wegmusste, hatten sie sich die Hände geschüttelt und gesagt: Dann bis bald. Bald. Mohney gelobte, ihn zu besuchen, als wanderte Innis in den Knast, aber Innis wusste, dass er Mohney zum letzten Mal sah. Denn das verlangte eine Freundschaft, zu der Mohney nicht fähig war. Nichts in Mohneys Boston konnte die Umstände von Innis erklären. Dieser Ausweisungskram hat was Seltsames, du bist mein bester Freund, aber das ist abartig. Innis war schon aus ihren Gesprächen verschwunden, Mohney und die anderen, er wusste, wie sie waren, wie leicht sie zu was anderem übergingen, wenn man nicht direkt vor ihrer Nase war. Warum sollten sie sich Gedanken machen, wie er mit seiner Situation fertig wurde? Debbie? Eine scharfe Braut, aber eingebildet, keine Freundin, auf die man zählen konnte.

»Ich geh runter zum Priester«, sagte Innis, als er aufräumte.

Dan Rory saß über den Plattenspieler gebeugt. Die Nadel kratzte auf einer 78er, bis er sie in die richtige Rille setzte. Ohne sich umzudrehen, sagte er: »Da ist etwas, was ich gern mit dir zusammen tun würde, Innis.« Er lehnte sich im Schaukelstuhl zurück und nickte mit dem Kopf zu den Klängen einer Fiedel und eines Klaviers.

»Mit mir?«

»Unten in der St.-James-Kirche, nicht viele Meilen von hier, wird demnächst ein gälischer Gottesdienst abgehalten.«

Kirche? Das konnte der Alte vergessen. Der Priester lag ihm damit nie in den Ohren, und er war ihm dafür dankbar, trotz steifem Kragen und allem kam er ihm nie mit Jesus und Maria. »Ich gehe nicht in die Kirche«, sagte Innis.

»Dein Onkel nimmt dich nicht mit, und er geht auch selbst nicht mehr hin, aber das geht mich nichts an. Ich will, dass du mit mir in einen gälischen Gottesdienst kommst. Das ist inzwischen selten geworden, schwer, einen Kirchenmann zu finden, der es noch beherrscht, aber wir werden einen Geistlichen von auswärts haben. Er hatte früher eine Pfarrei unten am North Shore, da gab es damals viele, die Gälisch sprachen, gibt immer noch ein paar. Ich möchte, dass du dabei bist. Weiter verlange ich nichts. Dein Großvater war einer der Vorsänger in der Knox-Kirche. Sein Gälisch war prachtvoll.«

»Ich wüsste gar nicht, was ich machen soll.«

»Dasitzen und zuhören.«

»Ich verstehe doch kein Wort.«

»Das könnte der letzte gälische Gottesdienst auf St. Aubin sein, für immer. Hör gut zu. Beim Zuhören geht's nicht nur um Worte.«

»Ich hab auch gar keinen Anzug oder eine Krawatte.«

»Ich rufe dich an«, sagte Dan Rory und wandte sich wieder seiner Musik zu, die man bestimmt nicht in der Kirche zu hören bekam, eher auf dem Tanzboden. »Wenn es so weit ist.«

Der Nebel zog jetzt so rasch auf, dass er nicht mehr zum Haus von Vater Lesperance trampen mochte, obwohl er lieber dorthin gegangen wäre als nach Hause. Er rannte ein Stück, platschte durch Quellwasser, das über die Straße rieselte. Er schleuderte Kiesel in Birken am Straßenrand, die erste, kärgliche Knospen aufwiesen. Ein Auto fuhr an ihm vorbei, und dann hielt ein Pick-up, ein GMC, der dem Alten am Steuer unter dem Hintern wegrostete. Er wollte zu einer Kneipe in The Mines und war nicht mehr nüchtern, mit zusammengebissenen Zähnen stierte er auf die Straße, als stürzte sie auf ihn zu, ein alter grauer Filzhut saß ihm schief auf dem Kopf. »Hab hier mal einen Hirsch überfahren«, sagte er. »Da, schau.« Er lupfte kurz den Hut, oben auf seiner Stirn war eine rote Narbe. »Kam durch die Windschutzscheibe wie ein Pferd.«

»Hat Ihren Wagen kaputtgemacht?«

»Hat mich kaputtgemacht. Konnte nicht mal das Fleisch essen. Siehst du das Haus? Kannst du nicht, der Wald ist inzwischen zu hoch, es steht weiter hinten. Der letzte Mann dadrin, der hatte ein Blumengeschäft. Irgendwo in Glace Bay. Hat Osterglocken gepflanzt, so vielleicht zwei-, dreihundert, auf dem Hang hinter der Küche. Sind schön gekommen, aber eines Nachts, eines Nachts sind die Hirsche gekommen und haben sie allesamt aufgefressen. Ratzekahl. Trotz Mondlicht.«

»Er hätte draußen schlafen und sie verscheuchen sollen.«

»War nicht der Typ, um draußen zu schlafen. Wer ist das schon? Die Hirsche wissen das. Die sind gar nicht dumm, die kriegen eben Hunger wie wir alle.«

Als er an Starrs Briefkasten hielt, langsam, als legte er mit einem Boot an, starrte der Alte auf den Namen. »Ist der immer noch hinter den Weibern her?«

»Nein, das hat er so ziemlich hinter sich. Der wird bald alles hinter sich haben.«

Innis ging die Auffahrt hinunter und sah Claires Auto neben der Werkstatt. Er blieb stehen. Der Nebel war von der Küste heraufgezogen, stand weiß und dicht auf der hinteren Wiese, glitt über das Auto, die Gebäude. Oben brannte Licht, auch im Wohnzimmer. Was er gestern Nacht gehört hatte, hatte seine Tagträume schwer erschüttert. Einige davon. Unangenehm, jetzt mit ihr allein zu sein. Er war am Morgen davongestürzt, stocksauer. Eis. Denn Eis hatte er immer gegen seine Mutter eingesetzt, und sie gegen ihn, kein Anschreien, keinen Streit, nichts geradeheraus, nur tagelanges Schweigen, keine Hitze, sondern Kälte. Warum hatte er nicht besser damit umgehen können? Claire brauchte schließlich nicht zu wissen, wie viel es ihm ausmachte, er hatte sich benommen wie ein Kind. Klar doch, sie hatte Wand an Wand mit Starr gebumst. Meinte er etwa, sie taten's nie im Haus? Aber bislang war sie vorsichtig gewesen, schien Wert darauf zu legen, diskret zu sein, es vor ihm zu verbergen.

Er mochte nicht ins Haus gehen, nicht ohne ein bisschen Hilfe von seinen kleinen Freunden. Er fasste nach seiner Hemdtasche. Die Scheune, nur ein verschwommener Schatten im bleichen Nebel, war nicht verlockend mit ihrem Moder. Er fuhr mit dem Finger über Claires Auto, das beschlagen war. Ein graubrauner Ford, einfach ein Transportmittel. So eine Karre hätte er nie geklaut, nicht mal im äußersten Notfall. Aber jetzt setzte er sich hinein und zog leise die Tür zu. Sie hatte lange Beine, aber nicht so lange wie er, er musste den Sitz zurückschieben, um es sich bequem zu machen. Der Geruch von Lösungsmitteln hing in seinen Sachen. Auf den Knien im Badezimmer, in den giftigen Dämpfen, hatte er es plötzlich mit der Angst bekommen, sein Atem ging, als wäre er gerannt, und er hatte Mohneys Brief in die Tasche gestopft, gar nicht mehr froh darüber, denn er riss ihn zurück nach Watertown. Und jetzt auch noch in die Kirche, und alles gälisch? Bedaure,

Dan Rory, nein, kann ich nicht, keinen Bock drauf, nicht mal nach einem Thai-Stick. Oder vielleicht würde er sich an dem Sonntagmorgen einfach in den Wald verkrümeln. Er fischte eine Kippe aus dem Aschenbecher und leckte am Korkmundstück – ja, Lippenstift. Ihrer. Er drückte auf den Zigarettenanzünder. Nach einer Weile sprang er heraus, seine rote Spirale spiegelte sich in der Windschutzscheibe, als Innis sie an seinen Joint hielt. Ein Auto. Verdammt. Du drehst den Zündschlüssel und ab die Post. Bald war Sommer, kein Nebel mehr, strahlende Sonne. Vielleicht war seinem Großvater der Frühling auch so in die Glieder gefahren, diese Unruhe, seinen Hafer oder was sonst noch zu säen. Aber sein Großvater hatte nicht den Drang verspürt, von hier fortzugehen, sondern sich immer tiefer einzugraben, jedes Mal, wenn er die Schollen umwendete. Das erschreckte Innis an den alten Fotos an der Wand: Menschen, fest verwurzelt, ihre Bestimmung festgelegt, gefesselt an eine Insel innerhalb einer Insel, standen im Sonntagsstaat, in Sepiatönen, und starrten in die Zeit. Hatten sie je eine richtige Großstadt kennen gelernt? Doch in einem dieser Augenblicke bekiffter Klarheit, er spähte gerade über die Motorhaube in den Nebel, kam ihm die Erkenntnis, dass er Angst vor dem nahenden Sommer hatte, vor seiner Offenheit, seiner Energie, all dem Verlangen, das wieder erwachte.

Der Joint begann zu wirken, gerade genug, um ihn ins Haus und an Claire vorbei in sein Zimmer zu tragen. Ein paar höfliche Worte, ein Scherz, heitere die Stimmung auf. Du bist kein verletzter Teenager. Lass es sein, Innis. Er mochte den Geruch der Autos, die von Frauen gefahren wurden, sie rochen nach ihrem Ärger, ihrem Parfüm, dem wütenden Rauch ihrer Zigaretten, er konnte ihre Hüften im Sitzkissen unter sich spüren, die Kassetten hören, die sie ins Handschuhfach geworfen hatten, auch die, die noch im Kassettenspieler steckte, ließ sie genau da weiterlaufen, wo sie beim Parken angehalten worden war, ließ von der Musik, auch wenn sie ihm nicht gefiel, die Frau heraufbeschwören und hatte beim Fahren das Gefühl, sie wäre immer noch bei ihm. Dann zündete er sich einen Joint an und hob ab. Die Fenster ließ er zu. Er wollte dieses Gefühl haben, in einem Auto zu sein: diese abgeschlossene, warme Zelle, erfüllt von gemeinsamem Atem, von Rauch und Lippenstift. Der Aschbecher mit ausgedrückten Stummeln, angesengtem Papier, Kaugummi, dem Schwefel abgebrannter Streichhölzer. Die tiefe, metallische Stille des Autos. Niemand konnte je hören, welche Selbstgespräche er darin führte.

Er stieg aus Claires Auto und schmeckte den Nebel, den kalten Dunst. Er fröstelte, seine Jacke war zu dünn, zu optimistisch für den Tag, in Boston war jetzt Hemdsärmelwetter, aber er wusste, das lag nicht nur an der Nebelluft.

»Innis, bist du's?«

Er blieb im Flur an der Tür zum Wohnzimmer stehen. Sie saß auf dem Sofa, in einem braunen Flanellbademantel, der Starr gehörte. Sie hatte in dem alten Kamin, den Starr fast nie benutzte, Feuer gemacht.

»Ich bin überrascht, dich zu sehen, zu dieser Tageszeit«, sagte Innis und rieb sich die schwieligen Hände, heftiger als nötig. Es war, als begegnete er ihr zum ersten Mal. »Du bist hoffentlich nicht krank.«

»Kann es sein, dass du sarkastisch bist?«

»Ich? Nie.«

»Geh noch nicht ins Badezimmer rauf, das ist noch tropfnass. Ich war nicht fähig, zur Arbeit zu fahren. Ich konnte mich nicht aufraffen. Hattest du einen schönen Tag?«

»Hab ein paar Dollar verdient. Um Starr glücklich zu machen.«

»Ist es wichtig, Starr glücklich zu machen?«

»Darüber weißt du mehr als ich.«

»Sei nicht gemein. Du bist zu jung, um so gemein zu sein. Er hat mich gut behandelt. Das kann ich nicht von jedem sagen.«

»Wie ist das mit mir?« Er stand am Kamin und streckte die Hände ans Feuer. »Wie habe ich dich behandelt?«

Claire beugte sich zum Feuer, ihr Gesicht war vom Bad gerötet. »Als hättest du ein bisschen Angst vor mir. Ich weiß nicht genau, wovor du Angst hast, also sollte ich das nicht sagen. Ich weiß, dass du uns durch die Wand gehört hast. Das tut mir wirklich leid. Mir ist das zu spät klar geworden. Aber du wusstest ja schon Bescheid. Uns zu hören hatte nichts mit der Wahrheit zu tun.«

Ein Scheit zerplatzte und verrutschte, Funken wirbelten im Rauchfang hoch. Sie trug ein breites Stirnband, das er in ihrer Frisierkommode gesehen hatte, zitronengelb gegen ihr schwarzes Haar. Hitze stieg ihm ins Gesicht, als er sich an das Höschen erinnerte, das er eingesteckt hatte, das er in seiner Kommodenschublade ganz weit nach hinten geschoben hatte, als er es eines Morgens entdeckte, erst ratlos und dann erregt, als hätte er es einer Frau ausgezogen und dann vollständig vergessen.

»Und die Nacht, in der du krank warst? Hatte ich in der Nacht Angst?«

»Das spielt keine Rolle. Du hast dich um mich gekümmert.«

»Und Starr hat sich deswegen aufgeführt wie ein Arschloch.«

»Ich habe das ihm gegenüber klargestellt, wie ich dir schon sagte.«

»Da bin ich mir nicht so ganz sicher, Claire. Er hat mir doch gestern Nacht was zu verstehen gegeben, nicht? Einen kleinen Tritt in die Eier.«

»Er konnte nicht schlafen, und er ist in mein Zimmer gekommen. Manche Dinge passieren einfach, sie sind nicht geplant. Russ ist gestern da erschienen, wo ich arbeite. Es war nicht angenehm. Ich will nicht, dass Starr mit ihm aneinander gerät. Ich war gestern Nacht nervös, ich brauchte ... ja, gut, ich war egoistisch. Ich habe vergessen, dass du da warst.«

»Danke. Der Kamin qualmt etwas. Ist dir das nicht aufgefallen?«

»Mir war nach einem Feuer. Außerdem ist es schon heruntergebrannt.«

»Solange er mir nicht die Schuld gibt.« Innis setzte sich auf den Fußboden und stützte sich auf die Ellbogen, damit er die Füße wärmen konnte. »In der Scheune neulich, da oben mit dir im alten Heu, das fand ich gut. Ich will, dass du das weißt. Mann, war das ein Winter, was? In Boston blühen jetzt die Osterglocken. Und es sind auch keine Hirsche da, die sie auffressen. Meine Mutter hat welche in einem kleinen Garten gepflanzt, den wir eine Zeit lang hatten. Und Rosen. Sie hat mich immer genervt, ich soll mich drum kümmern, aber ich hatte keinen Bock auf Pflanzen und Blumen, das war was für alte Leute. Ich erinnere mich noch an den Frühling, den Geruch von Erde und Gras. Im Mai steigt einem das alles zu Kopf.« Er war müde und vom Feuer ein bisschen schläfrig. Für den Augenblick wollte er nichts von seinem Onkel im Haus spüren. Noch nie hatte er hier mit Claire gesessen, als müsste Starr nicht jede Sekunde kommen oder wäre nicht schon da. Ihre Beine, in Höhe seiner Augen, glänzten vom Baden und dufteten nach Puder. Im trüben Licht der Fenster wirkten ihre Augen dunkler, größer. Die Düsternis der guten Stube. Ein Zimmer, das früher nur benutzt wurde, wenn Besuch kam, sagte Starr, Sonntagsgäste, der Pfarrer, Vorsänger wie sein Vater, Verwandte, fein gemacht für den feierlichen Schwatz an diesem von Gott beherrschten Tag. »Du siehst übrigens klasse aus«, sagte er.

»In diesem Ding?« Sie zupfte an den Aufschlägen des Bademantels. »Jedenfalls nett von dir, Innis. Ich bin froh, dass ich nicht im Büro bin. Irgendeinem Politiker in karierten Hosen gefiel gestern die Farbe des Mietwagens nicht, den wir organisiert hatten. Ein Aufstand. Und dazu noch Russ. Vielleicht eigne ich mich nicht für Publikumsverkehr. Oder dafür, meine Privatangelegenheiten vor Publikum auszutragen.«

»Wofür eignest du dich, was meinst du?«

»Wer weiß? Ich hatte das Aussehen, um Stewardess zu werden, also bin ich's geworden. Es hat durchaus Spaß gemacht, war aufregend, und ich bin viel herumgekommen, habe viel gesehen. Ich habe einen Mann kennen gelernt, und dann den nächsten. Ich bin mit einem hergekommen, der dachte, mit billigem Land und guten Pferden könnte er viel Geld verdienen. Ein großer Fehler.«

»Fehler sind nicht endgültig.«

»Manche schon. Deine nicht. Du bist jung.«

»Was weißt du schon über meine Fehler?«

»Werd nicht grantig. Es geht mich nichts an, wie du in dieses Haus gekommen bist. Oder?«

»Er hat dir alles über mich gesagt, der Mistkerl, ja? Ich möchte mal wissen, wem sonst noch.«

»He, sachte, Innis. Da ich hier wohne, wäre es früher oder später sowieso rausgekommen. Mach dir meinetwegen keine Sorgen. Meinst du, ich werde es an die große Glocke hängen? Ach, komm.« Sie streckte die Hand nach seinem Gesicht aus, aber er wich zurück. Er stand auf und ging ans Fenster.

»Ich hasse dieses Kaff. Am Arsch der Welt. Ich halt's nicht bis September aus, Claire. Ich werde vorher abhauen müssen, ich weiß es. Verdammt, wir könnten hier genauso gut in der Arktis sein. Ich kann nicht mal die verflixten Dinger auspflanzen. Ich muss ganz von vorn anfangen, klar, aber bestimmt nicht in North St. Aubin. Ich bin Kanadier, hat sich herausgestellt, kein Amerikaner. Ich weiß nicht mal, was ein Kanadier ist.«

Claire trat hinter ihn und legte sanft die Arme um ihn. »Innis, Lieber, du hast alle Zeit der Welt. Du weißt gar nicht, wie wertvoll das ist. Du darfst nichts überstürzen. Das habe ich oft erlebt.«

Er mochte sich nicht bewegen oder irgendetwas sagen, was die Umarmung auflöste, obwohl sie nur mütterlich war. Oder nicht? Der alte Kirschbaum auf der Wiese oberhalb des Hauses blühte immer noch nicht. Die Straße war verschwunden, der Briefkasten nicht mehr zu sehen, die Luft sah aus wie alte Baumwolle. Hinter diesem langsam fließenden Nebel konnte sich alles Mögliche verbergen. Erwünschtes und Unerwünschtes. Er atmete kaum. »Rauch einen Joint mit mir«, flüsterte er.

»Jetzt?« Sie lachte und ließ ihn los. »Am Nachmittag? Hier drin? Das ist zu riechen.«

»Nur kurze Zeit. Starr wird es nicht vom Holzrauch unterscheiden können.«

»Da sei dir nicht so sicher. Also ... wir machen es lieber nicht am Vorderfenster. Wahrscheinlich gibt es sowieso schon genug Gerede.«

»Wer soll uns denn jetzt sehen? Wir sind eine kleine Insel, mitten im Nebel. Eine Insel auf einer Insel auf einer Insel.«

Sie setzten sich aufs Sofa, und Innis klopfte seine Hemdtasche ab, um den Stummel zu finden, aber auch, um sein Herzklopfen zu beruhigen. Mit einer Frau wie

Claire zusammen rauchen? Es gab nichts Besseres. Keiner konnte ihm was anderes weismachen. Starr hatte ja keine Ahnung. Alkohol machte blöde, betäubte das Gehirn.

»Eine Klammer wär gut«, sagte er.

»Geht die?« Sie gab ihm eine Haarklammer von ihrem Stirnband, und er klemmte den Stummel hinein und hielt ihn ihr hin.

»Da sind noch ein paar gute Züge drin«, sagte er und freute sich, ihn in ihren Fingern zu sehen.

Er rieb an einem Kaminziegel ein Streichholz an und sah zu, wie ihre Lippen den Stummel suchten, wie sich ihre Augen schlossen, als die Streichholzflamme schrumpfte und dann wieder aufloderte.

»Tut gut«, sagte sie.

Er nahm ihn ihr aus der Hand und inhalierte tief, im Rauch war Lippenstift. Sie tauschten ihn feierlich aus, bis Innis das letzte heiße Endchen ausdrückte. Irgendwo oben war der Wind hereingekommen, und ein Vorhang flatterte.

»Ich habe das Badezimmerfenster aufgelassen«, sagte sie. »Ich sollte es zumachen.«

»Nein. Lass doch.«

Sie schwiegen plötzlich, jeder in sich versunken. Innis musste an Starr denken, der konnte ihn mal, und an den grässlichen Laden, in dem der jetzt steckte, so grässlich, dass es schon wieder komisch war. Claire nahm seine Hand und drehte sie um. Er sah zu, wie ihre Finger langsam über die Linien und die Schwielen strichen und dann seine Hand zudrückten.

»Nach meiner Grippe diesmal habe ich mich alt gefühlt«, sagte sie. »Ich habe gemerkt, wie es sein kann, wenn man jemanden braucht, der einen pflegt. Das hat mir ein bisschen Angst gemacht. Ich habe keine Familie mehr.«

»Mein Gott, du bist doch noch nicht alt. Und die Familie ist nicht alles.«

»Ich bin älter als du.« Ihre Augen glänzten, als sie in die blauen Flämmchen des Feuers sah. Sie zog die Beine hoch und legte den Bademantel darum. Innis nahm ihre Hand und drehte sie um, wie sie es mit seiner getan hatte.

»Mal sehen«, sagte er, »wie alt die alte Claire ist. Meine Herrn, nun sieh bloß mal.« Er fuhr mit den Fingern ganz leicht in Kreisen über ihren Handteller. »Verschrumpelt, das arme Mädchen. Hier eine Falte und da eine.« Er mochte nicht ihre Hand loslassen oder ihr ins Gesicht schauen. »Eine richtig alte Vettel ist sie.«

»Nimm dich in Acht, Kleiner«, sagte sie und tätschelte seine Wange. »Teilt hier Komplimente aus wie ein Mann. Ich mag Schmeicheleien nicht.«

»Du weißt alles über Männer, was? Über mich und Starr und alle übrigen.«

»Ich müsste was wissen. Oder etwa nicht?«

Innis glitt vom Sofa und streckte sich auf dem Teppich aus. »Hattest du Albträume im Fieber? Ich als Kind immer. Ich hatte Angst, einzuschlafen, wenn ich krank war. Alles wurde riesig und stürzte auf mich zu. Ich sah zum Beispiel ein Pferd, das den Kopf in mein Fenster steckte. Im Wachzustand hätte ich gern ein Pferd am Fenster gehabt, aber nicht im Schlaf.«

Claire streckte die Hand aus und zupfte an seinem Pferdeschwanz. »Hast du mich geküsst, während ich weg war?«

»Wo weg?«

»Im Fieber, in der Nacht. Hast du mich geküsst oder was?«

Innis strich über die abgetretenen Stoppeln des Teppichs. Er sah zum Sofa, zur Deckenlampe, um die Fliegen summten. In der Küche tropfte der Hahn über der Spüle. Starr hatte ihn gebeten, einen Dichtungsring einzusetzen, doch der Hahn tröpfelte eine Melodie in kaltes Spülwasser. Starr kam noch lange nicht. In der Atmosphäre des Zimmers war nichts von ihm, nur in ihren Fragen: Innis konnte lügen, leicht und rasch. Kein Problem. Aber vielleicht war das nicht, was sie wollte.

»Ich hab dich auf den Bauch geküsst. Nur einmal, nur ganz kurz. Weiter nichts. Er sah so appetitlich aus, ich konnte nicht anders. Tut mir leid.« Er schaute Claires Waden an, wo die Haut so weich war, dass er die Augen schloss. Als er sie wieder aufschlug, sah Claire ihn durchdringend an oder sogar in ihn hinein.

»Du wirkst auf mich nicht wie ein Schleicher«, sagte sie.

»Nur ein Kuss. War's gruselig?«

»So kam es mir nicht vor, als ich mich wieder daran erinnert habe.« Sie lächelte. »Ich wollte dich erst jetzt fragen. Muss am Gras liegen. Es bringt ... Einzelheiten.« Sie streckte die Beine aus und lehnte sich auf dem Sofa zurück. Er sah sie wieder im Bett. Er hatte ihr Wasser gegeben. Er hatte ihre heiße Haut gekühlt.

Er berührte ihren nackten Fuß am Innenspann, zog die Hand zurück. »Ich musste das tun«, sagte er. »Tut mir leid.«

»Mein Gott, hast du kalte Finger«, flüsterte sie.

»Das ist das Gras. Cannabis-Hände.«

»Es ist manchmal seltsam hier draußen auf dem Land«, sagte sie. »Wir haben Mai, und das Licht heute ist wie Eis. Ausgesetzt im Nebel.« Sie fröstelte, zog den Bademantel am Hals zu. Sie drückte seinen Arm, dann seinen Oberschenkel. »Der Wald hat dich abgehärtet.«

»Ein richtiger Frühlingstag wäre super, hm? Ich meine

einen richtig warmen Tag, volle Kanne.« Seine Stimme war heiser geworden, trug kaum die Last der Worte.

»Ja. Blumen, Innis. Überall duftet es.« Sie nahm ihr Stirnband ab und schleuderte es quer durchs Zimmer. »Ich will an dem Strauch da draußen Flieder riechen.« Sie neigte den Kopf zu ihm und lächelte, ihre schwarzen Locken fielen ihr ums Gesicht. Er versuchte etwas zu sagen. Den nächsten Schritt musste wohl er tun, aber sein Atem raubte ihm die Stimme. Er richtete sich langsam zu ihr auf, und dann drückte er seine Lippen an ihre Lippen, leicht, zögernd, damit er sich retten konnte, seinen Stolz oder was es zu retten gab. Aber als sie nicht zurückwich und nichts sagte und er ihre Hand auf seinem Rücken spürte, drückte er sie an sich. Sie fühlte sich wunderbar an, war so ganz das, wonach er sich sehnte, und er umarmte sie fest, willentlich. Ihr Hals war erst kühl, als er ihn küsste, dann warm, und er fragte sich, was diese Wonne ihn kosten würde. Sie nahm sein Gesicht in die Hände.

»Du bist aber hungrig.«

»Du könntest mich satt machen.«

»Das ist riskant. Könnte für beide von uns schlecht sein.«

»Du hörst dich an wie meine Mutter.«

»Deine Mutter würdest du so nicht küssen. Und sei nicht zu streng mit ihr.«

Sie glitt aus seinen Armen, stellte sich mit dem Rücken zum Fenster und wärmte sich die Hände. Innis betrachtete ihre schlanken Füße, die Form ihrer Beine. Sogar in Starrs altem braunem Bademantel, mit dem Gürtel um die Taille, sah sie schön aus.

»Ich habe deinen Zeichenblock gesehen«, sagte sie und blickte dabei aus dem Fenster, als spräche sie mit jemand anders. Sie klang so ernst, dass er lächelte.

»Welchen Zeichenblock? Ich habe viele davon, Claire, aber ich zeige sie niemandem.«

»Er lag auf deinem Bett, die Tür war offen. Ich habe ihn durchgeblättert. So nackt wie da hast du mich nie gesehen.«

»Ich habe mir Freiheiten erlaubt. Als Künstler darf man das. Mein Lehrer an der High School hat mir gesagt, darum geht es in der Kunst, das, was man sieht, zu verändern. Daran war nichts Schmutziges.«

»Das habe ich auch nicht gesagt. Aber es gibt noch anderes.«

»Was?«

Sie schüttelte lächelnd den Kopf. Er lehnte sich ans Sofa und lächelte auch, mit schläfrigen Augen. »Komm mit mir nach oben, Claire.«

»Ach, Innis«, sagte sie mit weichem, hilflosem Lachen. »Nach oben«, flüsterte sie. »So einfache Worte.«

Er streckte ihr die Hand entgegen, hoffte, dass seine Bitte nicht eindeutig genug gewesen war, um ihn zu blamieren.

»Ich brauche was zu trinken«, sagte er. »Pot macht mich durstig. Ich kann kaum noch reden.«

»Wir haben schon geredet. Ich muss mich anziehen. Wir wollen doch nicht, dass dein Onkel jetzt auftaucht.«

»Das ist mir scheißegal, Claire.«

»Sollte es aber nicht sein.«

Als sie an ihm vorbeiging, berührte sie sein Haar, und er war froh, dass sie nichts weiter sagte, sein Mund war zu trocken.

In der Küche füllte er am Hahn ein Glas und trank gierig keuchend das kalte Wasser. Die Quelle in ihrem dunklen Häuschen oben am Berg. Dieses Land war so riesig, Tausende von Meilen, Tausende von Seen, vielleicht würde er einen finden, an dessen Ufer er leben konnte.

Hier war er ganz am Rand, im äußersten Osten, und da draußen war das Land und erstreckte sich nach Westen. Seine Sämlinge waren so weit, aber an einem solchen Tag konnte er sie nicht auspflanzen, wenn kalter Ostwind vom Meer Nebel ins Land trieb. Späte Fröste oder nicht, er musste sie bald dort hinaufbringen, ihre Wurzeln krochen aus den Löchern in den Töpfen, sie brauchten Platz, richtige Sonne. Er atmete tief, um sich zu beruhigen. Wenn er nach oben und mit ihr ins Bett gegangen wäre, hätte sie ihn dann mit Starr verglichen? Verdammt. Bloß nicht daran denken. Aber sie mochte Pot, sie mochte diese Art von Zauber, und Starr hatte nichts dergleichen zu bieten, das ganze Gefühl war anders. Er trank noch einen Schluck Wasser, ging in den Flur und horchte auf Claires Schritte, hörte, wie sie sich aufs Bett setzte: das Geräusch kannte er nur allzu gut, das Ächzen der Bettfedern unter ihrem Gewicht, wenn sie sich herumwarf, ihr Gemurmel, ihre Schlafrhythmen. Dann gestern Nacht und heute Nachmittag.

Am Kleiderständer hingen Mäntel. Er hieb die Fäuste in die alte Marinejoppe seines Onkels, rechts, links, dann ging er in die Werkstatt. Er spannte ein Stück Eisenrohr in den Schraubstock und schlug mit dem Schlosserhammer darauf ein, bis es abbrach.

10

Der Mai war vergangen und mit ihm der Nachmittag mit Claire, unwiederbringlich. Sie berührte ihn nie wieder so, nichts in ihrer Stimme lockte ihn an. Trotzdem lächelte sie ihm immer noch zu, umarmte ihn in der Küche, wenn Starr dabei war, neckte ihn. Und er redete mit ihr, als wäre nichts passiert, zu stolz, um sie wissen zu lassen, wie gut er sich an den Kuss erinnerte. An dem Nachmittag war eben eins zum anderen gekommen, der Nebel, der sie von aller Welt abgeschnitten hatte, ihre Stimmung, das Gras. Er wollte ihr vermitteln, dass er das verstand. Aber er verstand es nicht, und je mehr er sich bemühte, desto mehr ging sie ihm im Kopf herum.

An einem sonnigen, aber kühlen und windigen Tag fand er sie die Hacke schwingen. Sie hatte ein kleines Stück Viehweide aufgehackt, dicke Soden herausgerissen und die rotbraune Erde darunter freigelegt. Sie sah glücklich aus, die Haare windzerzaust, die Haut gegen die Ärmel einer gelben Bluse bereits dunkler, und ihr Anblick gab ihm einen Stich. Die Wiese mit dem jungen Gras, und sie ganz allein mitten im frischen Grün. Aber Starr war nie weit fort.

»Sie geraten in Schweiß, Miss Claire.«

»Stimmt.« Sie stützte sich lachend auf den Griff der Hacke und atmete schwer. »Ich grabe ein Beet um. Endlich mal körperliche Arbeit. Sieh dir die Blase an!« Sie ließ die Hacke fallen und streckte ihm die Handfläche hin. Innis warf einen Blick zum Haus, wo zwei weiße Hemden von Starr auf der Wäscheleine flatterten. Vorhänge bauschten sich an einem Fenster im oberen Stock. Er nahm ihre Hand und pustete sanft auf die Haut.

»Handschuhe brauchst du, Mädel. Harte Arbeit.«

Sie zog die Hand zurück und sah ihn an. Lächelnd strich sie sich die Haare zurück. »Ich muss weiterhacken, sonst verliere ich den Schwung. Willst du helfen?«

»Ich will dir immer helfen, Claire.« Er zerdrückte in der Hand einen Klumpen Erde. »Ich muss dir sagen, dass ich zu oft an dich denke.«

Sie hatte den Spaten aufgehoben und grub den Boden um, rotbraune Schollen, die sie zerkleinerte.

»Erinnerst du dich an den nebligen Nachmittag? Bestimmt nicht.«

»Doch«, sagte sie. »Aber, weißt du …« Sie nickte zum Haus. »Starr wird sich von dir und auch von dir und mir nur soundso viel gefallen lassen. Dieser Nachmittag war voller Risiken. Von schönen vielleicht, aber es gefällt mir hier, Innis. Ich möchte eine Weile bleiben.«

»Wie lange?«

»Eine Weile. Warum soll ich dir sagen, wie lange, wenn du so wild darauf bist, von hier wegzukommen?«

»Ich kann nur schwer glauben, dass du länger hier bleibst, das ist alles. Du bist viel herumgekommen. Du hast was von der Welt gesehen.«

»Ja. Aber ich ruhe mich aus, so könnte man's sehen. Eine Erholungspause von einer schlimmen Situation.«

»Und was dann?«

»Du willst immer in allem sicher sein, Innis. Da kann ich dir nicht helfen. Aber wir könnten die Erde hier aufbrechen und Samen reintun, nicht?«

»Du weißt, es kann immer noch Frost geben.«

»Aber du und ich, wir haben doch vor Frost keine Angst?«

Sie arbeiteten, ohne zu reden. Innis zerkleinerte den Boden, hielt den Spaten mit beiden Händen, hob ihn bis in Augenhöhe und trieb das Blatt tief in die Erde. Claire harkte hinter ihm. Die Sonne war ständig von Wolken begleitet, die Luft schattig und dann wieder leuchtend klar, der Wind vertrieb sogar die hartnäckigen Kriebelmücken. Innis schwang stetig den Spaten, er kam ohnehin nicht so schnell außer Atem, er konnte ein ganzes Feld für sie umgraben, wenn sie ihn darum bat, hinter sich hörte er ihren Atem, ein bisschen schneller als seiner, und das musste ihm für jetzt genügen.

»Claire, was willst du anpflanzen?«

»Nur Blumen. Mit Russ hatte ich nie Zeit für einen Garten. Pferde machen viel Arbeit, sie brauchen Zuwendung. Aber die Pferde sind inzwischen alle weg.«

»Irgendwelche Zwiebeln treiben vorn neben der Haustür aus. Noch von Oma, sagt Starr, sind seit vielen Jahren im Boden.«

»Bestimmt Schwertlilien. Später Taglilien. Dann Stockrosen, größer als du. Man findet sie oft um alte Häuser.«

»Das sieht wie eine Schwertlilie aus, da drüben auf der Wiese, wo es feucht ist.«

»Das ist eine Wildpflanze, eine blaue Schwertlilie.«

»Ich wusste gar nicht, dass Schwertlilien auch wild wachsen.«

»Die blauen schon. Vielleicht auch noch andere, die ich nicht kenne.«

»Der Flieder blüht. Hast du schon dran gerochen?«

»Ja, herrlich. Fast betäubend.«

»Das dringt bestimmt in Starrs Fenster da oben. Muss ihn verrückt machen.«

»Er ist heute nervös wie eine Katze.«

»Der Sommer geht ihm wohl unter die Haut?«

»Uns allen. Hast du je so klare Luft gesehen?«

»Er könnte wärmer sein, falls wir vom Sommer reden. In Boston ist es schon lange warm.« Innis formte mit der Spitze der Hacke Saatrillen. Sie fächerte Samentütchen wie ein Kartenspiel vor ihm auf. »Such dir was aus. Kapuzinerkresse, ganz viel. Klatschmohn. Petunien, Ringelblumen. Ich möchte es bunt haben.«

»Du hättest sie im Haus vorziehen müssen, Claire. Es ist schon Juni.«

»Wie du deine Pflanzen?«

Innis antwortete nicht. Er sah zum Haus, legte eine Verschnaufpause ein. »Ich sollte dir nichts mehr davon erzählen. Ich sollte dir nichts mehr von mir erzählen.«

»Warum nicht?« Sie hockte neben einer Rille und schüttete Samen aus einem Tütchen, ihre Jeans waren an den Knien feucht von der Erde.

»Ein Wort hier, ein Wort da, und mein Onkel …«

»Mein Onkel was?« Starr war auf die Wiese gekommen, mit finsterem Gesicht, der Wind hatte seine Schritte verdeckt. »Habe ich was versäumt?«

Er sieht müde aus, war Innis' erster Gedanke, oder so was Ähnliches wie müde. »Dieses Beet hier«, sagte er grinsend und rammte den Spaten wie einen Speer in den Boden. »Claire wollte dich überraschen.«

»Die steckt immer voller Überraschungen.«

Behutsam trat Claire die Erde auf einer Saatreihe fest, sie sah ihn nicht an. »Ich wollte Blumen, die wir von den Fenstern aus sehen können.«

»Wenn du welche zu sehen kriegst, kannst du von Glück sagen«, sagte Starr und blies den Rauch einer frischen Export aus. »Ich habe euch hier unten ackern sehen. Ich dachte mir, sie pflanzen was an oder sie graben ein Grab. Hoffentlich nicht meins.«

»Starr, du siehst Gespenster«, sagte Claire.

»Könnte mir schönere Plätze für ein Grab vorstellen«, sagte Innis.

»Die Wälder sind voll davon«, sagte Starr.

»Was kreisen die Möwen da drüben?« Innis zeigte zu einem Dutzend Möwen, die über dem Wald im Osten schrien und niederstießen.

»Das ist das alte Anwesen von den MacLeods. MacLeods gibt's da nicht mehr, aber die Stinte steigen immer noch in ihrem Bach. Laichzeit.« Starr ging über die Wiese.

»Was hat er denn vor?«, fragte Innis. »Hab ihn noch nie in der Scheune gesehen.«

»Er meint, er könnte dieses Jahr mal Heu ernten.«

»Und was will er vor die alte Mähmaschine spannen? Den Lada?«

»Er will es von Hand machen, sagt er. Es sensen, nehme ich an.« Claire stand auf und sah zur Scheune hinüber, als wollte sie sich vergewissern. »Bloß gut, dass keine Kühe darauf warten.«

»Er wirkt in letzter Zeit ein bisschen niedergeschlagen«, sagte Innis. »Das kann was Gutes oder was Schlechtes zu bedeuten haben, je nachdem, wie man's betrachtet.«

Claire knüllte eine leere Samentüte zusammen und warf sie weg. »Russ ist gestern im Laden erschienen. Ich half deinem Onkel gerade bei seinen Büchern.«

»Seinen Büchern?« Innis lachte. »Schöne Bücher. Ein einziges Chaos, als ich mal reingeschaut habe.«

»Weißt du überhaupt, wie schwierig das ist?«, fragte sie leise.

»Was?«

»Wir hier, wir drei. Das ist schließlich sein Haus.«

»Meinst du, das weiß ich nicht?«

»Jetzt hör mal zu. Ich habe Russ verlassen, weil ich irgendwie für sein Versagen geradestehen musste, und plötzlich stand er in Starrs Laden, stinkwütend, und ist über uns hergezogen. Er ist größer als Starr, ein richtig kräftiger Mann. Aber Starr hat ihn bei der Gurgel gepackt und ihn gewürgt, bis er kein Wort mehr rausgekriegt hat, und dann hat er ihn zur Tür rausgeschmissen und gesagt, wenn er sich nochmal sehen lässt, bringt er ihn um.«

»Starr könnte niemanden umbringen«, sagte Innis.

»Das weiß Russ nicht.«

»Sergeant Corbett von den Royal Mounted, hoch zu Ross. Also liebst du ihn inzwischen, ja?«

»Ach, ich weiß nicht, ob es Liebe ist, Innis, nein. Weißt du, was das ist? Ich glaube nicht.«

»Lass dich doch von mir überraschen.«

»Kann sein, dass du dir eine Überraschung einfängst.«

Sie lächelte ihm zu und riss mit den Zähnen eine weitere Samentüte auf, kaute auf dem Papier herum und spuckte es ihm ins Gesicht. Innis lächelte traurig und schüttelte den Kopf.

»Claire, meinst du etwa, ich bin aus Holz?« Er stampfte die letzte Rille glatt. »Soll ich den Nachmittag vergessen?«

»Erst mal ja«, sagte sie. »Bitte.« Sie legte ihm kurz die Finger auf den Mund und hinterließ Lehm auf seinen Lippen. Aber da er seinen Onkel hinter sich spürte, drehte er sich um und sah Starr ins Gras der unteren Wiese gehen, mit einer Sense, die er über der Schulter trug wie eine Waffe. Er nahm sie herunter und rauchte seine Zigarette zu Ende. Dann setzte er sich langsam, fast bedächtig in Bewegung und schwang die Sense hin und her, deren frisch geschliffenes Blatt blitzte.

»Sieh mal Gevatter Tod da drüben«, sagte Innis.

Claire knuffte seine Schulter. »Innis, ich würde ihn das nicht hören lassen. Er ist nicht in der Stimmung.«

»Ach, zum Teufel mit ihm, Claire. Ich habe selbst einen Garten zu bestellen.«

»Doch nicht heute?«

»Das ist ein Geheimnis. Hoffe ich.«

»Das hoffe ich auch.«

Innis sah zu einem Kondensstreifen hoch, einem langsamen Kreidestrich am blauen Nachmittagshimmel. Das Flugzeug war winzig, flog höher als die Propellermaschine, die ihn von Halifax hergebracht hatte.

»Wenigstens baue ich was an auf diesem Land. Starr tanzt bloß mit einer Sense Walzer.«

11

Drei Tage später holte Innis seine Sachen aus der Dachkammer, setzte Pflanzen mit ihrer trocknen, leichten Erde in einen alten Obstkorb, den er in der Werkstatt gefunden hatte, andere hatte er schon in einem Rucksack verstaut, da hörte er unten im Hof den Lada. Starr und Claire. Verdammt. Er machte die Dachkammertür hinter sich zu und schlich zum Treppenfenster. Sie waren immer noch auf der Auffahrt, tollten lachend herum, ausgelassen im warmen Sonnenlicht und dem Westwind. Starr jagte sie wie ein Schuljunge, grabschte nach ihr, sie riss ein Büschel Gras aus und bewarf ihn damit, einzelne Halme wurden in ihr Haar geweht. Starr zog sein Hemd aus, sein magerer Oberkörper war so weiß, dass er Innis schockierend nackt vorkam, auf den Schultern waren blaue Tätowierungen, die Innis noch nicht gesehen hatte. Als Starr so herumsprang, sah er für einen Augenblick wild, ein bisschen wahnsinnig aus. Claire riss die Zipfel ihrer roten Bluse hoch und band sie unter dem Busen fest. Innis zuckte zusammen, der nackte Bauch, die süße Stelle, die er geküsst hatte. Starr wirbelte sein Hemd umher wie eine Fahne und sprang ihr nach, packte sie bei der Taille, und sie sträubte sich nicht, als er sie küsste. Angewidert trat Innis vom Fenster zurück. Vom Wetter neben der Kappe, alle beide. Am Ende des Sommers würde er fort sein, dann konnten sie knutschen und bumsen, bis ihnen schwindlig wurde, in jedem Zimmer des Hauses, ihm egal, im Wald, auf der Wiese, in der Scheune. Als er den Vorhang losließ, sah Claire hoch. Für einen langen Augenblick erstarrte sie, Starr wandte ihr inzwischen den Rücken zu und zog sein Hemd an: als hätte sie in einem Theaterstück agiert, und als hätte Innis im Zuschauerraum sie gezwungen, aufzuhören. Vorstellung zu Ende. Sie runzelte die Stirn, streifte Gras aus dem Haar und winkte Innis verstohlen zu. Ob sie ihn damit fürs Spionieren tadeln wollte, vermochte Innis nicht zu sagen.

Er blieb in seinem Zimmer, hatte die Tür zugemacht, schließlich klopfte Claire an und sagte ihm, dass sie – sie und Starr – zum Abendessen nach Baddeck fuhren und vielleicht erst morgen zurückkamen.

»Warum sagst du mir das?«, gab Innis zurück. »Ich habe keine Angst im Dunkeln.« Er lag auf seinem Bett und starrte die Wasserflecke in der Decke an, teefarbene Phantome, denen er Tag für Tag Dutzende von Gestalten gegeben hatte. Er hatte einen Ständer, der schmerzte, und er wollte sagen: Immer herein, Miss Claire, bitte, der warme Wind, ist der nicht wunderbar? Tut mir leid wegen meinem großen Stecken hier. Aber er sagte es nicht.

Und Claire antwortete nicht. Er hörte sie auf der Treppe, dann fuhren beide weg, Starr hupte ihm höhnisch zu, der Mistkerl, mit dieser elenden Tröte konnte er nicht mal Kaninchen aufscheuchen. Phantasie und Vorsicht und Zweifel. Diese drei Dinge konnten einen Mann auslasten. Wer brauchte schon Sex?

Er musste den Rest des Nachmittags ausnutzen, und er ging rasch den alten Holzfällerweg hoch, um so schnell wie möglich den Oberwald zu erreichen, sah sich um, wenn er rastete, ob jemand auf dem Highway war. Jemand konnte vorbeifahren und ihn entdecken und Starr erzählen, ich habe deinen Neffen mit einem großen Korb im Arm und einer Hacke über der Schulter in den Wald verschwinden sehen. Was will er bloß damit mang die Bäume? Und Innis würde sich eine Lüge einfallen lassen müssen. Ich war oben bei meinen Föhren, hab sie ein bisschen ausgedünnt, Starr, du willst doch bestimmt einen hübschen Weihnachtsbaum? Irgend so was Blödes.

Die Bäume hatten sich belaubt, der Wald wurde wieder reich an Licht und Schatten, und je weiter er hineinging, desto sicherer fühlte er sich, die Leute gingen einfach nicht hier hoch. Er schnupperte an den welkenden Blüten eines Baums, den er nicht kannte, weiß und würzig gegen die dichten, dunklen Fichten. War das die Schneebirne, die Starr erwähnt hatte? Jetzt Blüten, später Früchte, er musste darauf Acht geben. Er ging weiter, mit Claire im Kopf, bis er sie nach ein paar Schritten wieder vertreiben konnte. Wie oft am Tag küsste sie Starr so, nahm sein Gesicht in die Hände? Innis hatte einmal gedacht, er würde sie an der Hand hier heraufführen, wenn der Sommer kam: er kannte Stellen, die förmlich dazu einluden, sich hinzulegen, dicke Betten aus weichem, trocknem Moos. Ein weiterer Tagtraum beim Teufel. Durch die Wand hörte er nachts nur Claire. Was immer sie mit Starr trieb, sie tat es jetzt in seinem Zimmer, nicht in ihrem. Aber reg dich nicht auf, plane auf lange Sicht. Das hat dir das Fenster gesagt, du brauchst nur hinauszuschauen, und dein Blick bekommt Flügel, fliegt zum Berg hinüber und auf dem Wasser der Landenge hinaus aufs Meer nach Osten. Aber für Innis ging es nach Westen, nicht seewärts, sondern in den weiten grünen Ozean Kanadas.

Er kannte den Oberwald besser, als sein Onkel ihn je gekannt hatte, davon war er jetzt überzeugt. Abgesehen von Gängen zur Quelle war Starr nicht mehr so weit hinaufgegangen, seit die alten Felder nicht mehr bewirtschaftet wurden. War alles mal gerodet da oben, sagte er in einer seiner erinnerungsseligen Launen, wenn die Landwirtschaft, die er so gehasst hatte, in warmen, vom

Rum getönten Farben leuchtete, der ganze Hang war Weideland. Starr mochte sich nicht mehr durchs Dickicht kämpfen, über das wurmstichige Totholz, aus dem spitze Zweige spießten. Das überlasse ich den Sonntagsjägern, sagte Starr, den Idioten aus der Stadt. Aber Innis hatte viele Wege gefunden, ein Netzwerk schmaler Pfade, die die Hirsche mit ihren Hufen im Moos, im Waldboden ausgetreten hatten. Nicht, dass sie dieselben Ziele, denselben Zweck im Sinn gehabt hatten wie er, und er hatte seine Pflanzstelle auch ausgesucht, weil er nie Hirsche in der Nähe gesehen hatte, keine Spuren, keine Losung. Er ging weiter, außer Atem jetzt, aber erregt, über den morastigen Boden unter der Überlandleitung, aus dem Rucksack stieg ihm der Geruch der aufgetauten Makrelen in die Nase, die Starr in den Müll geworfen hatte, weil er sie für verdorben hielt.

Durch einen Bestand spindeldürrer Ahornbäume erblickte Innis seine Lichtung. So weit oberhalb der Schneise hatte er im letzten Herbst nie Jäger gesehen. Sie fiel überhaupt nicht auf, jedenfalls nicht an diesem Nachmittag, im immer noch warmen, aber diffusen Sonnenlicht, denn der Himmel hatte sich mit dumpfigem Weiß bezogen. Birken und Ahorn umringten sie, dazu ein paar kahle, aschgraue Fichten, die aussahen, als wären sie durch einen unglaublich strengen Frost abgestorben, tatsächlich aber durch winzige Würmer, eine Plage, die vorbeigegangen war. Junge Fichten hatten sich auf die Lichtung verirrt, und das war gut. Im frischen Gras standen die Föhrensetzlinge, die er vor Monaten hergebracht hatte, staken im Boden wie Stöcke, ohne eine einzige Nadel, rostig wie Alteisen. Weihnachtsbäume? Eher wie Grabkreuze. Eine elende Zeit war das, als er sie gepflanzt hatte, verzweifelt darauf aus, irgendetwas in den Boden zu tun, um sagen zu können: *Meins*. Und Lichtungen hatten ihn damals besonders angezogen, im Herbst, er ging zu jeder hin, weil er erwartete, dass dort etwas lebte, er wusste nicht genau, was.

Er machte sich mit einer Freude an die Arbeit, die keine andere Aufgabe ihm bisher bereitet hatte, setzte die Töpfchen im Zickzack auseinander, damit sie wie Unkraut aussahen, wenn jemand zufällig vorbeikam, gleich ihm von der Helligkeit der Lichtung angelockt. Er hackte Soden und hartnäckige Wurzeln durch, entfernte alle Steine aus dem Boden. Härtere Arbeit als an Claires kleinem Beet, aber welche Blumen würden hier erblühen! Als der rötliche Lehm so fein war, wie es mit einer Pflanzkelle ging, befreite er jede Pflanze von ihrem Topf und legte das weiße Wurzelgeflecht behutsam in das Loch, in dem eine halbe Makrele wartete, ein Schwanzende oder ein Kopf mit nebligen Augen. Er formte um jede Pflanze ein kleines Becken für das Wasser, das er holen musste, um sie anzugießen, das er immer wieder holen musste, wenn es ein trockener Sommer wurde. Ein paar Eimer von der Quelle. Eine ziemliche Strecke, aber immer noch näher als einer der Bäche. Diese Quelle ist nur einmal versiegt, sagte Starr, im schlimmsten Dürresommer, den wir je hatten, als ich von der Navy nach Hause kam. Der Typ in dem Pot-Buch sagte: Diese Wurzeln haben ein Trauma erlitten, wenn du verstehst, was ich meine, Partner, und sie brauchen einen kräftigen Schluck Wasser, der ihre Schmerzen lindert. Innis schnitt kleine Zweige von einer Weide, steckte sie in den Boden und machte aus Fünf-Pfund-Kartoffeltüten ein Plastikzelt für jede Pflanze. Es würde einen späten Frost abhalten und vielleicht auch Hirsche, wenn sie herumstöberten. Würden die überhaupt Marihuana fressen? Konnte ihnen nicht schaden, es zu probieren, machte ihre Sinne bestimmt noch feiner, sodass sie einen Jäger gegen den Wind witterten. Der Buchschreiber sagte nichts von Hirschen, aber woher sollte er das wissen? Er ging nie auf den Norden ein, er kannte diese borealen Wälder nicht, die so weit von der wärmenden Sonne entfernt waren.

Innis trat zurück und bewunderte seine winzigen Treibhäuser, die im Unterholz kaum zu sehen waren. Plötzlich spürte er etwas hinter sich, fuhr herum und hob die Hacke wie eine Keule: nichts. Trotzdem hatte er Herzklopfen, war nervös. Irgendein Tier. Vielleicht die Katze? Er miaute, freundlich, nicht ängstlich, und lauschte, er wusste nicht, welchen Laut diese Katze von sich geben würde. Aber da waren nur die stummen Bäume, das milchige grüne Licht des frischen Laubs. Eine hohe, hagere Fichte, grau von Flechten, knarrte gegen einen toten Baum, den sie mit ihren Zweigen eingefangen hatte. Die Plastikzelte hoben und senkten sich. Nichts als das, was immer hier war, wenn der Wind durch den Wald eilte, die leisen Geräusche von Zweigen und Nadeln und Blättern. Innis trieb die Hacke in die braune Höhlung eines Baumstumpfs und ließ sie dort. Niemand durfte das zerstören, nicht, nachdem er die Setzlinge wochenlang gepflegt hatte, leise mit ihnen geredet hatte, jedes Mal den Atem anhielt, wenn Starr die Treppe hinaufging oder neugierig wurde, warum die Deckenlampe in der Küche manchmal dunkler wurde, aber er machte sich nie die Mühe, das herauszufinden. Jetzt waren die Pflanzen jedenfalls in einem sicheren Versteck, und wer konnte ihm schon beweisen, dass sie ihm gehörten? Tief im Wald scherte das niemanden, ein Dutzend Pflanzen, deren Blätter und Knospen manche Leute gerne rauchten und damit keinem schadeten. Das ganze Unternehmen hier konnte Anfang September beendet sein oder sogar früher, wenn das Wetter mitspielte, dann war Innis fort, und auch das Pot, und keine Seele auf dieser Insel hatte dadurch Schaden genommen. Ende der Durchsage.

Innis versteckte den Korb in einer kleinen Dickung junger Tannen. Er musste ein paar Eimer Quellwasser holen, die Setzlinge würden es trinken wie Blut.

Aber zuerst kam der magere Joint, den er sich aufgespart hatte, in der Hoffnung, ihn mit Claire zusammen auf dieser Lichtung zu rauchen, damit die Setzlinge durch ihre sanfte Berührung einen guten Start bekamen. Nun war nur er da, füllte seine Lunge für einen guten Trip. Der Wind war kühler, die Sonne sah aus wie unter Wasser. Er empfand echte Zuneigung für seine Pflanzen, die jetzt nicht mehr unter Starrs Dach standen, sondern unter freiem Himmel, und mit ihren Wurzeln schon zaghaft diesen neuen, tiefen Boden erkundeten. Man lebt ein bisschen anders, wenn man Platz hat, sagte Starr einmal vom Landleben, obwohl er nicht sagte, wie. Innis lachte. Liebe. Verdammt, wahrscheinlich war das die einzige Liebe, die ihm zuteil werden würde, die heißen, ausschweifenden Phantasievorstellungen durch gutes Kiff, und es gab wesentlich schlimmere Dinge, die man an die Lippen führen konnte. Er stand auf und ging auf der Lichtung umher, hinterließ tiefe Spuren in dem weichen Boden. Er pinkelte an die rissige Rinde einer Birke. Na, wie ist das, große Katze? Kannst hier heute Nacht deinen Schwanz heben, wenn du willst. Der Hackenstiel ragte aus dem Baumstumpf wie ein Pinselstrich chinesischer Schrift, schwarz vor dem grünenden Wald. Er presste die Hände zusammen: O Herr, gib den Hirschen alles, was sie mögen, Blätter und Knospen und wilde Äpfel, aber gib, dass sie mein *cannabis sativa* verschonen.

Von weit unten auf der Straße das schwache Brummen eines Autos mit kaputtem Auspuff, dann wieder Stille.

Hier in dieser Einöde musste man vorsichtig sein und es schlau anstellen: ein gestohlener Wagen fiel hier auf wie ein Feuerwehrauto. War aber auch eine Herausforderung. Er hatte Autos nie für Geld gestohlen – mit einer Ausnahme –, nicht für andere, sondern nur für sich selbst und seine eigene Flucht, ein ganz besonderer Trip. Die Leute ließen oft die Schlüssel stecken, wie eine Einladung. Je reicher, desto achtloser, an Geld gewöhnt gingen sie schlampig mit ihren Sachen um. Man brauchte nur die Wagentür aufzumachen, und später kam dann so ein Typ aus einer Bar und wollte nicht glauben, dass sein Luxusschlitten verschwunden war, rannte ratlos auf dem Parkplatz rum oder die Straße rauf und runter, dabei war Innis schon längst damit abgehauen, nahm die verrückten Nebenstraßen von Boston, die vor langer Zeit als Reitwege angelegt worden waren, mied die Straßen, auf denen die Bullen Streife fuhren. Hatte er die Autos nicht immer vor Tagesanbruch in einer Seitenstraße abgestellt, so sauber, wie er sie übernommen hatte, höchstens mit einem Geruch drin, der vorher nicht da war? Alle bis auf eins, den Porsche, den er für Geld gestohlen hatte, weil er damals soff und großkotzig und blöde war, als die Ganoven an ihn herantraten: Du brauchst ihn bloß da und da abzustellen, Innis, und für dich ist ein Tausender drin. Von wegen, für ihn waren nur Scherereien drin, aber was sollte er machen? Die Kerle abknallen?

Trotzdem hatte er sich nie als Verbrecher gesehen. Er fand es nicht geil oder stark, in Handschellen in einen Streifenwagen verfrachtet zu werden, während die Nachbarn gafften, als hätte er gerade seine Mutter abgestochen, sich von einem Jugendrichter ins Gewissen reden zu lassen, mit schweren Jungs und Versagern in den Bau zu gehen. Er wollte nur die Autos, musste sie immer wieder haben, jedes versetzte ihn in eine Stimmung, die er brauchte. Als kleines Kind, wenn seine Mutter ihn angeschrien oder sich mit seinem Vater um Geld gestritten hatte oder um Dinge, die mit Cape Breton zu tun hatten – sie schienen sich nie über die »alte Heimat« einig zu sein, am einen Tag schwärmten sie tränenselig davon, am andern Tag schimpften sie auf die Enge und Rückständigkeit –, an solchen Tagen lief Innis die Straße entlang, rüttelte an den Türen aller Autos, suchte ein großes und glänzendes und unverschlossenes, und dann setzte er sich hinein, schmiegte sich in die weichen Sitze, bereit, auf die Reise zu gehen. Er spielte mit dem Lenkrad, das ihn in alle Richtungen bringen konnte, mit lautem Brrrm als Motor. Der stumme Zeiger der Uhr im Armaturenbrett ruckte vor, ein Messinstrument von vielen, deren Funktion er nicht kannte. Und immer dieser Geruch von etwas ganz Neuem. Mehr als einmal war er schlafend auf dem Rücksitz gefunden worden, aber niemand klagte ihn deswegen an, ein Junge, der in einem Auto schlief, das ihm nicht gehörte, tat nichts Verbotenes, noch nicht, und seine Mutter weinte, wenn man ihn nach Hause brachte, aber sie ohrfeigte ihn auch, weil sie Angst ausgestanden hatte, mit den Nerven am Ende war. Ihre Nerven sollte er später noch oft strapazieren. Besonders, wenn sie einen neuen Mann mit nach Hause brachte, machte er ihr das Leben sauer. Aber er hatte nie beherzigt, was seine Mutter ihm immer wieder sagte, das Einzige, was er sich wirklich hätte einprägen müssen: Du bist kein Staatsbürger, sie können dich eines Tages nach Kanada zurückschicken. Und nachdem dieser Hammer auf seinen Kopf niedergegangen war, hatte er sie gefragt, warum in aller Welt sie ihn nicht zu einem amerikanischen Staatsbürger gemacht hatte. Hör zu, Innis, sagte sie, das war nicht meine Sicht, das war die deines Vaters, er wollte es so halten, nicht ich, und er dachte immer, wir könnten eines Tages zurückgehen, ich hatte das nie vor, obwohl ich auch noch nicht eingebürgert bin, ich hätte nie gedacht, dass es so weit kommen könnte.

Am Abend genoss er sein Essen, zwei Stockfischfrikadellen, in Butter kross gebraten, mit Eiswasser heruntergespült. Die Sonne glitt in taubengraue Wolken über dem Berg, glitzerte auf dem stahlgrauen Wasser der Meerenge, Pailletten aus Licht, die aufleuchteten und verschwanden. Jede schlichte Handlung hatte etwas Aufregendes für ihn: der letzte Bissen Fisch, ein Schluck kaltes Wasser. Er bekam Lust zu zeichnen. Eine Katze, das geheimnisvolle Gesicht reglos und doch voll Spannung, die Pinselohren wachsam. Große Pfoten, deren Abdrücke er im Schnee gesehen hatte. Dan Rory hatte ihm erzählt, es gab mal einen Berglöwen auf der Insel, er hatte ihn gesehen, ein mächtiges Tier, sagte er, aber am Ende wurde er in einer Falle erschossen. Am Ende. Innis schlug den Block auf und zeichnete Claire, lächelnd auf den Spaten gestützt, ein bisschen unordentlich von der Arbeit, die Bluse weiter aufgeknöpft, als sie gewesen war, mit kokettem Schwung in der Hüfte, eine Pose, die sie vielleicht auf seine Bitte hin im Scherz eingenommen hätte. Er mochte es, sie mit dem Stift zu formen, zumal sie jetzt wusste, dass er sie gut zeichnen konnte. Zugegeben, der Drang war pubertär gewesen, aber die Aktzeichnungen waren trotzdem gut. Der Kugelschreiber in seiner Hand konnte ein Bild von ihr hervorbringen, dabei war sie irgendwo im grünen Hinterland von Cape Breton und tat gerade etwas sehr anderes als hier auf dem Papier, mit anderem Gesichtsausdruck, anders zerzaustem Haar und anderer Körperhaltung. Vielleicht fuhr sie jetzt mit Starr auf dem Cabot Trail zu einem Motel. Nichts wie weg, wie alle Liebespaare – sie schlossen einen aus. Das war ja nichts Neues. Wenigstens hatte er seinen Acker bestellt. Fortgehen war nicht mehr nur eine vage Absicht. Ein roter Lichtfleck in den Wolken, der Berg darunter eine lang gestreckte Silhouette: früher hatte er für ihn wie eine Wand ausgesehen, und Starr hatte gesagt, wenn du abhauen willst, musst du über den Berg rüber, und zwar nicht mit dem Auto. Durch die Fliegengittertür fegte plötzlich der Wind und brachte die Ferne mit, Städte, die er durchquert hatte, den Geruch der Bäume, des Meers. Nachts ließ Innis jetzt das Fenster weit offen, um zu spüren, wie der Wind über seinen Körper strich.

Seine Pflanzen in dem kühlen Lehmboden, tief in einem Wald, auf den ihre Gene sie nicht vorbereitet hatten. Gab es ein gälisches Wort für Pot?

Er räumte die Dachkammer auf, fegte Erdkrümel zusammen. Als er eine Truhe wegschob, fand er eine seit langem tote Maus dahinter: ein kleiner ausgedörrter Bausch wie aus Flaumfedern, die Schwanzknöchelchen winzige Perlen. Eigentlich gar keine Maus mehr, sondern ein graues Staubwölkchen, das sich verteilte wie Löwenzahnsamen, als er es anpustete. Er war versucht, in die Truhe zu schauen, aber nein, das war nicht der Zeitpunkt, um in alten Sachen in diesem Haus zu stöbern, für ihn ging es vorwärts. Er montierte die Lampen im Webstuhl ab und verstaute sie zusammen mit der Warmhalteplatte im Werkstattschuppen, vielleicht konnte Starr solches Licht, solche Wärme eines Tages gebrauchen. Ein großes Risiko, das Dachkammerrisiko, gab es nicht mehr. Er fand es fast schade, es hatte zuweilen die Luft aufgeladen. Wie an dem Abend, als sie alle im Wohnzimmer waren und das Licht ausging. Himmelarsch, sagte Starr, weswegen knallen bei mir so viele Sicherungen durch? Ich habe eine ganze Schachtel voll reingeschraubt. Er zog ungeduldig an seiner Zigarette, die hell aufglühte, und Innis hatte Claire im Dunkeln atmen hören, bis sie sagte: Ich glaube, ich bin dran, und die Taschenlampe suchen ging. Das liegt an den alten Leitungen, sagte Innis. Hängt was Neues an den alten Leitungen, sagte Starr. Aber er suchte nie danach.

Gegen Einbruch der Dunkelheit ließ Innis sich von einem Propangaslaster mitnehmen, der ihn bei Dan Rory und Finlay absetzte. Er ging über den Bach den Hang hinauf, auf dem Weg, den er gerodet hatte, und fand Finlay beim Jäten des Kartoffelackers unterhalb des Hauses. Dan Rory stand am Ende einer Furche und redete, aber nicht über Unkraut oder Kartoffeln.

»Meinst du etwa den Strom in den verdammten Leitungen da oben?«, sagte Dan Rory und zeigte mit dem Stock zum Oberwald. »Er fliegt über unsere Köpfe hinweg zum Festland. Was hat uns nun das gebracht, das Wasserkraftwerk von Wreck Cove?«

Finlay warf ein Büschel Unkraut weg und schlug nach einer Mücke. »Das war eine Meisterleistung der Technik, Daddy. Das ist die moderne Welt.«

»Komm aus den Kartoffeln raus, es wird dunkel. Hör mal, sie haben Felsen gesprengt und die Erde ausgegraben und Tausende von Bäumen gefällt, jawohl. Sie haben die alten Seen im Ödland durcheinander gebracht, mit Beton verbunden. Was willst du mir sagen?«

»Wir haben genug Seen, Daddy. Wichtige Gewässer haben nun mal Dämme und so was. Die Fische verziehen sich, die Minen machen dicht. Aber das Wasserkraftwerk von Wreck Cove, das ist ganz was anderes.« Finlay stand auf und rieb sich den Rücken. »Schau mal, da ist Innis. Wie geht's dir so?«

»Gut, Finlay. War bei Vater Lesperance und bin auf dem Heimweg, wollte nur mal hallo sagen.«

»Wir haben gerade über das ewige Ödland da oben auf

der Hochebene gesprochen«, sagte Dan Rory. »Da ist jetzt ein Labyrinth kleiner Straßen, nach den Bauarbeiten, sogar ich würde mich verlaufen.«

»Hab da oben vor Jahren einen Elch geschossen«, sagte Finlay. »Hatte ein schlechtes Gefühl danach. Die laden einen geradezu ein, sie zu töten. Hirsche springen davon, aber ein Elch äst einfach weiter, so sind die nun mal.«

»Oder sie gehen auf dich los. Hast du schon mal Elchfleisch gegessen, Innis?«

»Hatte noch nie das Vergnügen.«

»Och, das sind große Viecher. Komm rein, was Kaltes trinken.«

Innis lehnte ab, er hätte keine Zeit, Starr käme jede Minute vorbei, um ihn mitzunehmen. Aber dann trödelte er lange genug herum, um über die Fledermäuse zu reden, die zu Dutzenden aus dem Westgiebel des Hauses herausflogen. »Die stören uns nicht«, sagte Finlay, »die können die Dachkammer haben, fressen kübelweise Mücken, weißt du.«

Ein dünner Mond kam über den südlichen Hang gekrochen, hoch zur Überlandleitung. Innis wäre eine dunklere Nacht lieber gewesen.

»Hast du so was schon mal gesehen, Innis?«, fragte Dan Rory und zeigte mit dem Stock über Innis' Kopf hinweg. Der Himmel über dem Kamm pulsierte von flackernden, schattenhaften Lichtern unvorstellbarer Größe, ihre Quelle war hinter dem Berg verborgen, ihre Strahlen irrten über den dunkelblauen Himmel. Ein Schauder lief ihm über den Rücken.

»Nein«, sagte er.

»Nordlichter«, sagte Finlay. »Haben was mit dem Polareis zu tun, glaube ich. Hab sie schon heller gesehen.«

»Wir glaubten, sie wären der Atem toter Krieger«, sagte Dan Rory. »Vor langer Zeit.«

Innis schaute zu den hohen Fenstern im ersten Stock, hinter denen schon Licht brannte, und das brachte ihn zu sich. Sie gingen früh zu Bett, diese alten Männer. Er wünschte ihnen eine gute Nacht und ging mit einem Alibi fort, falls er eins brauchen sollte.

Jedes Mal, wenn er ein Auto kommen hörte, sprang er über den Graben und versteckte sich zwischen den Bäumen. Er wollte nicht, dass jemand ihn heute Nacht zum alten Fährhafen laufen sah. Und vielleicht war ja der Priester in seinem Häuschen, jetzt, wo es warm wurde. Aber nein, es brannte kein Licht. Kapitän MacQueens Silberpappel stand in vollem Laub und verdeckte das Haus. Er war nervös, damit hatte er nicht gerechnet, also ging er weiter, an der Garage des Kapitäns vorbei, blieb am Fenster des Priesters für einen pflichtschuldigen Blick hinein stehen. Er überprüfte die Tür, ob sie aufgebrochen worden war. Nein. Wenn er im Haus des Kapitäns erwischt wurde, dann wurde er nicht ausgewiesen, sondern eingelocht. Aber noch sonnte er sich in seiner Unschuld, es tat ihm beinahe leid, sich von ihr zu verabschieden. Ich bin ein braver Junge, Vater, kein Katholik, aber in Ordnung. Habe ich in letzter Zeit irgendwas Schlimmes getan, was ich beichten müsste? Schön wär's.

Er stand auf dem Kai, das Wasser unter ihm klatschte durch die schwarzen Spundbohlen, ihre Bolzen und Zapfen ragten heraus, die würden einen Schiffsrumpf rasch aufreißen. Früher ein belebter Ort, eine Fähre hin und her, Autos, Menschen, im Haus des Priesters ein gut gehender Laden. Das Wasser war manchmal rau, mit hohem Wellengang, wenn der Wind über eine starke Flut fegte. Er wünschte, er hätte ein Segelboot und entsprechende Kenntnisse, er würde die Meerenge hinuntersegeln, unter der Brücke durch und aufs Meer hinaus, Häfen waren gute Orte für einen Neuanfang. Die Entfernungen hier, der Blick reichte meilenweit, eine Sicht, die man in der Großstadt nicht hatte.

Um sicherzugehen, dass er allein war, stapfte er am Strand entlang. Ein Auto hatte tiefe Reifenspuren hinterlassen, jemand hatte für eine heiße Nummer gehalten, Bierflaschen in den Sand geworfen, vorher und hinterher. Tagsüber hatte er hier selten Autos gesehen, im Winter, vereinzelt kam mal jemand, um einen Blick auf die Meerenge zu werfen. Er schleuderte eine Flasche in hohem Bogen ins Wasser, ein weißer Spritzer in den kleinen, regelmäßigen Wellen. Starr konnte Fernseher und Stereoanlagen reparieren, aber er hockte in seinem versifften Laden, ein einziger Rückschritt, und addierte seine Rechnungen auf einer Rechenmaschine, an der man kurbeln musste und die endlose Papierschlangen ausspuckte. Starr machte das nichts aus, ihm war's recht, wenn die Leute nur durch Mundpropaganda zu ihm kamen, im Schaufenster stand bloß eine staubige, verdorrte Schusterpalme. Und Starr war's auch recht, obwohl er im Suff anders redete, sich nie von Cape Breton Island wegzurühren und meistens nicht mal von St. Aubin Island, er fühlte sich hier wohl. Aber Claire? Wie lange würde sie es hier aushalten? Ob sie im Herbst noch da war, im Herbst ...

Innis schlich sich hinter die alte Garage und horchte, mit dem Rücken an den verwitterten Schindeln. Warum baute jemand, den sie Geldsack nannten, nicht eine gute Garage, um eine solche Kalesche zu schützen? So ein Caddy lief wie geschmiert, ein Auto, das schwamm. Innis fröstelte, als er durch die Fußbodenluke einstieg und das Haus durchsuchte, diesmal fand er sich schon besser zurecht und knipste die Taschenlampe aus, wenn er an einem Fenster vorbeikam. Was, wenn der Mann die Schlüssel gar nicht hier aufbewahrte? Sie jemand anders gegeben hatte? Aber so ein alter Kapitän war es bestimmt gewohnt, alles ordentlich zu verstauen und gut zu verstecken. Innis schaute erst einmal an den üblichen Stellen nach, in Schubladen, zwischen der Wäsche. Die Taschenlampe spiegelte sich in den Glastüren eines Wandschranks. An Messinghaken hingen Becher mit verschiedenen Segelschiffen drauf, und im dritten von links lagen Schlüssel, davon zwei mit dem Cadillac-Emblem. Ja!

Durch Ritzen fiel Mondlicht, kerbte den Lehmboden der Garage und streichelte den schwarzen Lack des Autos. Er liebte dieses kurze Heck, die klassischen Linien. Ein Seville. Das schönste Modell, das Cadillac je gebaut hatte, wenn es nach ihm ging. Der Schlüssel glitt ins Schloss, und Innis lachte, als er den Ledergeruch einsog und sich hinter dem Lenkrad zurechtsetzte. Aber als er den Zündschlüssel drehte, rührte sich nichts. Die Batterie. Ausgebaut. Er fand sie auf einem Wandbord, an einen Kleinlader angeschlossen, daneben lag ein Halbzoll-Ringschlüssel für die Kabelmuttern. Kapitän MacQueen, immer in Bereitschaft, alles in Reichweite. Innis baute die Batterie in den Motorraum ein. Sogar der Motor war sauber. Als Innis wieder die Zündung anstellte, kreischte der Anlasser erschreckend laut auf, Innis saß eine Weile lang mit klopfendem Herz da, bevor er es wieder versuchte. Aber wer sollte ihn hören? Nur jemand in diesem Haus und in dem des Priesters. Beim dritten Versuch sprang der Motor an, lief erst unrund und schnurrte dann leise im Leerlauf. Er jagte ihn ein bisschen hoch, aber nicht zu sehr. Er konnte ihn hier drin nicht zu lange laufen lassen, auch wenn die Garage löchrig wie ein Sieb war, aber er wusste jetzt, wie weich der Wagen auf der

Straße reagieren, ihn tragen würde. Laut Anzeige war der Tank fast voll. Bis jemand die leere Garage entdeckte, konnte er weit fort im Westen sein, in anderthalb Stunden war er von der Insel herunter, über die Meerenge von Canso hinweg, dann die ganze Nacht lang bei Radiomusik fahren und gerade genug Gras, um die Straße interessant zu machen, für Doughnuts und eine Cola halten, wenn ihn der Hunger packte. Er würde auf diesen endlosen, fast leeren kanadischen Highways fahren, wo du einfach anhalten und an einen Baum pinkeln konntest, ohne dass dich Scheinwerfer erfassten, nur das Schweigen der unendlichen Wälder und dein eigener dampfender Strahl, das Auto wartete am Straßenrand, um dich so weit zu tragen, wie du wolltest, und wenn du anfuhrst, beleuchteten die Scheinwerfer einen Forstweg, und es lief dir kalt über den Rücken, wenn du an die dunklen Wälder und die eintönige Arbeit dachtest und daran, in solch einem Leben gefangen zu sein. Und keine Grenzen zu passieren außer Provinzgrenzen, keine kalten Grenzpolizisten, die dich streng musterten, als wärst du ein Serienmörder mit einer Rasierklinge im Schuh. Vielleicht konnte er den Wagen in Toronto loswerden, ihn irgendwo in einen Fluss stoßen oder sogar verscherbeln, schnell und billig, und in einer Großstadt von vorn anfangen. Aber seine Phantasie gab nichts mehr her, diese Vorstellung blieb verschwommen, und er wich vor den erforderlichen Einzelheiten zurück in die schlichte Gewissheit seines Plans: die Pflanzen waren in der Erde und wuchsen in dieser Minute; sobald der Boden sich erwärmte, würden sie da oben im Wald gedeihen, blühen und ihm Profit bringen. Dann konnte er so fortgehen, wie er es wollte.

Er roch Auspuffgase und stellte die Zündung ab. Ein leichter Wind war aufgekommen und raschelte in der großen Pappel. Er musste sich jetzt beeilen und rasch hinausfahren.

Die alten Türflügel, die schief in den Angeln hingen, schleiften auf dem Boden, als er sie weit aufsperrte. Dann fuhr er rückwärts hinaus, langsam, denn er hatte nicht viel Platz, und ließ ohne Licht den Motor laufen, während er die Garage zumachte. Er schaute sich rasch um und sprang hinter das Lenkrad. Licht an, Gang rein, und ab ging's, ohne Hast, ohne aufjaulende Reifen. Für ein lange stillgelegtes Auto lief der Seville ruhig, beschleunigte anstandslos. An der Ferry Road bog er nach rechts ab zu The Head. Die Windschutzscheibe beschlug von seinem Atem, er keuchte, als wäre er gerannt, und er wischte das Glas mit der Faust ab. Seine Scheinwerfer erfassten Tieraugen am Straßenrand, und er blendete ab. Kein unnötiges Aufsehen bitte, erwecke nicht den Eindruck, dass du in einem fremden Auto abhaust, mit Scheinwerfern, die weithin zu sehen sind. Nur eine Leihgabe. Und die hatte er sich redlich verdient, das ließ er sich von keinem ausreden. Die Bremsen waren ein bisschen weich und die Lenkung ein bisschen ungenau, das müsste den Kapitän, diesen Ordnungsfanatiker, doch eigentlich geärgert haben. Aber alles andere war klasse. Starr und Claire konnten gern den Lada haben, die alte Rostlaube. Innis war total überdreht, musste sich beruhigen, zu lange her, dass er einen solchen Wagen gefahren war, auch wenn North St. Aubin weiß Gott kein dichtes Netz belebter, gefährlicher Straßen zu bieten hatte. Es war keine Kleinstadt, nicht einmal ein Dorf, sondern eine Gemeinde nach Art des schottischen Hochlandes, hatte Dan Rory ihm erzählt, ursprünglich nur eine Reihe von Gehöften entlang einer Straße, es hatte nie ein Zentrum, nur zwei Kirchen, einen Kramladen, eine Feuerwache und früher mal eine Schmiede und eine Mühle;

wollte man in die Stadt, musste man woandershin, aber wir hielten trotzdem alle zusammen, sagte er.

Die Straße führte dicht am Wasser entlang, vorbei an Häuschen mit einem Stück Ufer, bewohnt von Leuten, die hier den Sommer oder das Wochenende verbrachten, aber bei The Head bog die Straße nach Süden, und zwischen ihm und dem Wasser war nur noch ein steiniger Strand. Jenseits des mondbeschienenen Wassers ragten deutlich die Berge von Cape Breton Island auf, grüne Hänge, die er nicht kannte und auch nicht kennen lernen wollte, nur hier und da ein Licht, dann die Lichter eines Städtchens, auf diese Entfernung ein Zentrum pulsierenden Lebens, für seine Augen hätte es genauso gut Boston sein können, mit dem Auto ziemlich weit über die Brücke und über den Berg, viel näher mit dem Boot oder über das Eis wie früher, als die Straßen schlecht waren, sagte Starr, und man je nach Jahreszeit im Schlamm oder im Schnee versank. Die geteerte Straße endete, und anfangs ließ es sich noch ganz gut fahren, doch bald wurde der Damm immer schmaler und holpriger, von Rinnsalen durchquert, die Felsbrocken bloßgelegt hatten. Er bremste vor Schlaglöchern, stöhnte, wenn die Reifen dröhnend Schlamm an die Kotflügel schleuderten. Keine Beschädigungen bitte. Dreckspritzer waren schlimm genug. Der Weg wurde immer enger, und er fluchte, er hatte damit gerechnet, dass die gut befahrbare Straße ihn um The Head herum bis nach South St. Aubin bringen würde, jetzt fehlte nur noch, dass er im Schlamm stecken blieb. Er wagte nicht umzukehren. Das hier war was für Pferdefuhrwerke. Er wollte Gas geben, ausbrechen. Mein Gott. Dichter Wald zu beiden Seiten.

Eine schmale Auffahrt verschwand zwischen den Bäumen, so rasch, dass er das Haus nicht entdeckte, nur den Briefkasten. Wahrscheinlich ein Ferienhaus, jedenfalls konnte er schlecht anklopfen und sagen: Hi, tut mir leid, Sie zu stören, aber ich habe da einen Cadillac, der mir nicht gehört, und stecke fest, kann ich mal telefonieren? Verdammt, Scheinwerfer kamen entgegen, und es gab kaum Platz für zwei Wagen. Innis fuhr noch langsamer, dicht am Rand des Straßengrabens. Der Scheißkerl hatte das Fernlicht an, wollte wohl genau hinschauen. Innis wandte das Gesicht ab, als der Wagen in Reichweite vorbeifuhr und sich als schlammbespritzter Pick-up herausstellte. Der Fahrer musste irgendwo hier wohnen, einen anderen Grund gab es nicht, diese Straße zu benutzen, es sei denn, man war so durchgeknallt, einen geklauten Cadillac darauf spazieren zu fahren. Er sah Wasser durch die Bäume aufschimmern, der Weg wurde breiter, er fuhr an einer Wiese mit einem alten Haus dahinter vorbei. Die Straße war wieder geteert, und er beschleunigte, es war wie ein tiefes Durchatmen, die Reifen schüttelten den Schlamm ab, und das Auto glitt wieder flüsternd dahin. Er entspannte sich etwas, verstellte den elektrisch getriebenen Sitz, schuf Platz für seine Beine. Jetzt bitte keine Panne, am Straßenrand aufgebockt, und alle, die vorbeifuhren, konnten sich ansehen, wie er das Reserverad montierte. Das Auto hatte monatelang stillgestanden, alles Mögliche konnte versagen. Feuchtigkeit in der Elektrik, der Benzinleitung. Er gab Gas, denn die Steigungen und die Kurven waren sanft. Langgestreckte Gehöfte auf beiden Seiten der Straße, zum Hang hinauf und zum Wasser hinunter, fruchtbares Land, ganz anders als auf der Nordseite. Das Wasser weit unterhalb der Straße. St. Georges Channel, der war tief, sagte Starr, zweihundertfünfzig bis dreihundert Meter. Ein Auto kam ihm entgegen, sauste an ihm vorbei, kein Problem, aber als ein anderes von hinten immer näher kam, verlangsamte er, um es vorbeizulassen.

In Boston scherte es ihn nie, wer ihn in einem teuren Wagen sah, solange es keine Polizeistreife war, aber hier schnürte ihm jede Begegnung die Kehle ab, als müsste er sich verstecken. Dabei war er gar nicht auf der Flucht, wollte nicht von St. Aubin weg, von Cape Breton Island, von Nova Scotia, noch nicht. Trotzdem hatte er Angst vor allen, die das Auto sahen, fühlte sich wie in einem auffälligen Wohnwagengespann. Das war nicht der Supertrip, den er sich erhofft hatte. Er wollte nur noch eins, weg mit dem Wagen.

Innis hielt nach Schildern Ausschau, die ihm einen Weg zurück auf die Nordseite wiesen, bremste scharf und setzte zurück, als die Scheinwerfer ein Schild MacLeans Cross erfassten. Wieder eine unbefestigte Straße, aber diesmal höher gelegen, besser, mehr Rodungen, einige große Wiesen und etwas, das wie eine Rennbahn für Pferde aussah. Aber sehr dunkel, als sie wieder durch dichten Wald führte, was ihm ganz recht war. Er überquerte gerade einen hoch gelegenen Teil der Insel, der auf einer weiten Strecke erstaunlich eben war, da blitzte am Rand seiner Scheinwerfer ein Stück Fell auf, und unmittelbar danach rumste etwas gegen einen Kotflügel. Er wich zu spät aus, hielt an und sprang mit klopfendem Herz aus dem Wagen. Vor ihm lief der Motor ruhig im Leerlauf, während er sich bemühte, den dunklen Schemen auf der Straße zu erkennen, ein Tier, ja, und dann hörte er im Dunkeln jemanden einen Namen rufen. Innis glitt wieder hinters Lenkrad und schoss mit quietschenden Reifen davon, schaltete die Scheinwerfer aus, bis die Straße eine Kurve beschrieb und abschüssig wurde, vorbei an einem Haus inmitten dichter Fichten und einem weiteren, bevor er die Ferry Road erreichte und zum Fährhafen zurückfahren konnte. Er schwitzte, das Lenkrad war feucht. Er musste später alles abwischen, die Fingerabdrücke beseitigen. Ein Hund. Verdammt. Jemandes Hund.

Er glitt ohne Licht die Wharf Road hinunter, und nachdem er die Garage aufgemacht hatte, fuhr er den Seville schneller hinein, als er herausgerollt war, und verrammelte die Flügeltür. Er stand im Dunkeln und horchte. Dann stieg er leise wieder ins Auto und hielt die glühende Spirale des Zigarettenanzünders an einen Joint. Was für ein Trip! Wenn der Mann sich das Kennzeichen gemerkt hatte, war er verratzt. Aber die Stimme hatte sich weit fort angehört, er konnte nicht viel gesehen haben. Er drehte den Radioknopf an klassischer Musik vorbei, an einem Popsender, an jemandem, der redete, dann traf er die rauchige Stimme einer Französin, die als DJ fungierte. Was zum Teufel erzählte sie? Konnte alles Mögliche sein, einfach blödes DJ-Geschwätz, aber jedenfalls eine geile Stimme, er konnte sie fast in die Hände nehmen, sie an sich ziehen. Claire hatte französisches Blut in den Adern, von ihrer Mutter her. Hatte sie nicht im fiebrigen Schlaf Innis' Namen gemurmelt? Aber in der Nacht war sie nicht bei klarem Verstand, Delirium zählte nicht. Sie hätte mit derselben Stimme Starrs Namen hauchen können, verwirrt oder sehnsüchtig, er konnte nicht sicher sein. Eine kleine Narbe auf ihren Rippen. Einzelheiten kamen ihm wieder in Erinnerung. Ein Schönheitsfleck direkt über der Brust. Wenn sie jetzt hier im Auto wäre, in dieser warmen Zelle, erfüllt vom gemeinsamen Atem, dem Geruch feuchten Lippenstifts, dem leisen Pfeifen tief inhalierten Potrauchs, könnte er vergessen, dass er gerade mit dem Auto von jemand anders einen Hund totgefahren hatte. Asche im Aschbecher, angesengtes Papier, der Schwefel eines abgebrannten Streichholzes. Nur sie beide, alles andere ausgesperrt.

Er saß im schwachen Licht des Armaturenbretts und atmete den kalten Rauch ein. Die Französin hatte eine Platte aufgelegt, irgendeine Rockband, aber Innis mochte ihre Stimme mehr als die Musik. Rock? Der Text hörte sich auf Französisch beknackt an, wie schlecht synchronisiert. Vielleicht sangen sie in Wirklichkeit von Trüffeln oder Wein oder Käse, nicht von Liebe, von Enttäuschung und Zorn und E-Gitarren. Er nahm sich vor, Französisch zu lernen, dann konnte er nach Chéticamp an der Westküste der großen Insel ziehen oder in eine andere französischsprachige Gegend auf Cape Breton wie L'Ardoise oder die Isle Madame und einen anderen Menschenschlag kennen lernen. In einer neuen Sprache von vorn anfangen, einen anderen Namen annehmen. Vielleicht konnte ihm der Priester einige Ratschläge dazu geben. Und auch zu einigen Dingen, bei denen Innis gar keine haben wollte. Der Priester. Wo kam Vater Lesperance eigentlich her? Der Mann hatte eine durstige Kehle. Na wenn schon. Innis hatte auch eine. Was hatte ein Telefon in einem französischen Rocksong zu suchen? Verdammt, im Haus klingelte das Telefon! Radio aus! Er saß starr, jedes Klingeln hallte ihm in den Ohren. Es war so laut, dass er sich nicht gewundert hätte, wenn jemand abgenommen und *Hallo?* gesagt hätte. Er versuchte, mitzuzählen, war das nun dreimal lang und zweimal kurz? Dann hörte es auf. Er lehnte sich zurück, zu schwach, um sich zu rühren. Die Telefone klingelten in allen Häusern gleichzeitig, manchmal vergaß er das immer noch: man horchte, ob es das eigene Klingelzeichen war, und das von MacQueen kannte er nicht. Aber andere Leute kannten es und hatten es in ihren Häusern auch gehört und fragten sich vielleicht gerade: War das nicht Kapitän MacQueens Klingelzeichen, wer ruft denn den jetzt an, wo er doch noch in Florida ist? Das Telefon war schon im

Normalfall eine Plage, es kreischte nach Beachtung, es brachte schlechte Nachrichten, und Innis konnte an seinen zehn Fingern abzählen, wie oft er es in St. Aubin benutzt hatte. Aber zusammen mit dem Gras versetzte es ihn in Panik, jedes Klingeln durchfuhr ihn wie ein Stromstoß. Verfolgungswahn. Immer langsam.

Er brachte den Caddy leise in Ordnung, wischte mit einem Lappen die Tür und die Motorhaube ab, auf der seine öligen Fingerabdrücke zu sehen waren, nachdem er die Batterie ausgebaut hatte. Mit jedem Handgriff schuf er sich ein Alibi, falls, falls, verdammt, es gab für ihn überhaupt keine Sicherheit mehr, wenn er so einfach abgeschoben werden konnte. Hören Sie, ich arbeite für Vater Lesperance drüben, ich sah irgendwelche Jungs unter das Haus kriechen, ich hörte die Autotüren zuklappen und den Motor laufen, und ich dachte, was ist da los, und ich bin nachsehen gegangen, ich wusste nicht mal, dass der Kapitän ein Auto hat. Innis legte die Autoschlüssel in den Becher zurück und tastete sich hinaus, denn seine Taschenlampe war inzwischen zu schwach. Er zog die Hintertür hinter sich ins Schloss und stand mit geschlossenen Augen unter der großen Pappel, durch deren Wipfel der Wind fuhr, die Blätter wisperten wie rieselndes Wasser.

Er war froh, als langsam Starrs Haus in Sicht kam, stockdunkel und leer, der Mond hoch darüber, und Starr nicht da, um ihm Fragen zu stellen, woher er so spät kam. Er war todmüde, die Füße taten ihm weh, und er musste an den toten Hund denken, er verabscheute es, ein Tier so zu töten, aber der kam aus dem Dunkel angeschossen, keine Chance. Über eine Stunde hatte er für den Weg gebraucht, hatte sich beim ersten Aufleuchten von Scheinwerfern jedes Mal versteckt wie ein entlaufener Sträfling. Sonst nur der Rhythmus seiner Füße, seines Atems, er hatte ein bisschen vor sich hin gesummt und gebrabbelt, bis die Wirkung vom Joint nachließ und er nur noch müde war, sogar die Lichter der Verteilermasten kamen ihm unnatürlich hell vor, sodass er trabte, um aus ihrer Reichweite zu gelangen. Ein Hirsch hatte laut zwischen den dunklen Bäumen geschnaubt und Innis in den Straßengraben getrieben, bis er hörte, wie er durchs Unterholz brach und davonstob. Früher gingen die Menschen hier andauernd zu Fuß, es blieb ihnen nichts anderes übrig, als im Dunkeln meilenweit zu latschen, sagte Starr, wenn sie zu einem *ceilidh* oder einem Küchenschwof wollten, wenn irgendwo gefeiert wurde, sie liefen durch die Wälder und über Stock und Stein, kamen von weit her, heute kennt das keiner mehr. Innis stiefelte nur am Rand einer geteerten Straße entlang, auf dem einfachsten Weg, Abkürzungen kannte er nicht. Eigentlich müsste er in einem Auto fahren und nicht von einem weglaufen. Vielleicht hatten Claire und sein Onkel da oben irgendwo ein Tanzvergnügen gefunden. Sie war bestimmt eine gute Tänzerin, mit den langen, schlanken Beinen. Kannst du tanzen, Innis?, hörte er sie fragen. Nein. Ja. Auf dem Tanzboden in meinem Kopf. Zu müde, um weiter daran zu denken. Dieses Land bis hoch in den Wald hinauf zu bewirtschaften war schwere Arbeit. Aber noch schwerer für die Nerven. Der Caddy sollte was sein? Eine Erholung? Ein Witz. Der Wald unterhalb des Hauses verschmolz in der Dunkelheit mit dem Wasser und dem Berg. Der Berg schlief, lang hingestreckt, von seinem Wald eingelullt.

Zu erschöpft, um zu baden, trank er gierig zwei Glas Wasser, zog sich aus und fiel ins Bett, was für ein Reinfall, der ganze Abend, einen Hund überfahren und dann Fahrerflucht, sie würden ihn aufhängen wollen, wenn sie ihm auf die Spur kamen, und warum auch nicht, er verdiente es. Er konnte nicht schlafen, ihm schwirrte der Kopf, seine Füße brannten, als hätte er Fieber. Sollte er sich Stockfisch drumbinden? Das hätte Oma getan. Hätte sie auch ein Hausmittel für die Blasen an den Fersen gehabt, für sein Herz? Er merkte, dass er weinte, er konnte kaum glauben, welche Schluchzer aus ihm herausbrachen, er vermochte sie nicht zu unterdrücken. Dann gab er nach, ließ sich von Selbstmitleid und Zorn überfluten, schließlich hörte ihn hier niemand, das ging nur ihn selbst und sein Alter Ego was an, den Jungen und den Mann.

Sein Schluchzen ging bald in kleinlautes Gelächter über, Mannomann, hatte er Mist gebaut! Aber seine Pflanzen waren in der Erde! Aus dem Kissenbezug holte er das gestohlene Höschen heraus und befingerte den seidigen Stoff. Ein Hauch von getrockneten Blumen, von dem Duftkissen, das Claire in der Schublade aufbewahrte. Er sollte es zurücktun, jetzt gleich, das war bescheuert. Starr hat sie. Du hast ihre Unterwäsche. Er ging in ihr Zimmer und stopfte das Höschen zurück in die Kommode. Nachdem er lange und nachdenklich gepinkelt hatte, schlief er ein.

Lautes Mondlicht, kalt und klar, weckte ihn auf. Im ersten Augenblick verband sich das Licht mit einem Schrei, der ihm grauenhafte Angst einjagte, ihn ans Bett nagelte. Wo war das? Draußen, nicht drin. Aus dem bewaldeten Bachgraben gleich westlich vom Haus? In seiner Verwirrung dachte er, es könnte der Hund sein, irgendwie hatte er sich hergeschleppt, um ihn zu quälen, aber nein, nein, diese Straße war mehrere Meilen weit fort, und das war kein Laut, den ein Hund hervorbringen konnte. Ein gellender Schrei und zugleich ein gefoltertes Aufjaulen, eher in einen Albtraum passend als in den

Wachzustand. Es erscholl wieder, markerschütternd. Im Moment des Tötens oder des Getötetwerdens? Ein Tier, aber was für eins? Ein Wesen, das du nicht erschießen, nicht umbringen kannst? In Innis' Vorstellung nahm es übermächtige Ausmaße an. Er lag starr da, von dem Geräusch gepeinigt, vollständig in seinem Bann, bis es aufhörte. Seine Ohren schmerzten vom angestrengten Lauschen. Kein anderer Laut war zu hören, keine Bewegung. Stumm floss das Mondlicht über seinen Körper.

Die entfesselte Wildheit des Geheuls hatte seine Arme und Beine betäubt, aber im Licht der Deckenlampe nahm das Zimmer wieder seine vertraute Gestalt an. Er ging von Zimmer zu Zimmer und machte überall das Licht an, schließlich auch noch den Fernseher, dessen idiotische und verzerrte Bilder ihn beruhigten. Ängstlich, aber neugierig fasste er sich ein Herz und ging hinaus, ließ den Strahl einer Taschenlampe durchs Dunkel torkeln. Nichts. Nichts war anders: die steifen Fichten und weißen Birken im Bachgraben, die schlanken Weiden. Der alte Steinhaufen glitzerte von Glasscherben, kein Halm, kein Blatt, kein Strauch bewegte sich. Unter den Bäumen war nichts, wovor er sich fürchten musste, und doch war ihm das Aufheulen eines Tiers durch Mark und Bein gegangen. »He!«, schrie er. »Ich wollte das nicht! Das war ein Unfall!« Seine Stimme trug nicht. Der kleinste Vogel wäre lauter gewesen. Er richtete die Taschenlampe auf den Graben, das Sommergemurmel des Bachs. Aber da war nichts.

12

»Du hast einen Luchs gehört«, sagte Starr zu Innis. Sie sahen sich alle ein geisterhaftes Spiel der Blue Jays an. Der warme, träge Abend hatte Innis ins Wohnzimmer gelockt, wo er es sich in dem alten Polstersessel bequem gemacht hatte. Das Geräusch des Fernsehers hatte ihn angezogen, nicht, weil er sich auch nur im Geringsten für Baseball interessierte, sondern weil sich in seiner Erinnerung so der Sommer anhörte – ein Hintergrundrauschen, das an schwülen Nachmittagen und Abenden hin und wieder vom Gebrüll der Zuschauer und den Stimmen der Sportreporter unterbrochen wurde, Eintönigkeit, die aus Autos und Häusern und offenen Bartüren dudelte, endloses Stimmengewirr, aber Sommer, und Heimweh überwältigte ihn wie eine Ohnmacht.

»Einen Luchs?« Claire saß in weißen Shorts am einen Ende des Sofas und fächelte sich träge mit einer Zeitschrift Luft zu, Starr saß am anderen Ende. Seit sie von ihrem Ausflug zurückgekommen waren, hatte Spannung in der Luft gelegen, und wenn Innis in ihre Nähe kam, verstummten sie jedes Mal. Russ hatte was damit zu tun, davon war Innis überzeugt, aber er wusste nicht, inwiefern.

»Eine Katze. Eine Wildkatze.« Starr täuschte Interesse für das Spiel vor, aber es wirkte halbherzig. »Nicht sehr groß, aber mit langen Beinen. Sie haben Pinsel an den Ohrspitzen. Pelziger Hals, schwarzer Stummelschwanz. Hab sie nur tot gesehen.«

»Wieso tot?«, fragte Innis.

»Sie werden in Fallen gefangen. Hübsches Fell, guter Pelz.«

»Ich hasse Fallen«, sagte Claire. »Es ist widerwärtig, Tiere so zu fangen.«

»Es gibt schlimmere Fallen«, sagte Starr und zwinkerte ihr zu, aber sie merkte es nicht. Er hatte ein kaltes Freitagabend-Bier in der Hand und ein Glas Rum auf dem Tisch. »Luchse sind wahnsinnig scheu. Nur ein Waldbrand kann mal einen raustreiben. Große Pfoten, gut im Winter. Bringt einen Fuchs zur Strecke, folgt ihm langsam, bis er müde wird. Fuchspfoten sinken tief in den Schnee ein, aber der Luchs gleitet drüber weg. Dann schnappt er ihn. Aber der Schrei, mein Gott, der zieht einem die Haut ab. Mein Vater hat immer gesagt, da schreit der Teufel.«

»Das beschreibt es ganz gut«, sagte Innis.

Das war also die Katze, die im dämmrigen Winterschnee herumgeschlichen war, oben an der Quelle. Sie war im Bachgraben heraufgekommen und hatte in Innis' Traum hineingeschrien. Zwischen dem öden Spiel im Fernsehen und dem wilden Laut, den er gehört hatte, lag eine dunkle Weite, durch die der Luchs streifte. Am nächsten Morgen hatte Innis sich auf die Suche nach einem Tier gemacht, das zu dem Geräusch passen konnte und dessen Gestalt er nicht kannte, der Tag war heiß genug, um allein vom Gehen ins Schwitzen zu kommen, er folgte dem Bachgraben hinunter in den Küstenwald. Er fand dort ein fast völlig anderes Klima vor, feuchter und üppiger als der Oberwald, zarte Farne fein wie Haare, Lichtungen mit hohem Gras, umgeben von Fichten und Föhren, denen nie der Fichtenspanner zusetzte, alte graue Birken mit dichten, biegsamen Zweigen. Er stolperte über das halb im Boden begrabene vergilbte Schulterblatt eines Hirschs. Aus morastigen schwarzen Tümpeln stiegen Mücken in Schleiern auf. Schlanke Lederholzstauden ragten im Schatten wie Bambus, ihre tulpenförmigen Blätter fächelten das Sonnenlicht. Er sprang in das Bett eines Wasserlaufs hinunter und folgte den feuchten, mannshohen Uferböschungen, umging die Wurzeln toter Bäume, die das Flüsschen unterspült und bloßgelegt hatte. Das Frühlingsschmelzwasser war inzwischen vom schwarzen Schlammboden aufgesogen worden, aber es waren klare Tümpel geblieben, auf denen Wasserläufer huschten. Grasbüschel, behangen mit toten Blättern, sprossen aus dem Schlamm, in dem die Hufe der Hirsche tief eingesunken waren. Aber keine Spuren von dem Tier, nach dem er suchte, nur die geschäftigen Pfoten von Waschbären, die er nachts auf den hinteren Wiesen gesehen hatte, ihr hüpfender, buckliger Gang hatte sie verraten. Eine alte kahle Fichte mit ihren dicken Aststummeln lag quer über seinem Weg wie die Wirbelsäule eines Dinosauriers. Der Wasserlauf verflachte zu einem Rinnsal und wand sich durch eine sumpfige Wiese, auf der schlanke junge Birken mit goldbrauner Rinde standen, die er oben noch nie gesehen hatte. Hier und da Blumen, Sorten, die Schlamm und Feuchtigkeit liebten, irgendwann würde er ihre Namen herausbekommen. Vielleicht hätte es seinem Cannabis hier unten besser gefallen. Vor ihm ein Weidendickicht, dann Binsen mit kräftigen neuen Blattspeeren, das Rinnsal endete in einem Moorteich, in dessen Wasser Algenwolken schwebten, ein Frosch sprang hinein, bevor er ihn sah. Das Spartgras war violett, mit einem Hauch Silber und Rot. Blaue Libellen schwebten und schossen umher. Er kehrte um, denn er hatte genug von den Mücken. Eine große Föhre war umgestürzt, das graue Geflecht ihrer zerrissenen, ausgetrockneten Tellerwurzeln ragte gespenstisch empor, übermannshoch. Aber es war Tag: er hatte das Grauen des Traums, des verwirrten Aufwachens abgeschüttelt. Er sprang beiseite, um einem

Sumpfloch im Spartgras auszuweichen, wo der schwarze Schlamm tödlich aussah: er stieß seinen Wanderstock bis zum Griff hinein und zog ihn langsam wieder heraus. Treibsand? Starr hätte ihn gewarnt. Oder vielleicht doch nicht? Er dachte: Was wäre, wenn ich hier versinken würde, vom Schlamm verschluckt, ein unerklärliches Verschwinden? Wer würde mir nachtrauern? Und er schwelgte in dieser Vorstellung, der Tragik, welche Vorwürfe sich alle machen würden, Claire zerknirscht, weil sie ihn verschmäht hatte. Aber dann lachte er, seine pathetische Phantasievorstellung löste sich auf zu einem Dschungelfilm, ein Mann steckt bis zu den Achselhöhlen im Treibsand und schreit, und wer taucht auf? Nur eine verdammte Boa constrictor oder eine hamstergroße Spinne oder eine Frau, die zu schwach ist, um ihn rauszuziehen, und das Letzte, was man von ihm sieht, ist seine Hand, die einen Zweig umklammert, und blupp, weg ist er. Aber auf Cape Breton gab es keine Schlangen, vor denen man sich fürchten musste, und die grüne Spinne, die er nachts draußen vor dem Küchenfenster beobachtet hatte, war zwar so groß wie eine Backpflaume, und ihre Kotklümpchen auf dem Fensterbrett hatten das Kaliber von Schrotkugeln, aber sie eignete sich kaum für einen Hollywood-Horrortod. War es also wirklich ein Luchs, nach dem er die ganze Zeit Ausschau gehalten hatte? Das waren schöne Katzen. Irgendwo hatte er ein Bild von einem gesehen.

»Sind sie gefährlich?«, fragte Claire.

»Sie wollen nichts mit uns zu tun haben«, sagte Starr. »Vielleicht wissen sie, dass wir nicht gut schmecken. Jedenfalls nicht überall.« Er lächelte ihr sardonisch zu. »Schlau und kampflustig. Hab von einem gehört, der einen kleinen Hirsch erlegt hat. Ist dem Bock auf den Rücken gesprungen und hat ihm die Kehle rausgerissen, und der Hirsch lief immer weiter, bis er umfiel. Muss am Verhungern gewesen sein, um sich an so großes Wild ranzuwagen. Normalerweise fressen sie Kaninchen, und wenn die Kaninchen knapp sind, siehst du auch keinen Luchs weit und breit.«

Direkt vor den Binsen war Innis auf ein Tierlager gestoßen, inmitten von trockenem Moos, oberhalb der sumpfigen Nässe, gut geschützt von dem verrottenden Stumpf eines umgestürzten Baums und seinen alten Wurzeln. Schulterhohe Fichten umgaben es mit einer dichten Hecke, und welches Tier sich da auch niedergelassen hatte, es brauchte nur zu dem schmalen, schwarzen Bach zu schlüpfen, um zu trinken, und hatte das – so sagte ihm das platt getretene Gras am Rand – auch oft getan. Innis war auf die moosige Insel gesprungen. An einer Stelle war die Grasnarbe aufgescharrt, als hätte das Tier nach Insekten darunter gesucht. Kot, schwarz und trocken, fast verbrannt, warnte ihn: es könnte im Dickicht auf ihn lauern, das Tier, das geschrien hatte, aber er wusste jetzt, das hier war ein häusliches Geschöpf, das sich eine Heimstatt baute, fehlte nur noch ein Flamingo im Vorgarten. Der majestätische Luchs würde sich nie so häuslich niederlassen, er pirschte umher und durchstreifte die Nacht, und am Tag ruhte er sich aus, jeweils in einem anderen Versteck, er würde es sich nie so gemütlich machen und sich aufstöbern lassen.

»Ich würde gern mal einen sehen«, sagte Innis. »Aber nicht tot. Nicht in einer Falle.«

Claire war in schweigsamer Stimmung, starrte durch das Spiel hindurch in irgendeine andere Gegend, ihre schwarze Bluse war am Hals offen, und sie berührte gedankenverloren die feuchte Mulde unter ihrer Kehle. Innis überkam es wie eine Offenbarung, dass sie sich langweilte, dass sie einfach fortgehen könnte, morgen, übermorgen. Was sollte sie aufhalten? Sie war frei, freier als er, und außerdem war da dieser Russ, von dem sie wegwollte. Ein Schauder panischer Angst überlief ihn: er wollte nicht, dass sie verschwand, aber was konnte er tun, um es zu verhindern? Er fühlte sich plötzlich jung und hilflos, und er hasste dieses Gefühl, das, was ihm am Herzen lag, so gut wie gar nicht beeinflussen zu können, alle anderen Menschen konnten ihr Leben gestalten, für ihn blieben nur die Überreste. Jahrelang waren Frauen in die Wohnung seiner Mutter gekommen, hatten mit ihr bei Kaffee und Zigaretten um den Küchentisch gehockt, und er hatte ihre Gespräche belauscht, wenn sie nicht wussten, dass er da war, hatte gehört, was sie von Männern hielten und was Männer ihnen antaten, und er hatte nie empfunden, dass sie eines Tages ihn betreffen würden, diese traurigen, bitteren, manchmal humorvollen Klagen. Wenn Starr sich Claire jetzt richtig ansehen würde, den abwesenden Gesichtsausdruck, die ausgestreckten Beine, den bloßen Fuß, der leise zu einem Rhythmus wippte, den nur sie hörte, dann wäre er ein Idiot, sich einzubilden, dass er sie für längere Zeit an sich binden konnte. Innis' Mutter hatte mal zu einer Freundin gesagt: Weißt du, eine schöne Frau ist nie mit einem einzigen Mann glücklich. Ganz egal, wie gut er zu ihr ist, einmal wird sie es doch mit einem anderen probieren, und danach mehr als einmal.

Starr stöhnte auf, als der Blue-Jays-Werfer den Ball ins Doppel-Aus beförderte. Das Spiel schwamm über den Bildschirm: das war der Sender mit den grünen Gesichtern, im anderen waren sie rot. Starr sah Innis an.

»George Morrison unten im Laden gestern, er meint, er hat den Caddy vom alten Geldsack auf der Straße gesehen. Letzte Woche.«

»Er meint«, sagte Innis. »Finlay sagt, der Alte kommt dies Jahr nicht her.« Er nahm die Augen nicht vom Bildschirm. Er hatte befürchtet, dass es früher oder später zur Sprache kommen könnte. Bleib ganz ruhig. Deine Pflanzen sind im Freien, treiben Blätter und Wurzeln. Du wirst ein Mann mit Geld in der Tasche sein. Mit Aussichten.

»Also wie ist das Auto dann auf die Straße gekommen?«, fragte Starr.

»Wieso fragst du mich? Woher soll ich das wissen?«

»Sein Haus steht gegenüber von dem Sommerhaus, in dem du arbeitest. Das ist alles, was ich weiß.«

»Was für ein Caddy ist es denn?«

»Ein Seville.«

»Ich hab schon ein oder zwei Sevilles auf der Straße gesehen, hin und wieder.«

»Klar, die Straßen sind voll davon.«

»Dieser George, hat er gesagt, welche Farbe?«

»Schwarz, da ist er sich ziemlich sicher.«

»Wie will er das nachts erkennen?«

»Ich hab nicht gesagt, dass es nachts war, oder? Du bist doch viel auf der Straße unterwegs, vielleicht hast du ihn gesehen. Ich werd Innis fragen, hab ich gesagt, der läuft andauernd zum Haus des Priesters.«

Claire schenkte Innis ein flüchtiges Lächeln. Er wurde rot und beugte sich zum Fernseher vor, als fesselte ihn plötzlich das Spiel. Auf dem Bildschirm bewegte sich der Baseball wie ein winziger Planet mit einem eigenen, durchsichtigen Mond.

»Wo hat er denn diesen schwarzen Seville überhaupt stehen?«, fragte Innis.

»In der kleinen Garage. Wo sonst?«

»Dann fahrt doch hin und seht nach, wenn euch das so viel angeht, dich und George. Mir ist der alte Mann egal, und sein Auto auch.«

»Es spricht sich rum, hier kümmern sich die Leute umeinander, wenigstens die Alteingesessenen. Vielleicht hat ein Gespenst damit eine Spritztour gemacht.«

»Ja. Vielleicht. Gibt ja hier genug davon.«

Starr nahm seinen Rum, starrte ins Glas, kippte ihn dann hinunter und spülte mit Bier nach. »Das hast du gesagt, Teufel auch.«

»Starr?« Claire zeigte auf die Spieler und die Schatten, die ihnen wie eine Aura anhingen. »Kannst du das nicht reparieren? Das ist doch dein Job. Für andere Leute machst du das doch?«

»Das liegt am Berg, Liebling. Den Berg kann ich nicht reparieren.«

»Wie lange schaust du jetzt schon auf diesen Bildschirm? Ich staune, dass du noch nicht blind bist.«

»Vielleicht bin ich ja blind. Vielleicht muss ich mich entblinden, hm?« Er trank einen kräftigen Schluck Bier. »Die Leute lassen nicht mehr so viel reparieren wie früher, sie kaufen sich was Neues. Fernseher sind inzwischen ziemlich billig, wenn man's bedenkt. Als mein Vater in den fünfziger Jahren einen Fernseher nach Hause brachte, hat das ein ganz schönes Loch in sein Portemonnaie gerissen, das sage ich dir. Stand da drüben in der Ecke, groß wie ein Ofen, voller Röhren und Versprechungen. Man hätte einen Toten drin verstauen können. Er war heiß; wenn man die Hand ans Holz hielt, spürte man die Hitze. Es gab nicht viel zu sehen, aber wir haben trotzdem davor gesessen und auf was Gutes gewartet, darauf hatten wir alle gewartet, wir hier auf dem Land, richtige Unterhaltung, was kannten wir schon außer der Fiedel und schottischer Musik, tanzen und saufen und quatschen, Geschichten hin und her am Küchentisch. Jetzt braucht man kein Wort miteinander zu reden, man sitzt einfach in einem Zimmer und glotzt blöde, und für dieses

Vorrecht wollen sie uns was Neues verkaufen. Früher haben wir uns besucht. Früher haben wir geredet.«

»Mir ist nicht aufgefallen, dass du ausgehungert bist nach Gesprächen«, sagte Claire. »Und wir können gern jederzeit die Nachbarn besuchen. Es ist ja nicht so, als hätten wir uns bei allen unbeliebt gemacht. Ich habe kaum jemanden kennen gelernt. Drüben in Black Rock kannte ich die Leute. Ich glaube, die wissen gar nicht, dass ich hier bin.«

»Mach dir doch nichts vor, die wissen es alle. Willst du dahin zurück?«

Claire schloss die Augen und lehnte den Kopf zurück. »Starr, du weißt doch, dass ich nicht zurück will. Also vergiss es. Bitte. Reden wir übers Wetter. Mein Gott, ist das stickig. Was, Innis?«

»Du hast Recht, Claire. Der schwülste Tag bisher.« Sie brauchte nichts weiter zu tun, als hin und wieder den Hörer abzunehmen und zuzuhören. Black Rock war nur zehn Meilen weit fort, für Klatsch keine Entfernung. Durch die Gardine hinter Claires Kopf sah Innis den Fliederstrauch, über dem viele Schmetterlinge tanzten, große gelbe und braune, wie Blüten, die sich immer wieder öffneten und schlossen, und er konnte nicht wegsehen, denn sie hatten etwas von einer Halluzination, obwohl er wusste, dass sie ebenso real waren wie die Gardinen oder das Fenster oder der Strauch, über dem sie schwebten.

»Wir könnten baden gehen, Starr, unten in der schönen Bucht«, sagte sie, »an dem schönen Sandstrand.«

»Es ist bald stockdunkel.«

»Was ist mit den Feuern am Strand, von denen du mir erzählt hast? Das muss doch Spaß gemacht haben.«

»Das hat auch Spaß gemacht, aber es ist windstill. Die Mücken werden dich aussaugen.«

»Ich habe keine Angst vor Mücken. Innis, was ist mit dir, gehst du baden?«

»Jedenfalls nicht nachts«, sagte Starr rasch. »Außerdem sind die Quallen angetrieben.«

»Das Wasser ist ganz schön kalt, Claire«, sagte Innis. Er wollte sich auf keinen Fall anmerken lassen, dass es ihn völlig umhauen würde, mit Claire allein im Dunkeln an den Strand zu gehen. »Ich hab gestern die Hand reingesteckt.« Das war gelogen. Er war gar nicht bis zum Strand runtergegangen. Durch das offene Fenster hörte er den Bach im Graben lauter rauschen als sonst, denn es hatte in der Nacht geregnet.

»Das mag ich so an euch beiden«, sagte Claire, »eure Abenteuerlust.«

»Ich dachte, du hast von Abenteuern erst mal die Nase voll«, sagte Starr.

»Es besteht ein großer Unterschied zwischen Abenteuern und Scheiße bauen.«

»Vorsicht, es ist ein Minderjähriger im Zimmer.«

»Wer? Ich?« Innis grinste. Witze, um abzulenken. Schön friedlich bleiben, manchmal konnte er das ganz gut. Vielleicht würde der Caddy des Kapitäns nicht wieder zur Sprache kommen, ein Gerücht, das sich irgendwann auflöste wie Nebel. Starr ging in die Küche, Bier holen. Als Innis dort den Kronenkorken zischen hörte, spürte er etwas an seinem nackten Fuß: Claire hatte ihn leicht mit den Zehen berührt, ohne ihn dabei anzusehen, dann zog sie das Bein zurück, gerade als Starr wiederkam, der nur Augen für den Fernseher hatte. Er fluchte über den Punktestand und stellte das Spiel ab.

»Hurra«, flüsterte Claire.

»Was treibst du denn dieser Tage so im Wald, Innis?«, fragte Starr, vor ihnen stehend. »In dem Wald da oben würde ich mich im Schlaf zurechtfinden.«

»Eine Fasanenhenne hat mich heute Nachmittag beinah zu Tode erschreckt. Kam aus dem Unterholz geschossen. Wollte wahrscheinlich ihre Küken beschützen, ließ einen Flügel auf dem Boden schleppen.« Besseres brachte er nicht zustande: Er bekam die Berührung von Claires Zehen nicht aus dem Kopf – verstohlen, verspielt, aufreizend. »Ich schau mich einfach um, sehe hier was und da was. Es gibt schon Pilze.« Er hatte welche gesehen, rot wie Lippenstift, dann andere mit zitronengelben Hüten, von denen man angeblich high wurde, psychedelisches Zeug. Kennst du die, Onkel Starr? Und die, die aus dem Moos ragen wie kleine weiße Schwänze?

»Rühr die ja nicht an«, sagte Claire. »Die sind giftig.«

»Manche kann man essen«, sagte Starr. »Später wirst du blassgelbe sehen, wie Rührei. Pfifferlinge. Schmecken gut. Dass du nicht da oben stirbst, Innis, ich will nicht gehen und dich holen müssen.«

»Du wirst nie gehen und mich holen müssen, Starr. Dafür werde ich sorgen.«

»Ich könnte dir so einiges zeigen. Du bist nämlich nicht der Einzige, der da oben Zeit totgeschlagen hat. Ich könnte dich eines Tages im Wald überraschen.«

»Falls du mich findest.«

»Ich finde alles. Du suchst wahrscheinlich nach den Zauberpilzen, hm? Die einem den Kopf verdrehen?«

»Ich doch nicht, Onkel Starr. Davon hab ich keine Ahnung.«

»Sag nicht Onkel zu mir. Es ist zu heiß, um irgendjemandes Onkel zu sein, ganz besonders deiner.« Er starrte Claire an, trank langsam von seinem Bier. »Abgemacht, Claire, morgen gehen wir baden. Wenn's nicht regnet.«

»Nicht ganz dasselbe wie nachts baden. Es ist wirklich anders, wenn der Mond scheint.«

»Der Mond scheint gar nicht.«

»Bin ich auch dabei?«, fragte Innis.

»Wo dabei?«

»Beim Baden. Morgen.«

Starr sah ihn an und nickte langsam. »Du bist immer dabei«, sagte er. »Auf die eine oder andere Art.«

Um die Mittagszeit hatte sich der Himmel aufgehellt, und Innis überließ es Starr, sie zum Strand zu führen, bummelte hinterher und betrachtete Claire, ihre nackten, schlanken Beine, als sie vor ihm herging, in einem weiten weißen T-Shirt über dem Badeanzug. Was hatte sie sich dabei gedacht, seinen Fuß zu berühren? Sie war ihm die ganze Nacht lang nicht aus dem Sinn gegangen, er hatte die Decke abgeworfen, sich gewünscht, der Luchs würde auftauchen und sie zu Tode erschrecken, alle in ihren Betten aufstören. Starr zeigte auf ein rotes Eichhörnchen, das auf einem Baumstumpf saß und einen braunen Pilz, groß wie eine Untertasse, verspeiste. »Das ist ein essbarer, den's da hat, aber man darf den Tieren nicht trauen. Die fressen Zeug, das wir nicht vertragen. Wie die roten Beeren da drüben. Vögel lieben die, aber sie sind giftig.«

Claire ließ ihr gestreiftes Badehandtuch fallen, bückte sich, um es aufzuheben, und zeigte ihren Hintern im Badeanzug. Oh, nein. Innis kehrte beinahe um, das fehlte ihm noch. Er müsste eigentlich für Vater Lesperance das undichte Dach reparieren, warum sich damit quälen, diese Frau anzuschauen, die er nicht berühren durfte?

»Ah, sieh mal hier!« Starr verließ kurz den Weg und kehrte mit einer dünnstieligen, blassgelben Blume zurück. »Eine Blauperlenlilie. Später im Sommer hat sie dunkelblaue Beeren, hübsch, wie Perlen. Hübsch genug, sie dir um den Hals zu hängen, Claire. Aber sie sind nicht essbar.«

»Ich werde es mir merken, Professor Corbett.«

Bevor der Weg sich zur Bucht senkte, stieg er an und gab den Blick auf die Marsch frei, sie reichte bis zu Grasklippen, auf denen Erlen und verkümmerte Fichten wuchsen. Ein großer Vogel schwang sich auf langen Flügeln gemächlich in die Luft. »Kranich«, sagte Starr. Innis hatte den Vogel mehr als einmal gesehen und ihn nachgeschlagen, es war kein Kranich, sondern ein Blaureiher. Aber das war Starrs großer Auftritt. Alles benennen. Das Marschgras hatte ein zartes Grün, dazwischen war immer wieder dunkles Wasser, aber als sie auf einem schmalen Steg den Meeresarm überquerten, konnte man sehen, wie klar das Wasser war, nur der schlammige Grund mit seinen Zweigen und Blättern war dunkel, gesprenkelt mit weißen Austernschalen. Elritzen schossen silbrig umher.

»War hier früher immer voller Austern, ganz nah an der Küste«, sagte Starr. »Munro und ich, wir sind mit Vater hergekommen und hatten in zehn Minuten einen Eimer voll. Dann haben wir sie zum Abendbrot gegessen, in frischer Milch gedünstet.«

»Was ist mit ihnen passiert?«, fragte Innis.

»Kerle aus der Stadt kamen in Booten und haben sie rausgefischt. Die alte Geschichte. Die Austern gehörten uns nicht, aber wir haben sie auch nicht ausgerottet.«

Claire sagte, dass sie frische Milch nicht mochte, zu fett, und dass Buttermilch einfach scheußlich schmeckte, aber Starr sagte, nein, nein, an einem heißen Tag war nichts so erfrischend wie ein Glas Buttermilch, säuerlich und kühl aus dem Quellenhaus.

»Also Starr, bitte!«

Auf dem harten Sandboden vor dem Strand gingen sie durch windschiefe Fichten und dann vorbei an einem langen Streifen mit Gänseblümchen. Stachelbeersträucher, sagte Starr und pflückte eine durchscheinende grüne Beere. Es gab Pflanzen, die wie Hafer aussahen, und Seegrastaue, steif und weiß und trocken, aber darunter immer noch dunkel und feucht, um Steine und Holzstückchen geflochten. Kleine blaue Schmetterlinge berührten kurz eine orangerote Habichtskrautblüte und dann die nächste.

»Starr, was ist mit dem alten Boot, das da liegt«, fragte Innis, »mit der Persenning drüber?«

»Das gehörte deinem Vater, ein Bursche oben bei North River hat's gebaut, ein Morrison. Wir haben's alle benutzt, nachdem unser Vater seins aufgegeben hat. Es ist immer noch in Ordnung, glaube ich, jemand hat es sich voriges Jahr ausgeliehen. Ich rudere nicht mehr gerne, nicht so wie dein Vater. Deine Großmutter, Innis, die kannte alle Heilkräuter. Siehst du das da? Bärenklau.« Er schüttelte die großen weißen Blütendolden einer kräftigen, hüfthohen Pflanze. »Sie hat aus den Wurzeln Tee gekocht. Gut gegen Halsschmerzen und Kopfschmerzen. Aber die da drüben.« Er führte sie zu einer hohen, einzelnen Pflanze, deren eben erblühende weiße Dolden zarter waren, luftiger, und deren dünner Stängel magentarot gestreift war. »Viele haben die mit anderen verwechselt, deren Wurzeln man essen kann. Aber jeder Teil von der hier ist tödlich.«

»Was ist das?«, fragte Claire und wich zurück.

»Wasserschierling. Ich hab mal von einem Jungen gehört – siehst du, der Stängel ist hohl –, der hat sich eine Flöte draus gemacht. Nur hineinzublasen hat ihn schon umgebracht, der Saft auf den Lippen, auf der Zunge.«

»Großer Gott, reiß das raus«, sagte Claire und ging an den Strand.

»Warum? Wir wissen ja, was es ist«, rief Starr ihr hinterher. »Greift nicht an, beißt nicht. Also lassen wir's einfach in Ruhe. Was, Innis?«

Vielleicht, dachte Innis, vielleicht aber auch nicht. Er blieb da, berührte sehr behutsam, als stünden sie unter Strom, die Blätter, den steifen, eckigen Stängel. Dann wischte er sich die Hände gründlich an seiner Jeans ab. Er hatte diese Pflanze schon irgendwo gesehen. An der Uferböschung vielleicht, beim Marschteich. Aber zu wissen, dass er sie schon gesehen hatte, war nicht genug. Angenommen, er hätte darauf herumgekaut, sich ein Blasrohr daraus gemacht, wie früher als Kind aus den hohlen Stängeln einer Staude im Garten. Er spürte das Rohr an seinen Lippen, den angehaltenen Atem – pffft, ein Steinchen traf jemandes Kopf, aber dieser Streich hätte ihm hier einen plötzlichen und überraschenden Tod bescheren können, einfach weil er Wasserschierling nicht kannte. Er zog einen kleinen Block aus der Hosentasche und zeichnete die aufblühenden Dolden, die Stängel, die farnartigen Blätter. Keine besonderen Merkmale, eine Pflanze wie alle anderen, so alltäglich wie ein Erlen- oder Weidenschössling. Er hörte Claire rufen und entfernte sich langsam und nachdenklich.

Unten im weichen Sand zog Claire ihr T-Shirt aus. Ein einteiliger Badeanzug in dunklem Weinrot. Er gab sich große Mühe, sie aus seinem Kopf zu verdrängen, aber es gelang ihm nicht. Im Gegenteil, er schien alles zu vergessen, nur sie nicht, ihm fiel jede Kleinigkeit ein, die er an ihr beobachtet hatte, von ihr gehört hatte, für sie empfunden hatte. Und die Zeichnungen, die sie nicht gesehen hatte, unter seiner Matratze versteckt, einige davon grob, wenn er auf sie wütend war, andere erotisch, schmeichelhaft, seinen Tagträumen entsprechend.

»Gehst du rein, junger Mann?« Sie lag auf dem langen Badehandtuch, die Hände auf dem Bauch gefaltet. Sie hatte die Augen vor der Sonne geschlossen und lächelte. Innis sah zu, wie Starr, blass und drahtig in khakifarbenen Shorts, brüllend ins Wasser stürmte, bis er untertauchte und verschwand. Das Wasser der weiten Bucht war glatt, kaum vom Wind gekräuselt. An seichten Stellen schwankte rotbrauner Tang, an kleine Felsbrocken geklammert, seine Schatten bewegten sich auf dem hellen Sand, bis sie in dunklerem Wasser verschwanden, und auf der anderen Seite, eine Meile entfernt, war der lange grüne Berg, der von hier aus höher, mächtiger wirkte, sich westlich bis nach Red Head erstreckte und östlich zur Brücke, seine bewaldeten Hänge verloren ihre wollige Struktur und wurden dicht und fein. Unter der hoch stehenden Sonne nahm er die sanfte grüne Wölbung hohen Seegangs an, Streifen von hellerem und dunklerem Grün, wie Licht auf einer mächtigen Woge.

»Keine Badehose«, sagte Innis. Das stimmte nicht, Starr hatte ihm eine alte von sich geliehen, aus der seine Eier rausguckten, wenn er nicht vorsichtig war, aber er fühlte sich blasser als sein Onkel, linkisch, sein Körper schlaksig und weiß, winterlich. Er hielt sich immer krumm, fand seine Länge unerträglich knochig, zu sichtbar. Claire sah jetzt schon brauner aus als vorhin, als gehörte sie auf sonnenbeschienenen Sand. Innis setzte sich auf einen angetriebenen Baumstumpf, zog sich Schuhe und Socken aus und vergrub die Zehen im kühleren Sand.

»Geh ohne rein«, sagte Claire. Sie lag da wie schlafend, bewegte nur die Lippen. Ohne Lippenstift sahen sie weich und unschuldig aus.

»Ohne was?«

»Ohne Badehose.«

»Machst du Witze?«

»Angsthase.«

»Starr wäre begeistert.«

»Tu nicht nur Dinge, die Starr begeistern.«

»Das ist nicht das, was du mir früher gesagt hast.«

»Nein. Weil ich dir jetzt was anderes sage.«

»Verdammt, Claire.«

»Komm, setz dich neben mich.« Sie klopfte auf den Sand und ließ eine Hand voll durch die Finger rieseln. »Zieh das Hemd aus. Es ist Sommer.« Starr schwamm in die Meerenge hinaus, hieb auf das glatte Wasser ein, alles Arme und Beine und Wasserspritzer. Starr konnte unmöglich in Form sein, trotzdem schwamm er kraftvoll voran, unweit der langen, gewundenen Strömungen, die das Licht anders spiegelten.

»Sieh mal Mark Spitz da draußen. Hoffentlich schafft er's zurück. Ich kann ihn nicht retten.«

»Würdest du ihn denn retten?«

»Nicht, solange du hier bist.« Innis betrachtete sie unverhohlen, von ihren roten Fußnägeln, für Sandalen lackiert, über ihre Beine, ihren weinroten Badeanzug, bis zu ihrem Busen, ihrem ruhigen Gesicht, ihren geschlossenen Augen. »Langweilst du dich, Claire?«

»Der Sommer ist eine andere Zeit. Das hier ist so gut wie die Bermudas. Langweilst du dich?«

Innis lag bäuchlings im Sand und sah aufs Wasser hinaus. Starr kehrte zurück, schwamm langsam auf dem Rücken.

»Manchmal. Aber ich habe Pläne.« Ihm war gerade eingefallen, dass er die Schierlingspflanze klein hacken, fest in Plastik einpacken und mit Anweisungen an Ned schicken konnte. Eine tödliche Waffe, böser Zauber aus den Wäldern des Nordens. Mal sehen, wie Typen wie Tony T. und sein blöder Bruder damit fertig wurden. »Ein bisschen Gras ist auch hilfreich.«

»Kann ich mir vorstellen.«

Innis fuhr mit dem Finger über ihr Bein, berührte kaum den zarten goldenen Flaum auf ihrer Haut. Er hörte Starr durchs Wasser stapfen und aufjaulen, wenn er auf Steine trat. Innis stöhnte. Er versetzte ihrem Bein einen leichten Klaps.

»Pferdebremse«, sagte er. »Stechen hundsgemein.«

Claire lächelte, sah ihn mit einem Auge an. Sie tätschelte seinen Po. »Du hast einen hübschen knackigen Hintern«, sagte sie und faltete gelassen wieder die Hände auf dem Bauch. An der Kante ihres Badeanzugs, auf der Innenseite ihrer Schenkel, sah er ein paar kurze krause Haare. Vor Verlangen, sie zu berühren, knirschte er mit den Zähnen. Starr ging auf Zehenspitzen über den Sand und schüttelte sich wie ein Hund.

»Das Wasser ist frisch, aber gut fürs Blut. Was macht ihr zwei, aalt ihr euch am Swimmingpool? Los, ich will euch im Wasser sehen.«

»Er hat seine Badehose vergessen«, sagte Claire. »Und mir ist gerade zu warm für solches Wasser. Vielleicht später.«

Starr trocknete sich ab, den Kopf in einem weißen Handtuch vergraben, und brummelte. »Du hast gesagt, du willst baden, nicht sonnenbaden.«

»Die Sonne tut dir auch gut, Starr«, sagte Claire. »Ein langer Winter muss weggebrannt werden.«

»Sonnenbrand, das ist das richtige Wort. Damals drüben auf den Hebriden gab's nicht viel Sonne. In meiner Familie werden die Leute nicht braun. Sieh dir Innis an, in einer halben Stunde wird er aussehen wie ein gekochter Hummer.«

»Mir geht's prima.« Innis legte den Kopf auf den Arm. Sein Gesicht, von Starr abgewandt, war ganz nah an Claires Bein, und er konnte das Kokosöl riechen, das so stark an Mädchen im Badeanzug erinnerte, auf einem Frottétuch drapiert genau wie Claire, im Bikini, der Bauch, die Schultern und die Beine nackt, es war wie ein Aphrodisiakum. Die Sonne machte ihn rasch schläfrig, Starr tanzte auf einem Bein, um seine Hose anzuziehen, schüttelte Sand aus seinen Schuhen.

»Ich bin gar nicht dafür, so herumzuliegen«, sagte er. Als er angezogen war, blickte er hinaus auf die Meerenge. »Früher haben wir alle hier das Wasser benutzt. Wir fuhren hin und her, von Küste zu Küste. War wie eine Straße. Jetzt springen verdammt wenige hier um zwei Uhr morgens in ein Boot und rudern nach Hause. Die Leute fahren einfach über die Brücke, sie kennen's nicht mehr, das Wasser. Nur noch die Fischer. Wir haben da was verloren, einen weiteren Halt im Leben. Wir sind von hinten zu den Häusern gekommen, vom Ufer hoch. Eine Kleinigkeit, so zu kommen, aber sie gab uns ... einen anderen Blick füreinander, eine andere Art der Begrüßung. Wie? Ja, wenn du mit dem Boot kommst, kommst du anders.« Starr schwieg eine Weile, sein Schatten blieb reglos. »Ich will dir nicht immer wieder solche Sachen erzählen, ich weiß, es bedeutet dir nichts. Ich will dir nicht erzählen, dass diese Bucht voller Austern war und wir in ein paar Minuten einen Eimer voll sammeln konnten. Warum solte dich das interessieren? Ich könnte dir erzählen, dass wir hier im Oktober rausgeschwommen sind, ich und mein Bruder und unsere Vettern, in unseren Sachen, das Wasser verwandelte unsere Eier in Steine. Aber hinterher haben wir am Strand ein großes Feuer gemacht und uns rösten lassen, bis wir dampften. Es war einfach etwas, was wir gemacht haben, vielleicht ist niemand sonst auf der Welt im Oktober so rausgeschwommen, ich weiß es nicht. Und warum soll ich dir von Peter MacAnlay erzählen, der hatte so schlimme Depressionen, dass er sich ertränken wollte, er kriegte ihn nicht mehr hoch. Aber er ist nur bis zur Taille rausgewatet, dann ist er umgekehrt und nach Hause gegangen. Zu kalt, hat er zu seiner Frau gesagt, ich glaube, ich hänge mich lieber auf, aber als der Sommer kam, starb er in seinem Sessel.«

»Du bist heute ungeheuer fröhlich, Starr.«

»Wir müssen ein paar Tage von hier weg, Claire. Wir fahren zu einem anderen Teil der Insel, wo du noch nicht gewesen bist. Ich muss mal von hier weg.«

»Starr, ich muss arbeiten, ich habe einen Job.«

»Schmeiß ihn hin. Kündige.«

»Das kann ich nicht. Das will ich nicht. Kann ich einfach ein bisschen Sonne tanken?«

Er schwieg, legte nur immer wieder sein Handtuch zusammen. Innis wusste, dass Starr sie nicht so zurücklassen mochte, obwohl Innis verkehrt herum neben Claire lag, obwohl er nur das Hemd ausgezogen hatte und schläfrig war und wahrscheinlich ein bisschen verbrannt. Aber verdammt nochmal, sollte er es doch sagen.

»Ich gehe wieder rauf«, sagte Starr. »Kommt ihr?«

»Bald. Ich bin ja gerade erst hergekommen«, sagte Claire missmutig.

»Sogar du kannst dir einen Sonnenbrand holen, Miss«, sagte Starr. Innis hörte seinen Onkel durch den Sand stapfen, dann war er fort.

Innis mochte kein Wort reden. Nähe, einfach neben ihr liegen, damit würde er sich abfinden, es konnte sowieso nicht lange dauern. Er wartete darauf, dass Claire etwas sagte, aber sie sagte nichts. Etwas schlug aufs Wasser, zu hart, um ein Fisch zu sein.

»Er hat aus dem Wald einen Stein geworfen«, sagte Claire. »Kümmre dich nicht drum.«

»Ich liege ganz still. Wahrscheinlich beobachtet er uns. Nicht, dass er was zu sehen gekriegt hat.«

»Und wir werden ihm auch nichts zu sehen geben. Ja?« Claire, mit dem Gesicht zur Sonne, lag reglos, aus zusammengekniffenen Augen sah sie ihn an und lächelte.

Innis knöpfte in aller Ruhe sein Hemd zu. Starr hatte Recht, seine Schultern brannten.

»Ich glaube, ich verstehe dich nicht, Claire«, sagte er. In seiner Faust drückte er einen kleinen warmen Stein.

Sie wackelte mit den Zehen, hob leicht den Kopf, um ihn anzusehen. »Warum willst du das unbedingt, Innis? Das macht überhaupt keinen Spaß.«

13

Der Regen hatte aufgehört, aber ungefähr jede Minute fiel von der Decke über dem Bett des Priesters ein Tropfen und landete laut auf der Plastikfolie darunter. Das monotone Platschen gab dem Zimmer etwas Verwahrlostes, und obwohl Innis von geteerten Dächern nichts hielt, machte er sich daran, es zum Schweigen zu bringen. Er zog eine primitive Holzleiter unter dem Haus hervor und kroch auf dem Dach zu einer Stelle, wo die schwarzen Schindeln unter seinen Händen in kohleartige Bröckchen zerbröselten, die der Wind fortwehte. Im letzten Herbst waren die Farben gegenüber auf dem Berg aufgeflammt, sodass er sich nach den Oktobernachmittagen zu Hause gesehnt hatte, das Laub auf den Bürgersteigen, das er mit den Füßen aufgewirbelt hatte, der Geruch nach Staub und Rauch. Er rieb sich Grus aus den Augen, als er unten ein Auto, eine Hupe hörte, Vater Lesperance, sommerlich in einem großen blauen T-Shirt, das sich über seinem Schmerbauch spannte, und in etwas zu langen Bermudas, aber in ordentlichen schwarzen Strümpfen und Schuhen, schleppte eine Tüte mit Lebensmitteln. Innis kletterte hinunter, um ihn zu begrüßen, und als sie sich die

Hände schüttelten, schwebte ihm Alkoholdunst entgegen, war aber gleich verflogen.

»Der 15. Juli, Sankt-Swithins-Tag, Innis. Ein Heiler und Regenbringer. Vierzig Tage Regen, wenn es an Sankt Swithin regnet, aber so, wie der Himmel aussieht, haben wir wohl nichts zu befürchten.«

»Haben Sie sich wohl gefühlt im Haus, Vater?«

»Ich freue mich, dass du das Loch reparierst. Neulich musste ich auf der verflixten Couch schlafen.« Er riss sich den verbeulten Khakihut vom Kopf, trat ein paar Schritte zurück und sah zum Dach hoch. Die bläulich rote Färbung seiner Wangen schien heute intensiver zu sein. »Ja, ja. Gut, Innis, gut. Hat gar nicht viel geregnet, aber ein nasses Bett ist ein Elend. Hast du die Schindeln gefunden? Meinst du, zwei Bündel werden reichen?«

»Allemal, Vater. Es ist nur die eine Stelle.«

»Dann komm rein und mach eine Pause.«

Der Priester eilte geschäftig in der Küche umher, zog Vorhänge und Schubladen auf. Innis bemerkte, dass das Bild im Wohnzimmer aufgehängt worden war, und er trat näher. DIE JESUITISCHEN MÄRTYRER-HEILIGEN VON NORDAMERIKA lautete die Bildunterschrift und führte ihre Namen auf. Ein Aquarell? Eine Gruppe von Priestern, acht, in Soutanen, einer hielt ein Kruzifix hoch, standen oder knieten in der Luft und schauten zu einem himmlischen hellblauen Strahlenglanz empor, wo Engel und Cherubim schwebten. Aber darunter, in der bösartigen Welt des wilden Kanadas, eine kleinere Szene ihres Märtyrertodes, ein Abbild indianischer Niedertracht. Ein friedliches Lagerfeuer in der Mitte einer Blockhaussiedlung, drei Indianer, einer in vollem Kopfschmuck, hockten davor, stocherten in der Glut unter einem großen Kessel und bereiteten sich darauf vor, einen Priester zu foltern, der an einen Marterpfahl gefesselt war. Um sie herum wurde viel mit Tomahawks gefuchtelt, Priester lagen am Boden oder krümmten sich furchtsam oder schüttelten ahnungslos eine indianische Hand, während ein anderer Indianer dahinter mit hoch erhobenem Tomahawk auf den Schädel des Paters zielte. Es floss kein Blut, alles war kurz vor der Tat erstarrt, die Kriegsbeile waren erhoben und mussten erst noch niedersausen, aber die Folgen waren klar. Im Hintergrund ein See, stachlige Fichten, kanadische Wildnis kaum anders als die, die Innis jeden Tag durchstreifte. Er kannte die Geschichte hinter den Morden nicht, aber jedenfalls war hier mordsmäßig was los. Der obere Teil des Bildes hatte nicht viel zu bieten – abgeklärt, die Engel lieb und niedlich. Waren Engel nie böse, waren sie ohne jeden Arg? Innis hätte sie anders gezeichnet, und bei ihm hätten die Priester auch nicht auf blassgelben und hellblauen Wolken geschwebt. Zu kitschig. Das mussten doch gestandene Männer gewesen sein.

»Interessant, nicht wahr?«, sagte Vater Lesperance hinter ihm mit einer Dose Orangensaft in jeder Hand. »Natürlich keine große Kunst, aber naiv und unschuldig. Und die kleine Erzählung darunter.«

»Sie hatten ein schweres Leben, nehme ich an.«

»Das hatten sie.«

Er belauschte den Priester im Schlafzimmer. Eine Schublade ging auf. Glas klirrte, eine Pause, die Schublade ging zu.

»Niemand ist in das Haus eingebrochen, Vater, ich habe jedenfalls nichts gemerkt.«

»Nein, nein«, sagte der und kam zurück. »Wir sind noch heil und ganz. Ich habe letzte Woche ein paar Jugendliche hergebracht, wir sind die Küste entlang und in den Wald rauf gewandert. Es hat ihnen gefallen, bis es anfing zu regnen, und dann waren sie enttäuscht, weil ich keinen Fernseher habe.« Er schaute von der Küche ins Wohnzimmer. »Einer von denen hat übrigens Vettern oben bei MacLean's Cross, weißt du? Der Hund seiner Vettern ist neulich getötet worden, nachts, von einem Auto überfahren. Der Saukerl ist einfach weggefahren. Schrecklich, so etwas zu tun, und sie waren untröstlich. Es stimmt schon, der Hund ist allen Autos nachgejagt, aber sie haben an ihm gehangen.«

Innis betrachtete intensiv das Bild, fuhr mit dem Finger darüber. »Haben sie das Auto gesehen?«

»Ein dunkles Auto, an mehr konnten sie sich nicht erinnern. Ein glänzendes, neues, haben sie gesagt.«

»Wie hieß er?«

»Wer?«

»Der Hund, der überfahren worden ist.«

»Das weiß ich nicht, Innis. Er war ja noch ganz jung.«

Der Priester zog die Vorhänge im Vorderzimmer auf und sah hinaus. »Innis, der alte Kapitän, der hat da drüben einen sehr schönen Wagen, den er nur im Sommer herausholt.«

»Ja, hab davon gehört.«

»Komisch, aber jemand hat den Wagen auf der Straße gesehen. Kapitän MacQueen ist noch nicht da, also ist das natürlich merkwürdig. Aber ich bin rübergegangen, und da ist er, der Cadillac steht in seiner Garage. Ich habe durch eine Ritze gelugt.«

»Also hat sich jemand geirrt.«

»Anscheinend. Die Menschen auf dem Lande, die sehen manchmal Dinge, die für uns andere nicht da sind. Dan Rory zum Beispiel. Es heißt, er hat das zweite Gesicht. Vorahnungen und dergleichen.«

»Er kann voraussagen, wann jemand sterben wird«, sagte Innis. »Ich selber glaube nicht daran.«

»Ich bin auch skeptisch, Innis, ob ein Mensch diese

Fähigkeiten hat. Aber wenn man nachts hier ist, weißt du, das ist ganz anders als in der Stadt. Ich habe im warmen Nachtwind ein einzelnes Glühwürmchen gesehen, vor den dunklen Bäumen bewegte es sich eher wie ein Vogel, ein blinkendes Licht, das ungewöhnlich leuchtete. Fast übernatürlich. Es gehört vermutlich gar nicht viel dazu, es so zu sehen. Ich aber wollte nicht glauben, dass es etwas anderes als ein Glühwürmchen war. Andere Augen könnten darin leicht etwas anderes sehen, ein warnendes Licht vielleicht, einen Geist. In der keltischen Welt gibt es heilige Stätten, die ›dünne Stellen‹ heißen. Ich liebe diesen Ausdruck. Stellen, an denen wir das Göttliche erfahren können. Diese Stätten waren von alters her heilig, und so wurden oft Kirchen auf ihnen errichtet. Vielleicht gibt es sogar hier die ein oder andere dünne Stelle. Meine Mutter war Irin, eine Roche. Ein normannischer Name, wie deiner, Corbett. O ja, die sind viel rumgekommen, in Irland, in Schottland. Aber wir sind nicht abergläubisch, du und ich, wie?«

»Nein, Vater. Na ja, manchmal.«

»Natürlich klopfe ich auf Holz, werfe eine Prise Salz über die Schulter. Damit bin ich aufgewachsen.« Der Priester wandte sich vom Fenster ab. »Ihr habt eine Untermieterin, im Haus, wo du wohnst?«

»Seit einer Weile, Vater.«

»Claire Winston, ja? Ich kenne den Mann, mit dem sie vorher zusammengelebt hat, drüben in Black Rock. Manchmal erschien er in der Kirche, in der ich Gottesdienst abhalte. Not und Mühsal bringen die Menschen manchmal in die Kirche zurück, sie brauchen den Trost. Sie bleiben weg, wenn das Leben glatt läuft, aber kaum weht ihnen ein rauer Wind um die Nase, schon stehen sie vor der Tür.«

»Ich kenne ihn überhaupt nicht, Vater.«

»Nein, woher auch. Kommst du mit Claire aus? Sie ist eine nette Frau, nach allem, was ich höre.«

»Doch. Wir sind eben nur Untermieter, alle beide.«

»Ja, natürlich. Was hältst du davon?« Hinter der Couch zog der Priester einen großen Drachen aus Holz und rotem Papier hervor, verziert mit dem goldenen Kopf eines brüllenden Löwen. Er hielt ihn hoch. »Der Löwe ist meine Idee. Ich mag Löwen.«

»Ein guter Tag für sie, nicht?«

»Für Löwen oder für Drachen? Ach was, für beide. Wollen wir sie aus dem Käfig lassen?«

Sie schlenderten zum alten Kai hinunter, die Meerenge war lebhaft und blau unter einer kräftigen Sonne. Zwei kleine Kinder plantschten im Wasser und kreischten, wenn eine kleine Welle auf sie zukam. Ihre Eltern saßen zigarettenrauchend auf einer Decke, Vater mit aufgerollten Hosen und weißen Waden, Mutter mit einer Kaffeetasse in der Hand. Innis hielt nach Mädchen im Badeanzug Ausschau, aber dafür war das der falsche Strand, nicht genug los, nirgendwo Jungen, die Frisbees hinterherhechteten. Innis warf einen flachen Stein übers Wasser, aber schon nach dem ersten Auftreffen wurde er von einer Welle verschluckt. Weit draußen segelte eine Schaluppe hart vor dem Wind aufs Meer hinaus, durchschnitt weiße Gischt versprühend die Dünung.

Vater Lesperance atmete tief durch, lächelte strahlend die Sonne an, hielt sich den Drachen vor die Brust wie ein Schild. »Diese Insel war mal französisch, wusstest du das?«

»Heißt sie deshalb so?«

»Im achtzehnten Jahrhundert gehörte sie einem Franzosen, jeder Quadratmeter. Seine eigene Farm war oben am Ostende. Eine gute Farm, zu ihrer Zeit fortschrittlich. Aber das Kriegsgeschick überrollte ihn. Nach der

Schlacht von Louisbourg fiel alles an die Engländer, und er war ein französischer Offizier, ein hoch dekorierter sogar. Und später natürlich kamt ihr schottischen Hochländer, mein Junge. Aber wir waren zuerst hier, o ja. Ich kenne eine uralte Frau hier, die erinnert sich noch an französische Grabsteine in ihrem Wald, als sie ein kleines Mädchen war. Sind inzwischen alle von den Bäumen verschluckt. Früher oder später hat der Wald hier das letzte Wort. Hilf mir mal, Innis, sei so freundlich.«

Innis hielt den Drachen, während der Priester sich entfernte und die Schnur abspulte.

»Magst du Boote, Innis?«

»Hätte nichts dagegen, auf dem da draußen zu segeln. Wo wollen die hin, was meinen Sie?«

»Ach, die kommen aus Baddeck, würde ich sagen. Sind vielleicht auf dem See gesegelt. Wollen irgendwohin, die Küste rauf oder runter. Jedenfalls sind sie bald auf dem Atlantik.«

»Könnten sie mit so einem Boot bis nach Boston segeln?«

»Warum nicht? Das Ding muss an die vierzig Fuß haben. Wieso, willst du nach Boston?«

»Hätte nichts dagegen, mal wieder hinzufahren.«

»Kein Geld?«

»Noch nicht. Aber ich komm schon klar.«

»Was hast du für Pläne, Innis? Auf lange Sicht, meine ich?«

Innis lachte. Er hatte beinahe das Gefühl, dem Priester die Wahrheit sagen zu können, er wirkte wie jemand, der ihn verstehen würde: Vater, ich habe ein kleines Marihuanafeld im Wald, und es wird mir hier raushelfen in ein neues Leben. »Nichts Besonderes, Vater. Nicht seit Boston.«

»Was ist passiert?«

»Ach, ein paar schlechte Angewohnheiten. Und meine Mutter und ich, wir sind nicht besonders gut miteinander ausgekommen. Also ... bin ich hierher gekommen.«

»Welche Schulbildung?«

»High School.« Schulbücher, für die hatte er nie Geduld gehabt. Er konnte sich zu Hause nicht darauf konzentrieren, obwohl er stundenlang zeichnen, Dinge aus seiner Sicht gestalten konnte. Der Fernseher war immer an gewesen, eine grummelnde Stimme im Wohnzimmer. Er füllte kleine Hefte, dann größere, bis er anfing, sich Zeichenblöcke und anständiges Papier zu kaufen, gute Bleistifte. Der eine oder andere Lehrer hatte eine Weile lang sein Interesse geweckt – hör zu, Innis, du bist viel intelligenter als deine jetzigen Leistungen, du könntest viel besser sein. Ein Kunsterzieher in der High School sagte, er hätte Talent, er sollte daran denken, auf eine Kunsthochschule oder aufs College zu gehen, aber Innis sagte, ich zeichne doch bloß, weiter will ich nichts. »Aber ohne Abschluss. Die Schule hat mir gestunken.«

»Bildung kommt aus allen Richtungen, Innis, sie hört nie auf. So«, schrie der Priester, »lass ihn los!«

Innis hielt den Drachen hoch, und der Wind trug ihn fort, riss ihn hierhin und dorthin, mit knatterndem Papier und peitschendem Schwanz. Vater Lesperance lachte, sein verbeulter Hut flog ihm vom Kopf, seine Glatze glänzte schweißnass, während er den Drachen höher und höher über das Wasser steigen ließ, bis er ein tanzender roter Tupfen vor dem langen grünen Berg war. Innis hob die Faust, spürte nur Sonne und Wind und Wasser.

14

Die schwarzen Dachschindeln hatten sich mit der Tageshitze voll gesogen, und Innis warf sich auf seinem Bett hin und her, gepeinigt vom kreisenden Sirren einer Mücke. Ein Nachtfalter flatterte über seine Wange und schreckte ihn hoch. Im Lampenlicht sah er die braunen Flecken auf seinen cremigen Flügeln. Er döste im Dunkeln wieder ein, aber eine Fledermaus weckte ihn, schoss hierhin und dorthin, ein warmer Luftzug, und er machte keine Anstalten, sie zu vertreiben. Ob Claire vor Fledermäusen Angst hatte? Er lag, die Arme über dem Kopf, wartete auf das Morgenlicht, dachte an Claire und ärgerte sich, weil er sie nicht aus seinem Kopf vertreiben konnte. Wahnsinn. Ein Kuss, vor vielen Wochen, aber sein Geschmack durchfuhr ihn immer noch, wenn er nichts zu tun hatte als dazuliegen und sich zu erinnern. Das Haus war zu still. Niemand schnarchte am Ende des Flurs, niemand rührte sich auf der anderen Seite der Wand. Wenn er den Atem anhielt, konnte er das ferne Rauschen der Brandung hören. Starr hatte Claire schließlich dazu überredet, ihren Job in Sydney aufzugeben, die Arbeit hatte ihr sowieso nicht besonders zugesagt, ich bin zu alt, um zu lächeln, wenn mir nicht danach ist, sagte sie, und Starr sagte: Amen, und denk nicht ans Geld, wir kommen gut zurecht. Innis hatte große Zweifel, ob das stimmte, aber jedenfalls waren sie auf die Isle Madame gefahren, Starr hatte ohnehin nicht viel zu tun, die Leute hielten sich draußen auf in diesem bisher ungewöhnlich warmen Sommer, mehr Sonne, als Starr seit Jahren gesehen hatte, prima, solange die Quelle nicht austrocknete. Er erzählte Claire, wenn sie Strände so mochte, dann würde ihr der Sand von Ingonish oben im Norden gefallen, der war feiner als Zucker, und an der Westküste war das Wasser warm vom Northumberland Strait. Claire war jetzt so braun wie eine Griechin. Als Sommermensch blühte sie auf. Was wollte sie mit einem Wintermenschen wie Innis? Er war mal ein kurzer Zeitvertreib gewesen, an einem nebligen Nachmittag.

Ein schwüler Morgenschauer ging nieder, war vorbei, als Innis aus dem Haus trat. Er lief hinauf in den Oberwald, da war seine kleine Pflanzung zu versorgen, Gott sei Dank. Starr hatte ihn wieder gebeten, den Quelltopf zu überprüfen, das Wasser schien trübe zu sein. Aber Innis wusste, was ihn verschlammte: der Eimer, den er ein Dutzend Mal am Nachmittag in der Quelle füllte. Leichter Dampf stieg von den Felsen und den rauen Lehmkuhlen auf, und Innis schwitzte unter dem Rucksack, in dem eine kleine Schaufel war, eine Flasche mit Fischdünger, ein Mortadellasandwich und zwei Äpfel. Der Hang war steil, bis er die Überlandleitung erreichte. Er ruhte sich auf seinem Wanderstock an einer flachen Pfütze aus, in dem vom Regen gerettete Kaulquappen wimmelten. Innis warf einen Kiesel ins Wasser und trieb sie auseinander, aber sie versammelten sich bald wieder und schnappten nach Luft. Diese kleine runde Mulde war ihr ganzes Leben, und ein paar Kratzer mit seinem Stiefel konnten sie mit Erde füllen. Aber so was gab ihm inzwischen keinen Kick mehr. Alles, was hier lebte, beobachtete er jetzt lieber, als dass er es tötete oder verscheuchte, bis auf Gnitzen, Pferdebremsen und Mücken. Er blickte zurück, den überwachsenen Pfad hinunter, auf dem er gekommen war: auf die Bäume, die das kurze Stück Straße am Fuß des Hügels säumten, die alten Wiesen und das Haus dahinter. Klein und fern, wie auf einem Foto festgehalten. Nicht weit von der Scheune erspähte er einen gewundenen Pfad gemähten Grases, den Starr mit der Sense geschnitten hatte, an jenem Tag von einem verrückten Drang getrieben, den Claire offenbar geheilt hatte.

Abgesägtes Unterholz lag umher und verriet Innis, dass die Waldarbeiter vom Kraftwerk unterwegs waren. Ihr Raupenfahrzeug hatte tiefe Furchen in eine Stelle mit weichen Binsen gegraben, aber wenigstens versprühten sie keine Chemikalien. Kugeln hatten das SPRÜHEN VERBOTEN-Schild durchlöchert, das sein Onkel an einen Strommast genagelt hatte. Auf dem Hang da oben sind überall Quellen, hatte Starr gesagt, und wir wollen keine Unkrautvernichtungsmittel in unserem Wasser. Eine Kettensäge sprang an: im Osten, wo der Korridor den nächsten Besitz überquerte, wateten drei Männer in Erlen, die auf der Schneise wuchsen. Innis ging weiter, bevor sie ihn entdeckten. Falls die Lage hier oben brenzlig werden sollte, konnten sie ihn entlasten: wieso sollten sie, Burschen genau wie er, nicht versucht gewesen sein, hier oben, wo nur Jäger auftauchten, illegal Marihuana anzubauen? Und die Jäger kamen in ihren Tarnklamotten aus der Stadt und konnten wahrscheinlich eine Topfpflanze nicht von einem Himbeerstrauch unterscheiden, und in der Jagdsaison würde Innis sowieso schon lange über alle Berge sein. Er hatte die Jäger im letzten Herbst gesehen, als er noch neu im Wald war, sie schlichen und krochen durchs Unterholz wie in einem Kriegsfilm. Bleib eine Weile aus dem Wald raus, sagte Starr zu ihm, außer du hast eine Neonreklame auf dem Rücken, du brauchst nur zu niesen, schon knallen sie dich ab. Höher am Hang, westlich von dem Hirschpfad, den sein Kommen und Gehen inzwischen ausgetreten hatte, erblickte Innis durch kümmerliche Ahornbäume seine Lichtung, eine kleine Lichtoase im

Waldesdunkel. Er ging durch die letzten Farne hindurch, Farne waren gut, sie verbargen Fußspuren.

Er versorgte jede Pflanze, rieb sanft ihre Blätter zwischen den Fingern. Verbring Zeit mit deinen grünen Freunden, Partner, sagte der Mann in dem Buch. Rede mit ihnen. Sie spüren gern, dass du sie magst, und sie sind auch manchmal nicht gern allein. Kraule sie ein bisschen unterm Kinn, sing ihnen ein Liedchen. Gute Schwingungen sind alles, glückliche Pflanzen geben glückliches Kraut. Klar, der Typ hatte zu viel von seinem eigenen Stoff geraucht, aber dessen Stoff musste wesentlich kräftiger sein als das, was Innis jetzt vor Augen hatte. Obwohl sie grünten und, befreit von ihren kleinen Zelten, frei wuchsen, ihm inzwischen bis zu den Knien reichten, gediehen sie wesentlich langsamer, als Innis sich vorgestellt hatte. Es hatte kaum geregnet, sicher, aber er hatte Wasser angeschleppt wie ein Esel, hatte Heu aus der Scheune hochgetragen und um ihre Gießmulden gelegt, um die Feuchtigkeit zu halten. Wasser war jetzt das Zaubermittel, und wenn sie das bekamen und noch ein paar Wochen richtigen Sonnenschein, dann schossen sie bestimmt in die Höhe. Sie konnten sehr schnell wachsen. Schließlich waren es einjährige Pflanzen. Duftende Blütenstände im September, da steckte das Geld drin. Aber der Sommer zog sich hin. Er versuchte sich in Geduld zu üben. Denn das gehörte doch dazu, Boston hinter sich zu lassen? Er wusste, worauf er warten musste und was er sofort kriegen konnte. Claire nicht. Er wusste nicht einmal, ob er sie wirklich haben wollte, und wenn ja, wie. Wesentlich älter als er, zugegeben. Aber gelassen und selbstbewusst, nicht wie Mädchen in seinem Alter, unsicher, immer nur damit beschäftigt, wie sie aussahen und wie sie wirkten, viele unentschieden, was für eine Frau sie eigentlich werden wollten, und alle mit Heirat in den Augen, wenn nicht auf den Lippen.

Arbeiten. In Bewegung bleiben. Er holte den Plastikeimer unter den tiefen, flügelförmigen Zweigen einer Hemlocktanne hervor. Starr hatte die Farm bewirtschaftet, als er jung war, und jetzt, abgesehen von einem Anfall sinnloser Sensenwut, ließ er Innis das Gras vor dem Haus mähen und machte sarkastische Bemerkungen über Claires Blumenbeet. Trotzdem musste er viel von seinem Vater gelernt haben, dem Großvater von Innis. Väter gaben so etwas weiter. Aber was hatte Innis in der beengten Wohnung in Boston von seinem Vater gelernt, solange er noch lebte? Sein Vater machte Nachtschicht, saß benommen mit aufgedunsenem Gesicht am Mittagstisch, ohne etwas zu sagen. Dein Vater war nie gesprächig, sagte Starr, vielleicht bin ich der Ausgleich, dein Vater war ein guter Kerl, aber ein bisschen weichherzig, und deine Mutter, die hat das ausgenutzt, konnte sein Herz streicheln oder auswringen, und sie hat beides gemacht. Dann verschwand er endgültig, bei jenem Flug über eine Großstadtstraße, wo er in Innis' Erinnerung immer noch schwebte. Von Kummer zerrissen, trank seine Mutter eine Weile zu Hause still vor sich hin, später zusammen mit einer Freundin, die sagte: Hör mal, Mädel, du bist jung, du kannst ihn nicht zurückholen. Die beiden fingen an auszugehen, bald immer öfter. Seine Mutter brachte einen Mann mit nach Hause, den Innis noch nie gesehen hatte, verkatert und schwerfällig saß er in der Küche, hatte nichts für Innis als einen Klaps auf den Kopf und Bartricks, die Innis keinen Spaß machten. Seine Mutter schickte ihn abends raus auf die Straße, wenn ein Mann zu Besuch kam, und so tat er sich mit anderen Jungs zusammen, die gerne auf der Straße waren und Zeit dafür hatten. Aber er wusste sehr früh, dass er es allein tun wollte, dass er sich die Autos suchen würde, die er wollte, und darin sein eigenes Ding durchziehen würde.

Jedes Mal, wenn Innis inmitten von Erlen und hohem Gras die verwitterten Bretter über der Quelle erblickte, empfand er so etwas wie Freude. Dieses Häuschen beschützte gleichsam das Wasser seines eigenen Lebens, und dieses Wasser war Jahr um Jahr stetig, nie versiegend von dieser Felsnase gerieselt, für ihn, für seinen Onkel, für alle Mitglieder seiner Familie, die hier gelebt hatten. Die verbogenen grauen Bretter fassten sich warm an, als er die niedrige Tür aufriegelte und mit einem Stock an der dunklen Öffnung entlangfuhr. Er konnte es den Spinnen nicht übel nehmen, die Höhle war kühl und windgeschützt, aber er hasste die widerlichen Netze. Er tauchte den Eimer in den kleinen Pfuhl. Schlick stieg auf wie Tinte. Innis, warum ist das Wasser trübe?, würde Starr fragen. Wahrscheinlich führt die Quelle wenig Wasser, würde Innis ihm sagen. Starr würde damit drohen, selbst nachsehen zu gehen, aber er tat es nie, weil ungefähr einen Tag nachdem Innis seine Pflanzen gegossen hatte, die Lehmpartikel wieder auf den Grund des flachen Reservoirs sanken. Sein Onkel würde am Hahn über der Spüle ein Glas mit dem Quellwasser füllen, in dem winzige Bläschen perlten. Bisschen besser, würde er murmeln, das Glas austrinken und dann unweigerlich verkünden: Das ist das beste Wasser auf der Welt, ein wahres Tonikum.

Violett gerandete Orchideen lugten hier und da aus dem Gras. Sie waren nicht so prächtig wie ihr Name, hatten nur winzige Blüten, aber sie waren hübsch, und er pflückte welche im Gehen. Unten wuchsen sie nicht, Claire waren sie bestimmt neu. Knatternde Kettensägen nicht weit fort. Die Waldarbeiter machten ihn nervös. Er nahm den Eimer und die Blumen und verdrückte sich.

Bis zum Mittag war ein dunkler, feuchter Ring um jede Pflanze, jedem Eimer Wasser hatte Innis einen Schuss Dünger beigegeben. Müde und schwitzend saß er auf einem Stein, an einer Stelle, wo ein leichter Wind ging, und aß. Das Mortadellasandwich schmeckte köstlich, dazu trank er Quellwasser aus einer alten Sodaflasche. Er kaute langsam, zufrieden, dass die harte Arbeit bald Früchte tragen würde. Das war es doch, was einem Farmer Tag für Tag neue Kraft gab.

Er biss gerade in einen Apfel, als sich ein dröhnendes Pochen dem Wald näherte und alles zu erschüttern schien. Ein paar Sekunden lang hielt er es für einen Dieselfrachter, der mit seiner Gipsladung durch die Meerenge tuckerte, aber das Geräusch wurde viel zu schnell lauter, und er rannte durch einen Hagel heftiger Schwingungen, ein Hubschrauber schlug auf die Luft über seinem Kopf ein. Sturm fuhr durch das Gras und die Stauden und die Schösslinge, Innis sah kurz den Piloten, seinen dunklen Helm, bevor er sich zwischen den Farnen zu Boden warf. Er hatte Angst, ohnmächtig zu werden, er hyperventilierte, aber er blieb reglos liegen, und das Schap-schap-schap entfernte sich nach Norden aufs Wasser hinaus. Mannomann. Es war nicht die Polizei, das wusste er, wahrscheinlich eine Forstpatrouille oder eine Sprühmaschine, aber trotzdem. Was hatte der Pilot aus der Luft gesehen, außer Bäumen und Büschen? Innis hatte ja nicht mal ein Beet angelegt, nur ein paar einzelne Pflanzen hier und da, das war so gut wie nichts, keine Razzia wert. Warum flog der Mistkerl dann so tief? Wegen der Überlandleitung? Oder weil sich jemand verirrt hatte? Seine Hände suchten zittrig nach dem dünnen Joint in der Hemdtasche. Komm schon, Innis, du bist doch kein Hinterwäldler, du weißt doch, wie sich ein Hubschrauber anhört, jaulende Polizeisirenen, wenn die hinter einem her sind. Aber es war schon ganz schön lange her, dass er das gehört hatte.

Er ließ den Rauch in der Lunge, bis er ihn nicht mehr halten konnte, dann trug der Atem ihn langsam aus seinem Mund. Quellwasser mochte ein großartiges Tonikum sein, aber manche Dinge konnte es nicht heilen. Später an jenem Tag, als auch er und Claire vom Strand zurück waren, hatte Starr ihn im Werkstattschuppen gestellt: Ich sag's dir glatt ins Gesicht, du bist in Claire verknallt, stimmt's? Dann hör gut zu, vergiss es, im Haus ist kein Platz für so was. Innis hatte es diesmal nicht abgeleugnet, hatte nur gelächelt und gesagt: Klar, Onkel Starr, alles, was du sagst, und Starr hatte erwidert: Hör auf, mich Onkel Starr zu nennen, oder ich knall dir eine.

Wind strich über die Lichtung, streichelte sanft und beruhigend die Gräser und Farne. Seine Pflanzen erschauerten, ihre Blätter kehrten sich wie Federn und zeigten die helleren Unterseiten. Die robusten jungen Fichten und Tannen, die toten Föhren regten sich kaum. Ein Rauschen, leise wie Geflüster, fuhr durch Ahornbäume hinter ihm. Wo war der Luchs? Hatte er sich ängstlich verkrochen? Nie und nimmer. In seinem Revier war er der heimliche Herrscher.

15

Es war ein Nachmittag blauer Stille gewesen, ganz in bläuliches Licht getaucht, die Luft, die Bäume, der Berg, und als es Abend wurde, leuchteten am Himmel weißliche Wolkenperlen. Alles klar und still, das Wasser eine glitzernde Fläche, blasser als der Himmel, so ruhig, dass Innis einzelne Stimmen vom anderen Ufer hörte, nah und vertraut, obwohl eine Meile weit fort. Hundegebell hallte über das Wasser. Samstagabend, die Leute am anderen Ufer rüsteten sich fürs Wochenende. Innis saß in dem Ruderboot, das er aufgedeckt und auf seinen Kiel gedreht hatte. Er war überzeugt, dass er rudern konnte, wenn das Wasser der Meerenge so ruhig war. Die Riemen brauchten Firnis, aber sie waren in Ordnung. Er könnte sie hier in der Bucht ausprobieren, aber er traute sich noch nicht. Er hatte die wirbelnden Strudel gesehen, das war kein Teich, das Wasser konnte ganz rasch heulende weiße Schaumkronen bekommen, sich in rasende weiße Hunde verwandeln. Nein, für heute würde er nur auf der Ruderbank sitzen und die Riemen in den Dollen bewegen, ein Gefühl dafür bekommen. Ein Motorboot schnitt durch die Stille, er sah ihm nach, bis es hinter der nächsten Landzunge verschwunden war, sein Kielwasser öffnete sich in einem geschwungenen V, eine sanfte Welle überspülte den Strand. Ein Motor konnte einen in einer windstillen Nacht weit bringen. Innis zog die Persenning über das Boot und ging.

Noch bevor er das Haus erreichte, hörte er Claires laute Stimme, und er blieb scheu an der Gittertür stehen. Starr hielt einen Brief in der Hand, den sie ihm zu entreißen versuchte, aber er wehrte sie ab.

»Du hast kein Recht, meine Briefe aufzumachen, Starr, und schon gar nicht diesen. Du wusstest, er ist von Russ. Jetzt gib ihn her.«

»Und wozu muss er mit dir reden? Hm? Will sich mit dir in Sydney treffen.«

»Starr, Himmel nochmal, wir hatten eine lange Beziehung. Davon verstehst du natürlich nichts, aber ich kann dir sagen, da bleibt noch einiges zu klären. Und nichts davon hat mit Liebe zu tun. Wir hatten Geld und Besitz gemeinsam.«

»Und was ist das, was er über mich schreibt?« Starr hielt den Brief ans Licht. »›Wenn du dich mit diesem armseligen Fernsehfritzen einlassen willst, von mir aus.‹ Weiter bin ich nichts? Vielleicht stimmt's ja sogar. Das ist kein schickes Unternehmen, nur ein Broterwerb, wenn überhaupt.«

»Unter dem Brief steht sein Name, Starr, nicht meiner. Ich habe ihn nicht gebeten, das zu schreiben, das sind seine Worte. Und ich habe dich auch nicht gebeten, das zu lesen.«

»Ich will in diesem Haus nichts von diesem Scheißkerl sehen, auch nicht seine Handschrift im Briefkasten.«

»Das ist doch lächerlich, Starr. Das geht dich überhaupt nichts an.«

Innis stapfte laut die Stufen zur Hintertür hoch, und beide verstummten, als er die Tür aufmachte und dabei dem Kabeljau, inzwischen wenig mehr als eine Schwanzflosse, einen Klaps versetzte. »Guten Abend, ihr zwei«, sagte er und ging auf seinem Weg nach oben zwischen ihnen durch. Von seinem Zimmer aus hörte er nur das hitzige Murmeln ihrer Stimmen, dann, dass Starr hinausging, seine Schritte auf dem Kies. Innis sah ihn vom Flurfenster aus bei der Tür des Werkstattschuppens rauchen und auf die Wiese starren. Das Haus war eine Weile still, dann ging Claire zu ihm hinaus, und sie redeten an der Tür. Claire kam wieder ins Haus und rief zu Innis hinauf.

»Drüben im Gemeindesaal ist Tanz. Komm, wir gehen tanzen.« Sie sah zu ihm hoch, einen Fuß auf der untersten Stufe, in der Hand hielt sie den Brief. Innis, der in Wohnungen aufgewachsen war, hegte die Überzeugung, dass ein höheres Stockwerk Überlegenheit verlieh: von oben hatte man eine andere Sicht auf die Mitbewohner.

»Was hat das mit mir zu tun?« So wollte er gar nicht antworten, eigentlich wollte er sagen: Ey, Miss Claire, machen wir, gehn wir. Aber Starr war in der Nähe. In diesem Haus schien es nichts zu geben, was er für sich beanspruchen konnte. Alles war schon besetzt.

»Ach, stell dich nicht an, Innis«, sagte Claire. Die Flurlampe schien auf ihren Hals, die Silberringe an ihren Ohren, ihr schimmerndes dunkles Haar, das sie sich vor dem Essen in der Badewanne gewaschen hatte, unter reichlich viel fließendem Wasser. »Komm mit uns mit.«

»Das ist der Haken, Claire.«

»Was?«

»Mit euch mit.« Er stützte sich aufs Geländer und sprach leiser. »Mit dir würde ich sofort mitgehen. Außerdem kann ich nicht tanzen.« Er hatte in der High School getanzt, aber das waren hauptsächlich bekiffte Zuckungen zu donnernder Rockmusik gewesen oder langsame Schrittchen in den schweißigen Umarmungen, die hoffentlich zu Sex führten. »Jedenfalls nicht, wie sie hier tanzen.«

»Dann wird es Zeit, dass du etwas Neues lernst. Innis, ich weiß, du bist ein Tänzer. Mir kannst du nichts vormachen.«

»Was ist mit Starr?«

»Was ist mit ihm?«

»Er will nicht, dass ich mitkomme. Das weißt du, also weshalb fragst du mich?«

Claire kam ein paar Stufen hoch und flüsterte lockend: »Damit ich dich ins Gebüsch zerren kann! Nun komm schon, beeil dich.«

»Mann, Claire, gib mir zwei Minuten.« Er klatschte sich kaltes Wasser ins Gesicht und roch an den Achseln eines Jeanshemdes, das nicht allzu zerknittert war. Aus seinem Geheimvorrat nahm er einen halben Joint heraus, für alle Fälle. Starr hupte. Ein kurzer Blick in den Spiegel: er fuhr sich mit den Händen übers Haar, es war zum Pferdeschwanz gebunden und fühlte sich glatt und fest an, aerodynamisch, heute Abend würde er im Windschatten fahren.

Innis quetschte sich in den Fond und streckte die langen Beine auf den Rücksitz. Claire lächelte ihn an, gab dann Starr einen Kuss auf die Wange, als wäre alles wieder in Ordnung, obwohl Starr nicht in Feierlaune zu sein schien, nicht in seiner üblichen Freitagabendstimmung. Er fuhr langsam nach The Head, ließ sich von einem Auto überholen, das mit hoher Geschwindigkeit vorbeiraste. »Idiot, der ist jetzt schon besoffen. Wird sich totfahren, bevor er ankommt.« Im Rückspiegel fiel ihm auf, dass Innis sich den Nacken kratzte. »Hast du Stiche erwischt, Teufel auch?«

»Unten am Ufer. Die Mücken sind brutal.«

»Springkraut gegen Stiche. Am Bach unten wuchs immer welches. Meine Mutter hat eine Heilsalbe draus gemacht.«

»Hat sie gewirkt?«

»Meine Mutter hat nichts genommen, was nicht gewirkt hat. Hätt ich bloß besser zugehört oder es aufgeschrieben. Sie hatte Heilmittel gegen alles. Körper oder Kopf.«

»Auch gegen Albträume?«, fragte Claire.

»Hast du Albträume?«

Claire lächelte nur und sah zum Berg hinüber, eine dunkle Wolke lagerte auf dem Kamm, ein langer Fisch mit ausgefransten Flossen. Hoch oben fing ein Kondensstreifen die letzten Sonnenstrahlen ein, schnitt sich wie eine Messerklinge durch den graublauen Himmel.

»Ich hatte früher Albträume«, sagte Innis, um das Gespräch in Gang zu halten, »aber ich konnte nicht drüber reden.«

»Bestimmt Sexträume.« Starr starrte ihn im Rückspiegel an, bis das Auto ausscherte, dann sah er wieder auf die Straße. »Dagegen hatte sie auch was, deine Großmutter. Ich hab mal gehört, wie sie der alten Cousine Willena davon erzählt hat, sie wusste nicht, dass ich gut genug Gälisch konnte, aber man bringt sich's bei, gerade wenn sie nicht wollen, dass man sie versteht. Sie kamen auf einen Burschen zu sprechen, er wurde von wüsten Träumen geplagt, und meine Mutter sagte: Dagegen gibt's was. Lattich, die Blätter, du musst sie zerstampfen und mit Kampfer mischen und dem Mann auf die Hoden schmieren. Hoden hat sie nicht gesagt, aber ich wusste, was sie meinte. Davon gehen die Träume weg und vielleicht auch noch was anderes.«

»Hat sie gesagt, dass man den Mann fragen muss, ob er einverstanden ist?«, fragte Claire.

Starr warf ihr einen Blick zu. »Na, du würdest doch bestimmt nicht fragen. Du würdest das Zeug draufklatschen. Hast du Lattich da in deinem Beet?«

»Ich habe Kapuzinerkresse, die gedeiht ganz gut. Aber alles andere will nicht so recht.«

»Och«, sagte Starr mit gespieltem Mitleid, »keine Blumen für Claire.«

»Das stimmt nicht. Innis hat mir violette Orchideen von den Wiesen mitgebracht. Sie stehen auf meiner Kommode, falls du sie sehen willst.«

Innis verbarg ein Lächeln.

Er hatte einen großen Saal erwartet, wie er ihn in Boston im Fernsehen gesehen hatte, Paare, die übers Parkett wirbelten, bunt bedruckte, weit gewölbte Röcke um schlanke Beine, die Männer fröhlich und zupackend und schrittsicher, athletisch in karierten Hemden, und jemand, der unverständliche Anweisungen über einen Lautsprecher ausrief. Stattdessen drängte er sich mit anderen am Eingang der alten Aula eines ehemaligen Schulhauses. Draußen hatten sich einige Männer um die offene Kofferhaube eines Autos versammelt und tranken. Innis hatte sich gesträubt, als Claire ihn auf die Tanzfläche ziehen wollte, in einen Kreis energischer Paare, immer noch gab es mehr Zuschauer als Tänzer. Claire sah phantastisch aus, noch braun gebrannter in ihrer senfgrünen Bluse, ihr schwarzes Haar, das sie kaum zu frisieren brauchte, fiel ihr in dichten Locken ums Gesicht, ihre blauen Augen leuchteten vor Erregung, vielleicht auch vom Wein, dieses perlende Gelächter, wenn sie ein paar Gläser getrunken hatte, er sah die Ausgelassenheit, mit der sie tanzte, ganz egal, wer ihr Partner war, vielleicht nur für sich selbst. Waren das Schritte, die sie Innis beibringen konnte? Öffentlich bestimmt nicht. Sollte sie doch herumwirbeln mit dem Burschen hier aus der Gegend, klein und bemüht, mit einem Grinsen: Ich kann mein Glück nicht fassen, und die, die zusahen, zerrissen sich jetzt die Mäuler über die Frau, die bei Starr Corbett und seinem Neffen wohnte, das wusste Innis, hatte es gleich bei der Ankunft mitbekommen, wie damals am Telefon, und er wollte sich dem nicht aussetzen, all dem Gehechel und den Einzelheiten, die sie nicht kannten, sondern selber hinzuerfanden.

An die Wand gepresst, wehrte er sich gegen Panikattacken: das war nur das Gras, er hatte unter den Bäumen ein paar Züge geraucht, in der Hoffnung, es würde ihn locker machen, er hatte ein Glühwürmchen kurz aufleuchten sehen wie ein Auge, nur einmal. Er kannte niemanden von denen, die sich um die Tanzfläche drängten, auf der ein halbes Dutzend Paare gemischten Alters und unterschiedlicher Fähigkeiten zur Musik ausschritten, es war also doch kein Squaredance, kein Ansager rief die Schritte aus, nur Juchzer und Schreie, die Zuschauer schwatzten miteinander oder nickten im Takt der Fiedel, begutachteten die Tänzer, manche warteten darauf, an die Reihe zu kommen. Der Fiedler, schlank und braun und alt wie das Instrument auf seiner Schulter, stand in einem dunklen Winkel, Starr war hinter ihm, beugte sich plötzlich vor, um ihm etwas ins Ohr zu sagen, und verschwand dann in der Menge. Der Fiedler lächelte beim Spielen, vielleicht über Starrs Bemerkung oder über die Melodie oder einfach, weil ihm in dem heißen und belebten Raum so zumute war. Innis hatte Claire aus den Augen verloren, sie ruhte sich irgendwo aus, sie war offensichtlich gekommen, um zu tanzen, mit Starr oder ohne ihn. Und um Innis in die Büsche zu zerren. Innis lachte, seine Stimme mischte sich mit den Zurufen an den Fiedler und an die Tänzer, ran an den Speck, Teufel auch! Ich bin bloß ein Mauerblümchen, ein armer Teufel, flüsterte Innis zu sich im örtlichen Dialekt, in dem breiten Rhythmus, den er inzwischen nachahmen konnte und mit dem er Claire zum Lachen brachte, wenn Starr außer Hörweite war. Er hatte ein Ohr für Stimmen, das musste man auch haben, wenn man viel allein war, und die Cape-Breton-Stimmen hatte er oft in der Küche seiner Mutter gehört, die Besucher aus der alten Heimat machten sich sogar übereinander lustig, die Leute aus der Stadt verspotteten den langsamen ländlichen Singsang, und jemand aus New Skye machte jemanden aus Tarbot nach, das keine fünfzehn Meilen weit weg war. Starr hatte Innis auch nachgeäfft, seine Bostoner Sprechweise, das R, das er verschluckte. Jetzt wäre Innis gern so ein Fremder gewesen, eben mal aus Boston vorbeigekommen, um sich umzuschauen, in keiner Weise von hier, nur auf der Durchreise, unterwegs. War irgendjemand in diesem Raum ein Name in der Küche seiner Mutter gewesen, in dem Klatsch dort über St. Aubin? In seiner Erinnerung waren ihre Stimmen eine Atmosphäre, ein ganz bestimmtes Gefühl in dem lauten Zimmer, Zigarettenqualm, Flaschen und Gläser und Eis und Gelächter, und hin und wieder, wenn sie Glück hatten, war auch ein Fiedler da, und wenn nicht, legten sein Vater oder später seine Mutter Platten auf, und die Gäste diskutierten darüber, dass Soundso einen besseren Bogen strich oder sich eher zum Zuhören als zum Tanzen eignete, sie schienen sie alle zu kennen, die Fiedler aus St. Aubin, Inverness, Mabou und Cape North, jeder mit einem unverwechselbaren Stil, sie erkannten sie an ihrem Spiel, an dem, was der Fiedler in die Noten legte.

Hinter Innis, draußen im Freien, räkelten sich Männer in und auf einem großen Oldsmobile wie in einer Bar, im Licht der Innenbeleuchtung, der Fahrer hatte die Beine aus der offenen Tür gestreckt. Warum konnte Starr sich nicht einen richtigen Wagen besorgen statt der bockenden russischen Kiste, die er andauernd reparieren musste? Innis wandte sich wieder der Menge im Innern zu. Es war fast niemand in seinem Alter da, nur ein schlaksiges Mädchen mit langem braunem Zopf, sie tanzte offensichtlich mit ihrem Vater oder vielleicht mit einem Onkel, was das glasig glitzernde Verlangen in seinen Augen erklärte, ein Fleck weißer Bauch hinter einem abgerissenen Hemdknopf, ein dunkler Zahn im Lächeln. Zugegeben, Innis hatte große Lust, mit einer Frau zu schlafen, falls er eine finden konnte, die bereit war, den mühsamen Vorspann zu überspringen und mit ihm hinaus in den Wald zu gehen, er wusste, wie sich das Moos dort anfühlte, wie die Luft roch. Aber nicht, solange

Claire hier war: sie sollte nicht wissen, dass er auch an andere Frauen dachte, als könnten sich sonst, so absurd das auch war, seine ohnehin geringen Chancen noch weiter verringern. Durch die wogenden Gesichter erblickte er seinen Onkel, der ihn argwöhnisch betrachtete und schließlich wegsah. Ob er sich wohl fragte, was sein Neffe da trieb, allein an der Wand, zwei Schritte von der Tür? Innis war sich inzwischen nie mehr sicher, was der Mann insgeheim dachte. Manchmal konnte er sich kaum noch erinnern, wie es gewesen war, als sie nur zu zweit in dem Haus wohnten. V. C. Vor Claire. Aber er kannte dieses arrogante, gut gelaunte Lächeln von Starr, diesen Gesichtsausdruck, der sagte: Scheiß drauf, heute Abend saufe ich mir in aller Ruhe einen an, und du kannst mir zusehen oder nicht, mir egal. Ein Vergnügen, bei dem Innis nicht mithalten konnte, denn es speiste sich aus einer Flasche Rum und einem Kasten Moosehead Ale im Kofferraum des Lada. Morgen würde Starr völlig verkatert sein, der heutige Abend nur noch Asche im Mund. Innis hasste die trübende, abstumpfende Euphorie des Alkohols, der Kopf benommen, blöde. Er zog Gras allemal vor, sein Kopf blieb klar, ging auf die Reise. Ein bisschen Verfolgungswahn manchmal, aber trotzdem blieb ihm jederzeit bewusst, was er tat.

Verdammt, da saß der alte Dan Rory, sein Stock ersetzte ihm das Tanzen und stampfte im Takt auf. Wo war Finlay? Innis wurde rot, ihm fiel plötzlich die gefällte Föhre ein, sein Zorn an jenem Nachmittag und seine Verlegenheit, im Wald ertappt worden zu sein. Zu spät, Dan Rory hatte ihn gesehen und winkte ihn zu sich, ihm blieb nichts übrig, als hinzugehen. Innis beugte sich hinunter, und der alte Mann brüllte ihm ins Ohr: »Wir werden uns bald das Gälisch zu Gemüte führen, du und ich, Innis, nicht mehr lange hin. Amüsierst du dich gut?« Innis lächelte und nickte und verdrückte sich, als der Fiedler mit einem schwungvollen Bogenstrich endete und den Applaus entgegennahm. Innis hatte Angst, es wäre Pause und er würde wieder mit anderen bekannt gemacht werden, nach seinem Lebenslauf gefragt werden und danach, zu wessen Familie er gehörte, darauf bestanden sie immer. *Co leis thu?*, wie eine alte Frau, für die er Schnee geschippt hatte, ihn einmal gefragt hatte, nicht: Wer bist du, sondern: Wessen bist du?

Aber der Fiedler hatte kaum Luft geholt, schon stürzte er sich ins nächste Lied. Die meisten Tänzer gingen zur Seite, fächelten sich das Gesicht, zupften an ihrer Kleidung, aber andere schritten aus. Claire war auf die Tanzfläche gezogen worden, und Innis musterte ihren Partner, einen Mann ungefähr in ihrem Alter, Ende dreißig, die Jeans zu einem warmen Blau ausgeblichen, dichtes schwarzes Haar bis weit in den Nacken, mit weißen Zähnen lächelte er Claire an. Innis wusste nicht, wer das war, aber er sah, wie fest er sie an sich drückte, wie geschickt Claire ihm auswich, wie ihr Nacken unter der Deckenlampe glänzte, deren grelles Licht ihn an eine Küche erinnerte. Küchenschwof nannte seine Mutter das immer, die Tanzabende und *ceilidhs* zu Hause, die Leute von Cape Breton liebten das sogar in Boston, und es war gerade die Enge, die sie so zu genießen schienen, herumzuwirbeln auf kleinstem Raum. Claire hatte diesen Gesichtsausdruck, den er von seiner Mutter an Samstagabenden kannte, wenn Tanzen in der Luft lag und sie den ganzen Tag unruhig war, nervös, reizbar. Welche Frau kann ein kleines Kind gebrauchen, wenn sie draußen sein möchte, im Lärm einer Bar, bei einem Bourbon mit Eis, neben einem Mann? Seine Mutter ging bei jedem Wetter aus, sie brauchte diese Art von Zuwendung, die sie nirgendwo anders bekommen konnte, schon als kleiner Junge war ihm das klar geworden. An solchen Abenden ging Innis ihr aus dem Weg. Aber am nächsten Morgen rief sie ihn liebevoll zu sich. Innis, Schatz? Bist du schon wach? Komm her zu mir, umarmte ihn, bedeckte sein Gesicht mit Küssen.

Claire tanzte gut, sie beherrschte die Schritte und erfand eigene dazu. Innis tanzte lieber langsam, drehte und wiegte sich mit einer Frau ganz nah von oben bis unten, ihr Lächeln, ihre Taille unter seinen Händen, ihr Rücken, ihre Schenkel. Innis wippte mit dem Fuß, während er zusah: sie atmete schwer, aber sie verfehlte keinen Schritt, soweit er das beurteilen konnte. Schmerzende Sehnsucht stieg in ihm auf: es gab keinen Teil ihres Körpers, den er nicht in der Phantasie mit seinen Händen, seinem Mund gewärmt hatte. Warum war er überhaupt hergekommen? Um zuzusehen, wie der Kerl sich vor ihr produzierte, wobei ihm die Brusthaare aus dem Hemd guckten?

Plötzlich stand Starr neben ihm und umklammerte seinen Arm mit drahtigen Fingern wie zubeißende Zähne. »Sei ehrlich«, sagte er ihm ins Ohr, »wo findest du so einen Schwof in Boston, hm?« Innis hätte antworten können: An mehr Orten, als du denkst, in der Stadt wimmelt es nur so von Leuten aus Cape Breton, aber er lächelte nur. Das weiße Hemd seines Onkels war schweißfleckig, seine Augen hatten das dunklere Grau, das sie manchmal annahmen, wenn es ihm besonders gut oder schlecht ging.

»Du trinkst nicht, und du tanzt nicht, Piepel«, sagte Starr. »Wozu bist du zu gebrauchen?«

»Wo ist das Jungvolk?«

»Wie du? Bei der Fete drüben auf dem großen Campingplatz. Die tanzen gern Rock 'n' roll.«

»Kann ich drauf verzichten. Wer ist der Typ mit Claire?«

Starr kniff die Augen zusammen. »Buddy Man? Muss mir schon sehr dreckig gehen, ehe ich mich mit dem abgebe. Klaut dir deinen Tanz, oder?«

»Meinen nicht. Deinen vielleicht.«

»Ich tanze, wenn ich so weit bin. Im Moment geht's mir tierisch gut.«

Für ein paar Augenblicke empfand Innis die Kameraderie, die sie manchmal vor Monaten verbunden hatte, als wäre Claire eine fremde und begehrenswerte Frau, die sie beide aus demselben Blickwinkel begutachteten, Onkel und Neffe, zwei Männer mit Bedürfnissen, zwei Junggesellen: liebten sie nicht beide den Rausch, jeder auf seine Weise? Alles schien sich angenehm zu drehen – die derben Schuhe, die stampfenden Füße, die Fiedel, sogar die große Glühbirne an der Decke schien zu kreisen. Starr zog ihn nach draußen, wo er hinter einem Baum eine Flasche gebunkert hatte, aber Innis sagte nein, er wollte nichts, und Starr sagte: Doch, du willst was, wirst es schon eines Tages merken. Die Luft war eine Erholung, ein sanfter Wind kühlte den Schweiß. Innis sah hinüber zu den geparkten Autos, erblickte einen Mann in einem roten Sporthemd, der von den Scheinwerfern eines ankommenden Autos erfasst wurde. Vater Lesperance? Verdammt, tatsächlich, mit einem Pappbecher in der Hand schwatzte er neben einem Auto mit mehreren Männern. Innis hätte ihn gern begrüßt, mit ihm geredet, aber nur mit ihm allein. Starr hob die Flasche und trank, während Innis zur Milchstraße hochsah. Sterne schienen dort zu fließen wie heller Staub. Eine Sternschnuppe kreuzte sein Blickfeld wie ein Kratzer auf einer dunklen Fensterscheibe.

»Den Mond kannst du jederzeit anstarren«, sagte Starr. Noch ein Schluck, die Flasche blinkte im Licht aus dem Eingang. Er schien in einer Weise betrunken zu sein, die Innis noch nicht erlebt hatte, blind ins Bodenlose stürzend. »Hör zu.« Er zog Innis zu sich und sprach leise, verströmte Rumschwaden: »Ach, Liebling, ich fürchte, du kriegst ihn nicht annähernd hart genug«, in nachäffendem Tonfall, dessen Quelle Innis nicht erkannte. Und dann, als wäre Innis plötzlich ein Vertrauter: »Sie mag es sehr, sehr hart, weißt du, keine halben Sachen. Keine schlaffe Nille für die Dame, oder sie schickt dich weg. Die reinste Beißzange.«

»Du bist betrunken, Starr, hör auf.«

Sein Onkel trat zurück und lachte, als wäre Innis jemand, den er zufällig im Dunkeln angerempelt hatte. Zwei Männer, die gerade aus dem Auto gestiegen waren, blieben im Vorbeigehen stehen.

»Mann, es ist Starr Corbett, seine Beine tragen ihn nicht mehr«, sagte der eine, und der andere lachte.

Starr fuhr herum. »Bis zu dir tragen mich meine Beine noch, du Arschloch.«

Innis spürte, wie alle drei erstarrten. Der Mann ließ ein paar Sekunden vergehen, ehe er mit barscher Stimme antwortete. »Probier das bei mir ein bisschen später, Starr, Teufel auch, ich bin noch nicht in Stimmung.«

»Ich schlag dir die Fresse ein, ob du in Stimmung bist oder nicht, Neilie Campbell. Wär auch nicht das erste Mal.«

»Vielleicht. Ist das dein Neffe da im Dunkeln? Da ist er gut aufgehoben, was ich so höre. Schicken uns die Staaten jetzt ihre faulen Äpfel?«

»Hau lieber ab, Neilie. Mit einer blutigen Schnauze tanzt keine mit dir.«

»Ist er nicht beinhart heute Abend? Du kriegst schon noch dein Fett, Starr.«

»Aber nicht von dir und auch nicht von dem Stück Scheiße neben dir.«

Die Männer gingen weg zum Eingang, sahen sich um und brummelten, aber nicht laut genug, um verstanden zu werden. Innis wusste, sie waren Schlägereien aus der Vergangenheit seines Onkels, auch ohne Beweis oder Kostprobe. Manchmal blitzten sie eisgrau in Starrs Augen auf. Er prahlte nie damit oder erzählte Geschichten davon, aber sie waren da in den kleinen Narben um seine Augen, in dem eingekerbten Backenknochen, dem verdickten Nasenbein.

»Jetzt scheint sie ja rum zu sein«, sagte Innis, »meine Lebensgeschichte.«

»Bilde dir bloß nicht ein, dass sie überall rum ist. Diese Scheißer. Von mir wissen sie's nicht. Außerdem verlässt du uns ja sowieso in ein paar Wochen. Stimmt's?«

Innis war verblüfft, das so zu hören, in ein paar Wochen, es von Starr zu hören. »Und ob.«

»Dann genieß es, solange du noch kannst, Teufel auch. Du bist im Land der unbegrenzten Möglichkeiten.«

Starr, von seinem Zusammenstoß mit Campbell etwas ernüchtert, torkelte auf die Musik zu und feuerte die leere Flasche unter die Bäume. Er begegnete Dan Rory und Finlay, die aus der Tür kamen, kurz mit ihm redeten und dann zu den kreuz und quer geparkten Autos gingen, in denen kleine Partys stattfanden. Nachdem Finlay seinem Vater in den alten Chevrolet geholfen hatte, rief er Innis zu sich und begegnete ihm an der hinteren Stoßstange.

»Innis, hör zu, ich wollte dir nur sagen, Daddy und ich sind vor ein paar Tagen in den Oberwald raufgegangen. Er wollte unbedingt hoch, ein langer Anstieg für einen Mann in seinen Jahren. Aber er ist stur, und er hat ein Herz wie ein Pferd. Bist du glücklich, Innis, passt du gut auf dich auf?«

»Mir geht's prima, ich komm zurecht.«

»Ich hab nur kurz Zeit. Hör zu. Daddy hat dich an der alten Quelle gesehen.«

»Bei euch oben? Da war ich seit dem Winter nicht mehr, seit jenem Tag.«

»Sicher, aber er hat dich gesehen, verstehst du, wie du dich zum Wasser runterbeugst. Klar und deutlich, jedenfalls für ihn. Er wollte es dir nicht sagen, aber ich sage es dir. Gute Nacht. Geh wieder rein und schwing das Tanzbein.«

Ganz bestimmt nicht. Er sah zu, wie Finlay das Auto langsam und vorsichtig zurücksetzte, genauso, wie er fuhr. Was hatte er gemeint? Innis konnte darin nichts Beängstigendes entdecken, Dan Rory sah Dinge, die andere Menschen nicht sahen, aber er war weit über achtzig. In dem Alter sieht man alles Mögliche, oder, mit so vielen Erinnerungen und Bildern im Kopf? Aber ein kaltes Gefühl durchrieselte ihn, ein Frösteln. Ach was, das war nur das Gras, das ihm den Schauder schickte, das kam vor.

Die Meerenge über dem Wald hinter dem Saal lag dunkel und still. Der Berg darüber war leer bis auf ein einzelnes Licht am Ufer, winzig in der langen Schwärze. Ein Leuchtfeuer? Ein Haus? Da drüben wohnten nicht viele. Ob es Luchse gab in diesem dichten, steilen Wald, in dem noch nie Holz geschlagen worden war? Auf dem Wasser zeigten sich, wenn er sorgfältig hinsah, Spuren von Strömungen. Er hätte gerne zu Starr gesagt: Hör zu, ich bin dir um Lichtjahre voraus, ich bin mit dieser Frau an Orten gewesen, direkt hier in meinem Kopf, die du nie erreichen wirst, nicht mit deinem Kopf oder deinen Händen oder deinem Schwanz. Im Saal erhob sich ein Tumult, ein wirres Geschrei. Die Fiedel spielte ein paar Takte lauter, dann verstummte sie. Einige strömten heraus, rauchten und beklagten die Hitze. Ein paar gingen zu ihren Autos, wo in den Windschutzscheiben Streichhölzer aufflammten. Innis meinte, einige Mal Starrs Namen zu hören, aber nicht freundlich. Claire erschien in der Tür, sah ihn und kam zu ihm an den Waldrand.

»Wir sollten hier draußen tanzen«, sagte sie. »Die Hitze dadrin macht alle gereizt. Hast du zufällig eine Zigarette? Ich brauche dringend eine. Nein, du rauchst nicht, nur diese verdammten Selbstgedrehten, von denen man trieselig wird.« Sie strich sich das Haar aus dem Gesicht und stopfte die Hände in die Taschen ihrer Jeans.

»Weshalb bist du auf mich wütend?«, fragte Innis. »Ich bin nur ein unschuldiger Zuschauer.«

»Dein Onkel hat den Tanz gesprengt. Hat eine Szene gemacht. Ist dazwischengegangen, als ich mit irgendeinem Neilie getanzt habe. Er legt es auf eine Schlägerei an, und er wird auch eine kriegen. Mehr als einer hier hätte Lust, ihm die Lampe auszuknipsen. Hast du ihm irgendwas gesagt?«

»Was denn?«

»Irgendwas.«

»Herrgott, Claire, was gibt's denn zu sagen?«

Er sah zu, wie sie von den Männern um den Olds eine Zigarette schnorrte. Einer gab ihr mit großer Geste Feuer, und sie trödelte, blies den Rauch über die Schulter, hörte sich ihre trägen Neckereien, ihr Gelächter an. Einmütig folgten ihr die Blicke, und es ließ sich unschwer vorstellen, was die Männer murmelten.

»Ich glaube, du gefällst ihnen«, sagte Innis.

»Eine höfliche Sichtweise. Und du, gefall ich dir?«

»Lass den Quatsch, Claire.«

Sie sah hinüber zu dem kleinen weißen Gebäude, in dem die Fiedel wieder ertönte, dann ergriff sie seine Hand. »Komm, wir verschwinden.«

Innis versuchte, ihre Miene zu deuten. »Wohin? Er hat die Autoschlüssel.«

»Ich meine nicht mit dem Auto.« Sie zeigte hinter ihn, die Schärfe war aus ihrer Stimme gewichen. »Ich meine das Ufer, da unten.«

Seine Augen hatten sich inzwischen an das Dunkel gewöhnt, und die Nacht hatte eine seltsame Klarheit, vielleicht sah eine Katze sie so, dachte er, als Formen, umrissen von dem wenigen Licht, dem Flackern von Autoscheinwerfern oben auf dem Highway, dem Blinken von Glühwürmchen, dem Buglicht eines Bootes und seiner kaum gestörten Spiegelung. Auf dem Wald lag ein samtiger Schimmer. Wenn er einen Laut wie der Luchs hätte ausstoßen können, er hätte es getan, denn er wusste jetzt, was darin gelegen hatte: unbändige Freude gepaart mit blankem Entsetzen, ein Schrei, der die Welt um ihn erschaudern ließ, der ihn, den Luchs, zum Mittelpunkt von allem machte.

»Klar, gehen wir runter«, sagte er.

Claire zog ihn fort durch eine dunkle Wiese. »Mein Gott, ist das schwarz«, sagte sie und ließ seine Hand los. »Ich sehe überhaupt nicht mehr, wohin ich trete.« Sie war immer noch im Tanzsaal, das wusste er, aber vielleicht konnte er sie woandershin führen. Ruhiges Wasser war zwischen den Bäumen zu sehen, als sie durch hohes Gras tappten, bis sie einen Weg in den Uferwald fanden, der Boden anfangs weich, der Geruch von Harz und dumpfigem Farn, wie süßer Tabak, der schwarze, rußige Schlamm der morastigen Stellen, die Bäche, alle Gerüche riefen seinen eigenen, vertrauten Wald ins Gedächtnis. Claire stolperte über eine Wurzel, und er hielt sie fest, damit sie nicht hinfiel, dann küsste er sie, ohne zu zögern. Sie schien einen Augenblick lang überrascht, dann lachte sie und erwiderte seinen Kuss, bevor sie sich löste und weiterging. Die harschen Bogenstriche der Fiedel wurden weicher, leiser, die Rufe der Tänzer seltener, weit fort. Sie rannte voraus, als der Weg sich zum Strand senkte, dem feinen Sand entgegen, der, hoffte er, da sein würde, und er hörte das Plumpsen, als sie sich auf Knie und Hände fallen ließ. Draußen auf dem Wasser platschte etwas Kleines, ein silbriges Aufblitzen im Dunkel. Der Himmel war mit Sternen übergossen, aber ihr Licht erreichte nur die Augen, und Innis' Augen vergrößerten alles, einen Streifen Margeriten, der leuchtend im Dunkel schwamm, einen angetriebenen Baumstamm, zottig wie ein fahles Pferd, das Rückgrat eines Felsbrockens zerteilte einen Priel, dessen Wasser am Ufer von kleinen, sanften Wellen aufgeleckt wurde. Lumineszenz schwebte im Wasser wie Gardinen in leichtem Wind.

»Komm, Innis, wir gehen schwimmen.«

»Claire, du hast einen Knall.«

»Weichei.«

»Es ist noch nicht Mitternacht.«

»Aber beinah, los, komm.«

Es schien kein Mond, aber er sah, wie Claires Bluse in den Sand glitt. Sie summte eine Melodie. Welche Songs mochte sie? Warum wusste er das nicht? Ihr Rücken hatte dort, wo er vom Badeanzug bedeckt gewesen war, die Farbe hellen Holzes, und Innis wollte sie in seine nackten Arme schließen. Er zog sich ungeschickt die Schuhe aus, einen Fuß schon im kühlen Sand.

»Claire, das Wasser ist bestimmt wahnsinnig kalt.« Aber er zog sein Hemd aus, streifte die Jeans herunter. »Starr –« Doch dann wusste er nichts über ihn zu sagen. Vielleicht war es nur der Drang, den Namen seines Onkels dort abzulegen, in den Sand zu werfen wie die Kleidung. Claire, undeutlich nackt, ließ ihre Jeans fallen.

Ihre Gestalt, die sich auf das Wasser zubewegte, zwang ihn, zu warten, sich wieder in einen Zuschauer zu verwandeln: was konnte er Schöneres verlangen, als was da gerade zu passieren schien?

Trotz ihres Wagemuts kreischte Claire auf, als das Wasser sie berührte, hob die Arme über den Kopf, dann stürzte sie sich hinein, tauchte lachend und juchzend rasch wieder auf. Innis tappte noch zögernd über die Steinchen im flachen Wasser, da rief sie ihm zu, jetzt ist es herrlich, sobald man drin ist, ist es toll, aber Innis war in Gedanken bei Aalen und Krebsen, zu denen seine Zehen sich vortasteten. Er holte tief Luft und hielt den Atem an. Er zuckte zusammen, als Seegras seine Waden streichelte. Als das Wasser sein Glied umspülte, schrie er auf. Verdammt, sein Schwanz würde nie wieder hart werden, so eingeschrumpelt, dass er wie ein Stückchen Fischköder zwischen seinen Beinen hing. Claire schwamm mit ruhigen Zügen, die das einzige Geräusch auf dem ganzen Wasser zu sein schienen. Innis hatte Angst vor Gänsehaut und zusammengebissenen Zähnen, aber als er schließlich die Augen schloss und untertauchte, hatte Claire Recht: eine halbe Minute Qual, dann besänftigte sich sein Körper, seine Nacktheit wurde warm und geschmeidig. Er war noch nie nachts geschwommen, nur einmal in einem öffentlichen Bad mit Chlorgestank und hellem Licht und überdrehten Kindern. Jetzt schienen seine bleichen Gliedmaßen selbst flüssig zu sein, und er paddelte langsam auf Claire zu, fast ohne einen Spritzer, freute sich über sein geräuschloses Vorankommen. Er hörte Claire atmen, sie lag auf dem Rücken im Wasser, ihr Gesicht eine helle Maske in der Dunkelheit, bis er bei ihr war, dann sah er ihre Haut im klaren Wasser, ihre Hände, die Kreise beschrieben, um sie zu tragen. Er streichelte ihr Bein.

»O Gott, ich dachte, du wärst ein Fisch!« Sie war außer Puste, während Innis noch ganz ruhig atmete. Sie wandte sich zum Ufer. »Lass uns lieber ins Flache zurückschwimmen, Innis. Es ist niemand da, der uns retten kann.«

»Gut.«

Aber Innis folgte ihr nicht, ließ sich treiben, wo er war, trat Wasser, kreiste langsam auf dem Rücken. Sterne und Wasser. Niemand konnte ihn berühren, einen Mann in dem Element, woraus der größte Teil der Welt bestand, einen Mann, dessen Augen zum Himmel aufflogen. Die Sterne flossen in Strömen, er aber war fest wie ein Diamant, seine nasse Haut glitzerte. Er drückte den Rücken durch und streckte sich in ganzer Länge aus, schöpfte nur hin und wieder Atem. Die kleinste Bewegung seiner Hände trug ihn. Das Wasser schien sanft nach seinem Gesicht zu greifen, sich damit vertraut zu machen, nervöse Berührungen an den Schläfen, Salz im Mund. Aus dem Augenwinkel sah er zu spät eine lange Welle aus der Dunkelheit der Meerenge kommen, sie brandete rasch über sein Gesicht hinweg, und er hustete sie aus, er richtete sich auf und strampelte nach Luft. Seine Gliedmaßen waren plötzlich schwer, er rang nach Luft und schwamm angestrengt dorthin, wo er stehen konnte. Aber als er die Beine nach unten streckte, berührten seine Füße weder Steine noch Sand, sondern eine Zone so kalten Wassers, dass er erschrak, er paddelte auf Claire zu, die bis zur Taille im Wasser stand. Es floss aus ihren Haaren und leuchtete auf ihrer Haut. Innis richtete sich auf, seine Füße tanzten auf dem Grund, er scherte sich nicht um die Krebse.

»Hast du die kalte Wasserschicht da draußen gespürt?« Seine Stimme zitterte in der warmen Luft. »Eisig bis ins Mark.«

»Das ist eine Quelle, glaube ich«, sagte sie leise, als würden sie belauscht. »Sie treten manchmal vor der Küste aus.« Sie rubbelte ihm die Brust, dann umarmte sie ihn. »War das nicht toll? Fühlst du dich gut?«

»Mannomann«, sagte er. Er liebkoste ihr salziges nasses Haar, die salzigen Tropfen auf ihrer Haut. Er hatte für sie gesorgt, in jener langen Nacht, seine Lippen auf ihren Bauch gedrückt, als ihr Körper gebrannt hatte.

»Ich glaube, da sind Viecher um unsere Füße«, sagte sie.

»Sie müssen freundlich sein, denn sie beißen nicht.«

»Hast du keine Angst vor ihnen?«

»Im Moment nicht. Ich würde es nicht mal spüren.« Er zog sie eng an sich, küsste ihren Hals, ihr Ohr, ihren Mund, und sie erwiderte es, drang in seinen Mund, eine murmelnde Sprache, nur von ihren Lippen geformt. Sie pressten sich eng aneinander, bewegten sich kaum. Ein Wind kam auf. Das Wasser verlor seine blanke Schwärze, hob und senkte sich um ihre Körper. Claire fröstelte.

»Lass uns hinausgehen«, flüsterte sie.

Auf dem Strand trockneten sie sich langsam gegenseitig ab und benutzten ihre Hemden. Sie neckte ihn wegen seiner empfindlichen Füße.

»Starr wird von jetzt an allem gegenüber misstrauisch sein«, sagte er.

»Dazu ist es zu spät«, sagte sie, rieb ihm den Rücken und umarmte ihn von hinten. Sie strich mit den Händen über seine Brust, hinunter zu seinen gestrafften Bauchmuskeln. »O mein Gott«, sagte sie.

Sie legten sich in den Sand, der anfangs kühl war, sich aber unter ihren Körpern bald erwärmte. Eine kleine Muschel schnitt Innis ins Knie, aber der Schmerz blieb fern, verlor sich in all den Wahrnehmungen von ihr, und noch ferner blieb ein Geräusch wie Starrs Stimme, die vom Hügel herunter ihre Namen rief, wieder und wieder in verschiedenem Tonfall, quengelig, wütend, abwechselnd leiser und lauter, vom Wind verweht, aber Innis hörte ihn überhaupt nicht über dem Keuchen des eigenen Atems. Oben am Waldrand regten sich die Bäume im Wind wie gemächliche Pferde, und die Welt bestand nur aus ihr und ihm.

16

Innis hielt den Hörer an die Brust. »Es ist Dan Rory. Der gälische Gottesdienst in Big Bras d'Eau, er findet heute Vormittag statt.«

»Ja, und?« Starr trank schwarzen Kaffee, so schwarz wie seine Miene. Innis war hinuntergestolpert, hatte sich gewundert, dass Starr am Tisch saß und das Telefon klingeln ließ.

»Ich soll mitgehen. Ich muss, ich hab's versprochen.«

Starr trank nachdenklich noch einen Schluck Kaffee und sah ihn an. Auf einer Wange hatte er eine kleine schwarze Platzwunde und über dem einen Auge eine Schwellung. Innis hielt den Hörer anders, damit Dan Rory nicht sein Herzklopfen hörte.

»Fragst du mich etwa um Erlaubnis? Ganz was Neues«, sagte Starr. Im Fenster hinter ihm hatte sich Hochnebel auf den Berg gesenkt.

»Versteh doch, ich weiß nicht, worauf ich mich da einlasse, Starr. Ich will mich nicht blamieren. Ich war vielleicht sechsmal in meinem Leben in der Kirche.«

»Du solltest öfter hingehen. Da wird über Recht und Unrecht geredet. Aber das ist der richtige Gottesdienst für dich, Teufel auch. Du wirst kein einziges Wort verstehen.«

»Du müsstest hingehen, nicht ich.«

»Mein Gälisch ist nicht gut genug. Das ist was für die alten Leute.«

»Wie ich?«

»Wie du. Kommst du klar? Ich dachte, du wärst bis mittags weg vom Fenster.«

»Ich habe ja nicht eine ganze Flasche Rum getrunken.«

»Das hat nichts zu sagen.« Starr zog langsam an seiner Zigarette, sah mit zusammengekniffenen Augen durch den Rauch. »Schläft die Prinzessin noch?«

»Woher soll ich das wissen? Sie schläft ja nicht in meinem Bett.«

»Na, da bin ich aber froh. Ich war schon in Sorge. Sag Dan Rory, du wirst am Briefkasten stehen, mit meiner Krawatte mit dem Henkersknoten um den Hals und im grässlichsten Sakko, das ich auftreiben kann.«

Falls Innis ein Gebet ausstoßen wollte, dann: Bitte, lieber Gott, keinen Regen, Kirche und Regen war zu viel, er hätte darauf bestehen sollen, dass Starr hinging und nicht er, hör mal, du Heuchler, wenn ich nicht verstehen soll, was du sagst, redest du Gälisch, das ist deine Kirche, nicht meine, aber nun fiel unerbittlicher Landregen und strömte vom steilen Dach der mit weißen Schindeln gedeckten Kirche, alle eilten auf die Tür zu, drängten sich im Vorraum, nickten sich zu und wechselten ein paar Worte, während sie ihre Regenschirme oder ihre Hüte ausschüttelten. Das gesellige Beisammensein draußen war ihnen genommen worden, sagte Dan Rory, die Älteren trafen sich gerne vor dem Gottesdienst, einige waren von weither gekommen, und Innis dachte, vielleicht war der Regen doch besser, so blieb es ihm erspart, all das: Und wer ist der junge Mann bei dir, Dan Rory, ach, das ist der Junge von Munro Corbett, soso, und wie gefällt es dir hier, bestimmt gut, ist zwar nicht wie Boston, aber längst nicht so viel Druck und Dampf, was?

Vielleicht machte Starr heute viel Druck und Dampf. Innis hatte Claire ungern allein gelassen, unsicher, was sie empfand, was sein Onkel wusste, was er ihr an den Kopf werfen würde, wenn sie in die Küche hinunterkam. Würden sie sich versöhnen, während er weg war? Aber was konnte sein Onkel wissen? Sie waren auf getrennten Wegen zurückgegangen, Claire in den Saal, Innis zu den Autos draußen, auf herrliche Art müde, die Starr vielleicht sogar an ihm riechen konnte, als er aus dem Wald kam: Herrgott, wo wart ihr zwei denn? Welche zwei?, hatte Innis gefragt, ich war pinkeln. Starr, der offenbar gerade eine Prügelei hinter sich hatte, trat dicht vor Innis und sagte: Hier wird heute Abend außer pinkeln noch allerhand andres getrieben.

Innis kam hinter Dan Rory nur langsam voran, denn der alte Mann blieb fast nach jedem Schritt stehen, um jemanden mit heiserem Geflüster zu begrüßen oder eine Hand zu halten, während er sich mit Leuten unterhielt. Sie verfielen immer wieder ins Gälische, schienen von Dingen zu sprechen, für die sich Englisch nicht eignete, und Innis war überzeugt, dass sich einiges davon auf ihn bezog, diesen schlecht gekleideten, schlaksigen jungen Mann. Hielten sie ihn für einen Enkelsohn? Finlay, der vorneweg ging, oder Dan Rory antworteten. Er hätte nicht kommen sollen, seine Gedanken waren bei Claire, er war unsicher, wie sie sich nach gestern Abend begegnen sollten, im Tageslicht, und er musste sie allein abpassen, ohne Starr in der Nähe, um das herauszufinden. Innis sah auf seine Handgelenke, sie ragten aus den Ärmeln eines Jacketts, das Starr aufgehoben haben musste, um ihn zu demütigen, eine Art Polyester-Gesprenkel wie

Sitzbezüge in einer Cocktailbar, dazu ein Schlips mit kleinen Hufeisen drauf. Dan Rory beugte sich zu einer weiteren Bank vor, während Innis mit hochrotem Kopf wartete, sodass alle ihn sehen und über ihn tuscheln konnten, und hinterher musste er das alles über sich ergehen lassen: Wer, wer, *Co leis thu?*, wessen bist du? Warum setzten sie sich nicht einfach hin? Aber er konnte den alten Mann schlecht am Rockschoß zupfen, diese Unterhaltungen bedeuteten ihm zu viel. Ein Stock tappte, Schuhe quietschten, der ächzende Seufzer, wenn jemand seinen Platz einnahm, Gehuste und Gemurmel und das Rascheln von Regenmänteln, die ausgezogen wurden. Weiter vorn saß ein Mädchen, eine junge Frau, das blonde Haar fiel ihr fast weiß über den Rücken, sie war in ein Gesangbuch vertieft, mit dem Licht des grauen Kirchenfensters auf dem Haar für Innis eine willkommene Ablenkung, am liebsten hätte er sich neben sie gesetzt, he, was machst du denn hier unter all den alten Leuten, sitzen wir im selben Boot, du und ich? Vielleicht konnte sie Gälisch, es gab junge Leute, die es lernten, es unbedingt bewahren wollten, sagte Finlay, wenn auch oben im Westen mehr als hier. Es reizte Innis, sie diese Sprache sprechen zu hören, sie nach Wörtern zu fragen, da er sie nur von älteren Leuten gehört hatte, von Dan Rory und Finlay, von Starr manchmal am Telefon. Vielleicht würde sie auch singen, falls die Kirchenlieder hier auf Gälisch gesungen wurden. Möglich, dass sie nichts Besonderes war, wenn er mit ihr im Auto saß und Radio hörte, aber hier in der Kirche, während Dan Rory Innis zu der Bank hinter ihr wies, wirkte sie schön und geheimnisvoll. Ein alter Mann in braunem Anzug rückte ein Stück, um ihm Platz zu machen, musterte ihn durch beschlagene Brillengläser. Dann ließ Dan Rory sich umständlich auf der Bank nieder. Nur das Lachen kann uns retten, hatte Starr einmal gesagt. Heute Morgen hatte er nicht gelacht. Ob Claire inzwischen auf war? Sie hatte viel Wein getrunken. Innis hatte sie als Erster sehen wollen, schlaftrunken, mit dem unglaublichen Haar, das nichts genug zerwühlen konnte, um sie hässlich zu machen. Aber Starr würde sie als Erster sehen, der Mistkerl. Was soll ich jetzt machen?

Der Alte neben ihm beugte sich vor, als der Geistliche in einer etwas verknitterten schwarzen Robe auf die Kanzel stieg. Er legte die Bibel hin und stützte sich auf, als schaute er aus dem Fenster. Dan Rory sagte, er wäre im Ruhestand, stammte von der Insel St. Kilda fünfzig Meilen draußen im Atlantik vor den Hebriden, zusammen mit den letzten Bewohnern war er um 1920 aufs Festland evakuiert worden, also auch ein Insulaner. Er hatte eine Gemeinde oben in North Shore gehabt, wo sie zu Hause alle Gälisch sprachen, sagte Dan Rory, kein Englisch, bis sie in die Schule kamen, und bevor er ein Mann Gottes wurde, war er ein *Dia* gewesen. Der Mann wirkte raubeinig, mit breit geboxter Nase. Dichtes graues Haar hing ihm wirr in die Stirn. Er schien nicht zu predigen, als er zu sprechen begann, eher mit den Leuten zu reden, von denen ein paar aus seiner alten Gemeinde kamen, denn er nickte ihnen zu. Die Sprache flutete über Innis hinweg, sie hatte nicht die Schullehrerschärfe, die Starr ihr gab, »Bekannte gälische Sprichwörter zum Strafen von Neffen«, oder Lästereien, die Innis nicht verstehen sollte, obwohl er merkte, wenn es zotig wurde. Die Stimme des Geistlichen war sanft, fast nachdenklich, ohne feurigen Eifer, vielleicht hatte er den schon in einer anderen Predigt heute Morgen verbraucht. Nein, er war dieser alten Leute wegen gekommen, und sie seinetwegen. Innis starrte auf die langen blonden Haare vor ihm, manchmal war er überzeugt, einem anderen Menschen seine Gedanken schicken zu können, wenn er sich nur fest genug konzentrierte, also sandte er der Blondine einen geheimen Wunsch, nichts Unanständiges, nur freimütiges Verlangen, er war noch von gestern Abend in Schwung, als alles mit Claire in einen Taumel der Verzückung führte. Aber das Mädchen empfing die stummen Signale nicht, sie lauschte mit erhobenem Kinn dem Geistlichen, wenn auch vielleicht, ebenso wie Innis, nicht den Worten selbst.

Aber dann merkte auch Innis auf: der Geistliche war zu gutturalem Englisch übergegangen, um die Besucher zu begrüßen, die kein Gälisch konnten, dann erwähnte er »die Männer unten«, die das heilige Singen der Psalmen übernehmen würden. Unter der Kanzel saßen in einer Reihe der Gemeinde gegenüber elf Männer in dunklen, etwas abgewetzten Anzügen. Sie hatten die Haltung feierlicher Sonntage, waren durchaus nicht alle alt, nicht so alt wie Dan Rory und einige nicht viel älter als Starr, und sie trugen kein Ornat, aber für Innis hatten sie etwas Altertümliches an sich in ihrem würdevollen Ernst, die Hände um ein schwarzes Buch im Schoß. Alles Männer aus dem Norden, hatte Finlay auf der Herfahrt erzählt, wo sich noch Leute fanden, die gut Gälisch sprachen, in St. Aubin fast niemand mehr, und das war zweifellos die letzte Generation von Vorsängern im alten Psalmton, junge gälische Stimmen wuchsen nicht nach oder wollten sich nicht ausbilden lassen, und wozu auch, da ein gälischer Gottesdienst wie dieser inzwischen eine Seltenheit geworden war, ein Relikt aus der Vergangenheit.

Die Vorsänger erhoben sich, alle verschieden groß, und der Solovorsänger begann: *Arduicheam thu, mo Dhia, 's mo Righ, d'aim beannaicheam gu bràth*, die übrigen Männer nahmen das letzte Wort auf und wiederholten die

Zeile, danach gab der Solist die nächste Zeile vor, bis die anderen wieder einfielen. So ist es Tradition, nach Art der Vorväter, sagte Dan Rory, so hielt es auch dein Großvater. Die Männer zogen die Töne in die Länge, ungemildert von jugendlichen oder weiblichen Stimmen, für Innis ein Klagelied, langsam, unmelodiös, nicht mal von einer Orgel begleitet, ohne Verzierungen, ganz anders als die Chöre damals daheim zu Ostern in ihren langen Gewändern, die die Choräle wie fröhliche Volkslieder geschmettert hatten. Dan Rorys Lippen bewegten sich stumm. Die Vorsänger, och, die haben ihre Melodien mit dem Ohr und mit dem Herzen gelernt, hatte er erzählt, in einer Kathedrale bekommst du so was nie zu hören. Das mochte Innis gern glauben, als der Solovorsänger den letzten harschen Ton aushielt, bis er mit der Luft am Ende war, und der Geistliche dankbar zu den Männern hinuntersah, die unter Husten und Räuspern wieder ihre Plätze einnahmen.

Der Geistliche setzte eine schwarze Brille auf, musterte über deren Rand hinweg kurz die Gemeinde und begann dann aus der Bibel vorzulesen, mit mehr Gefühl, als Innis in den Psalmen gespürt hatte. Er war in den Anblick des Mädchens versunken, als Dan Rory ihn anstupste, ihm eine aufgeschlagene Bibel in den Schoß legte und auf den Vers zeigte, den der Geistliche auf Gälisch vorlas. Innis nickte und senkte den Blick pflichtschuldig auf die Seite. Hiob, stand oben drüber, na schön, er würde so tun, als folgte er dem Text, aber dann las er doch mit, falls Dan Rory ihn später danach fragte, im Hintergrund hob und senkte sich die Stimme des Geistlichen: Denn ein Baum hat Hoffnung, wenn er schon abgehauen ist, dass er sich wieder erneure, und seine Schösslinge hören nicht auf. Ob seine Wurzel in der Erde veraltet und sein Stamm in dem Staub erstirbt, so grünt er doch wieder vom Grunde des Wassers und wächst daher, als wäre er erst gepflanzt. Aber der Mensch stirbt und ist dahin; er verscheidet, und wo ist er? Wie ein Wasser ausläuft aus dem See, und wie ein Strom versiegt und vertrocknet, so ist ein Mensch, wenn er sich niederlegt, er wird nicht wieder aufstehen; er wird nicht aufwachen, solange der Himmel bleibt, noch von seinem Schlaf erweckt werden. Ach, dass du mich verbergen wolltest … Der Geistliche schwieg; als Innis hochsah, setzte er die Brille ab und steckte sie weg, um seine Predigt zu beginnen, in weichem, fast beiläufigem Gälisch. Der grimmige Ton der Lesung war ganz verschwunden. Innis gab Dan Rory die Bibel zurück, mit einem dankbaren Lächeln, aber der alte Mann war ganz in die Worte von der Kanzel vertieft, genoss sie mit geschlossenen Augen. Regen strömte über die gotisch geformten Fenster, deren Scheiben aber nicht bunt, sondern grau waren. Die Kirche hatte sich erwärmt, der Geruch feuchter Kleidung hing in der Luft. Innis fielen die Augen zu, er riss sie auf und rieb die kleine Schnittwunde auf seiner Kniescheibe, um wach zu bleiben. Hinterher hatte Claire gewitzelt, wir haben nicht mal Zigaretten. Innis konnte nicht aufhören, sie zu berühren, ihr Gesicht, ihren Körper, damit seine Fingerspitzen sich später daran erinnerten. Hast du Starr gehört?, hatte er sie gefragt, ich dachte schon, er findet uns hier unten, und sie sagte, für sie wäre er nur ein Geräusch oben im Wald gewesen, aber er durfte nie etwas davon erfahren. Innis fragte, was wird er denken? Alles, was er will, Misstrauen hat seine eigenen Freuden. Sie zogen sich langsam an, wie im Traum, so kam es Innis jetzt vor. Sie redeten nicht viel, die Sterne bezogen sich mit Schleierwolken. Die Stimmung wurde vom Tuckern eines Gipsfrachters zerstört, sie blieben noch, bis sie seine Positionslampen sahen und seine Bugwellen ans Ufer zischten, Innis küsste sie wieder, aber wenn er sich jetzt daran erinnerte, dann waren seine Lippen begieriger als ihre, hungriger …

Die Vorsänger standen wieder und räusperten sich für einen weiteren Psalm, aber diesmal fiel die Gemeinde, die immer noch saß, mit ein, ein anderer Vorsänger gab das Solo vor, ein Mann mit graublondem Haar, der den Psalm in seinen Händen gar nicht beachtete, ließ langsam eine Zeile ertönen, und die Kirchgänger nahmen sie auf und erwiderten sie mit vielen Stimmen, alten Stimmen, die zunehmend kräftiger wurden. Aber da war noch etwas anderes: langsam, fast unmerklich fingen sie an, sich zu wiegen, während sie sangen, auch Dan Rory und die anderen um ihn, sogar das Mädchen ein wenig, und selbst Innis konnte sich dem kaum entziehen, besonders, als ein langsames Tappen einsetzte, das bald zu einem regelmäßigen Aufstampfen unsichtbarer Sonntagsschuhe wurde, anfangs nur hier und dort, als trauten sie sich nicht recht oder müssten nach so langer Zeit erst ermutigt werden, niemand klatschte in die Hände oder jammerte oder jauchzte, nur dieses schüchterne Stampfen verborgener Füße im Takt, für Innis war es der Rhythmus seiner Axt, wenn er Bäume fällte. Etwas, das weit zurückreichte, hallte darin wider, Innis spürte es, obwohl er nicht wusste, was es war, und auch sein Fuß trat den Rhythmus, leise, verstohlen, denn schließlich gehörte er nicht dazu, kam aus einer anderen Zeit. Diese Menschen schaukelten sich nicht in Ekstase, weinten nicht auf den Knien, sie wiegten sich nur zum Klang ihrer alten Sprache, so äußerten sie in diesem heiligen Haus ihre leidenschaftliche Hingabe. Nach zwei weiteren Psalmen beendeten die Vorsänger mit zum Himmel erhobenen Augen und zugeklappten Büchern den Wechselsang, und der Geistliche sprach den gälischen Segen, *Deanamaid ur-*

naigh, bestimmt der letzte, den einige der Kirchgänger von der Kanzel vernahmen.

Inmitten des allgemeinen Aufbruchs, der folgte, stahl Innis sich zu einer Seitentür hinaus, er mochte sich der peinlichen Prozession nicht noch einmal unterziehen. Der Regen hatte sich in windiges Nieseln verwandelt, er schlug den Kragen hoch und schlenderte auf den Friedhof. Wirklich ein Jammer, dieses Jackett und den Schlips einzusauen, in Boston würde man in dem Aufzug verhaftet werden. Er stellte sich unter eine Birke und betrachtete die Grabsteine, einige neu, rot und blank poliert, ältere weiß und grau, die Inschriften kaum noch lesbar, von Flechten überwachsen. Dahinter das Wasser, grau mit weiß gefletschten Zähnen. Gestern Abend war er endlich mit Claire allein gewesen, im Dunkeln, Atem, Zungen, Haut. Was ging in ihrem Kopf vor? Sie war älter, kannte das Leben, andere Männer. Die Mädchen vorher, für die war das alles so neu gewesen wie für Innis, zumindest hatten sie sich so angestellt, ungeschickt, unsicher, erregt suchend. Starr hatte auf der Heimfahrt kein Wort gesagt, lenkte ein bisschen unsicher, aber sie blieben auf der Straße, Claire starrte zum Seitenfenster hinaus und summte leise, in sich versunken, Innis saß wieder auf dem Rücksitz wie das Kind nach einem Familienausflug, ihm fiel nichts zu sagen ein, was alle drei ins Gespräch ziehen konnte. Er mochte ohnehin nicht reden, nur Claire berühren, ihr die Hand auf die Schulter legen, um sie zu erinnern, weißt du noch, wir sind heute Abend fort gewesen, haben für eine Weile alle auf der Welt hinter uns gelassen. Es machte ihn verrückt, dass er nicht mit ihr allein sein konnte, dass Starr da war, in seinem Schweigen schlimmer als in seiner Geschwätzigkeit.

Innis ging zwischen den Grabsteinen umher, las Namen und Inschriften. So viele waren jung gestorben, vor langen Jahren, jung und manchmal kurz nacheinander. Wahrscheinlich eine Krankheit. Zwei MacLeods, Brüder, 1886 auf See ertrunken, einer im Alter von Innis. Wenn man schon jung sterben musste, war es vielleicht gar nicht so schlecht, in einem Sturm unterzugehen? Musste ein Segelboot gewesen sein. Der Mensch legt sich nieder und steht nicht wieder auf. Von dieser Wahrheit war er hier umgeben. Aber sie schärfte nur sein Glücksgefühl, dass er nass war und atmete und die frischen Rosen auf dem Nachbargrab riechen konnte. Vielleicht fand er Arbeit auf einem Fischkutter. Das reizte ihn plötzlich, während der Regen über sein Gesicht rann, dieses Wetter hatte etwas an sich, das ihn in Bann schlug. Doch dann fiel ihm ein, dass sie auf dem Hinweg durch Big Bras d'Eau gekommen waren, wo die meisten Fischer festmachten und ihre Hummer auf dem staatlichen Kai verkauften, aber die Saison war vorbei, die Boote lagen an Land.

17

Es überraschte ihn nicht, dass Claire ihm die kalte Schulter zeigte. Nicht, dass sie unfreundlich war oder nicht mit ihm redete, sie wollte nur nicht über ihr Verhältnis zu ihm reden. Sie umarmte ihn zur Begrüßung und zum Abschied in der Küche, wenn Starr zusah, gab ihm sogar einen Kuss, einen lauten Schmatz, verlegen, fast drollig, obwohl Innis nicht lachte. Nur einmal, als sie sich oben auf der Treppe begegneten, gab sie ihm einen kurzen, heftigen Kuss, wie einen Schlag, mit dem er dann allein fertig werden musste. Er spielte mit, vielleicht um alles auszulöschen, was Starr noch von jenem Tanzabend wusste oder zu wissen meinte. Dabei konnte der Mann nur

Vermutungen haben, allerdings hatte er auch einen untrüglichen Instinkt, vor dem man sich in Acht nehmen musste. Ja, Herrgott nochmal, platzte Claire eines Tages beim Essen heraus, seiner bissigen Bemerkungen müde, und warf ihr Messer auf den Teller, wir sind schwimmen gegangen, es war heiß, na und, hör endlich auf. Schwimmen?, fragte Starr und wandte sich an Innis, was kannst du denn am besten? Brustschwimmen? Rückenschwimmen? Natürlich hattet ihr unter eurer Kleidung die Badesachen an, ja? Die sarkastischen Bemerkungen seines Onkels gingen weiter, bis Claire explodierte und verkündete, sie würde gehen, wenn er nicht aufhörte. Also ließ er das Thema fallen, wenn sie dabei war, triezte aber Innis immer wieder damit. Du hast dich davongestohlen, mit ihr zusammen, du kleiner Scheißer, sagte er zu ihm, wenn sie allein waren, tu das nie wieder.

Am Ufer allein, an das alte Ruderboot gelehnt, zauberte Innis Claire mit einem Feinstrich-Kugelschreiber herbei, mit der akribischen Genauigkeit eines Kupferstechers. Kannst du das auch, Starr? Um ihre Augen waren hauchfeine Fältchen, die nahezu unsichtbaren Vorboten des Alters, trotzdem waren ihre herrlichen großen Augen das Auffälligste an der Zeichnung. Er gab ihrem Körper kleine Mängel und Schwächen, aber sie verstärkten nur, was er daran liebte. Er sah sie jetzt anders. Er war überzeugt, dass es wieder passieren würde, dass Umstände und Stimmung wieder so zusammenkommen würden, aber er konnte es nicht einfordern. Als er fertig war, blätterte er im Block, verweilte bei manchen Seiten. Eine kleine Blume mit nickenden Zwillingsblüten. Ein im Wald verrottender Kleinlaster, dessen rostfleckige blaue Farbe ihm in die Augen gefallen war, im Rahmen der Windschutzscheibe hing ein kunstvolles, kugelrundes Gespinst. Auf einem Hochspannungsmast der mächtige Horst eines Seeadlers, aus vielen Ästen und Zweigen. Eine tote Fledermaus im Gras wie ein verlorener Handschuh. Claire beim Tanz, das Gesicht vom wirbelnden Haar verdeckt. Ein Strauß Marihuanablütenstände, wie er sie oben zu sehen hoffte. Eine Krähe auf der Wäscheleine, die einem von Starrs Hemden einen Knopf ausriss. Der Wasserschierling – er hatte ihn vergessen, seinen Plan, ihn für Ned zu ernten. Er ging am Strand entlang, um nachzusehen, ob er noch da war. Ja, inzwischen größer, die winzigen Blüten zu Dolden ausgeformt. Wurde er stärker, giftiger, reifte er wie Pot? Innis würde sich irgendwann um ihn kümmern, er lief ihm nicht weg.

Er arbeitete hartnäckig an dem hölzernen Boot, schmirgelte die lose Farbe ab, strich es neu. Es taugt noch, sagte Starr, aber die Fugen werden eine Weile lecken, und das hatten sie auch getan, als Innis an windstillen Tagen in der Bucht hin und her ruderte, sich beibrachte, wie man die Riemen handhabte, das Boot auf geradem Kurs hielt. Wenden war verdammt einfach, in der ersten Woche trieb es ihn hierhin und dorthin, wieder und wieder musste er das Boot mit einem Riemen zum Ufer hin ausrichten, bevor er mit beiden sein Ziel erreichte. Wasser schwappte ihm über die Füße, bis er Angst bekam, das Boot an Land zog und mit einem abgeschnittenen Plastikkanister ausschöpfte. Das Holz quoll bald auf und verschloss die Lecks, und es war nur noch das Klacken und Quietschen der Ruderdollen zu hören, als er sich bei Ebbe weiter hinauswagte, aber selbst dann gab es Strömungen, und wenn er dagegen anrudern musste, wenn er spürte, wie das Boot einem Sog gehorchte, den er nicht einmal sehen konnte, legte er sich schwer in die Riemen, mit hämmerndem Herz und Schweiß auf dem Gesicht. Es sah nie wie eine Meile weit bis zum Ufer des Berges aus, erst wenn er draußen auf dem Wasser war, und dann verließ ihn der Mut, er bekam Angst vor der Flut. Aber weiter war es nichts, Mut, er musste den Mut aufbringen.

Er ging in den Oberwald hinauf, froh, dass die Waldarbeiter vom E-Werk weg waren, obwohl überall herumlag, was sie abgeholzt hatten. Und das waren nicht nur die Erlen, sondern auch jeder größere Baum in einer Senke quer zur Schneise, Birke, Ahorn, alles keine Bedrohung für die Stromleitungen. Man konnte jetzt in beiden Richtungen weit sehen. Er näherte sich seiner kleinen Lichtung wie immer, auf einem schmalen, gewundenen Pfad zwischen Bäumen und Farnen, man musste danach suchen, und selbst dann konnte es einer der Hirschpfade sein, von denen der Wald durchflochten war. Aber als er ins Freie kam, blieb er abrupt stehen: seine Pflanzen waren hüfthoch und kräftig, ihre Blattfächer flatterten im Wind, aber er spürte, dass jemand da gewesen war, und zwar kein Tier. Es war so greifbar, dass er um die Lichtung herumging und Sträucher zerteilte, hinter Bäume spähte. Er kniete an Stellen, wo vielleicht von einem Fuß das Gras niedergetreten, ein Moospolster eingedrückt worden war, vielleicht aber auch nicht. Er war kein Indianer, noch kein Fährtenleser, die abgebrochenen Stängel weicher Binsen waren für ihn nichts weiter als ebendies, er vermochte nicht zu sagen, was sie geknickt hatte. Wie Starr blieben ihm nur Vermutungen. Aber sein Gefühl war stark, und manchmal musste man darauf hören. Sobald er sich vergewissert hatte, dass er allein war, ging er von Pflanze zu Pflanze, rieb die Stängel und roch dann an seinen Fingern: Ja! Harz!, nicht terpentinig wie bei Nadelbäumen, sondern süßlich, in der Nase kitzelnd, zum Einatmen bestimmt, Farbe ließ sich damit jedenfalls nicht verdünnen. Drei zeigten männliche Blüten, aber er brachte es nicht über sich, sie auszureißen. Also würden die weiblichen Pflanzen nun doch nicht *sinsemilla* sein, unbefruchtet und deshalb besonders stark, aber er würde immer noch genug Geld dafür kriegen, sogar männliche Pflanzen gaben guten Stoff, mehr als gut genug, wer merkte hier schon einen Unterschied, Gras war Gras. Eigentlich konnte doch niemand hier gewesen sein, oder? Zu weit oben, nichts los hier außer den Wanderungen von Tieren, ihren nächtlichen Raubzügen im Schutz der Dunkelheit. Schließlich war nichts zerstört, kein Blatt fehlte oder war angeknabbert. Er konnte ohnehin nicht hier oben Wache stehen. Noch ein paar Wochen, und die Pflanzen waren so weit. Es hatte ordentlich geregnet, also brauchte er kein Wasser von der Quelle hochzuschleppen. Etwas mehr Sonne würde helfen. Es war ein Tag mit tiefem Himmel, drohendem Regen, aber die Wolken waren fahl und dünn, grau marmoriert und unbeweglich. Er umkreiste die Lichtung mehrere Male, legte eine Duftspur wie der Luchs, dieses Revier gehört mir, Feinde, aufgepasst. Er stand am Pfad und überwachte seine Pflanzen, als wären sie seine Schafherde, hielt Ausschau nach Anzeichen, dass der Wolf da gewesen war.

Ach zum Teufel, was konnte er hier an diesem Nachmittag schon noch tun? Außerdem hatte er einen Job, die alte Scheune von Mrs. MacKenzie anstreichen, sie wollte sie rot haben, wie sie vor Jahren gewesen war, und die ausgetrockneten Schindeln schluckten Gallonen von Farbe. Heute, auf den höchsten Sprossen einer langen Leiter, würde er den ersten hohen Giebel erreichen. Und dann, für den Rest des Nachmittags, würde er zum Boot hinuntergehen.

Sein Garten beschäftigte ihn immer noch, als er von einer Seite der Bucht zur anderen ruderte und nachdenklich auf den sanften Wellen schaukelte. Hatte er sich etwa unter den unzähligen möglichen Stellen im Wald eine gefährliche ausgesucht? Diese Pflanzen zu verlieren war für ihn schrecklicher als eine drohende Verhaftung. Aber es gab keine Beweise dafür, dass jemand da gewesen war, oder konnte er sie nur nicht entziffern? Eingelullt vom leisen Schwappen des Bugs, zog er die Riemen ein und ließ das Boot im Kreis treiben. Und plötzlich war Claire am Strand. In weißer Bluse, mit einem bunt gestreiften Handtuch über der Schulter. Innis holte tief Luft und wartete darauf, dass Starr zwischen den Bäumen auftauchte, aber er kam nicht. Claire sah Innis und winkte, aber er tat, als hätte er sie nicht gesehen, und zog mit einem Ruder das Boot herum, bis der Bug zum Ufer zeigte und er auf die Meerenge hinaussah. Falls Starr doch noch kam, würde er aus der Bucht herausrudern. Er wollte nicht mit ihr und seinem Onkel zusammen auf diesem Sand sein, er wollte sich sein Gerede nicht anhören, heute nicht, niemand konnte ihn dazu zwingen. Aber er hörte ihre Stimme, sie rief ihn. Er ruderte so langsam, wie er nur konnte, mit dem Rücken zu ihr, und sah nicht über die Schulter, bis der Kiel über den Kies schrammte und sie ins Wasser watete und den Bug packte.

»Hast wohl da draußen geträumt?«, sagte sie und half ihm, das Boot an Land zu ziehen.

»Eigentlich nicht. Kommt Starr?«

»Er ist zu einer Beerdigung nach Sydney gefahren. Ein alter Vetter.« Sie sah ihn von unten an. »Er hat dich gesucht, du solltest mitkommen.«

»Da kann er lange warten, wenn's der Vetter ist, an den ich denke. Du hättest mitfahren sollen. Es geht nichts über eine schöne Beerdigung.«

»Ich bin nicht in der Stimmung für eine Beerdigung,

vielen Dank. Innis, du wirst ja braun. Die Winterblässe ist verschwunden.«

»Ja?« Er machte sich daran, das Wasser unter der hinteren Ruderbank auszuschöpfen. »Hätte nicht gedacht, dass dir das auffällt, Claire. Ist dir was an meinem Onkel aufgefallen?«

»Manches, was du wahrscheinlich auch merkst, und manches, was du nicht merkst.« Sie zog seinen Kragen zurecht. »Jugend ist etwas Schönes, bei jemandem wie dir, aber sie ist nicht alles, Kleiner.«

»Sag mir, Claire, meinst du, ich habe zu wenig Ahnung?«

»Du brauchst einfach noch ein paar Jahre unter der Gürtelschnalle da.«

»Gefällt sie dir? Die ist aus dem Ersten Weltkrieg. Ich hätte gern auch das Käppi, das dazugehört, mit der frechen grünen Feder.«

»Du bist sowieso frech.«

»Das hat meine Mutter auch immer gesagt. Aber ich glaube, das stimmt nicht mehr.«

»War sie hübsch, deine Mutter?«

»Ist es wahrscheinlich immer noch. Und deine?«

»Sie sieht mit fünfzig immer noch attraktiv aus, meine Mutter. Aber es war ihr zu wichtig, dass ihr die Männer auf der Straße hinterherpfiffen, dass der Fleischer ihr zuzwinkerte. Ich dachte, o Gott, so möchte ich nicht werden, immer nach Blicken gieren. Ich weiß, irgendwann ist es damit zu Ende. Aber wenn du mir schöne Augen machen willst, Innis, werde ich mich nicht beklagen.«

»Hast du unter der Jeans deinen Badeanzug an? Starr verlangt das jetzt so. Das ist Vorschrift.«

»O ja, ich halte mich an die Gesetze.« Sie lächelte. »Ich wusste gar nicht, dass du rudern kannst, Innis.«

»Besserer Tag fürs Rudern als fürs Schwimmen.« Der

Wind hatte sich völlig gelegt. In der Bucht waren keine Wellen, das Wasser lag am Ufer, als wäre es ausgeschüttet worden. Im klaren seichten Wasser öffnete und schloss sich eine violette Qualle, andere waren nur hilfloser Pudding im Sand. »Ich rudere dich hinaus, wenn du magst.«

Sie legte sich das Handtuch wie einen Schal um den Hals und sah zum Himmel auf, zu den dunklen, reglosen Wolken. »Na gut, Innis. Sei mein Rudersklave.«

Seine Schuhe waren ohnehin nass, also stieß er das Boot ins Wasser und stieg ein. Claire saß entspannt auf der hinteren Bank, die Hände zwischen den Knien, während er das Boot aus dem seichten Wasser stakte. Er steckte die Riemen in die Dollen und fiel in den Rhythmus, der ihm langsam vertraut wurde. Claire sah an ihm vorbei auf die Meerenge hinaus, zu der er den Bug ausrichtete. Wenn er kräftig ruderte, konnte er auf diesem ruhigen Wasser das andere Ufer erreichen, und was danach passierte, war ihm egal. Er war gut in Form; wenn es sein musste, konnte er den ganzen Tag lang rudern, sein Kielwasser war ordentlich, schnurgerade. Die Bucht verschwand langsam, wurde zu Ufer mit Wald dahinter. Dem allgegenwärtigen Wald. Innis fühlte sich daraus befreit, nichts war zu hören außer dem Klacken der Dollen, dem synchronen Platschen der Riemen.

»Von hier draußen sieht alles anders aus«, sagte Claire. »Man kann so weit die Meerenge hinuntersehen.«

»Es sind nur ein paar Meilen bis zum Meer. Hinter der großen Brücke kannst du die engste Stelle erkennen. Danach sind wir auf dem offenen Ozean, Claire!«

»Vielleicht ein andermal, ja?«

»Mit dir gibt's für mich nie ein andermal, Claire. Das ist das Problem.«

»Lass uns das hier genießen, Käpten. Schau mal da!«

Sie zeigte zur Bucht hoch, über der Starrs Haus auf dem Hügel erschien, mit schwarzem Dach und weißen Mauern, und bald weiter östlich die graue Scheune, die grünen Wiesen.

»Von hier aus gefällt's mir besser«, sagte Innis und nahm seinen Rhythmus wieder auf, legte sich tief in die Riemen.

Der Regen war anfangs so fein, dass die glatte graue Oberfläche sich in Sandstein verwandelte. Beide lachten, als sie ihn spürten, hoben das Gesicht, sperrten den Mund auf. Ein Kormoran kam von einem langen Tauchgang hoch, erschrak und flüchtete, seine Flügel peitschten das Wasser, bis er sich in die Luft schwang, den langen schwarzen Hals zum offenen Wasser gereckt. Die Strömungen schienen nur noch Farbtöne zu sein, Fossilienabdrücke. Bis auf das Flüstern des Regens waren sie von tiefer Stille umgeben, schienen darin zu schweben, und das schreckte Innis auf – das Gefühl, nicht von der Stelle zu kommen, obwohl er mit aller Kraft ruderte. Er schaute sich um: so weit war er noch nie hinausgerudert, und, verdammt, sie hatten noch nicht ein Viertel des Wegs zurückgelegt, der Berg war kaum näher gerückt. Sein Kielwasser beschrieb Kurven.

»Pass auf«, rief Claire. »Es geht los.«

Er hörte die Tropfen, bevor er sie spürte, ihr lautes Ping wie auf Glas, dann trafen sie ihn mit stechendem Schmerz, so heftig, dass er die Augen zukniff. Beide duckten sich, als der Regen auf sie niederprasselte. Sekunden später fiel er in langen geraden Schnüren, dann, als der Wind folgte, wallte er wie wogende Vorhänge, und dann wurde das Wasser lebendig. Er hob ein Ruder aus dem Wasser, das Boot schien zur Seite zu treiben, und er drehte es mit dem anderen Ruder zurück zur Bucht. Claire hielt sich an den Dollborden fest, als die Wellen das Boot seitwärts trafen, anfangs noch nicht heftig, aber die Wellentäler wurden tiefer, er konnte es kaum fassen, wie das Wasser der Meerenge tobte. Das Ufer war im Wind nur ein verschwommener dunkelgrüner Streifen.

»Die Strömung treibt uns ab, Innis!«

Es war jetzt kein Kielwasser mehr zu sehen, aber sie hatte Recht, die Wellen kamen von Westen und drückten sie nach Osten, vom Ufer weg. Er konnte nur ihre dunklen Haare, ihre Bluse erkennen.

»Du musst das Wasser ausschöpfen! Mit dem Kanister unter deiner Bank!«

Es gab Momente, in denen er jedes Gefühl für die Richtung verlor, er kämpfte nur gegen den peitschenden Regen und die Wellen an, die das Boot auf die Seite legten. Es gelang ihm, das Boot so zu drehen, dass der Bug den Wellen begegnete, aber das brachte sie in die falsche Richtung. Das Boot stampfte heftig, der Bug hob und senkte sich. Wasser schwappte über seine Schuhe.

»Innis! Wo treiben wir hin?«

Er antwortete nicht, froh, dass sie Angst hatte. Seine Muskeln wurden müde, aber wenn er es schaffte, das Boot gegen die Wellen auszurichten, konnten sie an Land gelangen, denn die Flut drückte nach achtern. Aber die Drift war zu langsam, Claire schöpfte nicht mehr, der Plastikkanister rollte zu ihren Füßen hin und her. Er musste das Boot umdrehen und mit den Wellen reiten, nicht gegen sie. Er hob die Ruder aus dem Wasser und machte sich bereit. Er war noch nie so durchnässt gewesen, so schutzlos.

»Halt dich fest, Claire!«

Sie sagte etwas, das er nicht verstand, dann pullte er, so stark er nur konnte, mit einem Ruder, es musste schnell gehen, 180 Grad, aber die Wellentäler waren kurz, das Boot nahm Wasser auf, wieder und wieder, bis er den Bug zum Land ausgerichtet hatte. Als das Heck sich unter Claire hob, schrie sie auf, Wasser peitschte ihr über den Rücken. Der Regen hatte nachgelassen, als Innis gegen die Strömung anruderte, sie konnte bei Ebbe fünf oder sechs Knoten erreichen, sagte Starr, aber kurz vor der Küste gab es immer eine Strömung, die in entgegengesetzter Richtung verlief. Innis zwang seine bleiernen Arme weiterzumachen, immer weiter, er sah sich nicht um, erst, als er merkte, dass er ausruhen musste, und da schien das Boot nicht mehr zur Seite abgetrieben zu werden, es hatte sich aus der Gezeitenströmung befreit, bis zum Ufer waren es keine dreißig Meter mehr.

»Innis, jetzt kannst du es an Land bringen!«, sagte Claire.

»Ich schaff's in die Bucht.«

In der sanften Gegenströmung kam er wieder zu Atem und ruderte in die Bucht. Die Brandung lief querab und rüttelte sie ordentlich durch, Claire musste sich festhalten, aber es schwappte kein Wasser mehr ins Boot. Als das Ufer nah war, legte er sich noch einmal kräftig in die Riemen und trieb den Bug auf den Sand. Er sank auf der Ruderbank zusammen und grinste Claire an. Ihre Bluse klebte durchsichtig an ihrer Haut. Sie hatte keinen Badeanzug an. Das Boot schaukelte unter ihnen, der Kiel knirschte auf dem Kies. Der Regen fiel jetzt gleichmäßig, nicht mehr gefährlich.

»Claire, du siehst wie eine Wasserleiche aus.«

Sie fuhr sich langsam übers Gesicht und durch die Haare. »Herrgott, Innis, lass die Witze.«

Zusammen zogen sie das Boot auf den Strand. Innis band es an einem Baum fest und ließ sich mit ausgestreckten Armen auf den Rücken fallen. Claire kniete sich neben ihn. Sie wischte ihm den Regen vom Gesicht. »Wir müssen raufgehen. Sonst erkältest du dich.«

»Ich will Starr nicht sehen. Ich will einfach nicht.«

»Er ist bestimmt noch nicht zurück, er bleibt zum Abendessen dort.«

Innis schlug die Augen auf. »Er giftet mich immer an. Was weiß er?«

»Er weiß nicht, was an dem Abend passiert ist. Aber es ist zwischen uns in der Luft, zwischen dir und mir, und er geht jeden Tag hindurch.«

»Nur Luft?«

»Ich versuche, das Gleichgewicht zu wahren, Innis. Vielleicht unser Gleichgewicht.«

»Ich weiß nicht, was du meinst. Das war also nur so, am Strand an dem Abend?«

Claire berührte sein Gesicht, aber er wandte sich ab. »Das? Das war wunderschön, wirklich. Hör zu, Innis, ich habe eine Vergangenheit, die du überhaupt nicht kennst, und die verschwindet nicht in einer Nacht. Es geht nicht ums Besitzen. Ich gehöre dir nicht und du mir nicht, nur weil wir uns geliebt haben. Du bist noch so jung, du nimmst das zu ernst. Du siehst das nicht so, du weißt nicht, dass du manchmal etwas mitnimmst, was dir begegnet, und dann ist es wieder fort. Vielleicht kommt es wieder, und dann bist du glücklich darüber, aber du kannst dich nicht darauf verlassen, es gehört weder dir noch mir, es ist einfach so passiert. Herrgott, an dem Abend konnten wir doch gar nicht anders. Aber ich werde es nicht vergessen, bestimmt nicht. Ich dachte immer, ich könnte einiges von einem Mann bekommen, anderes von einem anderen. Aber es ist schwierig, ihr beide hier so mit mir verhakt.«

»Niemand kann ein Geheimnis besser bewahren als ich.«

»Komm, du zitterst ja.« Sie nahm seine Hand, stand auf und zog ihn auf die Füße.

Sie gingen langsam ohne zu reden durch den Wald, die tropfenden Bäume, Claire voraus. »Warte«, sagte Innis. Er pflückte zwei Stängel von der Blauperlenlilie und hielt die indigoblauen Beeren an ihre Ohrläppchen. »Schön.« Sie lächelte und küsste ihn auf die Wange. Sie setzten ihren Weg fort. Im Haus ging sie in die Küche und schenkte ein Gläschen Rum ein. »Trink einen Schluck«, sagte sie, »davon wird dir warm.«

Er zuckte zusammen, der Rum brannte in seiner Kehle. »Bin's nicht mehr gewohnt«, sagte er.

Oben gingen sie getrennt in ihre Schlafzimmer. Innis schälte sich aus seinem Hemd, seinen Jeans, wrang seine Unterhose über der Waschschüssel aus. Er ging ans Fenster und trocknete sich langsam ab, unter den Armen, zwischen den Beinen. Er vergrub den Kopf im Handtuch und rubbelte kräftig, warf das Handtuch fort. Vor dem Spiegel kämmte er sich das Haar sorgfältig zurück und band es mit einem ledernen Schnürsenkel zusammen. Er schloss die Augen: es war ein gutes Gefühl, nackt zu sein. Er wollte einen Joint, aber dafür war keine Zeit. Manchmal fragte er sich, wofür Zeit war. Wenn er so alt war wie Claire, was würde er haben? Er hörte sie leise vor sich hin singen und ging zu ihrer offenen Tür, blieb stehen.

Im Bademantel, mit dem Rücken zu ihm, bürstete sie ihr Haar. Sie sah ihn im Spiegel und drehte sich um, legte sacht die Bürste hin. »Was singst du da?«, fragte er. Sie sah ihn von oben bis unten an und lächelte, fast traurig. »Etwas Französisches. Von meiner Mutter.« Er bewegte sich nicht. »Innis, was soll ich nur mit dir machen?« »Etwas Gutes, hoffe ich doch, Miss Claire.« Sie ging zu ihm, streichelte die Muskeln auf seiner Schulter, seiner Brust, seinem Hals. Sie streckte die Hand aus und löste die Lederschnur um seinen Pferdeschwanz. »So«, sagte sie. Er öffnete ihren Bademantel, bis er von ihren Schultern herabglitt. »Claire bei Tageslicht. Ganz was anderes«, flüsterte er. »Ja«, sagte sie. »Bei Tageslicht hat schon lange niemand mehr so zu mir geflüstert, so nah.« Sie küsste ihn sanft auf den Mund, und er nahm ihr Gesicht in die Hände, ihr Fleisch an seinem Fleisch, unglaublich, alles strömte darauf zu. Seine Stimme versagte, aber er nahm sie bei der Hand und führte sie in sein Zimmer. »Nein«, sagte sie. »Du legst dich hin. Mach schon.« Er lag da und sah zu, wie sie die Vorhänge zuzog. Dann beugte sie sich über ihn, fuhr mit den Fingern über seinen Leib, küsste seine straff gespannten Bauchmuskeln, kniete sich über ihn. »Streck dich aus«, sagte sie. »Ich rudere uns aufs Meer hinaus.«

18

Claire riss alle Fenster im oberen Stock auf, nachdem sie aufgestanden war. »Die Regenluft soll alles durchpusten«, sagte sie, »und uns hinauswehen, bevor Starr zurück ist.« Innis lag da und hörte ihr zu, während das süße Gefühl von ihr auf seinem Körper abkühlte. »Ich verschwinde«, sagte er, »ich fahre per Anhalter runter zum Priester. Mir ist nicht danach, mit Starr zu reden oder mir sein Gerede anzuhören, nicht heute, Claire. Verstehst du, was ich meine?« »Ja«, sagte sie, »ich verstehe, was du meinst. Diesmal fahre ich dich hin.« Als sie ihn an der Wharf Road absetzte, sagte er: »Hätte mir früher einfallen sollen, mich von dir ausfahren zu lassen.« »Glaub mir«, sagte Claire, »das ist früh genug. Außerdem, wohin willst du ausgehen?«

Der Priester war nicht in seinem Häuschen. Am Kai betrachtete Innis durch den Nieselregen den Sonnenuntergang über dem Berg, eine Mischung aus weißem Dunst, Rauch und kleinen Öffnungen strahlenden Lichts, die sich von einem Moment zum anderen veränderte. Er schleuderte einen flachen Stein über das dunkelnde Wasser, der sieben-, vielleicht achtmal aufsprang. Er schmeckte sie immer noch auf der Zunge.

Ein Stein flog hoch über seinen Kopf hinweg und plumpste ins Wasser. Innis drehte sich um und sah Vater Lesperance auf einem angetriebenen Baumstumpf wippen, die Hände unschuldig gefaltet. Hinter ihm stand ein Priester in geistlichem Gewand, auch Vater Lesperance trug Schwarz bis auf eine kleine gelbe Feder an seinem schmalkrempigen Hut.

»Innis, mein Junge«, sagte er. »Was gibt's Neues?«

»Nicht viel, Vater. Ich bin fertig.«

Die beiden Priester sahen sich zu dem Häuschen um, schmuck mit seinen frischen weißen Schindeln und den blauen Fensterrahmen. »Heller drinnen und draußen. Ja, das Licht hat es gebraucht. Innis, das ist ein alter Freund von mir, Vater Swaydo. Wir sind auf dem Weg nach Antigonish, Vater Swaydo und ich, um einige Brüder zu besuchen. Wir sind alle zusammen zur Schule gegangen.«

»Hallo, Vater.«

Vater Swaydo trat vor und gab Innis die Hand. »Freut mich, Innis.« Er war ein dünner Mann, der sich sehr gerade hielt, eine Brille mit schwerer Fassung vergrößerte seine Augen. Vom schwarzen Filzhut bis zu den schwarzen Schuhen war er ganz Priester, aber etwas im Zuschnitt seiner Jacke, seiner Hose wirkte unmodern, aus einer anderen Zeit.

»Gehen wir aus dem Regen«, sagte Vater Lesperance. »Ich möchte meine Schulden bei dir begleichen, Innis.«

»Das eilt wirklich nicht.«

»Merkwürdig, aber ich habe das Gefühl, es eilt.«

Innis ging voran, als wollte er das Haus Käufern zeigen. Drinnen roch es noch nach Farbe.

»Jetzt werden wir es hier alle gemütlich haben«, sagte Vater Lesperance und faltete die Hände. »Düster war es vorher, was?«

»Ich fand nicht, Vater. Manchmal vielleicht.«

»Ich habe gehört, der Kapitän kommt doch noch her, voraussichtlich gegen Ende des Monats. Hast du das gewusst? Dann kann er das Rätsel lösen.«

»Welches Rätsel?«

Vater Lesperance sah zum Vorderfenster hinaus. »John J. MacKeigan hat einen Schlüssel, er sieht alle paar Wochen nach dem Rechten. An den Reifen ist Lehm, hat John J. gesagt. Na, habe ich gesagt, Kapitän MacQueen kann den Wagen doch schon so abgestellt haben. Und John J. hat gesagt, ausgeschlossen, der Kapitän ist sehr heikel.« Er zog Innis beiseite und redete leise auf ihn ein. »St. Aubin ist klein, Innis. Viel Platz, weite Räume, aber trotzdem klein. Vergiss das nicht, hm?«

»Nein, Vater. Ich weiß, was Sie meinen.«

Vater Swaydo hatte das Betpult entdeckt. »Ah«, sagte er, kniete sich bedächtig hin und legte die Hände zusammen. »Verbringst du viel Zeit darauf, Henri?«

Vater Lesperance zwinkerte Innis zu. »Noch nicht beten, Richard. Wir haben einen Protestanten im Zimmer. Und wir wollen doch keine Geheimnisse ausplaudern, oder?«

»Sie können mir vertrauen, Vater.«

»Daran habe ich nicht den geringsten Zweifel, mein Junge.« Er zog einen weißen Umschlag hervor und reichte ihn Innis. »Hoffentlich ist das genug für deine Arbeit, denn es ist gute Arbeit. Zähl's nach.«

»Nicht nötig, Vater. Ist in Ordnung so, egal, wie viel's ist.«

»Wie du willst. Vielleicht finde ich auch noch andere Arbeit für dich, später einmal.«

»Danke, aber ich … ich mach hier nicht mehr viel.«

»Willst du etwa weg? Zurück in die Staaten?«

Innis lächelte und zuckte die Achseln. »Nein, dahin nicht.«

»Immerhin«, sagte Vater Swaydo und stand vom Betpult auf, »hast du da drüben keinen Pierre Elliott Trudeau.«

»Also Richard, du alter Tory«, sagte Vater Lesperance. »Der Mann hat viel Charme, gib's zu. Seine Frau ist das Malheur.«

»Ja, die mit ihren Rockstars.« Vater Swaydo rückte sorgfältig seine Brille zurecht, um das Bild der Märtyrer-Heiligen zu betrachten. »Henri, wo in aller Welt hast du diesen Kitsch her?«

»Uns gefällt es, Innis und mir. Und Kitsch spielt dabei keine Rolle. Hab ich Recht, Innis?«

»Vollkommen, Vater. Auf dem Bild ist viel los, von oben bis unten.«

»Genau. Siehst du, Richard? Das ist Kunst. Jetzt müssen wir los. Ich verabschiede mich nicht von dir, Innis. Ich werde dich wiedersehen, da bin ich sicher.«

»Vergessen Sie nicht den Schlüssel.« Innis hielt ihm den Hausschlüssel hin.

»Weißt du, behalt ihn erst einmal. Benutze dieses kleine Haus, wenn du es brauchst oder wenn du willst. In Ordnung?«

Innis gab ihnen die Hand und ging mit ihnen auf die Straße. Bevor Vater Swaydo ins Auto stieg, hob er ein Stöckchen auf und warf es in hohem Bogen zum Strand. »Mit einem Football kann ich's besser«, sagte er und rückte seinen Hut gerade. Er winkte, als sie mit laut knatterndem Auspuff losfuhren. Innis beneidete sie, unterwegs zu alten Freunden. Sie hatten etwas an sich, was er nie haben, nie verstehen konnte. Er schloss die Hand um den Schlüssel. Konnte gut sein, dass er hier mal eine Nacht pennen wollte, allein. Aber der Kapitän kam zurück. Was konnte man mit Lehm an den Reifen beweisen? Nichts. Trotzdem, Innis war in den letzten Monaten öfter hier in der Straße gewesen als irgend sonst jemand, das wussten die Leute. Das Auto stand da drüben, es wartete. Der Drang, sich von Starr zu befreien, wurde fast übermächtig, aber er konnte doch seine Pflanzen nicht im Stich lassen, ungeerntet, unverkauft. Und Claire.

Er stand im Schutz der Haustür und zog sich einen Joint rein, wippte auf den Ballen, bis er auf einer Wellenlänge mit dem sanften Rauschen des Regens war, mit dem Stakkato der Tropfen aus der Regenrinne. Keine Hast, hatte Claire am Nachmittag zu ihm gesagt, hier wird langsam gespeist. Sie hatte ihn gebeten, sie sanft zu streicheln, sie langsam zu küssen, zu verharren, bis die Luft zwischen ihren Mündern heiß wurde. Sie zeigte ihm andere Stellen, die sich küssen ließen, zeigte ihm, dass die Berührung der Lippen überall Genuss verschaffte, an manchen Stellen so sehr, dass sich nicht darüber reden ließ. Warte, sagte sie, manchmal ist das Warten sogar noch besser als das Ankommen.

Was, wenn Starr nicht mehr da wäre, einfach weg? Nur Innis und Claire?

Die Frage streifte ungezügelt durch seinen Kopf, kam aus dem Nichts, verschwand im Nichts. »Ich bin einfach stoned«, flüsterte er, »das Herz schlägt mir aufs Hirn.« Er fing Regen mit den Händen auf und benetzte sich das Gesicht. Mit Gewissensbissen erinnerte er sich daran, was Dan Rory ihm nach dem gälischen Gottesdienst gegeben hatte, den gerahmten Jesaja-Spruch, als Innis aus dem Auto stieg. Für deine Wand, hatte er gesagt. Nur das, sonst nichts. Innis hatte ihn in seiner Kommode versteckt. Wie konnte er den zwischen seinen Zeichnungen aufhängen? Er war nicht fromm. Der hätte ebenso verlogen gewirkt wie ein Kruzifix. Dennoch gefielen ihm die Worte, und manchmal holte er ihn hervor, um sie zu lesen. *Und der Herr wird dich immerdar führen und deine Seele sättigen in der Dürre und deine Gebeine stärken; und du wirst sein wie ein gewässerter Garten und wie eine Wasserquelle, welcher es nimmer an Wasser fehlt.*

Ein paar Tage später machte Innis sich auf den Weg zum Trans-Canada-Highway, wo es im Touristenverkehr leicht war, eine Mitfahrgelegenheit zu finden, zumal schönes Augustwetter herrschte. Ein Paar aus dem Bundesstaat New York, im Kombi auf Hochzeitsreise, nahm ihn mit, beide hielten ihn für einen Einheimischen, und er ließ sie in dem Glauben, verbarg seine Bostoner Sprechweise, so gut er konnte, und was wussten ein Collegeprofessor und seine wesentlich jüngere Frau schon davon, wie hier die Einheimischen redeten? Sie waren zum ersten Mal hier und kamen gerade aus dem Motel an der Kreuzung, nun hatten sie für etwa eine Meile Aussicht auf die Meerenge, an diesem Morgen still wie Stein, und auf den Berg. Die junge Ehefrau mit hübschen grünen Augen hinter der Brille war in Norwegen gewesen und sagte, es erinnere sie an die Fjorde dort, aber ihr Ehemann widersprach freundlich.

»Nicht steil genug und wohl auch nicht tief genug.«

»Auf der anderen Seite dieser Insel ist es ganz schön tief«, sagte Innis, »fast dreihundert Meter.«

»Ist das wahr?«, sagte der Mann.

Dann kam ein langweiliges Stück Straße, auf beiden Seiten düsterer Wald, der nicht zum Wandern einlud. Innis teilte freigebig Informationen aus, ob sie nun stimmten oder nicht, genoss ihr Vertrauen in ihn und seinen Status als Einheimischer.

»Ja, ich bin die Straße runter nicht weit von ihrem Motel geboren worden. Mein Urgroßvater war ein Pionier.« Ein Ausdruck, den er noch nie benutzt hatte. Er wusste, dass es stimmte, aber das Wort hatte immer Wildwestfilme heraufbeschworen, es schien hier irgendwie nicht zu passen. Die Frau fragte ihn, ob er irgendwelche Lieblingsplätze oben im Norden im Hochland hatte, und ihm wäre beinahe herausgerutscht, dass er noch nie im Hochland gewesen war, aber er fing sich. »Ingonish ist sagenhaft, phantastischer Strand.« Dann erzählte er ihr, er sei auf dem Weg in die Stadt, um ein Geburtstagsgeschenk für eine ältere Cousine zu besorgen. »Können Sie mir einen Tipp geben, was gut wäre, was ihr gefallen würde?«

»Was meinen Sie mit älter«, fragte die Frau lächelnd, »fünfzig?«

»Vielleicht achtunddreißig, ich hab sie nie gefragt.«

»Parfüm?«

»Sie ist nicht sehr für Parfüm.«

»Ein hübsches Schmuckstück vielleicht«, sagte die Frau und drehte sich zu ihm um. »Was ist sie denn für eine Frau?«

»Ja«, sagte Innis. »Ich habe schon an Ohrringe gedacht. Sie sieht toll aus mit Ohrringen.«

Er ging die Hauptstraße in The Mines hinunter und merkte rasch, er hätte nach North Sydney fahren sollen, zum Einkaufszentrum, die Läden hier sahen deprimierend aus. Im Schaufenster des Juweliers lagen nur Uhren und Ringe, und das düstere Ladeninnere schien nicht viel zu bieten. Innis war noch nie unterwegs gewesen, um so etwas einzukaufen. Er wollte dafür Geld ausgeben, es war schon lange her, dass er ein Bündel Geldscheine in der Tasche gehabt hatte, aber es musste etwas Außergewöhnliches sein, dieses Geschenk. Irgendwelche x-beliebigen Ohrringe genügten nicht. Vielleicht ließ sich im Einkaufszentrum in North Sydney etwas finden, aber er hasste es, die Leute, die da herumwimmelten, als wäre das ihr einziger Lebensinhalt, die Bingospiele in der großen Halle, all die Alten, die dahockten und Karten spielten, während in den Aschbechern Zigaretten verglommen. Er begegnete einem alten Mann, den er schon einmal gesehen hatte, als er mit Starr hier war. »Wie geht's dir, mein Junge?«, sagte der Mann, sie sprachen einen immer auf der Straße an, die Alten, viele von ihnen zogen ein Bein nach oder hatten einen krummen Rücken, sie gingen, als wäre vor langer Zeit etwas in ihnen gebrochen, Schmerz pfiff durch ihre Zähne, aber sie waren freundlich. Nur noch ein einziges Kohlenbergwerk war in Betrieb, seine Strecken verliefen meilenweit unter dem Meeresboden. Als er zum Laden seines Onkels auf der anderen Straßenseite kam, sah er, dass Starr heute nicht da war, das Schild hing schief in der Tür. Diese blöde Topfpflanze im Schaufenster, mausetot, fast ein Fossil. Also wirklich, Starr, nur hin und wieder mal einen Becher Wasser. Warum machte er sich überhaupt die Mühe mit einem GESCHLOSSEN-Schild? Alles an dem Laden sagte: Geschlossen, vielleicht komme ich morgen wieder oder auch nie. Ein Auto fuhr hupend an zwei Mädchen vor dem Drugstore vorbei, hier wurde viel gehupt, so grüßten die Fahrer Leute auf der Straße. Die Mädchen beäugten ihn von der anderen Straßenseite. Jünger als er, aber früher wäre er vielleicht zu ihnen hinübergegangen und hätte gesagt: Na, was läuft hier so? Irgendwo was los in der Stadt? Er hätte sie, wenn sie Ahnung zu haben schienen, vielleicht gefragt, wo er an Stoff rankam. Aber heute nicht, nicht mehr.

Die Läden hörten auf, und er ging weiter zur Küstenstraße, die nach North Sydney führte, vorbei an alten Bergmannshäuschen, die einzigen, die auf dieser Straße noch übrig waren, ein Abschnitt kleiner Reihenhäuser. An der Kurve, wo er sich mitnehmen lassen wollte, stand ein Schild, das in die andere Richtung zeigte: JUNIKÄFER-ANTIQUITÄTEN: EINE VIERTEL MEILE, ABER ES LOHNT SICH. Der Tag war heiß, heißer hier als in St. Aubin, aber das Meer hinter den Häusern war blau und frisch. Innis ging zu dem Antiquitätengeschäft hinunter, neugierig, denn er war noch nie in einem gewesen, hatte nur Claire von Dingen reden hören, die sie sich damals in solchen Läden für ihr Haus besorgt hatte. Seine Mutter hatte Antiquitäten immer verachtet: Ach herrje, für Zeug, das mein Vater verbrannt hätte, wollen die fünfhundert Dollar!

Der Laden, auf dessen Holzschild ein königsblauer Käfer prangte, befand sich in einer umgebauten, ringsum verglasten Veranda, und als bei seinem Eintreten ein Glöckchen über der Tür erklang, stand hinter dem Ladentisch eine blonde Frau vom Boden auf. »Einen schönen guten Tag«, sagte sie, »mir ist das Feuerzeug runtergefallen. Ich will mit dem Rauchen aufhören.« Sie wackelte mit einer langen dünnen Zigarette. »Vier am Tag, mehr erlaube ich mir nicht. Aber das ist meine Dritte, und wie spät haben wir's, Mittag?«

»Ungefähr.«

»Sehen Sie sich ruhig um. Rufen Sie, wenn Sie mich brauchen.«

Es gab keine thematische Ordnung unter den Gegenständen, die jede Fläche in dem Raum bedeckten, grotesk verzierte Lampen, Glaswaren, die das Licht blau und grün spiegelten, Porzellan auf einem Eichentisch mit großen Klauenfüßen, von der Decke hing eine Schiffslaterne. Kleinere Dinge nahm Innis behutsam in die Hand, drehte sie um und überlegte, wozu sie wohl dienten. Ein Buttermodel. Eine große Schere für die Schafschur. Eine Schnurrbarttasse. Ein Operngucker. Ein Salzstreuer, Kristall, Irland, stand auf dem Schildchen, und ein Krug aus Kristall. Eine Kohlenschütte aus England, Messing, mit einer Pflugszene geprägt, ein Kaminblasebalg, Messingverzierungen von Pferdegeschirren, ein Spinnrad aus schönem Holz, wie das seiner Großmutter in der Dachkammer, ein Butterfass aus Steingut, ein Grammophon mit Schalltrichter, gerahmte Fotos von Cape Breton, handkolorierte Schwarzweiß-Aufnahmen von Margaree Valley, Cape North, Loch Lomond, Orte, an denen er noch nie gewesen war.

»Was ist das?« Er hielt ein Gerät mit Zinken hoch.

»Damit hat man früher Aale gestochen, vielleicht macht man's heute noch. Haben Sie schon mal Aal gegessen? Ich esse gern Aal, wenn er frisch ist.«

Eine Waschkommode stand da, mit Schüssel und Krug und Zahnputzbecher, alle mit gelben Rosen, aber nicht so gut wie die in seinem Zimmer, trotz der haarfeinen Sprünge. Eine Whisky-Korbflasche. Ein großer Brotkasten aus Holz, der auch selbst gemacht aussah, wie das Weberschiffchen aus hartem, abgenutztem Holz. Ein riesiger Kupferkessel hatte oft auf dem Feuer gestanden. Ein schottischer Dolch mit juwelenbesetztem Knauf. »Der kommt aus einem alten Haus«, sagte sie, »nicht weit von hier. Voller Sachen aus der alten Heimat.«

»Mein Onkel hat ein paar Antiquitäten«, sagte Innis, »aber wir sitzen darauf und essen davon, also nehme ich an, er will sie nicht verkaufen. Sein Küchentisch könnte einiges wert sein. Mein Großvater hat ihn angefertigt, aus Silberahorn.«

»Das glaube ich gern. Nova-Scotia-Möbel. Sind nach dem Krieg in Wagenladungen in die Staaten gekarrt worden. Sie kamen aus Boston oder irgendwoher und gingen auf dem Lande einfach von Tür zu Tür. Was wollen Sie für die alte Spiegelkommode da? Lampen, Kommoden, Spinnräder, alles für ein Butterbrot. Fünf oder zehn Dollar auf die Hand waren damals auf dem Lande eine Menge Geld.« Sie zeigte auf seinen Gürtel. »Haben Sie Interesse an Militaria?«

»Den hab ich geschenkt bekommen. Aber das Gewehr gefällt mir.«

Er hielt eine lange Büchse hoch, auf deren Schildchen »um 1850« stand, sie hatte einen Ladestock, Messingverzierungen und einen geölten Schaft. Aber dann verliebte er sich in ein Marinefernrohr in abgewetztem braunem Leder. Er zog die vier Messingtuben auseinander und richtete es hinaus in den Nachmittag: der Atlantik belebte sich im Wind, die herangerückten Wellen trugen Sonne auf dem Rücken. Unscharf huschte eine Möwe vorbei. Schaumkronen hüpften. Die Frau beobachtete ihn, als er damit in verschiedene Richtungen sah. »Das ist ein englisches«, sagte sie, »ich habe es von einem pensionierten Kapitän, Hochsee, er hat vieles aus England mitgebracht.« Auf dem Preisschild stand 150 Dollar, also legte er es wieder hin. »Haben Sie Ohrringe?«

»Da drüben.« Ihr Schmuck lag im verglasten Ladentisch aus. Sie holte verschiedene Ohrringe heraus und erzählte ihm etwas darüber, einige hatten ihr gehört. »Die habe ich mal für mich gekauft«, sagte sie, »ich habe Dutzende, von Schmuck kann ich nie genug bekommen, wenn er mir gefällt. Die hier sind aus Malachit und Silber. Elegant, wie? Viktorianisch.« Sie hielt sie an die Ohrläppchen und lächelte, sie hatte hellblaue Augen, in denen der Schalk wohnte, und sie war älter als Claire.

»Ich glaube, die passen nicht zu ihr, sie ist eher dunkel, wie eine Griechin oder Italienerin. Bis auf die Augen, solche Augen haben Sie noch nicht gesehen, tintenblau.«

»Ist sie groß?«

»Ja. Langer Hals. Schön. Kann man das von einem Hals sagen?«

»Unbedingt. Wie ist es mit diesen, zu ihrem schwarzen Haar?« Sie klingelte mit ihnen wie mit Glöckchen. »Navajo.« Runde Scheiben größer als Silberdollars, mit Türkismonden und Silberperlen. »Die habe ich vor vielleicht zwölf Jahren in New Mexico gekauft. Mein Freund hat mich für verrückt gehalten. Ein Grund, warum er nicht mehr mein Freund ist.«

»Wie viel?«

»Oje. Ich müsste hundert verlangen. Weniger, als ich bezahlt habe. Aber ich merke, sie gefallen Ihnen.«

»Sie stehen nicht jeder Frau.«

»Mir zum Beispiel. Hören Sie, ich hab gesehen, das Fernrohr gefällt Ihnen, tun Sie, als wär's Ihrs. Sie können das und die Ohrringe für zweihundert haben, falls das in Ihrer Reichweite ist.«

»He, ich bin bei Kasse.« Er klopfte sich lächelnd auf die Hemdtasche. »Prima. Danke. Ich brauche noch was für einen alten Mann. Ich schau mich noch ein bisschen um.«

Er hatte große Lust, alle Scheine in seiner Tasche auf den Kopf zu hauen, einen ganzen Sack voll dieser alten Dinge davonzutragen, so gut gefielen sie ihm. Er drehte einen schwarzen Rosenkranz, das wäre was für Vater Lesperance, aber eigentlich suchte er etwas für Dan Rory. Eine Tabakspfeife. Er nahm sie in die Hand, den geschnitzten Kopf aus dunkelrotem Holz, geformt wie ein Hirschkopf, dessen Geweih zum Stiel strebte. Innis ging mit ihr zum Ladentisch.

»Kurios, was?«, sagte sie. »Jemand soll sie aus Schottland mitgebracht haben.«

»Ich kenne einen Mann, dem sie gefallen könnte.«

»Zehn Dollar?«

»Danke, prima. Und die hier für meinen Onkel. Ich glaube, so was findet er scharf.« Er gab ihr eine Zigarettenspitze aus durchsichtigem Kunststoff in Gestalt einer nackten Frau in klassischer Pose.

»Aus den dreißiger Jahren. Können Sie haben, hoffentlich ist Ihr Onkel nicht fromm.«

»Nicht, dass ich wüsste.«

Am Sonntagmorgen hockte Innis im Sand und betrachtete die Pflanze, fasziniert von ihrer scheinbaren, sich sanft wiegenden Harmlosigkeit, sie war jetzt gut anderthalb Meter hoch, ihre Blütendolden erinnerten an den wilden Kerbel auf den oberen Wiesen. Wahrscheinlich war alles an ihr tödlich, also zog er sich Arbeitshandschuhe an, bevor er den Stiel packte und sie mit den Wurzeln ausriss. Als er die Blätter abzupfte und in eine Einkaufstüte tat, spürte er sein Herz schlagen. Er merkte, dass er den Atem anhielt, als könnte er die Dämpfe ihrer Säfte einatmen, und als er dann die Stängel in kleine Stücke geschnitten hatte, nur die Blüten im Sand liegen ließ, zitterten ihm so stark die Hände, dass er lachen musste. Mein Gott, das war kein Nitroglyzerin, es würde ihm nicht das Gesicht versengen. Er zog vorsichtig die Handschuhe aus und warf sie in die Tüte, dann wusch er sein Messer im seichten Wasser ab. Die Wellen spülten träge an Land, der Wind kam aus Osten und war kühl, roch nach Salz. Salzwasser würde die

Klinge reinigen. Das Boot lag kieloben im Sand. Es hatte ihm Angst eingejagt, das musste er zugeben, aber er würde wieder rudern, wenn er so weit war. Jetzt hatte er anderes vor. Nahe der Uferböschung blieb er stehen, um einen toten Vogel zu untersuchen, aber es war nur ein gebogenes, verbranntes Stück Holz, die Holzkohle glänzte wie Krähenfedern, manchmal wurde er früh von den Krähen geweckt, wenn sie am Morgen auf dem Dach krächzten und schwatzten.

Im Werkstattschuppen zerstampfte er mit dem Ende eines Hammerstiels die Wurzeln und die Stängel sorgfältig in einer Steingutschale, bis sie zusammen mit den Blättern einen Brei bildeten. Er füllte den Brei in ein Mulltuch und drückte ihn aus, ließ den Saft in ein Marmeladenglas tröpfeln. Claire war in Sydney, besuchte eine Freundin wegen einer Stellung – diesmal hatte Starr keine Einwände gehabt, und Starr war im Laden, trotzdem lauschte Innis nach ihren Autos. Er hatte keine Lust, ihnen sein kleines Experiment zu erklären, obwohl er mit dem Erfolg seiner Extraktionen zufrieden war und sich ein wenig wie ein Wissenschaftler vorkam. Wie viele Leute an dieser Straße wussten, wie Wasserschierling wirkte? Er hielt das Glas gegen das Fenster und neigte die Flüssigkeit: nicht viel, aber wenn nur eine Spur davon an einem Blasrohr tötete, dann schaffte diese Menge es massenweise. Grüngrau, sie sah harmlos wie Spucke aus. Er schraubte den Deckel fest zu. Indianer in Südamerika tauchten ihre Pfeile in Gift, etwas von einer Pflanze. Vielleicht nicht die richtige Arbeit für einen Sonntagmorgen, aber ein Mann musste handeln, wenn ihm die Erleuchtung kam. Er hatte herauskriegen wollen, ob er ihn gewinnen konnte, diesen tödlichen Saft. Es war ein bisschen wie die Jagd, aber besser, da es ihm widerstrebte, ein Tier zu erlegen. Er goss Benzin auf die

Überreste in der Papiertüte, ging damit zum Waldrand und sah zu, wie sie zu Asche verbrannten. Dann kehrte er in den Werkstattschuppen zurück und versteckte das Marmeladenglas auf dem Hängeboden, wo niemand es je finden würde.

Gestern Abend war Starr nach dem Essen guter Laune gewesen, weil Claire ihm Haifisch und Kartoffeln gebraten hatte. Und während er seinen Tee trank, legte Innis die Zigarettenspitze neben seinen Teller.

»Was ist das?«

»Da kannst du deine Export reinstecken. Rauch mit Spitze, Starr, das ist besser für deine Gesundheit.«

Aber er merkte sofort, er hätte sie ihm ohne Claire am Tisch geben sollen. Dann hätten beide sie mit einem Witz abtun können.

Starr hielt sie zum Licht hoch, drehte sie. »Ich kann doch mit so was nicht Zigaretten rauchen. Die halten mich alle für eine Schwuchtel.«

»Dich doch nicht, Starr.«

»Ist nur eine nackte Frau«, sagte Innis.

»Nur eine nackte Frau, so was gibt's nicht.« Starr gab ihm die Spitze zurück. »Das weißt du genauso gut wie ich.«

Nicht lange nach der Mittagszeit hörte er Claires Auto, blieb aber, wo er war. Sie kam an die Tür des Schuppens, hinter ihr schien die Sonne.

»Du bist in letzter Zeit wenig zu Hause«, sagte sie. »Hast du schon gegessen?«

»Hab keinen Hunger.« Seine Axt steckte im Schraubstock, er feilte lustlos daran herum. »Aber Starr wird welchen haben.«

»Wir müssen miteinander auskommen, wir alle drei, Innis.«

»Ich komme mit dir aus. Reicht das nicht?« Er lächelte.

»Werd nicht frech. Hör zu, ich möchte gern zu dem Gaelic Mod. Ich war noch nie auf so einem schottischen Volksfest, und Starr war auch seit Jahren auf keinem mehr, sagt er. Es ist ein schöner Nachmittag. Wir können alle zusammen hinfahren.«

»Nein, fahrt ihr beide.«

Sie kam herein und nahm sein Gesicht in die Hände. »Es ist Sonntag. Zusammen. Das heißt, du auch.«

»Ich habe ein Geschenk für dich.«

»Aus welchem Anlass? Ich habe nicht Geburtstag.«

Sie sah zu, wie er die Ohrringe unter einer Zeitung hervorholte, sie runzelte die Stirn, aber sie hielt still, als er sie ihr in die durchstochenen Ohrläppchen steckte, behutsam, als fädelte er eine Nadel ein. Er trat zurück.

»Innis, sie sind wunderschön, aber ich kann sie nicht annehmen. Solcher Schmuck ist teuer. Bitte.«

»Dreh den Kopf ein bisschen. Klasse. Die sind wie für dich gemacht, Claire.«

»Du brauchst dein Geld, Innis. Bitte gib es nicht für mich aus.«

»Du musst sie nehmen, Claire. Sie sind ein Geschenk.«

»Heißt das, mir bleibt keine Wahl?«

»Genau.«

»Ich werde sie tragen, bis Starr kommt. Besser, er sieht sie nicht.«

»Soll er sie doch sehen, mir egal.«

Sie küsste ihn. »Es wäre den Ärger wirklich nicht wert. Wir wollen Ruhe und Frieden bewahren, bis ...«

»Bis was?«

»Ich weiß es noch nicht, Innis. Weißt du es?«

Er mochte ihr nicht antworten, sie gingen hinaus auf

die untere Wiese, in der grellen Sonne blitzten die silbernen Ohrringe an ihrem Haar, ihrer Haut, die Türkise leuchteten wie Blumen, und er fand, sie hatte nie schöner ausgesehen. Es war, als wären sie von einem Fluss umgeben, die Goldruten strömten und wogten im Wind, das Gras, die Bäume. Zwischen dem Wald und dem dunklen Berg war die Meerenge dunkelblau, Schaumkronen tanzten wie rasche Kreidestriche. Er wollte sie gerade bitten, mit ihm ans Wasser zu gehen, als er den Lada die Auffahrt hinuntertuckern hörte. Claire sagte nichts, aber bevor sie zum Haus ging, nahm sie die Ohrringe ab und steckte sie in die Hosentasche.

»Ich frage ihn wegen des Mod«, sagte sie.

Starr stieg aus dem Auto, sah zu ihnen hinüber und zog an seiner Zigarette.

»Der kleine Hain mit den alten Schierlingstannen, im Unterwald. Ich hatte gehofft, wir gehen da wieder hin.«

»Willst du mich wieder zwischen den Bäumen zeichnen? Das ist nicht der Tag dafür.«

»Gibt es einen Tag dafür?«

Er sah ihr nach, sie strich im Gehen mit den Händen über die Goldruten. Beide beobachteten sie, er und Starr, aber auch einander, während sie vom einen zum anderen ging, und wieder einmal musste Innis sie ihm abtreten, für einen weiteren Nachmittag, einen weiteren Tag, eine weitere Nacht. Er dachte an den ersten Nachmittag, damals war sie für ihn nichts weiter als eine Frau mit großem Hut, die seinen Onkel küsste, aber jetzt küsste sie ihn nicht, verharrte nicht in seiner Umarmung, und nach wenigen Worten gingen beide ins Haus, Claire winkte ihm, nachzukommen.

Innis lief weiter auf die Wiese hinaus, um die überwachsene Senke herum, die bezeugte, dass die Quelle ein einziges Mal versiegt war und Starr einen Brunnen graben wollte, sturzbetrunken, stinkwütend, gerade von der Navy nach Hause gekommen, sie hatten das Wasser eimerweise vom Bach heraufschleppen müssen, und er hatte zu seinem Vater gesagt: Kannst du nicht mal einen anständigen Brunnen graben, verdammt nochmal, warum haben wir im Haus immer noch kein Wasser? Und er hatte sich eine Hacke und eine Schaufel gegriffen und angefangen zu graben, mitten auf der Wiese, immer noch in Uniform, aber für mehr als diese Mulde hatte seine Kraft nicht gereicht, der Rumrausch verflogen, den er sich auf der langen Zugfahrt angetrunken hatte, aus Freude an der neuen Freiheit des Zivilisten, die ihn dazu trieb, wieder und wieder die Flasche an den Mund zu setzen, sie herumzureichen, zu singen, sich zu der hübschen Frau zu beugen, die auch heim nach Cape Breton fuhr, ihr zu erzählen, was er alles Tolles anstellen würde, und schließlich hatte er oben am Briefkasten gestanden, wieder zu Hause, und alles sah noch ganz genauso aus wie an dem Tag, an dem er weggegangen war. Ich hätte mich an dem Tag am liebsten bis nach China durchgegraben, hatte er Innis erzählt, ich wollte nichts wie weg, und ich wusste nicht mal, warum. Sie hatte mich wieder mal eingeholt, die Heimat, und ich konnte gar nicht weg, das war mir klar. Aber wieso nicht?, hatte Innis gefragt, besorgt, diese Gegend könnte etwas an sich haben, was den eigenen freien Willen außer Kraft setzte. Wieso nicht?, hatte Starr erwidert. Ich kann's nicht erklären, es ist einfach da. Aber das glaubte Innis nicht mehr, er spürte, wie sein Aufbruch sich in ihm sammelte, nicht klar und deutlich, ohne Tag, Weg und Ziel, aber trotzdem vorhanden.

Auf dem Weg zurück zum Haus stolperte er und schlug der Länge nach ins Gras. Verdammt, die Sense, die Starr vor Wochen benutzt hatte, einfach hingeworfen und liegen gelassen, die Schneide rostete vor sich hin, irgendjemanden erwartete eine hässliche Schnittwunde. Ach zum Donner, sollte sie doch da liegen bleiben, sollte Starr sie doch suchen, wenn ihn wieder die Wut überkam, alles flachzulegen.

19

»Glaubst du, dieses College würde mich aufnehmen, Starr?«, fragte Innis.

»Nicht unter meiner Leitung.« Sie standen in sengender Sonne auf dem Gelände des Gaelic College und warteten auf Claire, die im Andenkenladen war. Der Rasen wurde von gepflegten Blockhäusern flankiert, die Ortsansässige vor dem Krieg errichtet hatten. Dudelsäcke jaulten ein Lied nach dem anderen, außer Sichtweite am Fuß eines Hügels, aber ein Mädchen in Schottentracht schien sich in der Mitte des Rasens vorzubereiten. »Das ist sowieso kein richtiges College. Irgendein Geistlicher hat sich das in den dreißiger Jahren ausgedacht. Er meinte, wir pflegten unser Kulturerbe nicht, also hat er das ins Leben gerufen. Er war zwar Schotte, aus der alten Heimat, aber er konnte auf Gälisch nicht mal ›Reich mir das Brot‹ sagen. Und dazu ist es dann verkommen. Ferienkurse für Kinder, Dudelsackspielen und Volkstänze, ein bisschen Gälisch. Obwohl hin und wieder gut gefiedelt wird, unsere schottischen Weisen, deswegen komme ich her.«

»Der Fiedler bei dem Tanzfest, auf dem wir waren, spielt der hier auch?«

»Der ist tot.«

»Red keinen Quatsch.«

»Ich war zu seinem Leichenbegängnis. Wenn er's nicht war, war's jemand, der ihm verdammt ähnlich sah.«

»Warum hast du mir nichts gesagt?«

»Dir? Warum sollte ich dir was sagen?«

»Ich war da, ich hab ihn gesehen.«

»Der Abend ist dir unvergesslich, was? Aber nicht wegen des Fiedlers. Es sind nicht seine Melodien, die dir im Ohr klingen.«

Innis biss die Zähne zusammen und konzentrierte sich auf die Dudelsackpfeiferin, die den Windsack mit Luft füllte. Mit spitzen Lippen nahm sie die Spielpfeife in den Mund und jaulte los, Innis musste lächeln, dieses soldatische Gellen ihrer Pfeifen, ihre rüschenbesetzte Bluse, ihre schlanken Finger auf der Spielpfeife, die Art, wie die Falten ihres Rocks adrett über die Rundung ihres Hinterteils fielen. Touristen, die aus einem Bus gestiegen waren, schlenderten kurz um sie herum und gingen weiter. Innis beobachtete ihren Fuß, der den Takt trat, so leise, dass er es nicht hören konnte, anders als die Schuhe im gälischen Gottesdienst, die unter den Kirchenbänken den Takt zu etwas traten, das er in sich spüren, aber nicht erklären konnte. Sie klang ein bisschen schräg und kiekste hin und wieder, und Innis hatte den Verdacht, lange durfte man den Dudelsack nicht so misshandeln, sonst wurde man erschlagen. Vielleicht hatten die Gaffer sie nervös gemacht. Hübsche Knie, was davon zwischen den Strümpfen und dem Saum des Kilts zu sehen war, ihre Haare waren zu einem langen Zopf geflochten. Er hätte sie gezeichnet, wenn er seinen Block dabeigehabt hätte. Er hatte auch den Fiedler gezeichnet, aus dem Gedächtnis, aber er hatte keine Lust, Starr das zu erzählen, jetzt nicht mehr.

»Vielleicht sollte ich ausziehen«, sagte er plötzlich.

»Je eher, desto besser.«

Das war Innis einfach so rausgerutscht, am liebsten hätte er zu Starr gesagt: Hör zu, ich werde schneller verschwinden, als du denkst, ich habe da oben im Wald was wachsen, das wird bald blühen, schöner als Rosen. Er sah seinen Onkel heftig an der Zigarette ziehen, sah die Sehnen in seinem Hals zucken. Es schien keine Möglichkeit mehr für sie zu geben, miteinander zu reden, ohne dass alles auf jenen Abend zulief, jenen Strand, und sie schienen sich immer kurz vor dem Zusammenstoß zurückzuziehen. Im Great Bras d'Eau nachts zu schwimmen ist gefährlich, Strömungen können einen ins Meer ziehen, sagte Starr ohne jeden Anlass, ein Ständer auf Beinen, na ja, aber ein schwimmender Ständer ist eine Gefahr für die Schifffahrt. Die Wochen hatten seinen Argwohn nicht eingeschläfert, sondern angefacht: was er nicht gesehen hatte, beschäftigte ihn mehr als das, was er gesehen hatte. In den ersten Monaten hatten Innis und sein Onkel Witze gemacht, zusammen gelacht, das hatte alles erträglich gemacht, sie hatten sich zusammen *Dr. Bandolos Pandemonium Medicine Show* im CBC angehört, auch wenn Innis die Pointen komischer fand als Starr. Wenn man wusste, worüber jemand lachte, kannte man ihn ein Stück weit. Die Entzweiung setzte Innis stärker zu, als wenn ihre Beziehung von Anfang an düster gewesen wäre: die Erbitterung reichte tiefer, war sogar gefährlich. Die Ernsthaftigkeit und Unberechenbarkeit, die Angst vor etwas, über das man keine Witze mehr machen konnte, tat weh, machte gereizt. Beim alltäglichsten Wortwechsel täuschten sie an wie Boxer.

»Vielleicht habe ich nur Spaß gemacht«, sagte Innis.

»Vielleicht auch nicht.«

Innis wollte nicht von Starr rausgeworfen werden. Er wollte nicht aus dem Haus gewiesen werden. Stärker als an den Fiedler, der so plötzlich gestorben war, erinnerte er sich an den Beamten von der Einwanderungsbehörde, der ihn auf dem Logan Airport ins Flugzeug eskortiert hatte: sie mussten als Erste in die Maschine, zusammen mit Krüppeln in Rollstühlen, der Mann brachte ihn zu seinem Sitz und blieb bei ihm stehen, bis er sich angeschnallt hatte, dann wartete er vorne neben der Stewardess, die die Passagiere begrüßte, und ließ den Blick nie von Innis, als könnte Innis noch kurz vor dem Start zum Notausgang hinausspringen und ins meilenweit entfernte Boston davonlaufen. Während sie in der Abfertigungshalle warteten, Innis mit dem Gesicht in einer Zeitschrift, hatte ihm der Typ erzählt, dass ihn zwei Beamte begleitet hätten, wenn er ein gefährlicher Verbrecher gewesen wäre. Wir wären zu zweit, hatte er gesagt, einer für jeden Arm. Und wir würden dich bis nach Halifax bringen, sonst macht die Fluggesellschaft nicht mit, wir würden alle zusammen fliegen. Tut mir echt leid, hatte Innis gesagt und umgeblättert, dass ich euch das vermiest habe, einen Freiflug nach Halifax, wow. Der Mann hatte ihn von der Seite angesehen. Die Mounties drüben wissen schon Bescheid über dich, die kanadischen Einwanderungsbehörden. Die haben schon einen abgestellt, der dich bei der Landung in Empfang nimmt. Die Mounties werden sich wahrscheinlich erst mal ein bisschen mit dir unterhalten. Du stehst an allen Grenzübergängen auf der Liste. Und wenn du über den Yukon schwimmst. Du bist ein bekannter Mann, Mr. Corbett, aber ich wär nicht stolz drauf. Der Beamte verließ seinen Posten erst, als die Tür zugemacht wurde, mit einem letzten, besiegelnden Blick auf Innis. Die Stewardess war höflich, schenkte Innis ihr Lächeln, behielt ihn aber mit ihren Kolleginnen im Auge, das merkte er und wäre am liebsten ungeheuer gefährlich gewesen, in Handschellen, ganz unterdrückte Wut, eingeklemmt zwischen zwei stämmigen Grenzschützern. Lebenslänglich abgeschoben, hatte ihn der Mann erinnert, während sie die

Zeit totschlugen. Hoffentlich gefällt's dir da oben, hatte er gesagt, das ist nicht wie in Boston, die haben nicht mal eine Baseballmannschaft. In Halifax hatte ein Beamter ihn aus der Warteschlange geholt, er musste sich als kanadischer Staatsbürger ausweisen, mit der Geburtsurkunde, die seine Mutter ausgegraben hatte, ausgestellt in Sydney, Nova Scotia. Dann ließen sie ihn gehen. Er hätte sich nach Westen oder nach Osten wenden können, ganz Kanada lag vor ihm, endlos, und nirgendwo war er da ein bekannter Mann.

»Da ist Claire«, sagte Innis. Aus dem Augenwinkel hatte er sie sofort erblickt, die weißen Shorts und die langen braunen Beine, die roten Sandalen, das phantastische schwarze Haar. »Wir sollten ihr ihren Spaß lassen.«

Starr warf seinen Zigarettenstummel ins Gras. »Wer hindert sie daran, ich?«

»Noch nicht. Wir sind ja gerade erst hergekommen.«

Starr sagte nichts, sondern griff in die Hosentasche und zog ein Papierknäuel heraus. Er öffnete die Hand lange genug, um es Innis zu zeigen, dann, als Claire lächelnd auf sie zukam, stopfte er es langsam wieder weg. Claire holte aus einer Tüte eine Puppe in Schottentracht, komplett von der Mütze bis zu den Schuhen. »Für meine kleine Nichte in Toronto. Niedlich, nicht?«

»Ist die männlich oder weiblich?«, fragte Starr. »Von hier aus schwer zu sagen.«

»Ein kleiner Mann, glaube ich«, sagte sie. »Aber meiner Nichte ist das egal, und mir auch.«

»Unserem Innis hier wär das nicht egal. Er nimmt es mit solchen Sachen gern genau, wenn er sie zeichnet, meine ich. Stimmt's nicht, Innis? Jedenfalls, heute Nachmittag wird hier gut gefiedelt, hab ich gehört, und es gibt jemanden, der so was zu schätzen weiß.« Starr ging davon, mischte sich unter die Touristen aus dem Bus.

»Er hat heute ein buckliges Ei gefrühstückt«, sagte Claire, Starr begrüßte gerade einen Mann, der zufrieden die Neuankömmlinge betrachtete.

»Rum«, sagte Innis. »Unter seinem Autositz.« Er dachte an das weiße Papierknäuel in der Hand seines Onkels. »Hat er irgendwas zu dir gesagt?«

»Worüber?«

»Ich weiß nicht. Über dich und mich.«

»Nichts, was wir nicht schon kennen. Er hat Phantasie, dein Onkel, und im Moment macht sie Überstunden. Aber das meiste behält er für sich.«

»Ist wohl auch gut so.«

»Ich habe anderes zu tun, deshalb sehe ich ihn seltener.« Claire hielt die Hand über die Augen: Starr ging mit seinem Freund zum Waldrand. »Immer seltener.«

Innis spürte die Sonne und Claire neben sich, hätte gern den Arm um sie gelegt, sie an sich gezogen, ganz selbstverständlich, ungezwungen, hätte gern mit den Lippen ihr Ohr, ihren Hals berührt, verstohlen, um kein öffentliches Ärgernis zu erregen, sehnte sich danach, sie in die Arme zu nehmen.

»Das hört sich großartig an«, sagte Claire und zeigte zur Ruhmeshalle der Clans. »Komm, wir schauen mal rein. Starr scheint verschwunden zu sein.«

In dem neu errichteten Blockhaus schlenderte Claire im dämmrigen Licht von einem Ausstellungsstück zum nächsten, sah in Glaskästen, las Erläuterungen. Innis blieb zurück, studierte die Schautafeln und Geschichtsdarstellungen, ließ den Blick über Karten wandern und entlang der Pfeile auf einem großen Wandbild, die von Irland hinauf in den Westen Schottlands strömten, zu den Hebriden und zur Küste. Dalriada-Skoten. »Ich wusste gar nicht, dass sie aus Irland kamen«, sagte er laut, aber Claire war zu weit fort. Er ging an den wichtigsten Clans und ihrer Geschichte vorbei, verweilte bei den Campbells, für den Augenblick angetan von der Vorstellung, mit einem mächtigen Stammbaum verbunden zu sein, mit einem Namen, der im schottischen Hochland berühmt, manchmal auch berüchtigt war. Dort war ein Clan-Oberhaupt abgebildet, der Wind zauste seinen Kilt und seinen Bart. Innis hätte sich gern einen Joint reingezogen, um sich in jene Zeit, jene Atmosphäre hineinzuversetzen, aber das ging hier nicht. Ein Museum, die Besucher wanderten durch den Gang, unterhielten sich leise. Er gelangte zu einem Hochländer in einem Glaskasten. Die Schaufensterpuppe trug Kilt, Felltasche und Freibeuterhemd, Schottenmütze und wollene Kniestrümpfe, in einem davon steckte ein Messer, ein *sgian dubh*, stand auf dem Schild. Die Glasscheiben waren voller Fingerabdrücke, aber Innis blieb in einiger Entfernung stehen und betrachtete die Gestalt. Vielleicht gab eine ausgediente Schaufensterpuppe nicht den besten Hochländer ab, die Arme arretiert in einer Pose, die sich nicht zwischen Angriff und Abwehr entscheiden konnte, eine sinnlose Geste, denn nirgendwo stürzte mit Kriegsgeheul und Mordlust im Blick ein Feind heran. An einem linkischen Arm war eine Tartsche, ein runder Lederschild, befestigt worden, aber ebenso gut hätten dort Handtücher oder Krawatten hängen können, der andere Arm hielt ein Schwert wie einen Tennisschläger hoch, der Krieger starrte unter seiner Mütze ins Leere: alle Ansätze zum Kriegerischen in seiner Pose und seinem Aufzug wurden von den blicklosen, khakifarbenen Augen der Kleiderpuppe zunichte gemacht. Vielleicht hätte man einfach die Kleidungsstücke aufhängen und die Figur weglassen sollen.

»Wenn du den Kilt hochhebst, wirst du nicht viel sehen«, sagte jemand hinter ihm. »Alles glatt drunter, wie bei 'ner Puppe.«

Innis lachte. Es war ein alter Mann, seinem Akzent nach ein Einheimischer, immer noch in seiner Kirchenkrawatte, das schwarze Jackett über dem Arm, das silberweiße Haar sorgfältig gescheitelt und glatt gekämmt.

»Der Kilt fällt irgendwie nicht richtig, was?«, sagte Innis und trat zurück, neigte den Kopf.

»Er hat keinen Arsch, deshalb. Und zu viel Knie zu sehen, für einen Burschen. Hast du je so einen getragen?«

»Ich? Nein. Und Sie?«

»Ich spiele nicht in einer Dudelsack-Kapelle, und ich war auch nicht beim Militär. Mein Vater hat Gälisch mit der Muttermilch eingesogen, aber in so was kriegte man ihn nicht rein.«

»Ich habe hier auf dem Gelände ältere Männer im Kilt gesehen. Das sind doch keine Studenten?«, sagte Innis.

»Och, nein. Die sind wegen dieses Sippentags der Clans da, die kommen oft von weit her. Die machen sich fein und fahren von einem Fest zum anderen, man sieht's an den Aufklebern auf ihren Autos. Die betreiben auch die Stände da draußen mit den Namen der Clans dran. Man sucht sich seinen Clan, und sie haben Broschüren und Krimskrams. Ich selbst bin ein MacLachlan. ›Das sind deine Leute‹, steht auf dem Schild am MacLachlan-Stand. Nein, sind sie nicht, sage ich zu mir. Noch nie im Leben gesehen. Meine Leute waren heute Morgen mit mir in der Kirche. Die haben nichts übrig für alte Burgen.«

Sie schlenderten zusammen weiter zu einem Bild von Bonnie Prince Charlie, und Innis las, das war der Thronprätendent aus dem Hause Stuart, der seine Anhänger in die verhängnisvolle Schlacht auf dem Moor von Culloden geführt und damit den Untergang des Clan-Systems eingeläutet hatte.

»Manche halten ihn für einen Held, aber für mich ist

er keiner«, sagte der Mann. »An dem Namen klebt viel romantischer Unsinn. Bei Culloden hat er versagt. Außerdem war er ein halber Pole.«

»Hier steht, er war Gegenstand vieler Lieder und so.«

»Lieder sind schön, aber sie haben nichts mit Geschichte zu tun. Die Menschen wollen die Tatsachen nicht wahrhaben. Er kam aus Frankreich, und er ist nach Frankreich zurückgegangen. Da ist er aufgewachsen.« Er deutete mit dem Kopf zu dem Bildnis einer Hochländerin. »Ich glaube, ich habe genug gesehen. Ich werde sowieso auf meine alten Tage griesgrämig, behauptet meine Frau. Gehab dich wohl.«

»Bis dann.«

Die Hochländerin trug einen langen Tartanrock und eine weiße Bluse mit passender Tartanschärpe – die korrekte Kleidung, erklärte der Text, denn den kurzen Kilt, den *philibeag*, trugen nur die Männer. Claire sollte an so einem Nachmittag unten am Strand sein und im warmen Sand liegen, und er mit ihr. Dann fiel es ihm langsam ein, sein Gesicht brannte, sein Herz raste, als er auf das gemalte Fleisch hinter der Glasscheibe starrte: dieses Papierknäuel, er wusste, was das war, ohne jeden Zweifel, das war die Zeichnung, die er von Claire gemacht hatte, in dem kleinen Hain schöner alter Hemlocktannen mit Stämmen wie Säulen, in ihrem warmen Schatten hatte er sie gefragt: Darf ich dich zeichnen, lässt du dich von mir nackt zeichnen, jetzt, hier? Ihm gefiel der Klang des Wortes »nackt«. Das hast du doch schon getan, Innis, vor Wochen. Aber aus dem Gedächtnis, sagte Innis, ich habe dich erfunden, das ist nicht dasselbe. Es sah trotzdem sehr überzeugend aus, sagte Claire. Innis hatte schon den Zeichenblock auf den Knien. Eine Zeichnung. Nur für meine Augen, sagte er. Sie war inzwischen braun gebrannt, und an den Stellen, die der Badeanzug bedeckt hatte, sah ihre Haut aus wie Milchkaffee. Innis setzte sie zurecht und berührte leicht ihre Schulter, als hätte er sie noch nie angefasst. Ihm schwindelte, er hatte Angst, zu zittern, aber das leise Kratzen seines Bleistifts beruhigte ihn: obwohl er nie eine Kunsthochschule besucht hatte, wo Frauen jeden Tag nackt Modell standen, würde er diese Frau ganz gelassen zeichnen, dieses Etwas an ihr einfangen, das sie für ihn begehrenswerter machte als jede andere Frau. Das leise Lächeln, die Anmut ihres Körpers, dahinter die Rinde der Tannen, es ging nicht nur um Sex, das wusste und spürte er, er vermochte nicht zu sagen, was es war, aber es zwang ihn, weiterzuzeichnen, bis der warme Wind erstarb und Claire sich rasch anzog und nach den Mücken schlug. Und jetzt steckte dieses Bild von ihr – und auch von ihm, jeder Strich und jede Schraffierung Ausdruck seiner selbst – zusammengeknüllt in Starrs Hosentasche.

Er sah Claire, sie ging um eine hölzerne Statue von Angus MacAskill herum, dem Riesen von Cape Breton. »Sieh dir lieber die Fotos an«, sagte sie. »Er sah gut aus, das hier ist nur eine Karikatur.«

Innis lächelte und zuckte die Achseln. Er konnte nicht denken, er fühlte sich ausgehöhlt. Er starrte die Habseligkeiten des Riesen an, die gigantischen Stiefel, die Weste, die zwei Männer hätte einhüllen können, der Wanderstock so groß wie eine Fahnenstange. Starr musste seine Sachen durchwühlt haben, denn seinen größeren Zeichenblock hatte er unter der Matratze versteckt. Starr hatte kein Recht, das zu tun, überhaupt keins.

»Innis?«

»Bist du hier fertig? Es ist stickig.«

»Geh schon mal vor, wir treffen uns dann.«

»Wo?«

»Äh ... in der Teestube am Eingang. Reicht das?«

»Wofür?«

Sie berührte sein Gesicht. »Für jetzt.«

Draußen blendete ihn die Sonne, machte ihn benommen, trotzdem setzte er sich auf den warmen, trocknen Rasen. Seine Pflanzen gediehen bestimmt in dieser Hitze, müssten inzwischen Knospen angesetzt haben. Er musste unbedingt in den Oberwald hinauf und nachsehen, er hatte sich in letzter Zeit unten herumgedrückt, wann immer es ging, in der Nähe von Claire, wenn sie da war, am Wasser. Verdammt, er musste hinauf. Bald.

Er spürte einen Schatten und blinzelte zu seinem Onkel hoch. Sie sahen sich an, als wäre außer ihnen weit und breit kein Mensch. Innis stand langsam auf, um Starr, den er um einen halben Kopf überragte, ins Gesicht zu sehen.

»Das oben ist mein Zimmer«, sagte er.

»Ach ja?«

»Ich will nicht, dass du meine Sachen durchsuchst.«

»Du hast nichts zum Durchsuchen. du solltest besser aufpassen, wenn du dein Bett beziehst, dass nichts rausfällt.« Sein Atem roch nach Rum. Der Mann, mit dem er vorhin geredet hatte, ein Mann mit rosigem Gesicht und dünnem, rotblondem Haar, kam lachend näher.

»Verdammt nochmal, Starr, die Clans treten an, Teufel auch. Willst du marschieren oder kämpfen?«

»Was? Ach, Joe. Mit der Truppe? Da würde ich mich schief lachen. Komm, wir marschieren lieber da zu den Bäumen und bürsten eine Muschi, hm?«

»Lass uns erst mal einen Blick auf all die Leutchen in ihren Kilts werfen. Ist das dein Neffe? Freut mich, Teufel auch!«

»Hi, Joe. Ich bin Innis.«

»Wie läuft das Geschäft, Starr?«

»Könnte den Laden auch mit Brettern vernageln, Joe.

Mir scheißegal, und wenn morgen alle Fernseher auf der Welt in Rauch aufgehen.«

»Sag nicht so was Schreckliches, Starr. Was sollen wir dann mit uns anfangen?«

Dudelsäcke hatten eingesetzt, über Lautsprecher kam eine Durchsage, dass die Clans sich zum Marsch formierten. Auf der Anhöhe, die zum Amphitheater führte, stellten sich die Mitglieder der Clans, einige im Kilt, andere nicht, in Reih und Glied auf.

»Ist das der Weltsippentag der Clans?«, fragte Starr spöttisch.

»Hat sich wahrscheinlich nicht rumgesprochen«, sagte Joe. Er zog einen Flachmann aus der Tasche und nahm einen Schluck. »Ich meine, weltweit.«

»Du müsstest auch da oben sein, Starr«, sagte Innis, »wo du so gut Gälisch kannst.«

»Bring mir einen von den Kilts da oben an, der Gälisch spricht, und ich werde ihn küssen.«

»Bisschen dünn die Reihen, ein ziemlich jämmerlicher Haufen«, sagte Joe. »Muss ein schlechtes Jahr für Viehdiebe gewesen sein. Halt mal Ausschau nach MacIvors. Schon welche gesehen?«

»Sie haben keinen eigenen Stand aufgemacht, Joe.«

»Eine Schande. Wenn ich gewusst hätte, dass so wenige da sind, hätte ich welche aus meiner Familie angeschleppt. Meine Cousine Murdena kann von dem alten Firlefanz gar nicht genug kriegen. Liebt den Adel, da braucht bloß irgendein Oberhaupt oder Herzog im Kilt angewackelt zu kommen, um irgendwas einzuweihen, und schon ist sie auf und davon. Hat die ganze Wand voller Zeitungsausschnitte.«

»Genau das Kroppzeug, vor dem wir mal hierher geflohen sind, und dem küssen wir jetzt den Hintern.«

Zwei Dudelsackpfeifer führten die Prozession an, eine

bunte Parade von Männern und Frauen, die einen in mehr oder weniger kompletter Schottentracht, die anderen in Alltagskleidung, aber alle feierlich außer Tritt. Hier und da wurden Clan-Banner hochgehalten. Ein junger Mann trug Turnschuhe zum Kilt, ein anderer ein T-Shirt mit dem Aufdruck UNIVERSITY OF NORTH CAROLINA. Die Touristen entlang der Marschroute sahen verunsichert aus. Wo blieb die große Kapelle mit Dudelsackpfeifern und Trommlern in Uniform? Ein alter Mann in vollem Ornat marschierte vorbei, wie einem Bild im Museum entsprungen, mit wallendem weißem Haar und Rauschebart schritt er aus wie ein Stammesoberhaupt vor der Entscheidungsschlacht.

»Bei Gott, ein Schotte«, sagte Starr.

»Ach was, der ist Schauspieler«, sagte Joe. »Direkt aus Hollywood.«

»Mann, Joe, der könnte dein Clan-Oberhaupt sein. Wo ist der eigentlich, dein Oberhaupt?«

»Den haben wir im Nebel zurückgelassen. Im Nebel vergangener Jahrhunderte. Mit dem habe ich sowieso nichts zu schaffen. Sag mal, Starr, ist es zu früh für ein geistiges Getränk?«

»Nie zu früh und nie zu spät. Im Auto oder unter den Bäumen?«

»Im Auto ist es zu heiß, und die Bäume sind so einladend. Kommst du auch, Innis?«

»Das ist ein keuscher junger Mann«, sagte Starr. »Lass den.«

Innis sah ihnen nach, sie gingen zum Wald hinter den Blockhäusern, Joe hatte den Arm um Starr gelegt. Danke, Joe, halt ihn eine Weile da fest, ja?

Die Teestube bot schottische Kost – Tee mit Scones und Shortbread, hatte aber auch an die Insassen von Caravans auf dem Parkplatz gedacht. Innis erstand eine

Cola und zwei Tüten Chips und setzte sich an einen leeren Tisch. Tafeln mit Clan-Tartans in der Form von Wappenschilden hingen an einer Wand, irgendwie zu ordentlich und einheitlich, aber Innis studierte sie bei seiner Cola. Zwei Kinder, Bruder und Schwester, verschwitzt und gelangweilt, zappelten am Nebentisch, während ihre Eltern sich im Flüsterton stritten. Der Ecktisch fiel ihm ins Auge, wo ein Mann und eine Frau mittleren Alters in prachtvoller Schottentracht residierten. Innis hatte sie aus einem großen Wohnwagen mit New Yorker Nummernschild steigen sehen, am Rückfenster klebten Abziehbilder von Schotten-Festivals in ganz Nordamerika, und heute kam bestimmt ein weiteres hinzu, obwohl die beiden sich vom gemeinen Volk sichtlich fern hielten. Der Mann hatte ein hageres, verhutzeltes Gesicht, der kecke Sitz der Schottenmütze und das vorgereckte spitze Kinn sollten ebenso wie die Kleidung Vornehmheit ausdrücken, aber eine schief sitzende, verspiegelte Pilotenbrille verdarb die Wirkung. Seine Frau im Tartanrock trank Eistee und aß ein Scone mit Marmelade. Sie redeten nicht miteinander. Der Mann schien mit den Gedanken weit fort zu sein, vielleicht in einer nebligen schottischen Bergschlucht. Als die beiden aufstanden, fragte Innis: »Von welchem Clan sind Sie?«, und wies mit der Colaflasche auf die Tartantafeln an der Wand. Der Mann sah durch die Spiegelbrille herunter. »Clan Snodgrass«, sagte er barsch, mit überraschend tiefer Stimme, und als sich beide mit wirbelnden Falten abwandten, fügte seine Frau hinzu: »Snodgrass von den Inseln.«

»Ah!« Starr, mit einer Sonnenbrille auf der Nase, war plötzlich hinter Innis' Stuhl aufgetaucht. »Gott segne euch! Edle Männer, die Snodgrass!« Das Paar sah sich nicht um, beide strebten zur Tür, während Starr immer lauter auf sie einredete. »Haben sich in der Schlacht von Killie-Dingsbums ausgezeichnet, wenn ich mich recht entsinne. Kommt nicht oft vor, dass man einem echten Snodgrass begegnet. Wir schaffen euch besser rüber in die Ruhmeshalle, ihr seid offenbar übersehen worden.«

»Wo ist Joe?«, fragte Innis. Er vermisste bereits dessen ablenkende Fröhlichkeit.

Starr setzte sich hin, nachdem er sich mühsam einen Stuhl zurechtgerückt hatte. »Die brauchen einen eigenen Stand, diese beiden. Was ist ein Clan ohne eigenen Stand? Wo ist Claire?«

»Sie wollte sich hier mit uns treffen.«

»Von wo?«

»Als ich sie das letzte Mal gesehen habe, hat sie sich mit dem Riesen MacAskill beschäftigt.«

»Das sieht ihr ähnlich. Eine große Attraktion, der Riese. Bringt Frauen auf Gedanken.«

»Bringt dich auf Gedanken.«

»Ach, und Miss Claire? Miss Claire denkt etwa nicht so?«

»Nicht so wie du.«

»Ihr seid ein lilienweißes Paar, ihr zwei. Meine Güte.« Starr zündete sich eine Zigarette an und blies den Rauch mit langem Seufzer aus. »Du bist jetzt Experte darin, was Claire denkt?«

»Sie wohnt schließlich seit Monaten bei uns. Da müsste ich einiges über sie wissen.«

»Einiges?« Starr lehnte sich auf seinem Stuhl zurück, rauchte, starrte Innis an. Die anderen Tische waren inzwischen leer. »Die Frage, die mir im Kopf rumgeht, ist: Dürftest du das wissen?« Seine Hand verschwand unter dem Tisch, tauchte wieder auf und schleuderte Innis das Papierknäuel ins Gesicht, traf sein geschlossenes Auge, das aber trotzdem brannte und rot flammte, als Innis es wieder aufmachte, im Nu war er auf den Beinen und stieß seinen Onkel zurück, beide brüllten etwas, woran Innis sich später nicht mehr erinnern konnte, nur noch an die Geschwindigkeit, mit der sie zusammenprallten, Innis mit wild pochendem Herz, er wusste kaum, was er tat, er war größer als Starr, er hatte sich noch nie in seinem Leben so stark gefühlt, er hatte diese verdammten toten Bäume mit einer Handsäge gefällt, aber Starr besaß einen Instinkt, der Innis fehlte, völlig überraschend traf ihn ein Faustschlag, und er war kurz benebelt, weniger von der Wucht als von der Schnelligkeit und Zielsicherheit, vom Schmerz aufgepeitscht holte er aus, traf Starr aber nur auf die Wange, tanzte zurück, erhitzt, aufgebracht, bereit zu den Rempeleien und Beschimpfungen, wie er sie von der Straße gewohnt war. Starr traf ihn dreimal – doch, drei Schläge, später erinnerte er sich an jeden –, schnell, ins Gesicht. Innis brüllte, blutete aus der Nase, prügelte auf Starr ein, ohne ihm wehzutun, sie prallten an Tische und Wände, in rasender Wut, zerrissen sich die Hemden, aber Innis wusste, er hatte schon verloren, was immer es war, den Kampf, die Chance, Starr zurückzudrängen und Claire näher zu kommen, etwas zu retten, was er unbedingt retten musste. Sie landeten in verbissenem Gerangel auf dem Fußboden, und dann ließ Starr ihn plötzlich los und rollte sich ab, Innis fiel auf den Rücken und spuckte Blut. Jemand warf ihm ein nasses Küchenhandtuch zu, er setzte sich auf und presste es ans Gesicht, seine Lippen stachen, seine Nase pochte. Es hatte ihn auch zwischen den Rippen erwischt, ein Stuhl, etwas aus Holz, vielleicht Starrs Faust, verdammt, Starrs Faust bestand nur aus Knochen. Über sich hörte er den Geschäftsführer oder so jemanden zetern, er werde die Mounties holen. Innis schnappte sich das Papierknäuel, stand auf und zwängte sich durch Gaffer, die sich in der Tür drängten wie Zuschauer bei einem Autounfall. Starr stand drüben beim Lada, rauchte und starrte auf den Boden. Der Parkplatz füllte sich mit Autos, aus einer Windschutzscheibe blitzte ihn die Sonne an. Innis lehnte den Kopf zurück, hielt sich die Nase zu. Er merkte, wie die Leute ihn anstarrten, was für ihn schlimmer war als die Schmerzen. Er tupfte sich das Blut vom Gesicht ab, sah Claire auf sich zukommen, aber sie blieb stehen, weit genug fort, um nicht mit ihm in Verbindung gebracht zu werden, und als er ihr zulächelte, sich die Nase am Ärmel abwischte, machte sie kehrt und mischte sich unter die Menge.

20

Der Morgen war kühl, Regen troff aus der Regenrinne des Werkstattschuppens. Im staubigen Licht stand Innis an der Werkbank und fuhr immer wieder glättend mit den Händen über das zerknitterte Blatt Papier, aber die Gestalt darauf blieb grotesk, von der Faust seines Onkels verformt, sein eigener Schweiß verschmierte die Bleistiftstriche. Schließlich faltete er es sorgfältig zusammen und steckte es in die Hosentasche. Rasch, zornig wischte er sich die Augen. Vor zwei Tagen, an jenem Sonntag, war Claire in ihrem Auto weggefahren, sie sagte nicht viel, nur dass sie ein Weilchen in Sydney bleiben würde. Starr redete es ihr nicht aus, saß nur rauchend am Küchentisch, aber nachdem sie fort war, sah Innis ihn draußen auf der hinteren Wiese, bis zum Gürtel in abgeblühten Goldruten, den Kopf zurückgeworfen wie ein nach Atem ringender Läufer.

In seiner Regenjacke, mit einem Apfel in der Tasche, ging Innis hinaus in den grauen, nieseligen Morgen, stieß die Tropfen vom Straußgras. Er blieb bei dem kleinen

Beet stehen, es war inzwischen von Unkraut überwuchert, darunter leuchtete das Rot und Gelb von Claires Kapuzinerkresse. Er pflückte eine Blüte als Glücksbringer und steckte sie ins Knopfloch.

Er hatte gehofft, für seine Wanderung in den oberen Wald Sonne zu haben, das Harz in den Knospen glitzern zu sehen, sogar in den Blütenstielen. Er brauchte nichts mitzunehmen, geregnet hatte es genug, und das Düngen war lange vorbei. Erst in einiger Zeit, wenn er erntete ... aber wie viel Zeit blieb? Noch vor wenigen Wochen hätte er alles Mögliche getan, um dieses Leben zu sprengen, aber seitdem Claire nicht mehr da war, hing alles in der Luft. Er wusste nicht, was er tun sollte, sie hatte keine Adresse, keine Telefonnummer hinterlassen. Nur, dass er sie nicht mehr jeden Tag sah, sie nicht mehr an seiner Tür vorbeigehen hörte, im Bewusstsein, wenn er nur aufpasste, gab es Gelegenheiten, sie im Flur kurz zu umarmen. Aber sie kam ja zurück. Der größte Teil ihrer Sachen war noch in ihrem Zimmer, sie hatte sich nicht für immer verabschiedet: ihr lag an ihm, sonst hätte sie nicht so mit ihm geredet. Nein, sie hatte nie gesagt, dass sie ihn liebte, aber wenn sie eine Zeit für sich hatten, ohne dass Starr hereinplatzte, eine Reihe von Tagen, zusammen unterwegs ...

Ein Tag der Stille, gedämpft vom leisen Regen. Nicht einmal die triefend nassen Pappelblätter regten sich. Der Regen kühlte seinen verschwollenen Mund, er streckte ihm das Gesicht entgegen. Nässe glänzte auf dem Laub, beugte die Farne wie lange Federn. Unter den Bäumen zuckten Blätter, Tropfen schlugen kleine Trommelwirbel. In Mulden, Furchen und Hufspuren sammelte sich Wasser, schwammiges Gras sog an seinen Stiefeln. Wald und Wasser, von zauberischer Kraft.

Mit dem Geräusch fliehender Vögel stob Wind durch

nasse Erlen und war verschwunden. Im Kopf spielte er noch einmal die Schlägerei mit ihren scharfen Kanten durch. Irgendwo hatte er gewusst, dass es dazu kommen würde, hätte es vielleicht sogar darauf angelegt, aber dann wurde er davon überrumpelt, gedemütigt. Nachdem er sein Nasenbluten gestillt hatte, stieg er in den Lada und sagte zu Starr: Geh lieber Claire suchen, ihr hat das gar nicht gefallen. Als Starr ohne sie zum Auto zurückkehrte, hatte Innis sich inzwischen das Blut abgewischt, und die Leute gafften nicht mehr. Starr sagte: Ich kann sie nicht finden, ich bin gleich wieder da und kein Wort mehr über sie, soll ich dich zu einem Arzt fahren? Ach i wo, du Mistkerl, hast mich eben ausgeboxt, sagte Innis, und das entlockte seinem Onkel ein grimmiges Lächeln, aber er sah müde aus, abgekämpft, der Rum war in einer Stichflamme verbrannt. Teufel auch, hatte er gesagt, als der Lada sich auf der Kriechspur den Berg hochquälte, das wird die Telefonzentrale in St. Aubin auf Trab bringen, hat wahrscheinlich schon, überall klingelt's jetzt. Macht dir das was aus?, fragte Innis, mir nicht. Sein Onkel antwortete nicht, bis sie den Gipfel überwunden hatten und die grünen Träger der St.-Aubin-Brücke unter sich sahen, die Meerenge nachmittagsblau bis zum offenen Meer. Ich werde das Gerede überleben, sagte er, hab ich immer schon. Aber zwischen uns ist es aus, Innis. Innis fragte nicht nach, was er damit meinte, es war ihm egal. In der Küche holte Starr eine Eiswürfelschale aus dem Kühlschrank und brach die Eisklumpen heraus, Innis wickelte sie in ein Geschirrtuch und ging nach oben, um seinen verschwollenen Mund zu kühlen. Das Zimmer war heiß und stickig, er döste, bis er unten Claires laute Stimme hörte, auf die Starr leise und kurz antwortete. Als Claire an seiner Tür vorbeiging, straffte er sich: wenn sie ihm den Kopf waschen wollte, dann nicht, während er hilflos auf dem

Rücken lag. Er stopfte den Eiswickel unters Kissen und lauschte, wie sie in ihrem Zimmer Schubladen aufzog. Plötzlich klopfte sie an seine Tür und kam herein.

»Bleib liegen.« Sie nahm seine Hand und hielt sie sanft. »Ich hab den Eindruck, du brauchst Boxunterricht.«

»Wir sind aneinander geraten. Weiter nichts.« Er wollte, dass sie sich zu ihm aufs Bett setzte, damit er sie berühren konnte. »Schon vorbei.«

»Vorbei? Wenn ich das glauben könnte.«

»Wo warst du?«

»Russ ist mir über den Weg gelaufen. Ich wusste, er setzt mich hier ab, wenn ich ihn drum bitte.«

»Ich dachte eher, er schmeißt dich von der Brücke.«

»Ach, Russ macht Fortschritte, er kommt drüber weg. Außerdem hat er schon eine neue Freundin.« Ihr Blick schweifte über seine Zeichnungen an der Wand. »Innis, ich fahre für ein paar Tage nach Sydney.«

»Ein paar Tage? Warum?« Er richtete sich ein wenig auf, stützte sich auf die Ellbogen.

»Ich muss mal für eine Weile weg. Ich bleibe bei einer Freundin. Bin Mitte der Woche oder so zurück.«

»Oder so?« Er sah die Reisetasche im Flur. Da ging nicht viel rein, als sie ankam, hatte sie zwei Koffer gehabt. »Hör zu, Claire, ich werd das mit Starr ins Reine bringen. Du und ich, wir müssen sowieso nicht mehr lange hier bleiben, keiner von uns. Oder …?«

»Es sieht so aus.« Sie berührte sein Gesicht, seine schmerzende Nase, sein Kinn, die Gürtelschnalle.

»Überzeugst du dich, ob noch alles dran ist?«, sagte Innis. »Mach ruhig weiter.«

»Du scheinst noch komplett zu sein, heil und ganz.« Sie küsste seine geschwollenen Lippen so sanft, dass er erschauerte. »Bis dann.«

»Claire?« Sie nahm die Reisetasche im Flur. »Du würdest doch nicht ohne mich gehen, ohne mir was zu sagen, oder? Ich meine, für immer.«

Sie lächelte und strich sich das Haar aus dem Gesicht, dieses wunderschöne Haar, es brach ihm das Herz, zu sehen, wie ihre Hand hindurchfuhr. Den dunkelgrünen Hut aus samtigem Filz in ihrer anderen Hand bemerkte er jetzt erst. Sie setzte ihn resolut auf und zog die breite, weiche Krempe herunter.

»Ohne dich?«, sagte sie. »Nein, Innis.«

Er wälzte sich mühsam aus dem Bett, seine Rippen taten weh, er hockte schmerzgekrümmt da und hörte ein Auto die Auffahrt hinauffahren, kurz halten und dann die Straße hinunter verschwinden. Er setzte sich auf den Stuhl, lehnte den Kopf zurück. Dann stand Starr in der Tür und sah ihn stirnrunzelnd an.

»Wirst du's überleben?«, fragte er.

»Ich glaube, im Moment werde ich damit fertig, Onkel Starr.«

»Schlag als Erster zu, und schlag hart. Denk dran.«

»Ja, werd ich. Besonders in deiner Nähe.«

»Hast du Hunger? Ich kann Rührei machen.«

»Ich bin satt. Das war beschissen von dir, meine Sachen zu durchsuchen.«

»Es lag unter deinem Bett. Sollte ich so tun, als hätt ich's nicht gesehen?«

»Es war nur eine Zeichnung, Starr.«

»Red nicht solchen Blödsinn. Ich will nichts mehr davon hören.«

Sein Onkel zündete sich eine Zigarette an und hockte sich hin. Er nahm einen tiefen Zug, dann noch einen. Durch den Rauch starrte er auf den Fußboden. »Ohne sie sind wir besser dran.«

»Sprich nur für dich selbst, Starr.«

Starr blinzelte zu ihm hoch und nickte langsam. »Eigentlich habe ich dabei an dich gedacht.«

Innis überquerte die Schneise der Überlandleitung, die inzwischen zugewuchert war, sumpfiges Wasser stand in den grasbewachsenen Furchen, die das Raupenfahrzeug der Waldarbeiter hinterlassen hatte, Binsen stachelten, die rauen, für Schafe so giftigen Sträucher der Lorbeerrose blühten, die Erlen samten sich aus, weiter oben prangten die letzten Weidenröschen in bläulichem Rot, er hatte ihr einen Strauß gepflückt, als er die Blüten zwischen den verwitterten Steinen einer Ruine entdeckt hatte, und sie hatte sich gefreut, obwohl der Strauß schon am Nachmittag verwelkte, manche Blumen mögen nicht gepflückt werden, hatte sie gesagt. Die mit Regenperlen besetzten Farne hatten den Vanillegeruch verloren, der von ihnen an den heißen Julitagen aufgestiegen war. Aber es gab immer noch Überraschungen, der senfgelbe Bausch auf dem Stamm einer toten Birke, weich und leuchtend wie frische Farbe, vielleicht ein Schimmelpilz, und die winzigen braunen Hutpilze, die unter Fichtenzweigen aus dem Boden lugten, vielleicht waren das die Wunderpilze, die angeblich hier wuchsen, aber er brauchte keine Halluzinationen.

Seine Hosenbeine waren bis zu den Knien durchweicht, als er den Hang hinaufstieg und die Höhe der Quellen hinter sich ließ, der *fuaranach*, wie Dan Rory sie nannte, mehrere Meilen lang entsprang hier überall Wasser. Er kam von seinem Pfad ab, vom schimmernden Licht des Regens irregeführt, in dem alles schattenlos glitzerte, aber er fand sich zu den jungen Ahornbäumen durch, hinter denen seine Lichtung lag, spürte eine merkwürdige Nervosität, eine Erregung, die nicht angenehm war, und blieb stehen, wischte sich das Gesicht ab, versuchte zu Atem zu kommen. Er öffnete den Reißverschluss seiner Regenjacke, schweißige Gummidämpfe stiegen ihm in die Nase. Die rote Kresseblüte war ihm irgendwo aus dem Knopfloch gefallen. Er lauschte den Tropfen, die von den Blättern fielen. Ein paar Schritte brachten ihn an den Rand der Lichtung: von seinen Pflanzen war nichts zu sehen. Ihn überkam Panik. Er dachte an Polizei, eine Razzia, die Mounties, sie haben sie als Beweismaterial mitgenommen, aber die Angst machte rasch einer dumpfen Übelkeit Platz, als er weiterstolperte. Sie waren alle da, er zählte sie laut mit zittriger Stimme. Eine nach der anderen waren sie direkt über dem Boden abgeschnitten und zerschlagen worden, so sah es aus, die Blätter abgerissen und zerfetzt. Nicht das Werk eines Tiers, nichts war abgefressen oder angenagt, reine menschliche Zerstörungswut. Er hob einen schlaffen Stängel auf: die Blüten hatten sich gerade herausbilden wollen, verheißungsvoll, aber sie waren zerquetscht worden, und das schon vor einiger Zeit, denn die Blätter waren verdorrt. Alles war hin.

Er setzte sich auf die Erde, mit dem Gesicht zum Himmel. Es begann wieder zu regnen, sanft und stetig, er fing die Tropfen auf der Zunge ein. Aber der Durst, den er verspürte, ließ sich damit nicht stillen.

Er merkte, dass sein Hosenboden nass wurde, und stand auf, ging kreuz und quer über die Lichtung, suchte nach Fußabdrücken. Das Gras war niedergeschlagen, aber es ließ sich schwer sagen, ob von Schuhen oder Hufen oder einfach dem Gewicht des Regens. Er lehnte sich an den Stamm einer alten Birke, suchte fröstelnd daran Schutz, zündete sich unter vorgehaltener Hand einen kümmerlichen Stummel an. Eigentlich fror er nicht, aber ein Zittern durchlief seinen ganzen Körper, als er den beißenden Rauch inhalierte, mit verkniffenen Lippen sog, bis die Glut sie versengte. Scheiße, das war der letzte Rest, und da lagen nun seine Pflanzen. Abgeschlachtet, das war das einzig richtige Wort. Für einen Moment dachte er daran, sie aufzusammeln und auszukochen, er hatte in dem Buch was darüber gelesen, irgendwas mit Butter, aber wie sollte er das in der Küche seines Onkels anstellen? Und wer würde für Butter mit Marihuana drin Geld bezahlen, er mochte sie nicht mal selber essen, er wollte etwas zu rauchen in der Tasche haben, das Gefühl, es zu einem Joint zu drehen, anzuzünden, er wollte die rasche Wirkung, die manchmal alles wieder interessant machte. Er nahm den Apfel aus der Tasche und biss hinein, aß ihn langsam auf, und als er dem weggeworfenen Kerngehäuse nachsah, fiel ihm das Glänzen von Zellophan ins Auge, zusammengeknülltes grünes Papier. Eine Zigarettenpackung. Er glättete sie, roch an den Tabakskrümeln. Export. Ohne Filter. Marineschnitt.

Er bahnte sich einen Weg hinunter, taumelnd, benommen, als wäre ihm der Wald wieder fremd, auf unsicheren Beinen, Stadt-Beinen, Bürgersteig-Beinen. Bei der Schneise wandte er sich nach Westen, da war er seit dem März nicht mehr gewesen, seit er die Föhre gefällt hatte. Die Leitungen schwangen sich über ihn hinweg, in der stillen Luft mit Tropfen behangen. Er ging weiter, durch kräftige Erlen, über einen schmalen Bach, in dem ein Fisch forthuschte. Er wollte nur in Bewegung bleiben, durch das dichte Unterholz, er brauchte jetzt unbedingt Bewegung, die Illusion, dass er unterwegs war. Nieselregen setzte ein, vernebelte die Luft, und er hätte fast die Quelle übersehen, die er vom Winter her kannte, jetzt vom Laub der Ahornbäume und Eschen verborgen, die moosumwachsene, dunkle kleine Höhle, in der Wasser aus dem Fels rieselte. Aber er ging nicht hin, machte einen Bogen um sie und hoffte, wie damals im Winter

Spuren vom Luchs zu finden, dann ging er zu den Föhren hinunter, deren lange Nadeln von Nässe glänzten. Die, die er gefällt hatte, lag dunkel inmitten des Grüns, ihre ergrauenden Zweige trugen immer noch Nadeln, der Stumpf war schwarz. Er versuchte, einen Klumpen Harz abzubrechen, aber es war steinhart geworden. Er rechnete fast damit, dass Finlay auftauchte, aber diesmal würde er ihn hören, und außerdem lag das lange zurück, sie waren inzwischen Freunde, Innis brauchte ihnen nichts vorzulügen, hatte nichts zu verbergen.

Als Innis aus dem Wald auf das alte MacRitchie-Weideland gelangte, stand jemand mit einem schwarzen Südwester auf dem Kopf am anderen Ende des Wegs, als hätte er auf ihn gewartet. Als der Mann mit einem Stock winkte, blieb Innis stehen, dann ging er weiter: es war Dan Rory. Er hatte ihn sich nie als Seemann vorgestellt, aber natürlich hatten früher die Männer auf dieser Insel alle Boote gehabt.

»Bist du wieder auf deiner langen Wanderung?«, fragte Dan Rory. Sein Südwester glänzte regennass. Süßer Rauch stieg aus seiner Hirschkopfpfeife.

»Wollen Sie aufs Meer raus?«

»In der alten Scheune regnet's durch. Ich stelle die Sachen um, wenn ein neues Loch im Dach ist. Warst du oben bei unserer alten Quelle?«

»Hab nicht davon getrunken. Bin drum rum gegangen.«

»Aber nicht im Uhrzeigersinn. Och, das Wasser steht dir frei, wunderbares Wasser.«

»Im Winter hab ich mal davon getrunken.«

»Ich weiß. Aber jetzt wird dein Durst größer sein.«

»Gibt es Fische in den Bächen oben?«

»Früher standen da Forellen, aber jetzt wohl nicht mehr. Hast du eine gefangen?«

»Ich glaub, ich hab eine gesehen.«

»Fast genauso gut. Aber komm doch herein, du siehst müde aus.«

»Ich hab noch was zu erledigen, Dan Rory. Wissen Sie, ob Kapitän MacQueen schon zurück ist? Ich hab gehört, er kommt bald.«

»Willst den Kapitän kennen lernen?«

»Ich dachte, vielleicht hat er Arbeit für mich. An seinem Haus oder so.«

»Kann gut sein. Er hat sich erholt, von der Herzoperation. Sie haben ihm so ein Ding in die Brust gepflanzt, damit sein Herz wieder auf allen Zylindern läuft. Es gefällt ihm hier, er kommt gern nach Hause zurück. Kann jeden Tag eintreffen. Du bist völlig durchnässt, bleib ein Weilchen hier.«

»Heute kann ich nicht, tut mir leid.«

Dan Rory sah ihm ins Gesicht. »Du bist zu jung, um es so eilig zu haben. Eine Frau, dass du so blass bist und so dünne Lippen hast?«

»Wird schon gehen.«

»Hast du Angst? Ich werde dir sagen, wovor ein alter Mann Angst hat. Wenn zum ersten Mal Fremde ins Haus kommen, um nach dir zu schauen, wenn sie sich umsehen und überlegen, wie bringen sie dich in ihrem Leben unter, was lassen sie dich behalten, was wird weggeworfen, was lassen sie dich noch tun oder nicht mehr. Am liebsten würde ich das alles aussperren, die Tür zumachen.«

»Finlay ist doch noch da.«

»Der kann vor mir sterben. Der ist nicht mehr jung. Pfeift schon durch die Zähne. Na, Innis, tu du, was du tun musst. Ich will dir was mitgeben: Blutsverwandtschaft ist stärker als Felsgestein. *Ge fad an duan ruigear a cheann.*«

Die Woche ging vorbei, ohne dass Claire zurückkam, und Innis, schon von seinen Pflanzen aus der Bahn geworfen, vermisste sie schmerzlich. Nicht dasselbe ohne sie im Haus: nur Starr und er, wie zwei blanke Drähte unmittelbar vor der Berührung, vor dem Kurzschluss. Sie hatte so viele Wochenenden aufgehellt, sogar wenn Innis nichts weiter tun konnte als zu lauschen, wie sie sich umzog, und zu beobachten, wie sie mit Starr wegfuhr, aber er hatte gewusst, er würde sie wiedersehen, wieder ihre Stimme hören. Jetzt war es Sonntag, und er musste ihr noch erzählen, was oben im Wald geschehen war. Das war alles, was ihn noch zusammenhielt, dass er es ihr bald erzählen konnte, wie er ihr in der Scheune von seinen Plänen erzählt hatte. Er fürchtete sich davor, diesen Rückschritt allein verkraften zu müssen, über Starr führte er nur Selbstgespräche, und was er da sagte, war beunruhigend. Mit Starr selbst hatte er kein Dutzend Sätze gewechselt, seit er aus dem Wald heruntergekommen war. Ohne Claire schien es keinen nächsten Schritt zu geben, nur Rückschritte.

Am Sonntagnachmittag lief er ziellos auf der unteren Wiese herum, die Sonne schien, aber ein starker Wind teilte das vergilbte Gras wie zottiges Hundefell. Distelfinken verblassten zu Grün, die Goldruten zu Braun, aber blaue Astern leuchteten, und am Bachufer blühte Bittersüßer Nachtschatten, winzige Juwelen mit gelben Staubgefäßen auf indigoblauen Blütenblättern. Er müsste seine Mutter anrufen, wie lange war das jetzt her? Monate? Sie war an einem Sonntag trotz des veralteten Telefonsystems durchgekommen, hatte sich aber angehört wie unter Wasser, mit einer Dringlichkeit in der Stimme, die Innis nicht hören mochte, ihm wäre lieber gewesen, sie hätte mit ihm geschimpft, als ihm Frage um Frage zu stellen, alle mit ängstlichem Unterton. Schrei nicht ins

Telefon, Ma, hatte er gesagt, ich kann dich hören, ich bin kein Auswanderer. Von wo rufst du an, liegst du im Bostoner Hafen auf Grund? Werd nicht frech, sagte sie, es hören mindestens zehn Leute zu. Starr hat gesagt, du willst weg, wann? Wo willst du hin? Ich habe Vettern in Truro, auf dem Festland, die könnten dir Arbeit besorgen, die Stadt ist gar nicht so klein, und Halifax ist nicht weit. Brauchst du was, hast du Geld? Ich hab genug, Ma; um hier wegzukommen, brauche ich nicht viel Geld. Sie sagte: Bist du immer noch wütend auf mich? Das wäre nämlich nicht fair, Innis. Nein, Ma, bin ich nicht, nicht auf dich. Alles klar? Wir sind hier übrigens nicht am Telefon, falls du's vergessen hast, wir sind hier im Radio. Ich ruf dich bald mal an. Gib mir Starr, ich möchte ihm hallo sagen, ich hab dich lieb, das weißt du doch.

Hallo, Starr. Onkel. Was zum Teufel hat dich da raufgetrieben, ausgerechnet zu der Stelle, zu meiner kleinen Lichtung? Was hat sie dir getan? Du hättest sie in Ruhe lassen können, hätte dich nichts gekostet. Innis legte sich ins Gras, streckte Arme und Beine von sich. Er sah zum Wipfel einer Fichte hoch: viele kleine Zapfen, Harz klebte daran wie Regentropfen. Mit jedem Atemzug sog er Claire ein, mit jedem Windstoß. Die Sonne schien auf ihn, hohe weiße Wolken hasteten vorbei. Geruch nach Heu und Schweiß. Der Ahorn drüben schimmerte rot, Laub, das noch vor kurzem grün gewesen war, wann? Vorige Woche? Gestern? Als Starr durch die Küche gegangen war, hatte er gesagt, er hätte am Abend zuvor Gänse gesehen, noch nicht in den großen Keilformationen des Herbstes, aber schon unterwegs, unruhig. Dann war er in den Lada gestiegen und weggefahren, erst im Dunkeln zurückgekommen.

Innis ging auf Umwegen zum Haus zurück, durch ein Gestrüpp wilder Rosen, jetzt nur noch Dornen und Hagebutten, und blieb auf der Auffahrt stehen. Wind peitschte das Unkraut am Rand, knackte in den ungestutzten Zweigen des Kirschbaums. Jenseits der Straße schwankten weiße Birken vor dunklen Fichten. Weißer Wald. Schwarzer Wald. Die Sinnlosigkeit seines Wartens, seiner Wache starrte ihn plötzlich von überall her an. Warum hatte er es nicht gesehen? Er stürzte ins Haus, vorbei an Starr in der Küche und nach oben zur offenen Tür ihres Zimmers. Er brauchte gar nicht hineinzugehen, musste nicht in den herausstehenden Kommodenschubladen nachsehen. Im offenen Kleiderschrank hingen nur Bügel und ein alter Mantel. Verdammt, wann war sie hier gewesen, wann hatte sie ihre Sachen gepackt und weggebracht? Oder hatte Starr das für sie getan? Sein Herz fiel ins Bodenlose, aber nicht vor Überraschung: er hatte fast erwartet, das zu sehen. Die Verletzung war völlig neu, bitter, eine betäubende Mischung aus Liebe und Demütigung und Verzweiflung, der er nicht gewachsen war. Das Telefon schrillte in der Küche, er zählte die Klingelzeichen. Ein anderes Haus.

Starr saß mit dem Gesicht zum Westfenster, der Küchentisch war abgeräumt und sauber, das geriefte Ahornholz warm in der Nachmittagssonne. In Reichweite von Starrs Hand standen ein kleines Glas mit Rum und ein Wasserglas und warfen Lichtstreifen auf das Holz. Er nahm keine Notiz von Innis, hielt die Augen zusammengekniffen, als blickte er in weite Ferne, auf die Meerenge, zum Berg. Sein Kinn schimmerte frisch rasiert, und sein Hemd war so weiß, dass es blendete.

»Ich wusste sofort, dass du es warst«, sagte Innis von der Tür her. »Woher hab ich das gewusst, sogar bevor ich die leere Zigarettenschachtel gefunden habe?«

»Was hast du denn gedacht?«, sagte Starr gleichmütig,

fast gelangweilt. »Dass ich keine Augen haben, keine Ohren? Dass ich nie mehr in meinen eigenen Wald gehe? Vielleicht wolltest du, dass ich es tue, hm? Na gut, verdammt nochmal, ich hab dir den Gefallen getan. Es hätte schlimmer kommen können.«

»Viel schlimmer nicht. Claire ist fort, nicht wahr?«

»Sollte ich sie für dich hier behalten? Herrgott, komm zur Vernunft, bevor es zu spät ist. Ich brauche hier keine Frau mehr. Such dir eine eigene, eine mit weniger Jahren auf dem Buckel, das ist besser für dich.«

»Was hast du zu ihr gesagt?«

»Zum Beispiel habe ich ihr gesagt, wenn sie sich ausziehen will für geile junge Männer, die halb so alt sind wie sie, davon gibt's in Sydney jede Menge, das braucht sie nicht hier zu machen.«

»Wo in Sydney? Wo ist sie?«

»Sie hat die Insel verlassen, sie ist fort.«

»Ich glaube dir nicht, Starr.«

»Wem sonst willst du glauben?«

»Ich werde sie finden. Und dann wirst du nicht dabei sein, um alles zu verderben.«

»Nur zu, Teufel auch. Sie hat einen ziemlichen Vorsprung vor dir, in mehr als einer Hinsicht. Aber du hast ja die Zeit und das Geld, hm? Fliegst du oder nimmst du den Zug? Du kannst auch mit dem Auto fahren und die Landschaft genießen. Außerdem bleibt dir immer noch der Bus.«

»Du Scheißkerl. Ich hätte Geld gehabt. Mehr als genug.«

Starr sah ihn ruhig an, schaute dann wieder aus dem Fenster auf die hintere Wiese. »Wenn du das meinst, was ich denke, dann wär's mir lieber, du wanderst in den Knast. Du hast das Scheißzeug hergebracht. Nimm's wieder mit.«

»Da ist nichts mitzunehmen. Es ist wertlos. du hast keine Ahnung davon, überhaupt keine Vorstellung.«

»Erzähl mir, was mir entgangen ist.«

»Dich würde es sowieso nicht retten. Du bist so im Arsch, dir könnte es nicht mehr helfen.«

»Aber dir hat's ja mächtig geholfen, wie?« Starr führte den Rum an die Lippen, stellte das Glas hin. Er hielt das Wasserglas in die schräge Sonne und sah hindurch. »Na los, komm in die Gänge«, sagte er. »Vielleicht wartet sie irgendwo.«

»Ich gehe, wenn ich so weit bin.«

Innis wartete darauf, dass sein Onkel sagte, besser, du gehst sofort, ich will dich raushaben, aber er sagte nichts weiter, und Innis ging in sein Zimmer hoch und machte die Tür zu. Wutgeheul stieg in ihm auf, seine Augen tränten. Er würde heute Abend nichts mehr machen, nicht einen Schritt zu seinem Aufbruch unternehmen, er wusste ja nicht mal, wo sie war, wohin sie unterwegs war. Aber dann zog er die Reißzwecken aus den Ecken seiner Zeichnungen, ließ sie zu Boden flattern. Er zerrte den Koffer unter dem Bett hervor und klappte ihn auf, es war der Koffer seines Vaters, aus schwarzem, altmodischem Narbenleder, er hatte sich auf dem Flughafen deswegen geschämt, als trüge er die Sachen älterer Geschwister auf. Eine geschmuggelte Whiskyflasche, die auf einer Gepäckkarre zerbrochen war, hatte das Stofffutter befleckt, musste Strafzoll zahlen, hatte sein Vater erzählt. Allein der Anblick des Koffers lähmte Innis, er ließ ihn leer und nahm den Kalksteinbrocken von der Kommode. Er fuhr mit den Fingern langsam über die abgeschliffenen Wölbungen und Aushöhlungen, er hatte nur die Spitze aus dem Bachbett lugen sehen und ihn aus dem Schlamm gezogen, da erst zeigten sich seine Rundungen, seine hellen und dunklen Grautöne. Der Schädel des Achtenders, in dessen Geweih eine Spinne ihr Netz gesponnen hatte, den musste er ebenso wie den Stein hier lassen. Starr hatte sich geirrt, der Schädel hatte sie überhaupt nicht erschreckt. Ich sage dir, was ich möchte, hatte sie hier auf seinem Bett zu ihm gesagt, nach dem Boot und dem Sturm und der Blauperlenlilie und dem Schluck Rum, ich möchte, dass du deine Zunge tanzen lässt, ganz langsam, von meinem Mund bis zu meinen Zehen, immer im Kreis, überall, sogar in meinen Kniekehlen, ja, das ist eine wunderbare Stelle, alles, was mich erregt, wird dich auch erregen. Du sollst mich mit dir zudecken.

Warum hatte sie nicht auf ihn gewartet, mit ihm geredet, bevor sie wegging? Ihm keine Nachricht hinterlassen, keine Telefonnummer? Aber wer weiß, was Starr ihr erzählt hatte.

Er holte sein Schatzkästchen hervor, kratzte alle Krümel und jedes bisschen Staub zusammen und drehte daraus feierlich einen letzten Joint, um ihn für später aufzuheben, jetzt war nicht der Zeitpunkt für seine süßen Träume.

Der gerahmte Jesaja-Spruch? Er mochte den alten Dan Rory, also würde er den Spruch mitnehmen, vielleicht gab es in irgendeiner Stadt ein Zimmer, in dem er ihn später mal aufhängen wollte.

Er sammelte seine Zeichnungen vom Boden auf und legte sie in den Koffer, darüber die Skizzenblöcke, die Seiten hatten etwas zu erzählen, was er bewahren wollte, es würde eine bessere Zeit als diese geben, dann würde er sie Blatt für Blatt durchgehen, den Wald, die Wiesen, das Ufer, das Eis, den Schnee, die Menschen. Claire. Sogar seinen Onkel. Was hatte er nicht in Starr gesehen, welche Hinweise gab es, dass er so in den Wald kommen würde, tief hinein, abseits der Pfade? Oder dass er sich diese Gemeinheit für das Ende des Sommers aufheben würde? Innis zog die Bleistiftzeichnung heraus, die er von ihm gemacht hatte, und betrachtete sie: wenn ihm diese Gemeinheit ins Gesicht geschrieben stand, so war sie ihm entgangen. Er knüllte das Papier zusammen und warf es an die Wand.

21

Bei Einbruch der Dunkelheit war sein Onkel noch nicht zurück. Innis hoffte, Starr würde die ganze Nacht über wegbleiben, wo immer er jetzt hinfuhr, seit er nicht mehr ans Telefon ging.

Innis wagte nicht, sich von jemandem zur Ferry Road mitnehmen zu lassen, er ging die ganze Strecke zu Fuß wie damals, als er mit dem Caddy eine Übungsfahrt gemacht hatte, sprang beim ersten Aufleuchten von Scheinwerfern vom Damm. Es war Sonntagabend, und mehr Autos als sonst kehrten von den Ferienhäusern in The Head zurück. Aber bald kam ein Stück, wo weniger Autos an ihm vorbeifahren würden, manche mit einem Tempo, das den Straßengraben sicherer machte als die Bankette. Auf Cape Breton gibt's nur zwei Sorten Fahrer, hatte sein Vater vor Jahren gesagt, entweder sie fahren wie eine verbrühte Katze oder wie eine Kuh mit einem Kalb im Bauch. Die Häuser, an denen er vorbeikam, lagen weit auseinander, weit zurückgesetzt inmitten von Wiesen oder Bäumen, aber wenn eins näher an der Straße stand und in den Fenstern Licht brannte, ging Innis auf die andere Straßenseite. In dem einen oder anderen hatte er gearbeitet, wie bei Mrs. Melchuk, einer älteren Witwe, ihr Vater kam aus der Ukraine, Innis hatte bei ihr den Schnee geräumt, die Vortreppe und die vom Frost geplatzte Regenrinne repariert, sie hatte ihm in ihrer dampfigen Küche Fleischkuchen vorgesetzt, er könnte jetzt gut einen vertragen, sie erzählte gern von ihrem Mann, er hatte viele Jahre lang in Sydney als Stahlarbeiter geschuftet, und dieses kleine gelbe Haus auf dem Land wollten sie nach seiner Pensionierung genießen, aber er starb an Silikose. Das MacLeod-Haus mit der breiten weißen Veranda war von Amerikanern als Sommerhaus gekauft worden, und als es im vorigen Herbst umgebaut wurde, hatte Starr ihm einen Job besorgt, denn er kannte den Bauunternehmer, aber Innis hatte nach wenigen Tagen aufgehört, die Männer stellten zu viele Fragen, was willst du denn hier, Teufel auch, gibt's in Boston keine Arbeit?, und Starr hatte verärgert gesagt, was hast du denn mit so einem Akzent erwartet? Na klar stellen sie Fragen. Dort stand das Haus von Reverend MacLennan, dem pensionierten Geistlichen, ein großer, alter Kasten, aus dem er die Fledermäuse nicht vertreiben konnte, er hasste sie mit einer Inbrunst, die seine blauen Augen weitete, wenn er von ihnen redete, und Innis hatte eines Abends auf seinem Hof gewartet und zugesehen, wie die Fledermäuse aus dem Dachgiebel strömten, beängstigende Schwärme im Mondlicht, und zum Zeitvertreib hatte er dem Geistlichen von dem Anthropologen im Radio erzählt, der in Malaysia Fledermaussuppe gegessen hatte, mit winzigen Knöchelchen drin, die zwischen den Zähnen knirschten, und der Reverend hatte grässlich geknurrt, sieh sie dir an, sieh dir die kleinen Teufel an, nachts kratzen sie an den Wänden, entsetzlich, und Innis war in den Dachboden hinaufgestiegen und hatte alle sichtbaren Öffnungen verstopft, während der Geistliche unter ihm mit der Taschenlampe fuchtelte, beeil dich, beeil dich, ehe sie zurückkommen. Aber heute Abend schien der Mond nicht.

Er trabte schwer atmend die Ferry Road hinunter, bis er sah, dass beide Häuser dunkel waren, das vom Priester und das vom Kapitän, aber er ging leise um MacQueens Haus herum, was, wenn der Alte im Bett lag und schlief? Er klopfte laut an die Haustür. Kein Licht ging an, nichts rührte sich, also kroch er unter das Haus und durch die Luke hinein. Er merkte, dass jemand sauber gemacht hatte, vielleicht MacKeigan, es roch nach Lysol, und die Vorhänge waren aufgezogen worden, aber Innis brauchte keine Taschenlampe mehr, er glitt durchs Haus wie ein Berufseinbrecher. Die Schiffsuhr schlug und erschreckte ihn, die hatte er noch nicht gehört, er blieb stehen, bis sie verstummte. Sieben Schläge, was immer das zu bedeuten hatte. Die Schlüssel lagen jedoch nicht in dem Becher, er durchsuchte den ganzen Schrank, verdammt, das war doch das Versteck des Kapitäns, wer hatte die Schlüssel verlegt? Er hatte keine Zeit, sie woanders zu suchen, er musste hier raus, konnte er die Zündung kurzschließen? Aber als er in der Garage die Tür vom Caddy aufmachte, ging die Innenbeleuchtung an: Die Batterie war schon eingebaut, der Zündschlüssel steckte. Entschuldigung, Kapitän. Ich leihe ihn mir nur aus, niemand könnte pfleglicher damit umgehen als ich.

Auf der Rückfahrt begegneten ihm nur drei Autos, er fuhr in vernünftigem Tempo, falls der Wagen gesehen wurde, würde es heißen: Da schau an, wusste gar nicht, dass der Kapitän zurück ist, aber gestern Abend war er unterwegs, konnt's nicht abwarten, sich in seinen schönen Cadillac zu setzen. Innis hatte vor, kurz hinter der Werkstatt zu halten, um seinen Koffer zu holen und dann vor Sonnenaufgang das Festland zu erreichen, aber Scheiße, der Lada stand schräg am unteren Ende der Auffahrt. Zur Hölle mit dir, Starr. Er wartete mit laufendem Motor am Straßenrand, behielt den Rückspiegel im

Auge, wo zum Teufel sollte er den Wagen jetzt verstecken? Er drehte das Fenster herunter. Ein Auto kam hinter ihm um die Kurve, er konnte es hören, und als er weiterfuhr, fiel ihm der alte Forstweg auf dem MacLeod-Anwesen ein, der schon lange nicht mehr benutzt wurde, kam ein Caddy da hinauf? Er hatte Angst, ihn im Dunkeln nicht schnell genug zu finden, aber er erwischte ihn und bog hinein, dichtes Unkraut tauchte vor den Scheinwerfern auf, er jagte den Motor hoch, der Wagen brach hinten aus, im Außenspiegel sausten die Scheinwerfer eines anderen Autos vorbei, hoffentlich hatte der Fahrer ihn nicht gesehen. Er fuhr schlingernd bis hinter eine Wegbiegung, Gestrüpp kratzte am Unterboden, weiter kriegte er den Caddy nicht, sonst blieb er stecken. Licht aus, Motor aus. Er warf den Kopf in den Nacken. Wie spät war es? Die Uhr im Armaturenbrett spielte verrückt, es musste auf Mitternacht gehen. Die Grillen begannen wieder zu zirpen, aber nur noch matt, träge, nicht mehr schrill. Die Nächte wurden kälter. Nachher konnte er zurücksetzen, ohne den Motor anzulassen, auf die Straße rollen, wenn niemand kam.

Innis ging so lässig er konnte die lange Auffahrt hinunter. Im Osten, zum Meer hin, zogen Wolken auf. Ein Fenster oben war hell, sonst war das Haus dunkel, die Wiesen so schwarz wie der Wald. Starr lehnte in der Tür des Werkstattschuppens, im Licht der verschmierten Glühlampe, auf der Werkbank stand eine Flasche Rum. Innis ging an ihm vorbei aufs Haus zu.

»Wo warst du denn, warst du etwa zu Fuß unterwegs?«, fragte sein Onkel.

»Ich fahre nicht, wie du weißt. Und ich muss keine Fragen beantworten.«

»Ein Mann muss früher oder später Fragen beantworten.« Starr schnipste seine Zigarette in die Dunkelheit. »Ich dachte, du wärst in deinem Zimmer. Du hast das Licht angelassen.«

»Das ist nicht mein Zimmer.«

»Komisch, ich hätte schwören können, dass ich dich in den letzten Monaten da drin gesehen habe. Na ja, *fàgaidh sioda is sròl is sgàrlaid gun teine an fhàrdach.*«

»Geschenkt, Starr, egal, was es heißt.«

»Samt und Seide und Scharlach, Teufel auch, die hinterlassen einen kalten, freudlosen Herd. Claire hat angerufen.«

»Ist wahr?« Innis ging zu seinem Onkel.

»Nein.« Starr zeigte langsam lächelnd die Zähne. »Ich wollte nur mal sehen, was du für ein Gesicht machst, Innis. Komm ein bisschen mehr ins Licht, ja, du siehst aus wie ein junger Hund, der hofft, er wird gestreichelt, er kriegt einen Knochen.«

Innis' Faust flog heraus, bevor er überhaupt denken konnte, und schickte seinen Onkel zu Boden. Innis ging in Kampfstellung, nahm schwer atmend die Fäuste hoch, ihm war alles egal, aber Starr blieb auf dem Boden sitzen und sah zu ihm hoch. Er fasste sich ans Kinn, schob es hin und her, dann lachte er leise und schüttelte den Kopf. »Los«, sagte er. »Verschwinde, lass dich hier nicht mehr blicken.«

Sein Onkel kam nicht ins Haus, und Innis ging in seinem Zimmer auf und ab und betete, Starr möge gegen einen Baum fahren. Seine Hände zitterten, als er sie vor sich hielt und spreizte. Komisch, was Hände tun konnten, was sie ergreifen und loslassen konnten. Claire. Hier. Einmal. Er ließ sich aufs Bett fallen, setzte sich aber bald wieder auf. Nein, hier wollte er nicht mehr schlafen. Er schob das Flurfenster ein Stückchen hoch, er hörte Starr grummelnd Selbstgespräche führen, aber er konnte ihn nicht sehen, der würde erst aufhören, wenn die Flasche leer war. Ausgeschlossen, dass er mit dem Koffer an ihm vorbeikam. Er zog die Kommodenschubladen heraus, falls er etwas übersehen hatte, das ihm gehörte. Auf dem Hängeboden in der Werkstatt stand das Marmeladenglas, aber das musste warten. Er goss Wasser aus dem Krug in die Schüssel und hielt die Hand hinein. Die Knöchel schmerzten, aber es war ein Schmerz, mit dem er leben konnte. Junger Hund? Verdammt. Dem gebe ich einen Knochen. Er nickte auf dem Stuhl ein. Er wachte mit Claire im Sinn auf, meinte, in ihrem Schlafzimmer zu sein, wo war sie? Nicht hier, weder krank noch gesund. Das Telefon klingelte, immer wieder, das musste jemand anders gelten, es war viel zu spät, um hier anzurufen. Er holte sein Fernrohr aus dem Koffer und hielt es aus dem Flurfenster auf die Werkstatt: die Glühbirne brannte immer noch. War Starr umgekippt? Die Bäume zischten im Wind. Die Hügel waren nicht vom Himmel zu unterscheiden, bis Gewitterwolken sich von Blitzen bläulich verfärbten. Donner rumpelte unter seinen Fußsohlen. Er richtete das Fernrohr auf die Meerenge: über den peitschenden Baumwipfeln rasten Schaumkronen. Stumme Lichtexplosionen. Im Boot jetzt da draußen, ein Albtraum! Als er dachte, er könnte sich an seinem Onkel vorbeischleichen, brach das Unwetter über das Haus herein, Regen prasselte gegen die Fenster, dann spürte er die Hochspannung, sah hinter der Werkstatt sengendes Blau, unerträgliche Helligkeit. Die Abstände zwischen Blitz und Donner wurden immer kürzer, bis sie den Himmel nahezu gleichzeitig zerrissen. Plötzlich tauchte Starr im Licht eines Blitzes auf, wie ein Fotonegativ, auf dem Weg zur Hintertür sprang er über eine Pfütze. Das Licht ging aus, irgendwo war ein Mast getroffen worden. Innis zog sich vom Fenster zurück, knallte es zu und ging in sein Zimmer, blieb hinter der geschlossenen Tür stehen. Bald kam sein Onkel schwerfällig die Treppe herauf, seine Schritte wurden von langem Donnergetöse übertönt. »Du bist schuld«, brüllte er vor Innis' Tür, »dass sie nicht mehr hier ist!«, und versetzte der Tür einen Faustschlag. Innis' Herz machte einen Satz, so ein Quatsch, das war glatt gelogen, er wollte zurückbrüllen, aber aus seiner Kehle kam nur ein Krächzen, er wollte die Tür aufreißen, aber sie würden nur aufeinander einprügeln; Dinge, die gesagt werden mussten, ließen sich so nicht sagen. Ein Blitz schlug in der Nähe ein, der Hirschschädel warf groteske Schatten. Zitternd hob Innis seinen Wanderstock wie eine Keule, er fühlte, er konnte totschlagen oder totgeschlagen werden, jetzt, in diesem Augenblick, an dieser Stelle.

Innis verharrte reglos. Er hörte nichts weiter, nur Regen, der über das Dach peitschte, während das Unwetter sich zu fernem Donnergrollen und Wetterleuchten abschwächte. Er machte langsam die Tür auf, aber Starr war nicht da, auch nicht auf dem Flur. Immer noch mit dem Wanderstock in der Hand, fand er ihn schließlich schnarchend auf seinem ungemachten Bett.

Im Haus war noch alles dunkel, als er in der Werkstatt ein paar Züge rauchte, dann stieg er auf der Holzleiter zum Boden hinauf und kam mit dem kleinen Marmeladenglas in der Hand wieder herunter. Vielleicht brauchte er das mal in irgendeiner miesen Stadt.

Er nahm seinen Koffer, zog sich die Kapuze über den Kopf und ging im Regen die Auffahrt hoch. Die Straßenlaterne brannte nicht, niemand war unterwegs, bloß gut so, denn jeder hätte sich gewundert, was er so spät in der Nacht mit einem alten Reisekoffer in der Hand auf der Straße zu suchen hatte. Er machte kehrt und ging ein paar Schritte zurück, um das dunkle Haus und die

Scheune zu betrachten. Wo blieb die Erregung, die Hochstimmung des Aufbruchs? Zu viel Erregung von der falschen Sorte. Vielleicht würde sie ihn auf dem Highway packen, wenn er ein Gaspedal unter dem Fuß hatte.

Als er beim Cadillac ankam, hatte der Regen aufgehört, zerrissenes Gewölk ließ den Mond ahnen. Er packte den Koffer in den Kofferraum, merkwürdig sah er aus im Licht des Lämpchens unter der Haube. Er klappte den Kofferraum zu und war wieder mit der Dunkelheit allein. Er hatte Durst. Wie weit war es von hier zur Quelle? Konnte kein langer Weg sein. Unter dem Sitz fand er eine schwache Taschenlampe und stieg den Hang hoch, rutschte im Schlamm aus, er war müde, musste über umgestürzte Bäume klettern, diesen Weg hatte er noch nie genommen, und die Schneise der Überlandleitung war weiter fort, als er gedacht hatte. Er ruhte sich aus, knipste die Taschenlampe aus, aber die Dunkelheit stürzte so rasch auf ihn ein, dass ihm schwindlig wurde, er zwang sich weiterzugehen und geriet in ein Erlendickicht, ein erstickendes Gewirr aus dünnen Zweigen. Von Panik getrieben kämpfte er sich hindurch, völlig außer Atem, aber schließlich stand er im Freien, auf der Schneise. Über ihm schwangen sich die Leitungen. Zwischen diesem Mast und dem nächsten, direkt oberhalb der Schneise, war die Quelle. Irgendwo hier im nassen Gras hatte er violett gerandete Orchideen gefunden und für Claire gepflückt; wenn er sich Mühe gab, roch er immer noch ihren schwachen Duft, Claire hatte sie in eine schlanke Glasvase gestellt.

Die kleine graue Hütte war mit der schwachen Taschenlampe nicht leicht zu finden, er verfehlte sie und musste kehrtmachen. Aber schließlich fand er sie, er kniete vor der Tür, der Pflock klemmte im Riegel, mit klammen Fingern drückte er daran herum. Das Wasser warf den Schein der Taschenlampe zurück, als er die Tür aufmachte, Spinnen zitterten in ihren Netzen, tut mir leid, meine Kleinen, dass ich eure mühsame Arbeit zerreiße, ich weiß, wie ihr euch fühlt. Er richtete den Lichtstrahl auf das stille Wasser, hinunter auf den Schlick am Grund. Dann trank er vom eisigen Nass, bis ihm die Zähne wehtaten und seine Lippen taub wurden. Mit dem Kopf im Verschlag, zum Schutz vor den tropfenden Bäumen, zündete er sich den Stummel an, inhalierte tief und drückte ihn aus. Er zog den Kopf heraus und hockte in der Dunkelheit. Vielleicht kam ein weiteres Gewitter, über ihm schüttelten lange Windseufzer Nässe von Nadeln und Blättern. Ich weiß nicht das gälische Wort für Autodieb, hatte Starr vor vielen Monaten gesagt, zwing mich nicht, es zu lernen. Der Cadillac, so lange versteckt, ein Schatz in einer Kiste. Vielleicht hätten sie zusammen weggehen können, er und Claire. Vielleicht wäre sie immer noch hier, wenn … Wenn was? Innis wippte in der Hocke. Ein Luchs schwimmt wie ein Hund, hatte er gelesen, und wenn am Ufer ein Feind auf ihn wartet, dann wendet der Luchs sich nicht ab, sondern schwimmt an Land und kämpft bis zum Tod. Flüsse sind Frauen, Meere sind Männer. Irgendwo hatte er das gelesen und wollte es glauben, es klang weise und ausgewogen und wahr, aber er wusste immer noch nicht, was es bedeutete. Claire mochte Blusen ohne Muster, aber in auffallenden Farben, mit tiefem Ausschnitt. Sie würde nie mehr zurückkommen, nicht hierher, das war ihm jetzt klar. Plötzlich, mit wild pochendem Herzen, hielt er das Marmeladenglas über das Wasser, goss es aus, hörte die Flüssigkeit fast ohne Geräusch auftreffen. Er nahm die Taschenlampe und knipste sie an, wieder und wieder, er wollte das Wasser sehen, aber sie brannte nicht mehr, und er zerschlug sie auf einem Stein. Er warf das Marmeladenglas in den Wald, dann verriegelte er fest die Tür, presste die Stirn ans Holz.

Auf zitternden Beinen ging er den Hang hinunter. Verdammt, nur ein wenig Flüssigkeit in dem vielen Wasser, was konnte sie schon ausrichten? Vielleicht fing man als Erstes an zu zittern, wenn das Gift wirkte, und was dann? Der ganze Körper löste sich auf, Muskeln, Knochen, Adern, Zellen, jede Faser, mit der man atmete und sich bewegte, alles hatte Kurzschluss, ein bitterer Geschmack im Mund, schwarze Galle verätzte die Stimme, sodass man nicht um Hilfe rufen konnte, außerdem, wer würde schon kommen, wer würde hören, wie man zerschmolz, während das Zeug wie Feuer durch die Adern raste und alles abtötete, was ihm begegnete, alle Lichter löschte? Schwand das Bewusstsein als Erstes oder als Letztes? Einzelheiten kamen ihm lebhaft in den Sinn, Stöhnen, Würgen, ein kalkweißes Gesicht, eine hervorquellende Zunge. Aber diese Bilder hatten ein Eigenleben, sie waren nicht an jemanden gebunden, nicht einmal an seinen Onkel, noch nicht. Der Regen setzte wieder ein und spülte sie weg, er stolperte in eine tiefe Pfütze, er triefte bis zu den Knien. Unten im Cadillac zog er die nassen Stiefel und Socken und Jeans aus. Wenn er jetzt losfuhr, konnte er bei Tagesanbruch von der Insel herunter sein, bis zur Mittagszeit vielleicht sogar die Küstenregion hinter sich gelassen haben. Nur ein paar Minuten auf dem weichen Leder ausruhen. Seit der ersten Woche in Dan Rorys Wald war er nicht mehr so fertig gewesen, dabei war er nur zur Quelle hochgelaufen und wieder zurück. Claires Haut, so unglaublich weich, so beruhigend, daran zu denken.

Als er aufwachte, den Kopf auf der Lehne, der Mund trocken, war alles um ihn so fremd, dass er ein paar Sekunden lang nur die Augen bewegte. Zu viel graues

Licht in den beschlagenen Fenstern. Das erste Geräusch war nicht Regen, sondern die Krallen einer Krähe auf dem Dach, und als er sich aufsetzte, flog sie krächzend davon. Verdammt, Tageslicht! Der Wald glänzte hell, hinter den tief hängenden Wolken schien schon die Sonne. Er sah den Weg, den er gestern Nacht genommen hatte, die niedergetretenen Stauden verschwanden im Nebel. Auf bloßen Füßen humpelte er zum Kofferraum und holte trockene Sachen heraus, seine Füße waren eiskalt. Er hatte die Nacht verloren, sie vergehen lassen. Fröstelnd pinkelte er ins Gras. Der Caddy sah verlassen aus, viele machten das hier mit alten Autos, fuhren sie in den Wald hinauf und ließen sie stehen, aber der Caddy war neu, auffällig neu. Irgendwo weiter oben jaulte eine Kettensäge auf, viel zu nah.

Er zog sich rasch an, ließ den Motor warmlaufen, während der Wagen rückwärts hinunterrollte, trat immer wieder auf die Bremse, biss die Zähne zusammen, als das Gestrüpp am Unterboden kratzte, erreichte schlingernd den Straßenrand, hielt kurz an, sah in beide Richtungen, fuhr dann, überzeugt, dass es zum letzten Mal war, auf die Ferry Road in Richtung Festland.

Der Seville schnurrte, und Innis atmete auf. Es regnete wieder, was gut für ihn war, im Regen sahen die Leute kaum auf, wenn ein Auto vorbeifuhr, und wenn doch, dann sagten sie vielleicht: War das nicht der Wagen von Kapitän MacQueen? Aber sie würden sich nicht sicher sein, der Sprühnebel der Reifen würde den schwarzen Wagen rasch verschlucken, meinst du, es war seiner, John? Nein, nein, kann nicht sein, der alte Geldsack ist noch in Florida. Sollten sie ruhig reden, sich ans Telefon hängen und über das Für und Wider tratschen, das konnte stundenlang dauern, es gab schließlich noch andere Cadillacs auf dem Trans-Canada-Highway, bis dahin war er von Cape Breton Island herunter, und bis sie zu dem Schluss gekommen waren, dass der Kapitän doch noch nicht da war, konnte Innis in New Brunswick sein, das Auto in einer Nebenstraße in St. John abstellen, und dann konnte es Tage dauern, bis es da gefunden wurde. An der Einfahrt zum Highway wartete er drei Autos und einen Laster ab, sie hatten ziemliches Tempo drauf, denn es herrschte nicht viel Verkehr. Er bog nach Westen, fuhr die lange Kurve zur Meerenge hinunter, vor ihm lagen die eleganten Bogen der Brücke. Das Radio brauchte er nicht, nur Bewegung, Flucht. Der Regen hatte nachgelassen, flog aber immer noch vom Metall des Wagens, als er die Brücke erreichte und plötzlich vom Wind geschüttelt wurde, die Brückenpfeiler flogen am Fenster vorbei und dahinter das Wasser der Meerenge, die sich westwärts wie ein breiter Fluss wand, die Oberfläche wie seidiges Metall, und hinter der Landzunge verschwand, die Starrs Bucht verbarg. Auf der Seite, die hinter ihm lag, wurde sie von den waldigen Hügeln St. Aubins gesäumt, vor ihm von den hohen Wäldern des Berges, ostwärts jagten dunkle Wolken vom Meer heran, zwischen denen sich die Sonne wie in einem Fischschwarm tummelte. Die Straße führte an einem Campingplatz am Fuß der Brücke vorbei, dahinter ragte kahler brauner Fels auf, wo Gestein und Erde für die Brücke weggesprengt worden waren. Er sah zwei Anhalter, durchnässte junge Männer mit Rucksäcken, bremste aber nicht. Tut mir leid, Leute, ich hab nicht die Nerven, euch im Cadillac des Kapitäns mitzunehmen, außerdem verliere ich den Schwung, wenn ich anhalte, und ich will so schnell wie möglich über den Berg rüber. Die Reifen quietschten ein wenig, als er die überhöhte Kurve der ersten Serpentine nahm, herunterfahrende Sattelschlepper kamen hier manchmal von der Fahrbahn ab und landeten in der Botanik, er wechselte auf die Überholspur und ließ auf der langen Steigung drei Autos hinter sich, ein Wohnmobil stand auf dem Panoramaparkplatz, seine Insassen starrten nach Osten auf den Atlantik, er kannte diese Aussicht nur von Postkarten im Drugstore. Ein weiterer Wolkenbruch ging auf die Straße nieder, er verlangsamte das Tempo, ließ sich von den überhöhten Kurven nicht zum Rasen verleiten. Er verstellte den Fahrersitz so lange, bis er für ihn genau richtig war, passierte den Gipfel, im Norden lag silbrig St. Ann's Bay, es ging bergab, er tippte hin und wieder auf die Bremse, ließ sich von einem anderen Wagen überholen, immer mit der Ruhe. Die Scheibenwischer schaufelten, er sah das Schild für die Abzweigung nach Englishtown, die zur Fähre über die St. Ann's Bay führte, aber er wollte nicht nach Norden, außerdem würde er auf dem kleinen Fährschiff nur auffallen, der Kassierer würde einen prächtigen Zeugen für die Mounties abgeben. Können Sie ihn genauer beschreiben, Mr. MacTavish? Och, Pferdeschwanz, rote Haare, nicht kupferrot, mehr bräunlich, und so Hakennase, Scheibe war beschlagen ... Vor ihm ging ein Mädchen am Straßenrand entlang, eine junge Frau, langer Rock, große Umhängetasche, sie hielt nicht den Daumen hoch, sondern lächelte ihm zu, als machte es ihr Spaß, durch den Regen zu laufen. Innis stieg nicht auf die Bremse, sondern fuhr langsam an den Straßenrand, bis sie nur noch ein Fleck im Rückspiegel war. In einem Caddy wartete man mit laufendem Motor, man setzte nicht zurück. Er sah im Außenspiegel ein Auto näher kommen, wurde misstrauisch, da pochte ein Fingernagel an die Scheibe. Er ließ das Beifahrerfenster herunter, es umrahmte ihr Gesicht, lange helle Haare, die sich vom Regen ringelten, Sommersprossen auf der Nase, ein sympathisches Lächeln.

»Fährst du zufällig nach Norden?«, fragte sie. Er wollte eigentlich nach Westen zum Canso Causeway. Aber die Garage des Kapitäns war noch verschlossen, und soweit die Leute wussten, stand der Cadillac noch drin, während hier ein Mädchen war, zu dem er nicht nein sagen mochte.

»Wie weit nach Norden?« fragte Innis.

»Ingonish, so die Gegend?« Was würde Ingonish ihn kosten, eine Stunde? Außerdem wurde ja noch nicht nach ihm gefahndet.

»Ich kann dich ein Stück mitnehmen.«

»Prima. Du kannst wenden und die Fähre nehmen, das ist kürzer.«

»Nein, ich fahre lieber um die Bucht rum. An der Fähre muss man manchmal warten.«

Sie brachte in das feuchte Wageninnere etwas Erfrischendes hinein, wie kühlende Gischt, mit ihren von der Sonne geröteten Wangen. Ein langer bunter Baumwollrock und eine kurze, regenfleckige Wildlederjacke. Sie nahm ihre Tasche auf den Schoß.

»Bist du durchnässt?«, fragte Innis und ließ ein Auto vorbei, ehe er weiterfuhr. »Ich stell die Heizung an.«

»Nein, nein. Ich bin gerade erst abgesetzt worden.«

Rasch erreichten sie die Abzweigung nach St. Ann's, verließen den Trans-Canada-Highway und kamen an einem Hummerrestaurant vorbei.

»Hast du Hunger?«, fragte er.

»Nicht auf so was. Ich hab Obst dabei. Willst du einen Apfel?«

»Vielleicht später. Ich würde sowieso nur was trinken.« Er hatte ohnehin nicht die Zeit, Halt zu machen, über einem Becher Kaffee auf das Wasser von South Gut zu starren und mit ihr über belanglose Dinge zu plaudern. Sie wühlte in ihrer Tasche, holte eine Flasche Mineralwasser heraus und hielt sie ihm aufgeschraubt hin.

»Wasser«, sagte sie. »Hier.«

Sein Gesicht wurde heiß, er sah sie nicht an. »Geht schon«, sagte er. Sein Atem ging schneller. Sie kamen am Gaelic College vorbei. Die Quelle. Oben im Wald.

»Eine tolle Kutsche hast du.« Sie fuhr mit dem Finger über das Handschuhfach.

»Gehört mir aber nicht.«

Sie lachte. »Wie du redest! Bist du aus Boston? Aus Maine?«

»Aus Boston. Bin zu Besuch hier.«

»Du siehst gar nicht wie ein Tourist aus. Mit den Nova-Scotia-Nummernschildern.«

»Bist du etwa bei den Mounties?«

»Nerve ich dich? Tut mir leid.«

»Der Wagen ... gehört meinem Onkel Angus. Er kann kaum noch fahren, seine Augen sind zu schlecht.«

»Angus wer? Von wo?«

»Himmelarsch, keine Stammbäume, bitte, ja? Ein MacNab.«

»Schon gut.« Sie sah aus dem Fenster. »Hab noch nie von einem Angus MacNab hier gehört. Sieh mal das Pony im Regen! Armes Kerlchen.« Auf einer Hangwiese stand ein kleines zottiges Shetland-Pony, den Kopf gesenkt, den Rumpf zum Wind. Von ihrer Kleidung stieg ein Geruch nach Pflanzen und feuchtem Leder auf. Ob Starr schon wach war? Völlig verkatert würde er Durst haben und Wasser aus dem Küchenhahn trinken. O Gott! Aber es konnte noch nicht angekommen sein, der Weg den Hang hinunter war zu lang.

»Willst du jemanden besuchen?«, fragte sie.

»Fahre nur so herum.«

»Meine Mutter, sie wohnt mit meiner Tante zusammen, beide haben keinen Mann mehr. Es ist schön, wenn man eine Weile nicht zu Hause war. Ein, zwei Tage lang, alles friedlich und meine Lieblingsgerichte. Aber dann mustert sie mich von oben bis unten, so schräg, als wenn sie einen Riss in meinem Rock stopfen müsste, einen Rock, den sie sowieso nicht mag. Sie kann nicht anders. Sie hat sich nun mal in den Kopf gesetzt, dass ich ein Hippie bin. Ich find's schön hier, am Meer. Aber lange halt ich's zu Hause einfach nicht mehr aus.«

»Ich will auch weg.« Verwerfliche Handlungen, hatte der Einwanderungsrichter, ein sturer Ire, gesagt, als Ausländer lassen wir Ihnen nur eine durchgehen, Mr. Corbett, höchstens zwei, und dann schicken wir Sie nach Hause.

»Aus Boston? Und lieber hier oben leben?«

»Nein, irgendwo nach Westen, weit weg. In eine richtige Großstadt.«

»Ist Boston dir nicht großstädtisch genug? Mir hat's da gefallen, die Gegend um Cambridge, um die Universität. War fast einen ganzen Sommer lang da. Tolle Musik. Schrecklich heiß an manchen Tagen.«

Er bremste vor einer scharfen Kurve, wo die Straße sich um eine Bucht wand, seine Gedanken wanderten. Er wollte Meile um Meile zurücklegen, als wäre nichts geschehen, bis er so weit fort war, dass er nie erfahren würde, was daraus geworden war, nicht mal aus einer Zeitung. Aber er hatte einen bitteren Geschmack im Mund. Ein Auto wie die Streifenwagen der Mounties sauste an ihm vorbei, er hatte es nicht kommen sehen. Im Rückspiegel sah er es im Regen verschwinden.

»Wir hatten eine Bar, in die wir gerne gingen«, sagte er plötzlich, »mein Kumpel und ich, da stand ein U-Boot-Torpedo-Spiel, man zielte mit Torpedos auf vorbeifahrende Schiffe, von langsamen bis zu schnellen. Es kam auf Reaktionsschnelligkeit an, und wir machten jede Menge Punkte, Ned und ich, wir waren richtig gut. Aber eines Tages kam einer vom College rein und hat uns gezeigt, wie man die Maschine überlistet. Hat einfach den Abzug gedrückt und das Visier ganz schnell hin- und hergeschwungen, hat nicht mal gezielt. Ein Freispiel nach dem anderen, er hat's kaputtgemacht. Ist kinderleicht, hat er gesagt, lasst euch nicht ausnehmen. Aber er hat's nicht gecheckt. Uns ging's um die Geschicklichkeit.« Er plapperte, um die Luft zu füllen, die ihm zu dünn zum Atmen vorkam.

»Ach, die vom College«, sagte sie. »Es gibt viel, was die nicht wissen, aber das wissen die auch nicht.«

Als sie aus einem langen Tal herauskamen und wieder an der Küste entlangfuhren, zögerte Innis an einer Kreuzung. Auf der anderen Straßenseite lag der Atlantik, er wollte die Weite, das graue Licht einatmen.

»Gleich hinter Wreck Cove ist ein kleiner Friedhof«, sagte sie. »Wenn wir da anhalten könnten? Es dauert auch nicht lange.«

»Das ist noch ganz schön weit.«

»Nicht so weit wie Ingonish.«

»Ich hab's ein bisschen eilig. Wie heißt du?«

»Jessie.« Sie sah ihm ins Gesicht. »Du bist leichenblass. Geht's dir nicht gut?«

Er spürte ein Auto hinter sich und bog mit quietschenden Reifen nach Norden. »Also mir sagen Friedhöfe nichts. Wer liegt da, Verwandte?«

»Mein Vater liegt da, aber den mussten sie reinquetschen. Verwandte, sicher. Du musst hier in der Gegend auch einige haben, unter einem Stein.«

Die alte Quelle war von Steinen gesäumt, er hatte auf ihnen gekniet. »Jessie, ich muss woanders sein, ich habe keine Zeit dafür.«

»Für Cape Breton, meinst du?«

»Ich meine hier, jetzt.«

»Was ist mit deinem Onkel?«

»Was?«

»Mit Angus, mit seinem Auto.«

»Wie spät ist es, Jessie? Wie weit wohnst du?«

»Nicht weit.«

Eine weiße Kirche, er bekam ihren Namen nicht mit, sah nicht, welcher Heilige auf dem Schild an den weißen Schindeln stand, manchmal war es kein Heiliger, aber die waren ihm lieber, St. Margaret, St. Joachim, St. David. Das Meer lag weiter hinter Bäumen, dann kam es näher an den Highway, ein weites Grau, warf sich weiß gegen Felsen, zog sich zurück. Es war ja nicht so, als läge Starr mit einem Messer im Herz auf dem Küchenfußboden. Ein Glas Wasser würde ihm nichts anhaben, er müsste schon mehr als eins trinken. Oder? Etliche Liter Wasser in der langen Leitung bis zum Haus, ein Schuss Schierling darin konnte nicht tödlich sein, nicht derartig verdünnt. Oder? Und die Toilettenspülung, das Waschwasser, all das würde abfließen, vielleicht trank er keinen Schluck von dem Schierling.

»Ein Stück Apfelsine?« Jessie hielt es ihm auf der Spitze eines Klappmessers hin. Sie hatte die Apfelsine auf ihrem Schoß zerteilt, warf Kerne in den Aschbecher.

Er steckte es in den Mund, süße Säure, sein Mund war ausgetrocknet. Für einen Augenblick meinte er, weinen zu müssen, alles würde aus ihm herausquellen und vorbei sein, aber das ging vorüber. Als sie die Apfelsine aufgegessen hatten, teilte Jessie sich mit ihm einen Apfel, schnitt ihn in Scheiben, die sie ihm beim Fahren in den Mund steckte. Er ließ sie im Radio Musik suchen, sie mochte die CBC-Klassiksendung am Vormittag, aber heute erklang so jammervolle Orgelmusik, dass sie zugeben musste, das war wie ein Gottesdienst an einem verregneten Sonntag. Sie fuhren an einem gigantischen Betonbauwerk vorbei, an einem steilen Hang gelegen und von hohen Zäunen umgeben, daneben führte eine Straße in den Wald hoch. »Das ist das Wasserkraftwerk von Wreck Cove«, sagte sie. »Sieht doch aus wie Science-Fiction, oder?« »Ja, irgendwie.« Sie erwähnte einen Drugstore, da bekam man auch etwas zu essen und zu trinken, aber als Innis sah, dass er direkt an der Straße lag, fuhr er lieber weiter. Er hörte ihr zu, wie sie von Boston erzählte, sie war mit einem Freund zum Baden ins Walden-Pond-Reservat gefahren, und Innis erinnerte sich, dass er mit Ned Mohney auch mal da gebadet hatte, aber es waren zu viele Leute da gewesen, sogar im Wald. Jessie erzählte, dass ihr The Garage in der Boyleston Street gefiel, die Läden mit Kunsthandwerk, ausgeflippten Klamotten, aber wenn sie nach Hause kam, zog sie so was nicht an. Innis fragte sie, ob sie das New-England-Aquarium kannte, er und Mohney hatten sich immer bekifft und dann zugesehen, wie Meeresfische in einem riesigen Becken unter Wasser von Tauchern gefüttert wurden, alles hinter Glas, ein starker Trip. Jessie schwieg eine Weile, und er spürte, wie ihre braunen Augen ihn musterten. Kein Grund zu Panik. Zwischen Starr und der Quelle lag immer noch viel Wasser. Floss in kleinen Mengen die Leitung runter. Ein Glas hier, ein Glas da. Ein Kessel voll. Eine Schüssel voll. Was, wenn er ein Bad nahm?

»Jessie, kann ich bei euch mal telefonieren? Aber ihr habt das Telefon sicher auch in der Küche. Alle hören zu.«

»Nicht alle. Innis, du schwitzt ja.«

Der kleine Friedhof lag direkt über dem Meer, war nicht von Bäumen bestanden, aber der Weg dahin führte hinunter, und das Auto war von der Straße aus kaum noch zu sehen. Innis zeigte ihr den Stummel, den er sich aufgehoben hatte, und sie sagte, klar, und nachdem beide ein paarmal daran gezogen hatten, nahm sie ihn bei der Hand und führte ihn hinunter zu den alten Grabsteinen, einige mit gälischen Inschriften, die Toten hier waren auf der Insel Harris oder auf Lewis geboren worden, nicht lange nach 1800. Ihr Vater hatte einen neuen Grabstein aus weißem Granit, er war der letzte, der Friedhof war voll, manche der Grabstellen waren nur noch grasüberwachsene Hügel.

»Früher«, sagte sie, »haben sie einfach einen Stein vom Strand raufgeholt, einen, der ihnen gefiel, und ihn aufs Grab gelegt.«

»Das Meer steigt doch bestimmt manchmal bis hier rauf.«

»Klar, bei Sturmflut schon, über die Jahre ist viel von der Küste weggespült worden.«

»Aber niemand hier spürt das Wasser, denen ist das egal«, sagte Innis.

»Das wissen wir nicht so genau, Innis.«

Er holte das Fernrohr aus der Tasche und reichte es ihr. Sie lachte.

»Soll ich nach einem weißen Wal Ausschau halten?« Sie entdeckte einen Frachter, sein Rumpf glänzte metallisch.

»Da wäre ich jetzt gerne«, sagte er. »Da draußen, wo kein Fernglas mich finden kann.«

Sie rückten im Nieselregen zusammen, legten den Arm umeinander und sahen zu, wie der Ozean sich unter ihnen weiß und tosend brach. Auf einem sandigen Streifen huschte ein Gelbschenkelwasserläufer wie aufgezogen vor und zurück, immer am Rand der auslaufenden Wellen. Innis ging mit ihr zum Caddy zurück, wo er ihre Hände in seinen wärmte.

»Jessie, ich muss jetzt abhauen, wieder zurück nach Süden.«

»Willst du nicht noch mitkommen und meine Mutter kennen lernen? Bloß sie und meine Tante. Die beiden kochen himmlisch.«

»Würd ich wirklich gern, aber ich kann nicht. Ich kann einfach nicht. Ein andermal, ja?«

»Meinst du, es wird ein andermal geben?«

Innis legte die Stirn aufs Lenkrad. »Ich weiß nicht. Ich weiß es nicht.«

Sie drückte seine Hand. »Komm einfach, wenn du Lust hast. Bis dann, ja? Komm gut nach Hause.«

Er dachte daran, sie nach dem Weg zu ihrem Haus zu fragen, aber das war ja Quatsch. Sie versicherte ihm, dass sie es nicht mehr weit hatte. Kein Problem, aber als er sie am Straßenrand stehen ließ, ihr beim Wenden noch einmal zuwinkte, fühlte er sich einsam und verlassen. Er wäre gern mitgegangen, stellte sich die warme Küche vor, starken Tee mit Milch und Zucker, Haferkuchen mit Butter und Marmelade, und er ein Gast, ganz entspannt, er brauchte nicht mit vielen Lügen aufzuwarten, Jessie war nicht misstrauisch, ihre Mutter und ihre Tante würden ihn vielleicht sogar mögen. Er überholte zwei Autos, bevor er sich beruhigte, mit Tränen in den Augen leise vor sich hin fluchte, reiß dich zusammen, du Idiot. Er fuhr also zurück nach St. Aubin, zurück zur Quelle. Die Sonne tauchte auf, die nasse Fahrbahn glitzerte, er hatte doch irgendwo eine Sonnenbrille? Und dann fielen ihm zwei Dinge fast gleichzeitig ins Auge: vor ihm am Straßenrand ein Auto der Mounties mit blitzendem Blaulicht, zur Rechten die Betonblocks des Kraftwerks. Innis bremste sofort, um die Straße zu erwischen, die am Kraftwerk vorbei hoch in den Wald führte, sein einziger Gedanke war, um jeden Preis der Polizeistreife zu entkommen.

Auf der steilen Straße merkte er bald, dass sie einem

von Ahornbäumen und Birken verborgenen Bachlauf folgte, der Asphalt sah neu aus, lud gleichsam zu einer Verfolgungsjagd ein, und es ließ sich leicht vorstellen, dass die Polizei hinter ihm her war oder es bald sein würde, dass er mit den Mounties auf den Fersen ins unendliche Ödland hochfuhr und den Caddy ernsthaft auf die Probe stellen, ihm alles abverlangen musste, es führten auch noch andere Straßen ins Ödland und wieder hinaus, er konnte den Streifenwagen abhängen und sich dann einen Weg zurück suchen, aber dieser Plan verblasste, je höher er kam: er sah den Wind im Laubwerk, trotzdem senkte sich eine seltsame Stille auf alles, und er bremste. Die Gegend wirkte wie vor kurzem verlassen, wie Militärgelände. Riesige, abgesprengte Felsbrocken lagen umher, aber die Straße überquerte Dämme aus säuberlich aufgeschichteten Steinen, an manchen Stellen sah die kahle Erde wie frisch verheilt aus. Kein Mensch war weit und breit zu sehen, nur ein kleines Gebäude hinter einem hohen Maschendrahtzaun, und weiter weg, auf der anderen Seite eines kleinen Sees, ein einsamer Wohnwagen, der nur über eine Zufahrt mit abgeschlossenem Tor zu erreichen war. Arbeitskleidung flatterte wie missfarbene Fahnen an einer Wäscheleine, die sich vom Wohnwagen zu einem Pfahl spannte. Hemd, Hose, Socken. Es hatte etwas Hoffnungsloses an sich, der Mann ganz allein im Wohnwagen, seine Sachen im kalten Wind.

Innis fuhr weiter, langsamer, der Asphalt ging in Schotter über. Hatte Claire die Insel mit dem Flugzeug verlassen, oder fuhr sie auch auf irgendeiner Straße nach Westen? Jetzt würde er sie nie mehr finden. Er stellte das Radio ab, das nur noch ein leises Zischen von sich gab. Felsen oder Wälder waren hier kein Hindernis gewesen. Dynamit, ein ungeheures Umpflügen. Aber das war vorbei. Immer noch senkte sich unheimliche Stille hernieder. Wie nach einer einseitigen Schlacht, alles war begraben worden, umgeschichtet, neu errichtet. Die Ingenieure nennen es eine Fließbewegung, hatte Dan Rory ihm erzählt, bei den alten Wasserläufen da oben mussten sie die Fehler der Natur verbessern. Stell dir das vor. Die Ingenieure meinten, so viel Wasser da oben, und alles nutzlos vergeudet, in kleinen Flüssen und Bächen floss es ins Meer, die reine Wasserverschwendung, wie? Also haben sie diese neuen Seen angelegt und Betonröhren gegossen und Abflusskanäle und Schleusen gebaut, bis das Wasser schneller hinunterströmte, in den Wreck-Cove-Tunnel, in die großen Turbinen dadrin. Und so haben sie den elektrischen Strom über das Land gebracht. Nicht zu uns. Über uns. So, wie's immer geschieht. Amen.

In der Ferne stand eine einsame Windmühle, der Wind wehte heftig, aber die Flügel bewegten sich nicht. Er hatte Durst, er hätte bei dem Drugstore halten sollen, wie Jessie vorgeschlagen hatte, und er hätte tanken sollen.

Hatte Starr schon den Hängeschrank über der Spüle aufgemacht und sich bedächtig ein Glas ausgesucht, es gegen das Licht gehalten, um zu sehen, ob sein Neffe es ordentlich abgetrocknet hatte? Er würde den Hahn aufdrehen, aber nicht gleich das Glas drunterhalten, sondern erst die Finger, bis kühles Wasser kam. Aber dann gab es keinen Grund mehr, zu zögern. Nichts trübte das Wasser, nichts Sichtbares.

Hinter einem Staudamm, auf den Innis zufuhr, lag ein großer See, nervöse Wellen kräuselten das dunkelblaue Wasser. Er fuhr eine kurze Straße zum Ufer hinunter, um zu trinken. Als er aus dem Auto stieg, packte ihn kalter, gleichmäßiger Wind. Die Sonne wärmte nicht, obwohl sie hell schien. An einer Betonmauer hatte sich Treibholz hoch aufgeschichtet, weiß und trocken wie Knochen. Massenhaft musste es von Stürmen dort angetrieben sein, verkeilt zu einem hohen Wall aus gebleichtem Holz. Frisches, noch nicht ausgetrocknetes Holz lag entlang des Ufers. Innis fuhr mit der Hand über ein Stück, das aussah wie ein ungeschlachtes Geweih, es fühlte sich feucht und seidig an. Das Treibholz bestand überwiegend aus Baumstämmen, und der See gab sie aus dem überfluteten Wald immer noch frei, wie ausgefallene Zähne. Vielleicht standen noch einige Bäume im dunklen Wasser, missgebildete Seeungeheuer. Das Sonnenlicht drang nicht tief in das Wasser, erst gelblich, dann rostig, verlor es sich in rötlicher Schwärze. Eisenoxid. Man findet immer noch Forellen da oben, hatte er gehört. Schwer zu glauben, dass in dieser blutroten Finsternis Fische lebten.

Bestimmt ließ das Wasser sich trinken, nur das Gestein hatte es gefärbt, und Innis schöpfte mit den Händen ein paar Mund voll, die schwach nach Eisen schmeckten. Vielleicht hatte Starr einen Schuss Gift verdient. Aber wer was verdiente und weshalb, das blieb Innis ein Rätsel.

Die Gewitter schienen abgezogen zu sein, um die Sonne trieben nur noch Wolkenfetzen. Konnte das hier eine dünne Stelle sein, wie sie der Priester erwähnt hatte? Er hob ein Stück Holz auf, dessen Astknoten im Licht glänzten wie nasse Steine. Interessante Gesteinsbrocken lagen umher, mit faszinierenden Bruchstellen. Er tastete seine Taschen nach dem Skizzenblock ab, er hatte vergessen, wo er ihn gelassen hatte, vielleicht im Koffer. Aber wie sollte er das überhaupt zeichnen, dieses gigantische Blutvergießen? Eine Armee hatte hier gewütet, Felsen gesprengt, Bäume zerstört, hatte nur diesen seltsamen See, die Betonröhren, die Staudämme, die stillgelegte Windmühle hinterlassen. Außerdem gönnte ihm der Wind keine Ruhe zum Zeichnen, wurde immer kälter und schneidender, und er war froh, sich ins Auto einschließen zu können, sich vom anspringenden Motor trösten zu lassen.

Aber wo blieben die Straßenschilder, die ihm den Weg wiesen? Er fuhr vorsichtig über einen Damm aus Erde und Steinen, auf der einen Seite ein tiefer See, auf der anderen gähnte ein Abgrund. Ihm war inzwischen egal, wo er landete, Hauptsache, er fand aus diesem Labyrinth hinaus.

Buschwerk aus verkrüppelten Fichten und Erlen erstreckte sich, so weit das Auge reichte, dazwischen blitzte das nasse Gras sumpfiger Stellen auf, ein karges Gelände, unterbrochen nur von Dämmen und menschenleeren Straßen, auf denen man sich rasch verirrte, die sich unversehens im Nichts verloren, als wären sie im Boden versunken. Eine große Feuersbrunst hatte in den sechziger Jahren das Ödland verwüstet, sagte Finlay, aber die Bäume blieben hier oben, wo nur eine dünne Erdschicht das Felsgestein bedeckte, ohnehin zwergwüchsig, ein dichtes Gestrüpp aus krummen Zweigen auf dieser windigen Hochebene. Als die Straße auf einer schlammigen Lichtung endete, wendete er und fuhr zurück, nahm sich vor, auf dieser Straße zu bleiben, aber wieder zweigten verlockend andere Straßen ab, denen er folgte, bis sie an einem von Baggern aufgeschichteten Steinhaufen endeten und er mit dem lehmbespritzten Caddy wieder einmal rumpelnd wenden musste. Der Unterboden hatte schon zu oft aufgesetzt, der Auspuff röhrte dumpf, wenn er Gas gab, ein Geräusch, das ihm früher imponiert hätte, aber jetzt war es an diesem edlen Wagen ein Makel, ein Anlass zu Sorge. Ein Auto für den

Highway. Für kurze Zeit machte ihm der Gedanke Spaß, dass dieses Auto sich einfach nicht lange vom Highway fern halten ließ, seine Stoßdämpfer waren für guten Straßenbelag gedacht, nicht für Schotter und Schlaglöcher.

Er fischte den winzigen Stummel aus der Hemdtasche, zündete ihn an und sog den Rauch tief ein. Schließlich gab es überall vergiftetes Wasser, Gifte in verdünnter Form, und die Leute tranken es jeden Tag, es war ja nicht so, dass Starr jetzt auf dem Schierling, dem Stängel, den Stielen herumkaute, die Pflanze mit ihrem tödlichen Saft war weit, weit fort von ihm. Vielleicht. Wind erfasste das Auto. Mein Gott, nirgendwo war ein Straßenschild, für wen war das alles angelegt? Er bog in eine Straße, die breiter aussah, mit besserem Belag. War da ein Mensch, hatte er einen Mann entdeckt, eine dunkle, reglose Gestalt, vielleicht ein Indianer, der unterhalb der Straße, halb verborgen vom dichten Gebüsch, in einem Bach angelte? Innis war sich nicht sicher. Außerdem würde der Mann das Auto sehen und natürlich Fragen stellen, was zum Donner machen Sie hier oben im Ödland mit einem Cadillac? Auch mochte Innis nicht mehr aus dem Auto aussteigen, er fühlte sich beim Fahren sicherer, jede Versuchung, anzuhalten, verging rasch. Ein Gespräch? Wozu? Wer bist du, wo kommst du her? *Co leis thu?* Er musste auf der Hochebene des Ödlands angelangt sein, da gab es viele Beeren, hieß es, vielleicht fand er ja welche. Er konnte weit sehen, die windschiefen Bäume waren nicht höher als Sträucher, in der Ferne nur von der gelbbraunen Narbe einer Straße unterbrochen. Er hielt, um sein Fernrohr über das Land schweifen zu lassen, doch er entdeckte nichts, was sich heranzuholen lohnte. Er folgte der Straße, auf der er sich befand, bis sie an einem kleinen Wendeplatz endete, er hielt. Der Wind pfiff über das Auto hinweg, Himmelarsch, war denn kein Hauch von Sommer übrig, um ihn ein bisschen aufzumuntern? In seinem Mund der Nachgeschmack vom See, Eisen. Er räumte das Handschuhfach aus und fand eine halbe Rolle altes Pfefferminz. Er steckte alle Pastillen in den Mund, stellte den Motor ab. Wie viel Benzin würde er brauchen, bis er wieder auf dem Highway war, falls er ihn fand? Ihn beschlich ein Gefühl, umzingelt, eingekesselt zu sein, er musste unbedingt dagegen ankämpfen, es war schlimmer als damals im Wald, als er sich verirrt hatte, denn hier waren Straßen, aber Straßen, die nirgendwohin führten, die ihn einsperrten und zum Narren hielten. Er faltete seine Jacke zu einem Kissen auf dem Lenkrad. Nur ein kurzes Nickerchen, er hatte Hunger, aber den Kopf, die Augen auszuruhen schien wichtiger. Unruhig döste er ein, glitt seitlich auf den Sitz, mit offenem Mund und zitternden Augenlidern. Starrs weiße Hemden flatterten an einer Wäscheleine, drei Stück mit knatternden Ärmeln, die Wäscheklammern konnten sie nicht festhalten, eins nach dem anderen segelte auf dem Wind davon.

Er erwachte mit zerdrücktem Gesicht und brennenden Augen, blinzelte in die tiefe Abendsonne, als er neben dem Auto stand, um zu pinkeln. Vielleicht war Starr gleich nach The Mines gefahren, hatte nichts von dem Wasser getrunken, keinen Hahn aufgedreht. Es gab gute Gründe, warum er noch nichts von dem Gift geschluckt hatte, warum es sich immer noch verteilte, langsam, unsichtbar, das lange Gefälle bis zum Haus hinunter, bis es sich hinter den Wasserhähnen staute. In der Küche. Im Badezimmer. Am Außenhahn neben der Hintertür. Und die Toilette. Wie viel Spülungen würden …? Gut möglich, dass es noch da war, in einer kleinen Wassermenge konzentriert, und dass etwas so Unschuldiges wie das

Spülen nach dem Pinkeln es fortschwemmen würde. Angenommen, Starr hatte Durst, aber nicht auf Wasser? Im Kühlschrank standen drei Bier. Bestimmt. Drei braune Flaschen Moosehead Ale, Innis sah sie genau vor sich. Starr trank manchmal gern als Erstes ein Bier, wenn er nach Hause kam. Aber es war kein heißer Tag, kein Grund, nach einer Flasche Bier zu greifen und sich über die stickige, windstille Luft zu beschweren, es ging ein heftiger Wind, und er trug den Herbst mit sich, vertrieb den Sommer. Herbstsonne, die nicht mehr wärmte.

Er riss sich zusammen, wollte sich nicht länger von Straßen irreführen lassen, die im Nichts endeten. Schließlich hatte er alles versucht, um von dieser Straße nach Cape Breton herunterzufinden, dieser Straße, die nach Boston und wieder zurück führte, ein großer Kreislauf aus Gefühlen und Erinnerungen, Liebe und Zorn und Enttäuschung und Hoffnung, der immer wieder auf dieser Insel seinen Anfang nahm.

Die nahende Dunkelheit weckte seine Konzentration, er merkte, dass er aus dem Ödland herausfuhr, die Bäume wurden größer, die Straße gerader. Aufgestapelte Baumstämme für die Papierfabrik lagen am Straßenrand, hier gelangte er bestimmt zum Highway. Er wagte, das Tempo zu erhöhen, der Auspuff röhrte lauter, plötzlich erfassten die Scheinwerfer das dunkelbraune Fell eines riesigen Tieres, es schien aus einem Zoo oder einem Zirkus ausgebrochen zu sein, so fehl am Platz wirkte es vor dem Auto durch seine schiere Größe, mit der es die Straßenmitte behauptete. Innis legte quietschend eine Vollbremsung hin, im Licht der Schweinwerfer wandte der Elch seinen mächtigen Kopf mit der zottigen Kehlwamme, erinnerte mit der stark aufgetriebenen Schnauze an ein groteskes Pferd. Innis erwartete, dass er fliehen würde wie ein Hirsch, aber die Hupe, diese satte Cadillac-Hupe, schien den Elch nur zu reizen, er senkte sein ungeheures Geweih, dann stieß er ein tiefes Grunzen aus und bäumte sich zu unwahrscheinlicher Höhe auf, ein gewaltiger Bulle. Innis schaltete ratschend in den Rückwärtsgang, aber nicht schnell genug, die Hufe donnerten auf die Motorhaube, er fuhr weiter rückwärts, bis der Wagen hinten wegkrachte, in den Straßengraben, sein Kopf flog vor und zurück, der Cadillac ragte plötzlich schief, der Motor setzte aus. Er hörte den Elch durchs Unterholz brechen. Der Nacken tat ihm weh, er drehte wieder und wieder am Zündschlüssel, schließlich sprang der Motor an, und dann hörte er das Geräusch, vor dem er Angst hatte, Räder, die heulend durchdrehten, sich in den Schlamm wühlten, bis der Wagen kaum noch schaukelte. Der Elch hatte einen Scheinwerfer zertrampelt, der andere strahlte sinnlos einen Baumwipfel an.

Innis blieb sitzen, den Gedanken, das Auto zu verlassen, konnte er noch nicht ertragen. Insekten tanzten im Lichtkegel. War da ein Nebelstreif, oder senkte sich nur der Staub, den er aufgewühlt hatte? Er drückte jeden Knopf auf dem Armaturenbrett, das Radio sprang von einem Rauschen zum nächsten, die Antenne fuhr ein, der Ventilator blies kalte Luft herein, alle Fenster surrten auf und zu. Scheiße. Ausgerechnet ein Elch, und noch dazu so ein Kawenzmann, mindestens drei Meter hoch und wütend. Dabei war Innis überzeugt, dass diese Straße hinausführte, er hätte nur weiterzufahren brauchen. Zu einer Tankstelle, einem Haus, einem Telefon, irgendjemandes Telefon. Starr, trink kein Wasser aus dem Hahn, tu's einfach nicht und stell keine Fragen, ist doch egal, wo ich bin, tschüs. Tschüs.

Die Dunkelheit überwältigte ihn; auch als seine Augen sich daran gewöhnt hatten, machte es ihm Mühe, auf der Straße zu bleiben. Dazu diese Sterne, die über ihm glitzerten, ihn ins Stolpern brachten, sie waren heller als damals mit Claire, als er langsam, gewichtslos in dem mitternächtlichen Wasser kreiste. Er blickte nur einmal zurück, der Scheinwerfer des Caddys verlor sich in den Bäumen. Durst quälte ihn, er hatte noch nie solchen Durst gehabt, irgendwo hier musste ein Bach sein, warum nicht sein Heil im Wald suchen, den Wald kannte er doch, wuchsen hier nicht die gleichen Bäume wie auf St. Aubin, wie überall hier? Panischer Schrecken durchfuhr ihn, eiskalt, wie das Wasser der Quelle an seinen Händen. Das Gelände war stark abschüssig, der Wald dichter als zu Hause, aber der Hang führte ihn bestimmt irgendwohin, wenn er es schaffte, sich auf den Beinen zu halten, wo war sein Wanderstock, lag oben im Flur, er hatte Angst, kopfüber zu stürzen, in eine morastige Stelle einzusinken, er hatte keine Kraft mehr, seine Beine wurden nicht mehr mit den Hindernissen fertig, mit dem Totholz, mit dem Verhau aus kräftigen jungen Bäumen, aber er wusste auch, dass dieser Schwung ihn für den Rest seines Lebens antreiben würde, zu Besserem oder Schlimmerem, er sah Blumen, gelbe Blumen, waren das Primeln, seine Mutter wollte, dass er Pflanzlöcher für Rosen grub, draußen unter dem Fenster, bitte, Innis, ich kriege den Spaten nicht in den Boden, der ist hart wie Beton, aber sein Kumpel wartete auf der Straße, und Innis wollte nicht gesehen werden, wie er Rosensträucher einpflanzte, sie blühten sogar, cremeweiß und rot und gelb, Blütenblätter fielen auf das Pflaster, jetzt bereute er, dass er nicht einmal das für sie getan hatte, damit sie, wenn ihr sonst schon nichts blieb, sich an den Rosen im Vorgarten freuen konnte, und seine Mutter hatte dann versucht, sie selber einzupflanzen, aber sie waren verdorrt. Er fiel über eine Baumwurzel, landete auf Händen und Knien im Dreck und schnappte nach Luft, aber er stand wieder auf, wischte sich die Augen, war das ein Licht, was er da sah, ja, und er stolperte darauf zu, schlug immer wieder hin wie ein Betrunkener, ließ es aber nicht aus den Augen, das musste ein Haus sein, ein Hund bellte scharf, oder war es ein Fuchs, da musste es ein Telefon geben, und er konnte das Klingelzeichen kurbeln, dringend wie einen Notruf, lange und laut, und Starr würde mitzählen, ohne nachzudenken, erst viermal, dann dreimal, und ganz egal, wo er gerade saß, im großen Sessel im Wohnzimmer, auf dem Stuhl am Küchentisch, er würde aufstehen, vielleicht sogar aus dem Bett, wie spät war es überhaupt, und er würde hallo sagen, und Innis würde sagen: Ich bin's. Ich bin's, Innis.